1984

옮긴이 정영수

연세대학교 국어국문학과를 졸업한 후 방송국에서 다수의 교육 프로그램을 제작하
다가 결혼 후 영국 스코틀랜드 에든버러로 건너가 7년간 생활했다. 영국의 문화를
직접 체험하며 문학 작품 번역에 관심을 가지게 되었고 귀국 후 글밥 아카데미를
수료했다. 현재 바른번역에서 전문 번역가로 활동 중이다. 옮긴 책으로《어쩌면 나
일지도 모르는 코끼리를 찾아서》《엄마를 나누기는 싫어요》《너를 빨리 만나고 싶
었어》《피니와 퍼브》시리즈(예림아이)와 왓북《문학 속에서 개를 만나다》가 있다.

큰글씨 1984

초판 1쇄 펴낸 날 2018년 4월 10일

지 은 이   조지 오웰
옮 긴 이   정영수
펴 낸 이   장영재
펴 낸 곳   (주)미르북컴퍼니
자 회 사   더클래식
전   화   02)3141-4421
팩   스   02)3141-4428
등   록   2012년 3월 16일(제313-2012-81호)
주   소   서울시 마포구 성미산로32길 12, 2층 (우 03983)
E-mail   sanhonjinju@naver.com
카   페   cafe.naver.com/mirbookcompany

1984

1   9   8   4

조지 오웰 지음 | 정영수 옮김

더클래식

/ 차
례 /

1부

1

맑고 쌀쌀한 4월의 어느 날, 괘종시계가 오후 1시를 알리고 있었다. 윈스턴 스미스는 고약한 바람을 피하느라 턱을 가슴께에 처박고 승리맨션 유리문 안으로 재빨리 들어갔다. 하지만 막을 새도 없이 모래바람이 그를 따라 훅 밀려 들어왔다.

복도에는 삶은 양배추 냄새와 낡은 천 깔개 냄새가 풍겼다. 복도 한쪽 끝 벽에는 실내에 붙이기엔 크기가 너무 큰 포스터가 붙어 있었다. 포스터에는 폭이 1미터가 넘는 커다란 얼굴만 그려져 있었다. 까만 콧수염이 덥수룩한 호남형의 그 남자는 마흔댓 살쯤 되어 보였다. 윈스턴은 계단을 올라갔다. 엘리베이터는 있으나 마나였다. 경기가 좋을 때도 작동하는 일이 거의 없었던 데다가 지금은 낮이라 전기가 들어오지도 않는다. 증오 주간을 대비하는 절약 운동의 일환이다.

윈스턴의 집은 7층이었다. 서른아홉 살 먹은 그는 오른쪽 발목에 정맥류성 궤양을 앓고 있었기 때문에 도중에 여러 번 쉬면서 천천히 계단을 올라갔다. 엘리베이터 통로 맞은편 벽에 걸린 포스터 속에 그려진 커다란 얼굴은 층계참을 지나는 그를 노려보고 있었다. 이 그림은 아주 교묘하게 그려져 있어서 사람이 움직이는 대로 눈이 따라 움직이는 것 같았다. 포스터 속 얼굴 아래에는 "빅브라더가 당신을 지켜보고 있다"라는 문구가 적혀 있었다.

아파트 안에서는 무쇠 생산과 관련된 숫자 목록을 읽는 달콤한 목소리가 들렸다. 그 목소리는 오른쪽 벽 한쪽에 있는 뿌연 거울처럼 생긴 직사각형 금속판에서 흘러나오고 있었다. 윈스턴이 스위치를 돌리자 목소리가 약간 작아졌지만 여전히 말은 또렷하게 들렸다. '텔레스크린'이라고 하는 그 금속판은 소리를 줄일 수는 있어도 완전히 끌 수는 없다.

윈스턴은 창가로 갔다. 당 제복인 파란 작업복 때문에 자그마하고 가냘픈 몸이, 보잘것없어 보이는 체구가 더욱 두드러져 보였다. 짙은 금발에 붉은빛이 도는 얼굴을 가진 그의 피부는 싸구려 비누와 무딘 면도날, 이제 막 지나간 겨울의 추위 탓에 거칠어져 있었다.

창문이 꼭 닫혀 있었음에도 바깥세상은 추워 보였다. 거리에는 찢어진 종이와 먼지가 작은 회오리바람에 소용돌이치고 있었고 햇빛이 나고 하늘이 눈부시게 파란데도 사방에 붙어 있는 포스터 말고는 어떤 것에도 색이 없는 것 같았다. 거리가 잘 보이는 곳 어디에서나 검은 콧수염 얼굴이 내려다보고 있었다. 집 앞 바로 건너편에 포스터가 하나 있었다. 검은 눈동자가 윈스턴의 눈을 뚫어지게 쳐다보면서 "빅브라더가 당신을 지켜보고 있다"라고 을러댔다.

그 아래쪽 길에서는 귀퉁이 한쪽이 찢어진 포스터가 바람에 펄럭이고 있었다. '영사'라는〔영국 사회주의(INGSOC)의 약자다〕라는 단어가 보였다 안 보였다 했다. 멀리서 헬리콥터가 지붕 사이를 스치듯 지나가다가 쉬파리처럼 맴돌더니 이내 곡선을 그리며 쏜살같이 날아갔다. 창을 통해 사람들을 염탐하는 경찰 순찰기였다. 하지만 순찰기는 아무것도 아니었다. 문제는 바로 사상경찰이었다.

윈스턴의 등 뒤에서 텔레스크린은 아직도 무쇠와 제9차 3개년 계획 초과 달성에 대해 지껄이고 있었다. 텔레스크린은 수신과 송신을 동시에 했다. 윈스턴이 아주 낮게 속삭이지 않으면 텔레스크린은 모든 소리를 잡아냈다. 게다가 그가 금속판의 가시 범위에 있는 한 그가 내는 소리뿐 아니라 그가 하는 행동 모두가 텔레스크린 너머에 있는 이들에게 들리고 보일 수 있었다. 물론 자기가 언제 감시당하는지 알 방법은 없었다. 사상경찰이 얼마나 자주, 또는 어떤 방식으로, 누구를 감시하는지는 추측에 맡길 수밖에 없었다. 애초에 모든 사람을 항상 감시하고 있을 가능성도 충분했다. 좌우지간에 그들은 사람들을 감시하고 싶으면 언제든지 그렇게 할 수 있었다. 사람들은 무슨 소리를 내든지 도청당하고 깜깜한 어둠 속에서가 아니라면 일거수일투족을 면밀히 감시당한다고 가정한 채 살아야만 했다. 그렇게 살다 보니 습관이 되었고 나중에는 본능이 되어 버렸다.

윈스턴은 계속 텔레스크린을 등지고 있었다. 사상경찰이 그의 등도 볼 수 있다는 점을 잘 알고 있었지만 그 편이 더 안전했다. 집으로부터 1킬로미터쯤 떨어진 곳에 일터인 진리부의 거대하고 흰 건물이 우중충한 풍경을 뚫고 우뚝 솟아 있었다. 윈스턴은 뭔지 모를 혐오감에 사로잡힌 채 '그래, 이게 런던이지' 하고 생각했다. '에어스트립 원'의 수도이며 오세아니아 지방에서 세 번째로 인구가 많은 곳이 런던이었다. 그는 예전에도 런던이 이런 모습이었는지 어린 시절 기억을 끄집어내려고 애를 썼다. 낡아빠진 19세기 집과 그 옆에 세운 나무 버팀목, 골판지를 덧댄 창문, 골철판을 얹은 지붕, 그리고 사방이 무너져 내린 정원의 담장이 늘 이곳에 있었단 말인가? 공중에 시멘트 먼지가 소용돌이치는 폭격지와 돌무더기 위에 흐드러지게 피어 있는 분홍바늘꽃, 폭격으로 더 넓어진 지저분한 땅에 닭장처럼 들어선 판잣집들도? 하지만 소용없었다. 윈스턴은 아무것도 기억해낼 수 없었다. 대개 희미하고, 아무 배경 없이 불빛이 휘황찬란한 일련의 장면을 빼면 어린 시절 기억은 하나도 남아 있지 않았다.

진리부—신어(전체주의 국가인 오세아니아의 신조어다)로 '진부'라 한다—건물은 다른 모든 건물과는 외관상 확연히 달랐다. 진리부는 반짝이는 흰색 콘크리트로 지어진 아주 거대한 피라미드 구조로, 테라스가 계단식으로 이어져 있으며 하늘을 향해 300미터 높이로 우뚝 솟아 있었다. 윈스턴이 있는 곳에서는 우아한 글씨체로 흰 벽에 새긴 당의 세 가지 표어를 겨우 읽을 수 있었다.

전쟁은 평화
자유는 구속
무지는 힘

사람들은 진리부 지상에 방이 3,000개가 있으며 지하에도 그만큼의 방이 있다고들 했다. 진리부의 외관과 크기가 비슷한 건물이 런던 여기저기에 세 개 더 있었다. 승리맨션 꼭대기에서 보면 그 건물들이 한눈에 들어오는데, 주변 건물들은 그에 비해 정말로 왜소해 보였다. 그 건물들은 정부 전체 조직을 이루는 네 기관의 본부였다. 진리부는 뉴스와 예능·교육·예술을, 평화부는 전쟁을 관장했다. 애정부는 법과 질서를 유지했으며 풍요부는 경제 문제를 맡고 있었다. 각 기관의 이름은 신어로 진부, 평부, 애부, 풍부였다.

애정부는 정말로 무시무시한 곳이었다. 그곳에는 창문이 하나도 없었다. 윈스턴은 애정부 안에 들어가 보기는커녕 근처에 발을 들여놓아 본 적도 없었다. 공적인 업무 외에는 들어갈 수 없는 곳이었다. 들어간다고 해도 철조망이 쳐진 미로를 통과한 뒤에 철문과 기관총이 은폐된 곳을 지나야 했다. 건물 바깥 담장으로 향하는 길까지도 검은 제복을 입고 경찰봉으로 무장한 고릴라처럼 생긴 경비들이 순찰을 다녔다.

윈스턴은 갑자기 돌아서서 텔레스크린을 마주할 때 권장되는 차분하고 낙천적인 표정을 지었다. 그는 방을 가로질러 작은 부엌으로 갔다. 이 시간에 퇴근을 하기 위해 그는 구내식당에서 점심 먹는 걸 포기했다. 윈스턴은 부엌에 먹을 것이라곤 내일 아침에 먹으려고 아껴 둔 흑빵 한 덩어리 외에 아무것도 없다는 걸 알고 있었다. 그는 '승리주'라고 적힌 흰 라벨이 붙은 병을 선반에서 꺼냈다. 병에는 무색의 액체가 담겨 있었다. 중국의 화주 같은 역겨운 기름내가 났다. 윈스턴은 충격요법으로 기운을 차리고자 찻잔에 거의 넘칠 정도로 승리주를 따라 약처럼 한입에 꿀꺽 삼켜 버렸다.

순식간에 얼굴이 벌겋게 달아오르며 눈물이 찔끔 났다. 질산을 마신 것 같았다. 고무 방망이로 뒷머리를 얻어맞은 느낌도 들었다. 하지만 바로 다음 순간, 배 속에 불붙는 느낌이 잦아들면서 세상이 더 유쾌해 보이기 시작했다. 그는 '승리 담배'라고 적힌 구겨진 담뱃갑에서 담배 한 개비를 꺼내 아무 생각 없이 세워 들었다. 그러자 담배 속에 들어 있던 담뱃잎이 바닥으로 떨어졌다. 윈스턴은 다시 담배 한 개비를 꺼내들었다. 이번에는 성공적으로 담배를 꺼내 물었다. 그는 거실로 돌아와 텔레스크린 왼쪽에 있는 작은 탁자 앞에 앉은 후 탁자 서랍에서 펜대와 잉크 한 병 그리고 얼룩덜룩한 앞표지와 붉은색 뒷표지의 두툼한 4절판 노트를 꺼냈다.

무슨 이유에서인지 거실에 있는 텔레스크린은 특이한 곳에 자리하고 있었다. 보통은 거실 전체를 한눈에 볼 수 있는 벽 끝에 걸려 있게 마련인데, 윈스턴의 집 거실의 것은 창문 반대쪽 긴 벽에 설치되어 있었다. 지금 윈스턴이 앉아 있는 곳은 벽 한쪽에 약간 움푹 들어간 곳으로, 아마도 아파트를 지을 때 책장을 놓을 생각으로 만들었던 것 같았다. 안쪽에 앉아서 잘 숨어 있으면 텔레스크린의 감시망에서 벗어날 수 있었다. 물론 도청을 당할 수는 있었지만 지금 있는 자리에 그대로 있기만 하면 텔레스크린의 시야에는 보이지 않을 것이었다. 이런 특이한 방 배치가 윈스턴이 이제 막 하려는 일을 생각해 내는 데에 얼마간 영향을 미쳤다.

하지만 윈스턴이 막 서랍에서 꺼낸 노트의 영향이 제일 컸다. 그 노트는 기묘하리만치 아름다웠다. 세월이 흘러 약간 누렇게 바랜 매끄러운 크림색 종이는 적어도 최근 40년 동안 생산된 적이 없었다. 노트는 아무리 못해도 그보다 훨씬 더 오래되었다고 짐작할 수 있었다. 윈스턴은 시내 빈민가(지금은 어느 지역이었는지 기억도 나지 않는다)의 너저분하고 작은 고물상 창가에 놓여 있는 그 노트를 보자마자 갖고 싶다는 강한 욕망이 치밀어 오르는 걸 느꼈다. 당원은 일반 상점('자유 시장 거래'라고 부른다)에 가지 못하게 되어 있었다. 하지만 신발 끈이나 면도날처럼 다른 어떤 방법으로도 구할 수 없는 것들이 여럿 있었기 때문에 규정이 엄격하게 지켜지지는 않았다. 윈스턴은 거리 위아래를 재빨리 훑어보고 나서 가게 안으로 쑥 들어가 2달러 50센트에 그 노트를 샀다. 그때는 무슨 특별한 목적이 있어서 그 노트를 갖고 싶어 한 것이 아니었다. 윈스턴은 죄진 사람마냥 노트를 서류 가방에 넣어 집으로 가져왔다. 안에 아무것도 쓰여 있지 않았다고 해도 그 노트를 가지고 있다는 것 자체가 의심을 살 만한 일이었다.

윈스턴은 막 일기를 쓰려던 참이었다. 불법은 아니었지만(더 이상 어떤 법도 존재하지 않았기 때문에 불법적인 것은 아무것도 없었다) 발각되면 사형이나 적어도 25년간 강제 노역에 처해질 게 뻔했다. 윈스턴은 펜촉을 펜대에 끼우고 나서 기름을 제거하려고 펜촉을 입으로 빨았다. 그 펜은 사인할 때조차도 쓰지 않는 구닥다리였다. 그런데도 그것을 남몰래 어렵사리 구한 것은 그저 아름다운 크림색 종이에는 볼펜으로 끄적거리기보다 진짜 펜촉으로 쓰는 게 온당하다고 생각했기 때문이었다. 사실 그는 손으로 직접 글씨를 쓰는 데 익숙하지 않았다. 평상시에는 아주 짧은 메모 외에는 모든 걸 구술 기록기가 받아 적었다. 물론 지금 그의 목적을 위해서는 불가능한 방법이었다. 윈스턴은 펜에 잉크를 적시고 나서 잠시 머뭇거렸다. 짜릿한 전율이 몸속을 훑고 지나갔다. 종이에 흔적을 남긴다는 것은 결단력이 필요한 행동이었다. 그는 작고 서툰 글씨로 다음과 같이 썼다.

1984년 4월 4일

윈스턴은 의자에 편히 기대앉았다. 무력감이 몰려와 그를 사정없이 짓눌렀다. 올해가 1984년인지 아닌지 확실하지 않았다. 대략 그쯤인 게 틀림없었다. 나이는 확실히 서른아홉 살이었고 1944년이나 1945년에 태어난 걸로 알고 있었기 때문이었다. 하지만 요즘 1~2년 내의 정확한 날짜를 알아내는 것은 아예 불가능했다.

윈스턴은 갑자기 이 일기를 누구를 위해서 쓰고 있는지 의아한 생각이 들었다. 미래를 위해서? 후손을 위해서? 그는 잠시 일기장 위에 적힌 불확실한 날짜에 신경이 쓰였다. 그러다가 불현듯 '이중사고'라는 신어가 떠올랐다. 그는 자신이 엄청난 일을 시작했다는 사실을 처음으로 절실히 깨달았다. 어떻게 미래와 소통을 할 수 있단 말인가? 그것은 본질적으로 불가능했다. 미래가 현재 상황과 비슷하다면 아예 그의 얘기를 귀담아 들으려 하지 않을 테고, 다르다면 그가 처한 어려운 상황은 아무 의미가 없을 터였다.

윈스턴은 잠시 멍하니 노트를 쳐다보며 앉아 있었다. 텔레스크린에서 나오는 음악은 귀에 거슬리는 군가로 바뀌어 있었다. 그는 자신이 단지 자기표현력을 잃어버린 것이 아니라 원래 말하고자 했던 바조차 잊어버린 것만 같아서 이상한 기분이 들었다. 지난 몇 주 동안 이 순간을 준비하면서 그에게 필요한 것은 오로지 용기뿐이었다. 실제로 글 쓰는 일은 쉬울 것이다. 윈스턴은 문자 그대로 수년 동안 머릿속을 맴돌던, 계속해서 쉼 없이 늘어놓은 독백을 노트로 옮기기만 하면 됐다. 그러나 지금 이 순간 그 독백마저 바닥나 버렸다. 게다가 정맥류성 궤양 탓에 참을 수 없는 가려움을 느꼈다. 긁을 때마다 어김없이 그 부위가 곪으니 윈스턴은 감히 긁을 수도 없었다. 1초, 1초, 똑딱똑딱 시간은 지나가고 있었다. 그는 바로 앞에 놓인 노트의 백면과 발목 바로 위 살갗에 느껴지는 가려움증, 쾅쾅 울리는 군가 소리, 승리주 때문에 오른 약간의 취기만 의식할 뿐이었다.

윈스턴은 공포에 휩싸여 자기가 뭘 적고 있는지 제대로 인식하지 못한 채 갑자기 글을 써 내려가기 시작했다. 작지만 어린아이가 쓴 것처럼 비뚤비뚤한 글씨로 줄도 제대로 맞추지 않고 노트를 채워 나갔다. 첫 글자를 대문자로 쓰지도 않았고 심지어는 마침표까지 빠뜨렸다.

1984년 4월 4일
어젯밤 극장에 갔다. 모두 전쟁 영화였다. 지중해 근처에서 난민이 가득 탄 배가 폭파당하는 장면은 꽤 볼만했다. 관객들은 몸집이 상당히 크고 뚱뚱한 남자가 뒤쫓아 오는 헬리콥터를 피해 헤엄치는 장면을 아주 재미있어 했다. 처음에는 그 남자가 참돌고래처럼 물속에서 허우적거리는 장면이 나왔다. 이어서 헬리콥터 조준기의 사정거리 안으로 그 남자가 들어왔고 곧이어 그 남자의 온몸에 총구멍이 났다. 주변 바닷물이 붉게 물들었는데, 갑자기 몸에 난 구멍마다 물이 들어간 것처럼 남자의 몸이 가라앉아 버렸고 그 장면에서 관객들은 웃음을 터뜨렸다. 그다음 어린아이들이 가득 탄 구명보트 위를 헬리콥터가 선회하는 장면이 나왔다. 유대인으로 보이는 한 중년 여성이 세 살쯤 된 어린 남자아이를 팔에 안고 뱃머리에 앉아 있었다. 어린 남자아이는 공포에 질려 비명을 지르며 몸을 뚫고 들어갈 듯이 부인의 가슴에 머리를 처박았다. 부인은 자신도 두려움에 파랗게 질렸으면서 아이를 감싸 안고 달랬는데, 팔로 총알을 막아 줄 수 있다고 생각하는 것처럼 최선을 다해 남자아이를 가리고 있었다. 그때 헬리콥터가 20킬로그램짜리 폭탄을 떨어뜨려 엄청난 물보라가 일었고 구명보트가 산산조각 났다. 그 순간 어린아이의 팔이 하늘을 향해 위로, 위로 솟아오르는 장면이 나왔는데, 기수에 카메라를 단 헬리콥터가 그 팔을 따라 위로 올라가며 찍은 게 틀림없었다. 당원석에서는 많은 박수가 터져 나왔지만 노동자석에 앉아 있던 한 여자가 갑자기 소란을 피우며 아이들 앞에서 이런 장면을 보여 주어서는 안 되며 이것은 잘못된 일이라고 경찰이 끌어낼 때까지 소리를 질렀다. 나는 그 여자에게 아무 일도 생기지 않기를 바랐다. 노동자가 하는 말에는 아무도 신경을 쓰지 않았다. 그들은 노동자의 전형적인 반발에도 절대…….

윈스턴은 쥐가 나서 글쓰기를 멈췄다. 윈스턴은 왜 자기가 이런 쓰레기 같은 소리를 계속해서 쏟아 냈는지 알 수 없었다. 하지만 일기를 쓰다가 멈춘 동안 글로 써 둘 만하다는 생각이 들 정도로 완전히 다른 기억이 선명하게 머릿속에 떠오르다니 희한한 일이었다. 윈스턴은 그제야 그 사건 때문에 갑자기 집에 돌아와 오늘 일기를 쓰기 시작하기로 마음먹었다는 것을 깨달았다. 아침에 진리부에서 벌어진 '일'이었다. 그렇게 확실하지 않은 일도 '일'이라고 말할 수 있다면 말이다.

거의 11시경이었다. '2분 증오 시간'을 준비하느라 윈스턴이 일하는 기록국에서 직원들이 사무실 밖으로 의자를 질질 끌고 나와 커다란 텔레스크린이 마주 보이는 홀 한가운데 모아 놓고 있었다. 윈스턴이 가운데 줄에 있는 자리에 막 앉았을 때 안면은 있지만 말은 한 번도 해 본 적이 없는 두 사람이 불쑥 홀로 들어왔다. 그중 한 여자는 복도에서 자주 지나친 사람이었다. 이름은 몰랐지만 창작국에서 일하는 건 알았다. 가끔 기름 묻은 손으로 스패너를 들고 가는 걸 본 적이 있는데 아마도 소설 집필기를 다루는 일을 맡고 있는 것 같았다. 스물일곱 살쯤 된 그 여자는 대담해 보였다. 머리숱이 많고 얼굴에 주근깨가 난, 운동선수처럼 몸이 날랜 여자였다. '청소년반성연맹(Junior Anti-Sex League)'의 상징인 진홍색 좁은 어깨띠를 작업복 허리 둘레에 단단히 여러 번 감아 엉덩이 맵시가 드러났다.

윈스턴은 처음 본 순간부터 그녀가 싫었다. 그럴 만한 이유가 있었다. 그 여자가 하키 경기장이나 냉수욕, 단체 행군과 깔끔 떠는 분위기를 풍겼기 때문이었다. 윈스턴은 거의 모든 여자, 특히 젊고 예쁜 여자를 싫어했다. 당의 외골수 추종자들과 당의 표어를 곧이곧대로 신봉하는 사람들, 아마추어 스파이들과 비정통 출신의 밀고자들은 언제나 여자, 그것도 젊은 여자들이었다. 이 특이한 여자는 그 어떤 여자들보다 더 위험하다는 인상을 풍겼다. 한번은 복도에서 서로 지나칠 때 그 여자가 흘끗 곁눈질로 윈스턴을 쳐다봤는데 윈스턴을 속속들이 꿰뚫어 보는 것 같아서 잠시 동안 끔찍한 공포감에 휩싸였다. 그 여자가 사상경찰 비밀 요원일지도 모른다는 생각까지 들었다. 사실 그럴 가능성은 거의 없었다. 하지만 윈스턴은 그 여자가 근처에 있을 때마다 적개심뿐 아니라 공포심까지 뒤섞여 이상야릇한 불안감에 사로잡히곤 했다.

다른 한 사람은 핵심 당원인 오브라이언이라는 남자로, 맡은 직책이 아주 중요하고 은밀해서 윈스턴은 그 직책에 대해 막연하게 알고 있을 뿐이었다. 검은색 작업복을 입은 핵심 당원이 다가오자 의자 주변에 있던 사람들 사이에 일순간 정적이 흘렀다. 오브라이언은 몸집이 크고 건장했으며 목이 굵고 얼굴이 우락부락하게 생겨서 우스꽝스러우면서도 인정머리 없어 보였다. 무시무시한 외모에도 불구하고 그의 태도에는 매력이 있었다. 안경을 다시 고쳐 쓰는 방식은 이상하게도 경계심을 무너뜨렸다. 뭐라 설명할 수는 없지만 신기하게도 그의 모습은 세련돼 보였다. 아직도 그런 단어를 아는 사람들이 있는지 모르겠지만 18세기 귀족이 담뱃갑을 권하는 모습을 생각나게 하는 몸짓이었다.

아마도 윈스턴은 몇 년 동안 오브라이언을 열두 차례 정도 봤을 것이었다. 윈스턴은 자신이 오브라이언에게 몹시 끌리고 있음을 느꼈다. 단지 오브라이언의 도시인다운 태도와 권투 선수 같은 체격 사이에서 드러나는 대조적인 모습에 흥미를 느꼈기 때문만은 아니었다. 오브라이언의 정치적 정통성이 완벽하지 않을 거라는 은밀한 믿음, 어쩌면 단순한 믿음이 아니라 한낱 희망 때문이었을지도 몰랐다. 그의 표정에는 어쩔 수 없이 그런 느낌이 들게 하는 무언가가 있었다. 어쩌면 그의 얼굴에 쓰여 있는 것은 이단이 아니라 단순히 지성이었을지도 몰랐다. 오브라이언은 외모상 텔레스크린을 피해 그와 단둘이 있을 수 있다면 말을 걸어 볼 만한 사람이었다. 윈스턴은 이를 확인하려고 어떤 노력도 하지 않았다. 사실 그렇게 할 수 있는 방법도 없었다. 그 순간 오브라이언이 손목시계를 흘긋 보았다. 거의 11시경이라는 걸 보고서 2분 증오 시간이 끝날 때까지 기록국에 있기로 결심한 듯 보였다. 그는 윈스턴과 같은 열에 두 자리 떨어져 앉았다. 윈스턴 옆자리에서 근무하는, 체구가 자그마한 옅은 갈색 머리의 여직원이 오브라이언과 윈스턴의 사이에 앉아 있었다. 짙은 갈색 머리의 여자는 윈스턴 바로 뒤에 앉아 있었다.

다음 순간, 기름칠이 안 된 거대한 기계에서 나는 소리처럼 섬뜩하고 귀에 거슬리는 목소리로 연설하는 소리가 홀 끝에 있는 텔레스크린에서 나왔다. 이를 악물게 하는 그 목소리는 목 뒤 머리카락이 곤두설 정도로 시끄러웠다. 증오 시간이 시작되었다. 늘 그렇듯이 국민의 적, 임마누엘 골드스타인의 얼굴이 화면에 번쩍였다. 여기저기에서 야유가 터져 나왔다. 자그마한 옅은 갈색 머리의 여직원이 공포심과 혐오감이 뒤섞인 비명을 꽥 질렀다. 골드스타인은 오래전에(얼마나 오래전인지 확실히 기억하는 사람은 아무도 없었지만), 한때는 당의 지도자 중 하나로 빅브라더와 거의 같은 지위에 있었다가 반혁명 활동에 참여해 사형 선고를 받았지만 불가사의하게 탈출한 뒤 사라져 버린 변절자요, 배신자였다.

2분 증오 시간 프로그램은 날마다 달랐지만 언제나 주요 대상은 골드스타인이었다. 그는 최초의 배신자, 바로 당의 순수성을 처음으로 더럽힌 자였다. 그 후에 일어난 모든 반당죄, 즉 반역과 파괴 공작·이단·일탈 행위는 골드스타인이 사주한 것이었다. 그는 어디에선가 아직 살아 있어서 음모를 도모하고 있었다. 골드스타인은 어쩌면 바다 저편 어딘가 다른 나라 후원자의 비호 아래, 이따금씩 도는 소문대로 오세아니아 나의 은신처에 있는지도 몰랐다.

윈스턴은 배가 꽉 죄이는 느낌이 들었다. 골드스타인의 얼굴을 볼 때마다 심경이 복잡해져 고통스러웠다. 그 유대인의 얼굴은 야위었고 굽슬굽슬한 백발은 후광처럼 빛을 내고 있었으며 아래턱에 염소수염을 기르고 있었다. 머리가 비상해 보이지만 어쩐지 타고난 천성이 비열할 것 같은 인상을 풍겼다. 길쭉하고 좁은 코 거의 끄트머리에 안경을 걸쳐 쓰고 있어서 우매한 노인 같았다. 얼굴도, 목소리도 꼭 양을 닮아 있었다.

골드스타인은 평소처럼 당 강령에 대해 독설을 퍼붓고 있었다. 그런데 그 내용이 너무 과장되고 비딱해서 어린아이도 속내를 간파할 수 있을 지경이었다. 하지만 어리어리한 사람들은 그 말을 듣고 깜짝 놀라 곧이곧대로 받아들일 정도로 그럴싸했다. 골드스타인은 빅브라더를 매도하며 당의 독재를 비난하고 있었고, 즉각적으로 유라시아와 평화 조약을 맺을 것을 요청하면서 언론, 출판, 집회, 사상의 자유를 주장했다. 또한 혁명은 배반당했다며 신경질적으로 소리를 지르기도 했다. 그런데 이 모든 연설 내용은 당 연설가의 전형적인 수법을 모방하여 긴 단어를 속사포로 쏟아졌는데, 심지어 신어도 섞여 있었다. 당원이 실생활에서 평소 사용하는 신어보다 더 많았다. 골드스타인이 그럴듯하게 실없는 말로 포장한 현실에 대해 사람들이 의구심을 갖지 않도록 그가 말하는 내내 텔레스크린에는 그의 머리 뒤로 행진하는 유라시아 군대의 끝없는 행렬이 나오고 있었다. 단단해 보이는, 무표정한 아시아인 군인들이 줄지어 화면 앞으로 행진해 오다가 사라지기를 반복했다. 단조롭고 규칙적인 군인들 군화 소리는 염소 울음소리 같은 골드스타인 목소리의 배경음악이 되었다.

증오 시간이 진행된 지 30초도 되지 않아, 홀 안에 있는 절반 가까운 사람들 사이에서 통제할 수 없는 분노의 외침이 터져 나왔다. 자기만족에 취한 염소처럼 생긴 얼굴과 무시무시한 세력의 유라시아 군대의 모습이 화면에 나오자 더 이상 견딜 수가 없었던 것이었다. 골드스타인의 얼굴과 사상은 반사적으로 공포와 분노를 불러일으켰다.

　골드스타인은 유라시아나 이스타시아보다도 더한 증오의 대상이었다. 왜냐하면 오세아니아는 유라시아와 이스타시아 중 한 세력과 전쟁을 하고 나머지 세력과는 평화를 유지했기 때문이다. 그러나 이상하게도 모든 사람이 골드스타인을 증오하며 무시하고, 매일, 하루에 몇 천 번 플랫폼과 텔레스크린·신문·책에서 그의 이론을 반박하고 난도질하며 조롱하고 한심한 쓰레기 취급을 하는데도 그의 영향력은 절대로 약해지는 것 같지 않았다. 언제나 그가 감언이설로 유혹해 주길 기다리고 있는 신참 얼간이들은 많았다. 그의 지시에 따라 활동하는 스파이와 파괴 공작원이 사상경찰에 의해 발각되지 않고 지나가는 날은 단 하루도 없을 정도였다. 골드스타인은 국가를 전복시키는 데 전념할 공모자들의 지하조직인 거대한 비밀 군대의 지휘관이었다. 그 군대의 이름은 '형제단'이었다. 사람들은 이단 개설서인 끔찍한 책에 관한 이야기를 수군댔다. 골드스타인이 지은 그 책은 도처에서 비밀리 유포되었다. 제목은 없었다. 사람들이 그 책을 언급한다 하더라도 그냥 '책'이라고 했다. 그러나 사람들은 두루뭉술한 소문을 통해서만 알 뿐이었다. 일반 당원들은 되도록이면 형제단이나 책, 그와 관련된 어떤 것도 언급하려고 하지 않았다.

2분 증오 시간은 광분의 상태로 달아올랐다. 사람들은 자리를 박차고 일어나 펄쩍펄쩍 뛰면서 화면에서 나오는 염소 목소리를 삼켜 버리려는 듯 목청껏 소리를 질러 대고 있었다. 옅은 갈색 머리의 자그마한 여자는 상기된 채 잡혀서 뭍에 오른 물고기처럼 입을 뻐끔거렸다. 오브라이언의 우락부락한 얼굴마저도 벌겋게 달아올랐다. 그는 의자에 똑바로 앉아 있었는데 거세게 몰아치는 파도에 맞서고 있는 것처럼 강인한 가슴을 부풀리다 곧 몸을 부르르 떨었다.

윈스턴 뒤에 앉은 짙은 갈색 머리의 여자가 "멧돼지! 멧돼지! 멧돼지!"라고 소리 지르기 시작하더니 갑자기 두꺼운 신어 사전을 집어 텔레스크린에다 냅다 던졌다. 그 사전은 화면 속 골드스타인의 코에 맞고 떨어졌다. 그의 목소리는 변함없이 계속 흘러나왔다. 정신을 차리고 보니 윈스턴도 의자 다리의 가로대를 발뒤꿈치로 거칠게 차며 다른 사람들과 함께 소리를 지르고 있었다. 2분 증오 시간은 참여하도록 강요당해서가 아니라 참여하지 않고는 배길 수 없기 때문에 끔찍했다. 참여하는 '척' 가장하던 사람들도 30초면 그 가장이 아무 소용없게 되었다. 사람들은 두려움과 강한 복수심에 소름끼칠 정도로 황홀경에 빠져 살인을 하고 고문을 하며 망치로 얼굴을 뭉개고 싶은 욕망이 전류처럼 흘러 자신의 의지와는 상관없이 오만상을 쓰며 비명을 지르는 광적인 상태로 변했다.

사람들이 느끼는 분노는 아직 추상적이고 대상이 뚜렷하지 않은 감정이어서 블로램프*의 불꽃처럼 어떤 한 대상에서 다른 대상으로 바뀔 수 있었다. 그 순간, 윈스턴의 증오의 대상은 골드스타인이 아니라 빅브라더와 당, 사상경찰로 바뀌었고 화면 위의 조롱받는 고독한 이단자, 거짓이 판치는 세상에서 진실과 공정함을 수호하는 골드스타인에게로 마음이 움직였다. 그러나 바로 다음 순간, 주위 사람들이 하는 말이 모두 사실인 것처럼 느껴졌다. 윈스턴이 비밀스럽게 간직하고 있던 빅브라더에 대한 혐오감은 숭배로 바뀌었으며, 빅브라더는 아시아 유목민 무리 앞에 바위처럼 우뚝 서 있는 무적의, 두려움이 없는 수호자인 것만 같았다. 반면에 고립되어 무력하며 존재 자체에 대한 의구심이 늘 따라다니는데도 불구하고 순전히 목소리의 힘만으로도 문명사회의 구조를 파멸시킬 수 있을 것 같은 골드스타인은 사악한 마법사 같아 보였다.

때로 사람들은 증오의 대상마저 이쪽으로든 저쪽으로든 의식적으로 바꿀 수 있었다. 윈스턴은 악몽에서 깨어나려고 격렬

---

* 용접이나 납땜에 쓰이는 도구이다.

하게 몸을 움직이는 사람처럼 안간힘을 써서 화면 위 얼굴로 향하던 증오를 뒤에 앉은 짙은 갈색 머리의 여자에게로 향하게 했다. 선명하고 아름다운 환영이 머릿속을 휙 지나갔다. 윈스턴은 경찰봉으로 그 여자를 죽을 정도로 때리고 있었다. 그 여자를 벌거벗긴 채 말뚝에 매달고는 그녀가 성 세바스찬*이라도 되는 양 화살을 그녀에게 잔뜩 쏘았다. 그 여자를 강간하다가 절정에 다다랐을 때 윈스턴은 그녀의 목을 그었다. 그는 그제야 자기가 왜 그 여자를 증오하는지 전보다 더 잘 알게 되었는데, 그 여자가 젊고 예쁜데 섹스에 무관심해서 죽도록 미웠던 것이었다. 윈스턴은 그 여자와 자고 싶었지만 그런 일은 절대로 일어날 가망이 없었기 때문이었다. 팔로 안아 달라는 듯 아담하고 나긋나긋한 그녀의 허리에는 공격적인 순결의 상징인 끔찍한 진홍색 띠가 있을 뿐이었다.

증오 시간은 절정으로 치달았다. 골드스타인의 목소리는 진짜 염소의 울음소리로 변한 듯했고 일순간 얼굴도 염소와 같아진 듯했다. 이내 염소의 모습이 덩치가 크고 무시무시한 유라시아 군인으로 변했다. 그 군인이 기관총을 갈겨 대면서 앞으로 진격하는데, 꼭 화면 밖으로 튀어나올 것만 같았다. 그러자 앞줄에 있는 사람들은 자리에서 주춤 뒤로 물러서더니 곧

---

* 비밀리에 기독교를 믿다가 화살을 맞고 순교한 로마 장교이다.

동시에 안도의 한숨을 깊이 내쉬었다. 적군의 모습이 사라지고 검은 머리에 검은 콧수염을 기른, 힘이 넘치면서도 신비로울 정도로 평온해 보이는 빅브라더의 얼굴이 나타났기 때문이었다. 그의 얼굴은 화면을 거의 가득 채울 만큼 아주 컸다. 빅브라더가 말하는 것을 제대로 들은 사람은 아무도 없었다. 격려사 몇 마디뿐이었는데, 그마저도 시끄러운 전쟁터에서 한 말이라 정확하게 알아들을 수가 없었다. 하지만 그의 격려사를 듣고 있다는 사실만으로도 사람들은 자신감을 회복했다. 이윽고 빅브라더의 얼굴이 사라지고 대신에 굵은 대문자로 당의 표어가 나타났다.

전쟁은 평화
자유는 구속
무지는 힘

눈에 아주 선명히 남아서 바로 떨쳐 버릴 수 없을 정도로 큰 충격이었는지, 사람들은 빅브라더의 얼굴이 몇 초 동안 화면에 그대로 있는 것만 같았다. 옅은 갈색 머리의 자그마한 여자가 앞에 있는 의자 등받이 쪽으로 몸을 기울이면서 "나의 구원자여!"라고 떨리는 소리로 중얼거리며 화면을 향해 팔을 쭉 뻗는 듯하더니 곧 손으로 얼굴을 감쌌다. 기도를 하고 있는 게 틀림없었다.

　그때 모든 사람이 낮고 느리게, 박자에 맞춰서 "빅-빅! ……
빅-빅!"이라고 읊조리기 시작했다. '빅' 하고 첫 소리를 내고
나서 길게 사이를 두었다가 다시 '빅'이라고 하기를 반복했는
데, 장중하게 울려 퍼지는 주문 소리는 어찌된 일인지 이상하
게도 야만적이어서 맨발로 발을 구르는 소리와 둥둥 울리는 북
소리가 뒤에서 들리는 것 같았다. 사람들은 30초 동안 계속해
서 주문을 읊조렸다. 주체할 수 없는 감동의 순간에 종종 들리
던 후렴구였다. 어찌 보면 빅브라더의 지혜와 위엄에 대한 일
종의 찬양이었지만 규칙적인 소리를 이용해 계획적으로 의식
을 말살시키는 자기최면에 훨씬 더 가까웠다. 윈스턴은 오장이
얼어붙는 것 같았다. 윈스턴은 2분 증오 시간 동안 자신도 모르
게 광란의 도가니에 빠지기는 했지만 사람이 내는 소리라고 할
수 없는 "빅-빅! ……빅-빅!"이라는 소리가 들릴 때마다 공포
감에 휩싸였다. 물론 윈스턴도 다른 사람들과 함께 주문을 읊
조렸다. 다른 행동을 한다는 건 꿈도 꿀 수 없었다. 감정을 숨
기고 표정을 관리하며 다른 사람들이 하는 대로 따라 하는 것
은 본능적인 반응이었다. 그러나 1~2초 정도 윈스턴의 눈빛이
본심을 드러냈을지도 몰랐다. 그리고 바로 그때 '일'이라면 일
이라고 할 수 있는 의미심장한 일이 벌어졌다.

　순간적으로 윈스턴은 오브라이언과 눈이 마주쳤다. 오브라

이언이 일어서서 안경을 벗었다가 독특한 몸짓으로 안경을 코 위에 다시 걸치는 사이, 1초도 안 되는 그 찰나에 오브라이언과 눈이 마주친 것이었다. 눈이 마주친 순간 윈스턴은 알았다. 그렇다. 윈스턴은 오브라이언이 자신과 같은 생각을 하고 있다는 것을 알아챘다! 무언의 대화가 오갔다. 두 사람은 마음의 문을 열고 눈으로 서로의 생각을 전하는 듯했다.

"난 당신 편이야."

오브라이언이 윈스턴에게 말하고 있는 것 같았다.

"당신이 느끼고 있는 걸 나도 명확하게 느끼고 있단 말이야. 당신이 경멸하고 증오하며 역겨워하는 것이 뭔지 다 안다고. 하지만 걱정하지 마. 난 당신 편이니까!"

그러다가 잠깐 반짝이던 지성이 사라지고 오브라이언은 다른 사람들처럼 속내를 알 수 없는 표정을 지었다.

그게 다였다. 윈스턴은 어느새 그런 일이 있었는지조차 확신이 서지 않았다. 그 일이 있은 후, 이어서 어떤 일도 일어나지 않았다. 그들 사이에 일어난 일은 자기 말고도 당의 적이 또 있다는 신념이나 희망을 품게 할 뿐이었다. 어마어마한 지하조직의 음모에 대한 소문이 결국 사실이었을지도 몰랐다. 어쩌면 정말로 형제단이 존재할지도 모른다! 끊임없이 체포와 자백과 사형이 진행됐지만 형제단에 대한 이야기가 단순한 신화가 아니라고 확신할 수는 없었다. 어떤 날은 형제단의 존재를 믿다가도 어떤 날은 믿지 않았다. 아무 증거도 없었다. 언뜻 본 것일 뿐, 중요한 의미가 될 수도, 아무 의미가 없을 수도 있었다. 엿들은 대화와 화장실 벽에 있는 희미한 낙서뿐이었다.

한번은 낯선 두 사람이 만나 주고받는 암호처럼 보이는 작은 손짓을 본 적도 있었다. 모든 것은 추측과 윈스턴의 상상일 공산도 있었다.

윈스턴은 오브라이언을 더 이상 쳐다보지 않고 사무실로 돌아왔다. 오브라이언과 순간적으로 접촉한 이후에 무슨 행동을 취해야 할지 생각나지 않았다. 어떻게 해야 할지 안다고 해도 상상할 수 없을 정도로 위험한 일이었다. 윈스턴은 1~2초간 오브라이언과 모호한 눈짓을 주고받았다. 그것이 끝이었다. 그러나 폐쇄된 외로움 속에서 살아야만 하는 사람에게는 이런 일도 기억해 둘 만한 사건이었다.

윈스턴은 정신을 차리고 몸을 더 꼿꼿하게 세워 트림을 했다. 속에서 술이 넘어오려고 했다. 윈스턴은 노트를 보고 있는 눈에 다시 초점을 맞췄다. 자신이 무력하게 앉아 생각에 잠겨 있는 동안에도 무의식중에 뭔가 쓰고 있었다는 사실을 알아차렸다. 게다가 전에 쓴 글씨처럼 더 이상 삐뚤삐뚤하지도, 서툴지도 않았다. 매끈한 종이 위에 펜을 관능적으로 움직여 크고 깔끔한 대문자로 몇 번이고 반복해서 노트의 반을 채웠다.

타도 빅브라더

타도 빅브라더

타도 빅브라더

타도 빅브라더

타도 빅브라더

윈스턴은 극심한 공포감에 찌릿한 통증을 느낄 수밖에 없었다. 터무니없는 짓이었다. 이런 특정한 말을 썼다는 사실보다 애초에 일기를 쓰기 시작한 것이 더 위험한 일이었다. 정말이지 순간적으로 망친 페이지를 찢어 버리고 일기 쓰는 것마저 완전히 포기해 버리고 싶은 충동이 일었다.

그렇지만 윈스턴은 그렇게 하지 않았다. 그래봤자 아무 소용 없다는 걸 알았기 때문이었다. '타도 빅브라더'를 썼든 쓰지 않았든 그건 아무 상관이 없었다. 일기를 계속 쓰든 말든 아무 차이가 없었다. 어쨌든 사상경찰은 그를 체포할 것이다. 설사 펜을 들지 않았다 하더라도 다른 모든 것을 포함해 본질적인 범죄를 저질렀기 때문에 그는 여전히 범죄자였다. 반사회사상을 영원히 감출 수는 없었다. 잠시, 어쩌면 수년 동안 피하는 데 성공할 수 있을지도 모르지만 머잖아 잡히고 말 것이다.

언제나 밤이었다. 예외 없이 체포는 밤에 이루어졌다. 갑자기 억센 손이 몸을 홱 잡아당겨 어깨를 흔들어 대며 환한 불빛

34

을 눈에 비쳤다. 험악한 얼굴들이 침대 주변을 빙 둘러서 있었다. 대부분 재판도, 체포 기록도 없었다. 사람들은 언제나 밤에 사라졌다. 등록부에서 이름도 삭제되었다. 전에 했던 모든 기록이 없어지며 한때 존재했다는 사실조차 부정되고 잊혀졌다. 흔한 말로 사람들은 '폐기되고 소멸되며 증발되었'다.

윈스턴은 잠시 일종의 히스테리에 사로잡혀 급하게 지저분한 글씨로 일기를 휘갈겨 썼다.

날 쏠 거다. 하지만 난 신경 쓰지 않는다. 내 목 뒤를 쏘겠지. 난 신경 쓰지 않는다. 타도 빅브라더. 언제나 목 뒤를 쏠 거다. 난 신경 쓰지 않는다. 타도 빅브라더.

윈스턴은 약간 수치심을 느끼며 의자에 기대앉아 펜을 내려놓았다. 다음 순간 문을 두드리는 소리가 나서 그는 몹시 깜짝 놀랐다.

벌써! 윈스턴은 누가 됐든지 간에 한번 두드려 보고 그냥 갈지도 모른다는 헛된 희망을 품은 채 생쥐처럼 미동도 않고 앉아 있었다. 그러나 아니었다. 문 두드리는 소리는 계속해서 났다. 시간을 더 끌수록 상황은 악화될 터였다.

가슴이 북처럼 쿵쾅거리고 있었지만 오랜 습관 덕에 얼굴에는 아마도 아무 표정이 없었을 것이었다. 그는 일어서서 문을 향해 무거운 발걸음을 옮겼다.

2

윈스턴이 문고리를 잡았을 때, 탁자 위에 펼쳐 둔 일기장이 그의 눈에 보였다. 일기장 위에 온통 "타도 빅브라더"라고 얼마나 크게 적어 놓았는지 방 저쪽에서도 읽을 수 있을 정도였다. 그야말로 바보 같은 짓이었다. 하지만 윈스턴은 당황하여 정신이 없는 와중에도 잉크가 마르지 않은 상태에서 일기장을 덮어 크림색 종이를 더럽히고 싶지는 않았다.

그는 숨을 들이마시고 나서 문을 열었다. 순간 안도감이 밀려왔다. 머리숱이 적은, 멍한 표정에 핏기가 없고 주름진 얼굴을 한 여자가 문밖에 서 있었다.

"아, 동지. 동지가 들어오는 소리라고 생각했어요. 우리 집에 와서 부엌 싱크대 좀 봐 줄래요? 막힌 것 같은데……."

여자는 서글프게 흐느끼는 목소리로 말을 꺼냈다. 같은 층에 사는 이웃의 아내인 파슨스 부인('부인'은 어쨌든 당에서 사용을 금지한 단어였지만—누구든지 '동지'라고 불러야 한다—어떤 여자들은 본능적으로 부인이라는 말을 썼다)이었다. 파슨스 부인은 서른 살쯤 되었지만 그녀의 얼굴은 제 나이보다 훨씬 더 들어 보였다. 얼굴 주름에는 때가 낀 것 같았다. 윈스턴은 부인을 따라 복도를 걸어갔다. 귀찮게도 이런 소소한 수리 작업은 거의 매일 있었다. 승리맨션은 1930년이나 그즈음에 지어진 오래된 아파트라 금방이라도 허물어질 것만 같았다. 천정과 벽에서 횟가루가 계속 떨어지는 데다 겨울이면 파이프가 얼어서 터졌고 눈이 오기만 하면 지붕이 샜다. 난방 장치는 잠그지 않았을 때에도 절약 차원에서 스팀은 반만 들어왔다. 직접 할 수 없는 수리는 비밀 위원회에서 승인을 받아야 했는데 창문 하나 고치는 것조차 2년을 끌었다.

"하필 톰이 집에 없어서요."

파슨스 부인이 얼버무렸다.

파슨스의 아파트는 윈스턴 아파트보다 컸지만 왜 그런지는 몰라도 우중충한 분위기를 풍겼다. 모든 것이 바닥에 어지러이 널려 있어서 마치 커다란 맹수들이 막 휩쓸고 지나간 것처럼 보였다. 바닥에는 하키 스틱, 권투 장갑, 터진 축구공 같은 운동 도구와 땀에 전 뒤집힌 운동복이 아무렇게나 널브러져 있었고 탁자 위에는 더러운 접시 한 무더기와 모서리가 접힌 운동 관련 책들이 어지럽게 널려 있었다. 벽에는 청년연맹과 스파이단의 진홍색 깃발, 실물 크기만 한 빅브라더 포스터가 붙어 있었고 승리맨션에서 늘 풍기는 익숙한 삶은 양배추 냄새에다 더 고약한 땀내까지 섞인 냄새가 났다. 그 지독한 냄새는 자리에 없는 사람의 냄새였다. 옆방에서는 빗과 화장지 조각을 든 누군가가 텔레스크린에서 흘러나오고 있는 군가에 장단을 맞추고 있었다.

"애들이에요."

파슨스 부인은 약간 신경 쓰이는 듯 문을 흘긋 쳐다봤다.

"오늘은 밖에 안 나갔어요. 그리고 물론……."

부인은 말을 하다가 중간에 끊는 버릇이 있었다. 아주 더럽고 푸르데데한 물이 부엌 싱크대 위까지 거의 차서 양배추보다 더 지독한 냄새를 풍겼다. 윈스턴은 무릎을 꿇고 배관의 이음새를 살펴보았다. 그는 손을 쓰는 일을 싫어했고 몸을 구부리는 것도 달가워하지 않았다. 몸을 구부리면 기침이 났기 때문이다. 파슨스 부인은 무기력하니 그를 쳐다보기만 했다.

"물론 톰이 집에 있었으면 바로 고쳤을 거예요. 그이는 이런 일을 아주 좋아하거든요. 손재주도 있고요. 톰은 말이에요."

파슨스 부인이 말했다.

파슨스는 윈스턴의 진리부 동료였다. 그는 뚱뚱하지만 정열적으로 활동했다. 그는 천치 같은 열성분자였다. 당의 안정성은 사상경찰보다 훨씬 더 당을 전폭적으로 지지하며 헌신적으로 충성하는 이런 부류의 사람들에 의해 좌우되었다. 파슨스는 서른다섯 살 때 본의 아니게 청년연맹에서 쫓겨난 적이 있었다. 청년연맹에 가입하기 전에는 법정 연령을 넘겨 1년 동안이나 스파이 단원으로 활동했다. 그는 진리부에서는 머리를 쓸 필요가 없는 하급직에 채용되었지만, 한편으로는 체육 위원회라든가 단체 행군이나 즉흥 시위, 절약 운동, 자원봉사 활동 등을 전반적으로 조직하는 각종 위원회를 주도했다. 파슨스는 담배를 뻐끔뻐끔 피우면서 지난 4년 동안 매일 저녁 지역 문화회관에 얼굴을 내밀었다고 은근히 자랑하곤 했다. 그의 치열한 인생을 무의식적으로 내보이는 강한 땀내는 어디든지 그를 따라다녔고 심지어는 그가 사라진 후에도 남아 있었다.

"스패너 있어요?"

윈스턴이 이음새 나사를 만지작거리면서 물었다.

"스패너요? 잘 모르겠는데요. 아마 아이들이……."

파슨스 부인이 기운 없는 목소리로 말했다.

그때 아이들이 빗을 들고 거실로 들어오면서 군화로 쿵쿵 소리를 내며 한바탕 소란을 피웠다. 파슨스 부인이 스패너를 가지고 왔다. 윈스턴은 물을 빼낸 후 배관을 막고 있던 머리카락 뭉치를 역겨워하며 꺼냈다. 그는 차가운 수돗물로 손을 깨끗이 씻고 거실로 들어갔다.

"손들어!"

아주 사나운 목소리가 귀청을 때렸다.

강인해 보이면서도 귀엽게 생긴 아홉 살짜리 남자아이가 탁자 뒤에서 불쑥 튀어나오며 장난감 자동 권총으로 그를 위협하는 사이, 그보다 두 살쯤 어린 여자아이도 나무토막을 들고 오빠 흉내를 냈다. 두 꼬마는 스파이단 제복인 푸른색 바지와 회색 셔츠를 입고 붉은 머플러를 두르고 있었다. 윈스턴은 머리 위로 손을 들었지만, 기분은 영 꺼림칙했다. 남자아이의 태도가 너무 사나워서 전혀 장난 같지 않았다.

"이 반역자! 넌 사상범이야! 유라시아의 스파이라고! 너를 총살하겠다! 너를 없애 버릴 거다! 너를 소금 광산으로 보내 버리겠다!"

남자아이가 소리를 질렀다.

두 아이가 갑자기 "반역자! 사상범!" 하고 외치면서 윈스턴 주위를 펄쩍펄쩍 뛰어다녔다. 여자아이는 남자아이가 하는 짓을 하나부터 열까지 모두 흉내 내고 있었다. 윈스턴은 사람을 잡아먹는 호랑이 새끼들이 날뛰는 것 같아서 왠지 약간 섬뜩했다. 남자아이의 눈에는 치밀해 보이는 흉악함과 윈스턴을 치거나 발로 차려는 아주 확고한 욕망 그리고 그렇게 행동할 정도로 자신이 상당히 많이 컸다는 생각이 서려 있었다. 그 아이가 들고 있는 총이 진짜가 아니라서 다행이라고 윈스턴은 생각했다.

파슨스 부인은 초조하게 윈스턴과 아이들을 계속해서 번갈아 바라보았다. 거실의 밝은 불빛 아래에서 보니 흥미롭게도 파슨스 부인의 얼굴 주름살에는 정말로 때가 끼어 있었다.

"아이들이 너무 시끄럽네요. 교수형 구경을 못 간댔더니 실

40

망해서 이러는 거예요. 저는 너무 바빠서 데리고 가지 못하고요, 톰은 시간에 맞춰 퇴근을 하지 못할 거고요."

파슨스 부인이 말했다.

"왜 우리는 교수형을 구경하러 못 가는 거야?"

남자아이가 엄청나게 큰 목소리로 고함을 쳤다.

"교수형 보고 싶어! 교수형 보고 싶다고!"

꼬마 여자아이가 여전히 주위를 깡충깡충 뛰며 같은 말을 하고, 또 했다.

그날 저녁 공원에서 유라시아의 포로 몇 명이 전범으로 교수형을 당하기로 되어 있는 것을 윈스턴은 기억해 냈다. 한 달에 한 번쯤 일어나는 구경거리로, 사람들 사이에서 꽤 인기가 있었다. 아이들은 늘 교수형이 집행되는 곳에 데려가 달라고 졸라 댔다. 윈스턴은 파슨스 부인에게 작별 인사를 하고 문을 향해 걸어갔다. 하지만 그가 여섯 걸음도 채 못 갔을 때 무언가가 그의 목덜미를 때렸다. 마치 벌겋게 달군 철사에 찔린 것처럼 아팠다. 그는 재빨리 돌아섰다. 파슨스 부인이 남자아이를 문안으로 끌어당기고 있었고 아이는 새총을 주머니에 쑤셔 넣고 있었다. 문이 닫힐 때 남자아이가 "골드스타인!" 하고 소리를 질렀다. 무엇보다 윈스턴에게 강한 충격을 준 것은 파슨스 부인의 잿빛 얼굴에 나타난 걷잡을 수 없는 두려움이었다.

자기 아파트로 돌아온 윈스턴은 재빨리 텔레스크린을 지나

서 탁자 앞에 앉았다. 그는 계속 목덜미를 문질렀다. 텔레스크
린에서 나오던 음악은 그쳤지만 대신에 광적으로 흥분한 것 같
은 목소리가 딱딱 끊어지는 군대식 말투로 아이슬란드와 페로
제도 사이에 정박한 새로운 해상 연암 요새에 대해 자세히 설
명하고 있었다.

  윈스턴은 저 가엾은 여자가 아이들 때문에 평생 공포에 떨며
살 게 뻔하다고 생각했다. 1~2년 후면 그 아이들은 이단의 낌
새를 찾으려고 자기 엄마를 밤낮으로 감시할 것이다. 요즘 아이
들은 대부분 무서웠다. 무엇보다도 끔찍한 것은 '스파이단' 같
은 조직이다. 스파이단은 체계적으로 아이들을 소야만인으로
개조하여 당의 강령에 조금이라도 반발하지 못하도록 만들었
다. 반발하기는커녕 당과 당에 관계되는 것은 무엇이든 찬양했
다. 군가와 행진, 깃발, 행군, 모의총 훈련, 표어 복창, 빅브라더
숭배 등 당과 관련된 모든 것은 그들에게 일종의 영광스러운
놀이였다. 아이들의 포악성은 국가의 적인 외국인, 반역자, 파
괴 공작원 그리고 사상범을 향했다. 자기 자식들을 두려워하
는 것은 서른 살 이상의 부모들에게는 거의 일반적인 일이었
다. 그런데 그럴 만한 이유가 있었다. 고자질하는 아이(이를 흔
히 '꼬마 영웅'이라고 부른다)가 위험한 말을 엿듣고 나서 어떻게
자기 부모를 사상경찰에 고발했는가를 자세히 보도하는 기사
가 일주일이 멀다 하고《타임스》에 실렸기 때문이었다.

새총에 맞아 얼얼하던 통증은 가라앉았다. 윈스턴은 마지못해 펜을 들고는 일기에 더 쓸 것이 있는지 곰곰이 생각했다. 갑자기 오브라이언의 모습이 떠올랐다.

몇 년 전(정확히 얼마나 됐을까? 아마 7년쯤 되었을 것이다) 그는 칠흑같이 어두운 방 안을 걷는 꿈을 꾸었다. 그런데 옆에 앉은 누군가 그가 지나갈 때 말을 건넸다.

"우리는 어둠이 없는 곳에서 만날 거요."

몹시 조용하고 태평스럽게 말했는데, 그의 말은 명령이 아니라 진술에 가까웠다. 그는 멈추지 않고 계속 걸었다. 이상하게도 그 당시 꿈속에서는 그 말이 큰 인상을 주지 않았다. 나중에서야 그 말이 의미심장하게 느껴졌다. 그가 오브라이언을 처음 본 것이 그 꿈을 꾸기 전인지 후인지는 잘 기억나지 않았다. 그 꿈속 목소리의 주인공이 오브라이언이라는 사실을 언제 알게 됐는지도 기억나지 않았다. 어쨌든 그는 알게 되었다. 어둠 속에서 그에게 말한 사람은 바로 오브라이언이었다.

윈스턴은 결코 확신할 수 없었다. 오늘 아침에 눈이 마주쳤는데도 오브라이언이 자기편인지 적인지 확신하기는 여전히 불가능했다. 그런데 오브라이언이 적이냐 아니냐는 크게 중요한 것 같지도 않았다. 그들 사이에는 우정이나 당파심보다 더 중요한 이해심이라는 연결 고리가 있었다.

"우리는 어둠이 없는 곳에서 만날 거요."

오브라이언은 말했다. 윈스턴은 그 말이 무슨 뜻인지 알 수 없었다. 어떻게든 그 말대로 될 것이라는 생각만 들었다.

　텔레스크린에서 흘러나오던 목소리가 잠깐 멈췄다. 맑고 아름다운 트럼펫 소리가 침체된 분위기를 깨뜨렸다. 이어서 귀에 거슬리는 목소리가 흘러나왔다.

　"알립니다! 알립니다! 방금 말라바 전선에서 들어온 뉴스 속보입니다. 남인도에서 우리 군대가 영광의 승리를 거두었습니다. 이 승리로 머지않아 전쟁이 종식될 것이라고 확신합니다. 이상으로 뉴스 속보를 마치고……."

　좋지 않은 소식이 들릴 것이라고 윈스턴은 생각했다. 아니나 다를까, 이어서 엄청난 사살자 및 포로의 수와 함께 유라시아 군대를 전멸시켰다는 사실을 피비린내 날 정도로 자세하게 보도한 뒤, 다음 주부터 초콜릿 배급을 30그램에서 20그램으로 줄이겠다고 발표했다.

　윈스턴은 다시 트림을 했다. 술이 깨면서 축 처지는 것 같은 기분이 들었다. 텔레스크린에서는 승전을 축하하기 위해서인지, 아니면 줄어든 초콜릿 배급에 대한 미련을 달래기 위해서인지 별안간 〈오세아니아, 그대를 위해〉가 큰 소리로 흘러나왔다. 하지만 그는 텔레스크린을 볼 수 없는 위치에 앉아 있었다.

　〈오세아니아, 그대를 위해〉가 끝나자 경음악이 흘러나왔다. 윈스턴은 창가로 가서 텔레스크린을 등지고 섰다. 날씨는 여전히 쌀쌀하면서도 맑았다. 그때 어딘가 먼 곳에서 로켓 폭탄이 폭발하면서 떠나갈 듯 크고 둔탁한 소리가 들려왔다. 요즘에는 폭탄이 일주일에 거의 이삼십 개씩이나 런던에 떨어졌다.

거리 아래에서 찢어진 포스터가 바람에 이리저리 펄럭여 '영사'란 글자가 보였다 안 보였다 했다. 영사. 영사의 신성한 강령. 신어, 이중사고, 언제든지 변할 수 있는 과거. 윈스턴은 마치 자신이 괴물 같은 기괴한 세계에서 길을 잃은 채 바다 밑의 빽빽한 해초 사이를 헤매고 있는 듯한 기분을 느꼈다. 그는 혼자였다. 과거는 죽었고, 미래는 상상할 수가 없었다. '지금 살아 있는 사람 중 단 한 명이라도 내 편이 있다고 어떻게 확신할 수 있을까? 당의 통치가 영원히 지속되지 못하리란 걸 도대체 어떻게 알 수 있단 말인가?' 마치 그 물음에 대한 대답이라도 되는 듯, 진리부의 하얀 건물에 새겨진 세 가지 표어가 그의 눈에 들어왔다.

전쟁은 평화
자유는 구속
무지는 힘

그는 25센트짜리 동전 하나를 주머니에서 꺼냈다. 거기에도 포스터에 쓰인 표어가 작고 선명한 글씨로 새겨져 있었다. 반대쪽에는 빅브라더의 얼굴이 새겨져 있었다. 동전에 있는 빅브라더의 눈마저 그를 따라 움직이는 듯했다. 동전, 우표, 책 표지나 현수막, 포스터, 담뱃갑 포장지 등 빅브라더의 눈은 언제나 그를 감시했으며 그의 목소리는 주위를 둘러쌌다. 잘 때든 깨어 있을 때든, 일을 할 때든 밥을 먹을 때든, 집 안에 있을 때든 밖에 있을 때든, 목욕을 할 때든 잠을 잘 때든, 빅브라더에게서 벗어날 수 없었다. 온전히 자신의 것으로 소유한 것이라곤 머릿속 얼마 안 되는 공간밖에 없었다.

태양이 원을 그리며 돌자 진리부의 수많은 창문에는 더 이상 햇빛이 비치지 않았다. 진리부 건물의 창문들은 요새의 총구멍처럼 무시무시해 보였다. 피라미드 모양의 거대한 건물 앞에서 그의 심장은 움츠러들었다. 아주 견고해서 아무도 공격할 엄두를 내지 못했다. 아니, 수천 개의 로켓 폭탄을 떨어뜨려도 무너지지 않을 것이다. 윈스턴은 누구를 위해서 일기를 쓰고 있는지 다시 생각해 보았다. 미래를 위해서인가? 과거를 위해서인가? 아니면 가상의 시대를 위해서인가? 그의 앞에는 죽음이 아니라 소멸이 놓여 있었다. 일기는 재로 변할 것이고 그 자신도 증발되어 버릴 것이다. 기록을 없애기 전에 사상경찰만이 그의 일기장에 무엇이 적혀 있는지 알아보고자 읽어 볼 것이다. 자신 또한 사라질 것이며 종이에 쓴 글도 없어질 것인데 어떻게 미래에 호소를 할 수 있단 말인가? 어떻게 물리적으로 살아남을 수 있다는 말인가?

텔레스크린이 오후 2시를 알렸다. 10분 이내에 출발해야만 했다. 오후 2시 30분까지 사무실로 돌아가야 했다.

이상하게도 시간을 알리는 종소리에 그의 기분이 전환되는 것 같았다. 그는 아무도 귀담아 듣지 않을 진실을 말하는 외로운 유령이었다. 들키지 않는다면 그의 진술은 계속될 수 있을 터였다. 후대 사람들에게 남겨 줄 유산은 이야기를 들려주는 것이 아니라 온전한 정신을 유지하게 하는 것이었다. 그는 탁자 앞에 다시 앉아 펜에 잉크를 묻히고 글을 쓰기 시작했다.

미래 혹은 과거를 향해, 사상의 자유가 있고 저마다의 개성이 존중 받으며 홀로 고독하게 살지 않는 시대를 향해, 진실이 존재하며 행해진 것이 사라질 수 없는 시대를 향해 글을 썼다.

획일적인 시대로부터, 고독의 시대로부터, 빅브라더의 시대로부터, 이중사고의 시대로부터 안부를 전하며!

윈스턴은 자신은 이미 죽은 것이나 다름없다고 생각했다. 하지만 결정적인 단계로 나아가는 것은 자신의 생각을 드러내기 시작한 바로 지금뿐인 것 같았다. 모든 행위의 결과는 그 행위 자체도 포함한다. 그는 다음과 같이 썼다.

사상죄는 죽음을 수반하는 것이 아니다. 사상죄는 죽음 그 자체다.

이제 자신이 죽은 거나 다름없다고 생각한 이상, 가능한 한 계속 살아남는 것이 중요했다. 오른손 두 손가락에 잉크가 묻었다. 사람을 곤경에 빠뜨리는 것은 바로 이 같은 사소한 부분이다. 이상한 낌새라면 귀신같이 알아채는 사무실의 열성 당원들(자그마한 옅은 갈색 머리 여자나 창작국의 짙은 갈색 머리의 여자 같은 사람들)이 왜 그가 점심시간에 글을 썼는지, 어째서 구식 펜을 사용했는지, 대체 '무엇'을 썼는지 의심하면서 그들은 당국에 넌지시 말을 흘릴 것이었다. 그는 욕실에 가서 꺼칠꺼칠한 암갈색 비누로 정성들여 잉크를 닦아 냈다. 사포처럼 살갗을 긁어내는 비누는 이럴 때 쓸모가 있었다.

그는 일기장을 서랍 속에 넣었다. 숨길 생각을 하는 것 자체가 소용없는 일이긴 하지만 적어도 일기장이 발각되었는지 아닌지는 확인할 수 있다. 일기장 끝에 머리카락이라도 한 올 붙여 두면 아주 확실하다. 그는 손가락 끝으로 허연 먼지 덩어리를 집어서 일기장의 표지 한쪽 구석에 알아볼 수 있도록 올려놓았다. 만약 누군가 일기장을 움직이면 먼지 덩어리는 당연히 떨어져 나가게 되어 있었다.

3

윈스턴은 어머니 꿈을 꾸고 있었다.

어머니가 사라졌을 때 그는 열 살이나 열한 살이었을 것이다. 어머니는 말수가 적고 행동이 느렸지만 키가 크고 조각처럼 아름다우며 머리는 탐스러운 금발이었다. 어렴풋이 기억하기로 아버지는 피부색이 어둡고 아주 마른 편이었는데, 언제나 말쑥한 짙은 갈색 옷을 입고(윈스턴은 상당히 얇은 아버지 구두 밑창을 기억했다) 안경을 썼다. 윈스턴의 부모님은 1950년대의 제1차 대숙청 기간에 증발된 것이 분명했다.

어머니는 어린 여동생을 껴안은 채 그보다 아래쪽, 어떤 깊숙한 곳에 앉아 있었다. 여동생에 대한 기억이라곤 자그맣고 허약한 아이가 언제나 말없이 커다란 눈으로 경계하듯 쳐다봤다는 것 말고는 아무것도 없었다. 어머니와 여동생은 그를 올려다보고 있었다. 두 사람은 지하 같은 곳(예를 들자면 우물 바닥이나 깊은 무덤 속 같은 곳)에 있었다. 그곳은 이미 그가 있는 곳보다 훨씬 아래쪽에 있었는데, 계속해서 그보다 더 아래로 내려가고 있었다. 둘은 침몰하는 배의 선실에 앉아 시커먼 물을 통해 그를 올려다보고 있었다. 그 선실 안에는 아직 공기가 있어서 두 사람은 그를, 그는 두 사람을 볼 수 있었다. 하지만 배가 계속 푸른 물속으로 가라앉아 이내 영원히 시야에서 사라져 버릴 게 틀림없었다. 그가 빛과 공기가 있는 바깥세상에 있는 반면 두 사람은 죽음을 향해 물속으로 깊숙이 빨려 들어가고 있었다. 그들은 그가 땅 위에 있기 때문에 거기 아래 깊은 곳에 있는 것이었다. 그는 그 사실을 알고 있었다. 그리고 그 사실을 두 사람도 알고 있음을 그들의 표정을 통해 알아차릴 수 있었다. 하지만 겉으로 드러나는 두 사람의 표정에서도, 마음속에서도 그에 대한 원망의 빛은 찾아볼 수 없었다. 두 사람이 아는 거라곤 그가 살아남기 위해서는 자신들이 죽어야만 하며, 그것이 피할 수 없는 운명이라는 것뿐이었다.

그는 꿈속에서 무슨 일이 일어났는지 기억할 수는 없었지만 어쨌든 그의 목숨을 위해 어머니와 여동생이 희생된 것은 알 수 있었다. 꿈속 장면들은 잊혀지지 않았으며 그 장면들은 꿈에서 깨어난 후에 새롭고 가치 있어 보이는 사실과 생각을 떠올리게 했다. 거의 30년 전에 일어난, 뭐라 표현할 수 없을 정도로 끔찍하고 슬펐던 어머니의 죽음이 바로 그 순간이 갑자기 윈스턴을 엄습했다. 그는 호랑이 담배 피우던 시절, 그러니까 아직 사생활과 사랑 그리고 우정이 있고 부모 형제가 이유를 묻지도 않고 서로를 지켜 주던 시대에나 비극이 존재했다고 생각했다. 어머니가 그를 사랑해서 죽었기 때문에, 그는 어머니를 생각하면 가슴이 찢어지는 것 같았다. 그 당시 윈스턴은 너무 어리고 이기적이어서 사랑으로 보답하지 못했다. 어떻게 그런 일이 일어났는지 기억나지는 않지만 어머니는 비밀스럽고 변치 않는 헌신적인 사랑으로 자신을 희생했다. 그와 같은 희생정신은 이제 사라졌다고 그는 생각했다. 오늘날에는 공포와 증오, 고통은 있지만 감정의 존엄성도, 깊고 복잡한 슬픔도 없었다. 그는 이 모든 사실을 수백 길이나 되는 푸른 물속에서 계속 가라앉으면서 자기를 올려다보던 어머니와 여동생의 커다란 눈에서 본 것 같았다.

장면이 바뀌어 윈스턴은 햇빛이 비스듬히 비치는 여름날 저녁 무렵, 짧게 깎은 푹신한 잔디밭 위에 서 있었다. 그가 지금 보고 있는 풍경이 실제로 본 적이 있는지 아닌지 확신할 수가 없었다. 그는 꿈에서 깬 뒤 그곳을 '황금의 나라'라고 생각했다. 거기에는 토끼가 풀을 뜯는 오래된 목초지와 그 위를 지나는 오솔길이 있었고 여기저기 두더지 굴도 보였다. 들판 맞은편에는 성긴 생울타리 안에 느릅나무 가지들이 미풍에 살며시 흔들리고, 무성한 이파리들이 여인의 머리카락처럼 조금씩 움직였다. 보이지 않지만 어딘가 가까운 곳에 맑은 시냇물이 조용히 흘러 그 물속에 황어 떼가 헤엄치고 있는 듯했다.

그때 짙은 갈색 머리의 그 여자가 들판을 가로질러 그를 향해 걸어오고 있었다. 그녀는 단번에 옷을 벗어 거만하게 옆으로 획 던졌다. 그녀의 몸은 희고 미끈했지만 그의 마음속에는 아무런 욕망도 일지 않았다. 사실 그는 그녀의 몸을 거들떠

보지도 않았다. 그녀가 옷을 벗어 던지는 몸짓에 감탄해 순간적으로 압도당했기 때문이었다. 우아하면서도 아무런 거리낌이 없는 그 몸짓은 모든 문화와 사상 체계를 무너뜨릴 듯했다. 빅브라더와 당 그리고 사상경찰도 아무 의미 없는 존재로 전락할 것 같았다. 그런데 이 몸짓 역시 먼 과거에 있었다. 윈스턴은 "셰익스피어"라고 중얼거리며 잠에서 깼다.

텔레스크린에서 귀청이 떨어질 것 같은 호루라기 소리가 같은 톤으로 30초 동안이나 계속됐다. 7시 15분. 사무를 보는 당원들이 일어나는 시간이었다. 윈스턴은 몸을 비틀며 침대에서 일어나 (일반 당원은 1년에 의복비로 겨우 3,000쿠폰을 받았는데 파자마 한 벌에 600쿠폰이나 했기 때문에 그는 벌거벗은 채였다) 의자에 걸쳐 놓은 구질구질한 속옷과 반바지를 집어 들었다. 3분만 있으면 체조가 시작될 것이다. 그 순간 그는 고꾸라질 듯 자지러지게 기침을 했다. 거의 매일 아침 일어난 뒤에 얼마 지나지 않아 기침이 터져 나왔다. 허파가 텅 빈 것 같아서 똑바로 누워 여러 번 밭은 숨을 쉬고 나서야 제대로 숨을 쉴 수 있었다. 기침 탓에 혈관이 팽창했는지 다시 몸이 가렵기 시작했다.

"삼사십 대 그룹!"

날카로운 여자 목소리가 소리쳤다.

"삼사십 대 그룹! 자리를 잡으세요. 삼사십 대 그룹!"

윈스턴은 텔레스크린 앞으로 뛰어가 차렷 자세를 했다. 화면에는 뼈가 앙상할 정도로 말랐지만 근육이 발달된 젊은 여자가 몸에 딱 붙는 옷을 입고 운동화를 신은 채 서 있었다.

"팔을 구부렸다 폅니다!"

여자가 구령을 붙였다.

"자, 구령에 맞추세요. 하나, 둘, 셋, 넷! 하나, 둘, 셋, 넷! 동지들, 어서 하세요! 좀 더 성의 있게 해 봐요! 하나, 둘, 셋, 넷! 하나, 둘, 셋, 넷⋯⋯!"

발작적인 기침으로 고통스러운 가운데서도 꿈속에서 받은 인상이 머릿속에서 완전히 사라지지는 않았는지 그는 구령에 맞춰 체조를 하면서도 그 느낌이 얼마간 다시 살아나는 것을 느꼈다. 그는 머릿속으로 어린 시절의 희미한 기억을 되살려 내려고 애를 쓰면서도 겉으로는 체조 시간에 걸맞게 즐거운 표정을 지으며 기계적으로 양팔을 앞뒤로 빠르게 움직였다. 몹시 어려운 일이었다. 1950년대 이전의 일들은 모두 기억에서 사라져 버렸다. 무언가 참고할 수 있는 외부 기록이 없다면 지금까지 살아온 인생마저도 그 모습을 잃어버리고 말 것이다. 대단한 사건이 있었다는 기억은 났지만 그런 일은 전혀 일어났을 법하지 않았다. 또 사건의 사소한 일은 기억해 낼 수 있었지만 당시 분위기가 어떠했는지 생각해 낼 수가 없었다. 아무것도 명확하게 규정할 수 없는 공백기가 생겼다. 모든 것이 그때와는 달랐다. 심지어 나라 이름도, 지도 위에 그려진 육지 모양도 달라졌다. 예를 들어, 에어스트립 원은 그 당시 '잉글랜드'나 '브리튼'이라고 불렀다. 하지만 '런던'을 언제나 런던이라고 부른 건 지금도 확실했다.

윈스턴은 나라가 전쟁을 하지 않은 때를 정확히 기억할 수 없었지만, 어린 시절 기억에 한 차례 공습이 있었으며 그때 사람들이 모두 깜짝 놀랐던 것으로 보아 이전까지 꽤 오랫동안 평화 시대였던 게 틀림없었다. 아마도 콜체스터에 원자 폭탄이 떨어진 때였을 것이었다. 그는 공습 자체는 기억나지 않았지만 아버지가 그의 손을 꼭 잡고 발을 디딜 때마다 소리가 울리는 나선형 계단을 빙빙 돌아 어딘가 땅속 깊은 곳으로, 더 깊은 곳으로 급하게 내려갔던 일은 기억났다. 그는 다리가 너무 아파서 훌쩍거리자 멈춰 서서 쉬어야만 했다. 어머니는 갓 태어난 여동생을 안고 꿈길을 가듯 천천히 긴 길을 뒤따라왔다. 아니, 어쩌면 당시 어머니가 안고 있었던 것은 그저 담요 뭉치였는지도 몰랐다. 그때 여동생이 태어났는지, 아닌지 확실하지 않았다. 마침내 도착한 곳은 사람들로 꽉 들어찬 시끄러운 지하철역이었다.

사람들은 돌바닥에 주저앉아 있기도 하고 쇠로 된 대합실 의자에 따닥따닥 붙어서 포개 앉아 있기도 했다. 윈스턴과 그의 부모는 바닥에 자리를 잡았는데 그 옆에는 할아버지와 할머니가 긴 의자에 나란히 앉아 있었다. 짙은 색깔의 고급 양복을 입고 새하얗게 샌 머리 위에 검은 천 모자를 눌러쓴 할아버지는 얼굴이 붉었고 파란 눈동자의 눈에 눈물이 그렁그렁했으며 몸에서 술 냄새가 났다. 숨을 쉴 때마다 땀구멍에서 술 냄새가 나는 것 같았는데, 심지어 그 할아버지 눈에 고인 눈물이 술이라는 생각이 들기도 했다. 할아버지는 실제로 약간 취하긴 했지만 가슴에서 끓어오르는 견딜 수 없는 슬픔 때문에 괴로워하고 있었다. 윈스턴은 어린 마음에도 무언가 끔찍하고 결코 용서할 수도 없으며 절대 치유될 수 없는 일이 막 일어났다는 것을 알 수 있었다. 그것이 뭔지 알 것도 같았다. 할아버지가 사랑하는 누군가가, 어쩌면 손녀가 죽었을지도 모르는 일이었다. 할아버지는 몇 분마다 같은 말을 계속 반복했다.

"그놈들을 믿지 말았어야 했어. 임자, 내가 말했잖아? 그놈들을 믿으면 이렇게 될 거라고. 그 녀석들을 믿지 말았어야 했다고."

윈스턴은 할아버지와 할머니가 믿지 말았어야 했던 그놈들이 누구인지 이제 기억할 수 없었다.

정확히 말해 늘 같은 전쟁은 아니었지만, 어쨌든 그 무렵부터 문자 그대로의 전쟁이 계속되었다. 그가 어렸을 때 몇 달 동안 런던에서 시가전이 벌어져 혼란스러웠는데, 그중 몇 장면은 아직도 생생하게 기억났다. 그러나 지금 존재하고 있는 것과 다른 선상에 있는 것에 대해서는 그 어떤 문서도, 녹취록도, 언급도 없기 때문에 그동안의 역사, 즉 누가 언제 누구와 전쟁을 벌였는지를 알아내기란 절대로 불가능했다. 예를 들어, 1984년 (지금이 1984년이라면)에 오세아니아가 유라시아와 전쟁 중이고 동아시아와 동맹을 맺고 있다고 한다면, 공적이든 사적이든 간에 이들 세 나라가 어떤 한 시점에 지금과 다른 관계였다고 말할 수는 없었다. 실제로 윈스턴이 알기로 4년 전만 해도 오세아니아는 동아시아와 전쟁 중이었으며 유라시아와는 동맹을 맺은 상태였다. 하지만 그의 기억은 만족스럽게 통제되지 않기 때문에 이것은 어쩌다 얻은 은밀한 지식에 불과했다. 공식적으로 동맹국이 바뀌는 일은 절대로 있을 수 없는 일이었다. 현재 오세아니아와 유라시아는 전쟁 중이므로 오세아니아는 유라시아와 항상 전쟁 중인 상태였다. 적은 언제나 절대악이었고 따라서 과거에든 미래에든 적과 타협한다는 것은 있을 수 없는 일이었다.

깜짝 놀랄 만한 일은(윈스턴은 어깨를 억지로 힘들게 뒤로 젖히면서―이것은 양손을 엉덩이에 대고 허리를 중심으로 몸통을 돌리는 체조로 등 근육 강화에 좋은 운동이다―수만 번 생각했다) 그것이 모두 사실일지도 모른다는 것이었다. 만약 당이 과거에까지 손을 뻗칠 수 있어서 이런저런 사건에 대해 절대로 일어난 적이 없다고 한다면 이것은 단순한 고문이나 죽음보다 더 끔찍한 일임이 분명했다.

당에서는 오세아니아가 유라시아와 동맹을 맺은 적이 없다고 했다. 윈스턴 스미스는 오세아니아가 불과 4년 전에 유라시아와 동맹을 맺었던 사실을 알고 있다. 하지만 이런 지식이 어디에 존재하는가? 곧 완전히 지워질 게 뻔한 그의 의식 속에서만 존재할 뿐이었다. 만일 당이 강요하는 거짓말을 사람들이 믿는다면(그리고 모든 기록이 똑같은 얘기를 하고 있다면) 그 거짓말은 역사가 되고, 진실이 되는 것이었다. "과거를 지배하는 자는 미래를 지배하고 현재를 지배하는 자는 과거를 지배한다." 이것이 당의 표어였다. 과거는 본질적으로 바뀔 수 있었다. 그러나 바뀐 적은 단 한 번도 없었다. 지금 진실인 것은 그게 무엇이든지 간에 영원히 진실이었다. 아주 단순했다. 끊임없이 자신의 기억을 눌러 이기는 것밖에 다른 길은 없었다. 사람들은 이를 '현실 제어'라고 불렀고 신어로는 '이중사고'라고 했다.

"편히 쉬어!"

여자 체조 교사가 약간 쾌활하게 소리쳤다.

윈스턴은 양팔을 옆으로 축 늘어뜨린 채 천천히 숨을 쉬었다. 그의 생각은 이중사고의 미궁 속으로 빠져들었다. 알면서도 모르는 것, 진실이 뭔지 훤히 알고 있으면서도 공들여 꾸민 거짓말을 하는 것, 서로 모순되는 줄 알면서도 그 둘 모두를 믿고 상쇄되는 두 가지 의견을 동시에 지지하는 것, 논리를 이용해서 논리에 맞서는 것, 도덕을 주장하면서 도덕을 거부하는 것, 민주주의일 리가 없는데도 당이 민주주의의 수호자라고 믿는 것, 잊어버리는 데 필요한 것은 잊어버렸다가 필요한 순간에는 다시 기억에 떠올려 놓고는 곧바로 다시 잊어버리는 것, 그리고 무엇보다도 그 과정 자체에다 똑같은 과정을 적용하는 것. 이런 것들은 상당히 미묘했다. 의식적으로 무의식 상태에 빠졌다가 다시 한번 자신이 방금 행한 최면 행위를 깨닫지 못했다. 그래서 '이중사고'라는 단어를 이해할 때조차 이중사고를 이용해야만 한다.

여자 체조 교사가 다시 "차렷!" 하고 소리쳤다.

"자, 이제 누구 손이 발끝에 닿는지 봅시다!"

그녀는 열정적으로 말했다.

"자, 동지들! 바로 엉덩이부터예요. 하나, 둘! 하나, 둘!……"

윈스턴은 이런 운동이 싫었다. 이 운동을 하다 보면 발뒤꿈치부터 둔부까지 전기가 오르는 것처럼 찌릿찌릿한 통증이 있고 결국에는 발작적인 기침까지 터져 나올 때가 많기 때문이었다. 명상의 즐거움도 반감되었다. 그는 과거가 단순히 바뀐 게 아니라 사실상 파괴되어 버렸다고 생각했다. 자신의 기억 외에는 아무런 기록이 없다면 제아무리 명백한 사실이라고 해도 그것을 어떻게 증명할 수 있을까? 그는 빅브라더에 관한 이야기를 언제 처음 들었는지 떠올리려고 애썼다. 분명히 1960년대 언제였던 것 같은데 단언하기는 어려웠다. 당연히 당사에서는 빅브라더를 초기 혁명의 지도자이자 수호자로 그리고 있었다.

그의 활약상은 점점 과거로 거슬러 올라가 이상한 원통 모양의 모자를 쓴 자본가들이 번쩍거리는 자동차나 창이 있는 마차를 타고 여전히 런던 시내를 활보하던 1930~1940년대의 멋진 세상까지 배경으로 하고 있었다. 이 신화의 어디까지가 사실이고 어디까지가 꾸며 낸 것인지는 알 수 없었다. 윈스턴은 당이 언제 생겼는지조차 알지 못했다. 그는 1960년 이전에는 '영사'라는 말을 한 번도 들어 본 적은 없었지만 구어, 그러니까 이전에 통용되던 말인 '영국사회주의'는 들어 봤을 수도 있었다. 모든 것은 안개 속으로 사라져 버렸다. 때로는 명백한 거짓말이라고 지적할 만한 것도 있었다. 예를 들어 당사에 당이 비행기를 발명했다고 주장하고 있는데, 그것은 사실이 아니었다. 윈스턴이 아주 어렸을 때에도 비행기는 있었다. 하지만 이를 증명할 수가 없었다. 증거가 전혀 없었기 때문이다. 그는 당이 역사적 사실을 날조했음을 확실히 증명할 문서를 손에 넣은 적이 딱 한 번 있었다. 그런데 그때……

"스미스!"

텔레스크린에서 날카로운 목소리가 들렸다.

"6079 스미스 W! 그래요, 당신! 더 아래로 굽혀요! 더 잘할 수 있을 텐데 노력을 하질 않는군요. 더 아래로! 훨씬 나아졌어요, 동지! 자, 동지들! 편히 쉰 자세에서 나를 좀 보도록 해요."

갑자기 윈스턴의 온몸에 땀이 비 오듯 쏟아졌다. 그의 얼굴엔 아무런 표정이 없었다. '절대로 경악한 표정을 보이지 말자! 화난 표정도 짓지 말자! 눈을 깜빡거리기라도 하면 그길로 끝장이다!' 윈스턴은 서서 여자 체조 교사가 팔을 머리 위로 들어 올리고 나서 그대로 몸을 굽혀 손가락 첫째 마디를 발가락 밑으로 밀어 넣는 모습을 지켜보았다. 우아하다고 말할 수는 없었지만 동작에 군더더기가 없이 깔끔하면서도 유연했다.

"자, 동지들! 여러분도 나처럼 해 봐요. 자, 내가 하는 걸 다시 봐요. 나는 서른아홉에 애가 넷이나 있어요. 자, 날 잘 봐요."

그녀가 다시 몸을 구부리면서 말했다.

"무릎이 전혀 굽혀지지 않은 게 보이죠? 마음만 먹으면 여러분도 다 할 수 있어요."

그녀는 몸을 일으켜 세우며 덧붙였다.

"마흔다섯 살 이하라면 누구든지 발가락에 손이 닿을 수 있어요. 우리 모두가 전방에 나가 싸울 특권을 누릴 수는 없지만, 적어도 건강은 지킬 수 있어야죠. 말라바 전선에 있는 우리 젊은이들을 생각해 봐요! 해상 연암 요새에 있는 해병들도 말예요! 그들이 감수해야만 하는 것을 생각해 보는 거예요. 자, 다시 해 보죠. 동지들, 좋아요. 훨씬 낫군요."

그녀는 수년 만에 처음으로 윈스턴이 몸을 홱 움직여 무릎을 굽히지 않고 발가락에 손을 대자 격려하며 말했다.

4

윈스턴은 텔레스크린을 의식할 필요가 없는데도 일을 시작하기 직전에 자기도 모르게 한숨을 쉬었다. 그는 구술 기록기를 앞으로 당겨 주둥이 부분의 먼지를 후 불고 안경을 썼다. 그러고는 이미 압축 전송관에서 나와 책상 오른쪽 위에 놓여 있는 둘둘 말린 작은 서류 뭉치 네 개를 풀어 클립 하나로 묶었다.

칸막이 사무실 벽에는 구멍이 세 개 있었다. 구술 기록기 오른쪽에는 문서를 보내는 작은 압축 전송관이 있었고 왼쪽에는 신문을 보내는 조금 더 큰 압축 전송관이 있었다. 윈스턴의 손이 쉽게 닿을 수 있는 옆벽에는 쇠창살로 막은 직사각형 모양의 커다란 구멍이 있었다. 이 마지막 구멍이 폐지를 버리는 곳이었다. 이와 같은 구멍은 사무실뿐만 아니라 복도마다 좁은 간격으로 나 있었는데 건물 전체에 수천 개, 아니 수만 개쯤 있었다. 무슨 이유에서인지 사람들은 이 구멍에 "기억통"이라는 별명을 붙였다. 그리고 누구든 반드시 폐기해야 할 문서나 주위에 떨어진 휴지를 보면 자연스레 그것들을 집어서 가까운 기억통 뚜껑을 열고 집어넣었다. 그러면 그것은 더운 바람에 휩쓸려 이 건물 어딘가 후미진 곳에 숨어 있는 커다란 소각장 속으로 들어갔다.

윈스턴은 자신이 풀어 놓은 네 개의 문서를 살펴보았다. 종이마다 고작해야 한두 줄의 메시지가 적혀 있었는데 내부 문건이라 약어로 되어 있었으며 전부는 아니어도 대부분 신어로 적혀 있었다. 내용은 다음과 같았다.

《타임스》84. 3. 17. BB 아프리카 연설 오보 정정
《타임스》83. 12. 19. 3개년 계획 83년 사사분기 예측 인쇄 오류 최근 확인
《타임스》84. 2. 14. 풍부 초콜릿 오인용 정정
《타임스》83. 12. 3. BB 일일명령 극불만 무인 언급 완전 재기 사전 제출

윈스턴은 은근한 만족감을 느끼면서 네 번째 메시지를 옆으로 밀어 놓았다. 복잡한 데다가 책임을 져야 하는 일이라 마지막에 처리하는 게 나았다. 두 번째 메시지는 숫자 표를 지루하게 뒤져야 할 것 같았지만 나머지 세 개의 메시지는 늘 하던 일이었다.

윈스턴이 텔레스크린에 있는 '과월호'를 돌려《타임스》의 해당 호를 요청하자 불과 몇 분 만에 압축 전송관으로 미끄러져 나왔다. 그때까지 받았던 메시지는 이런저런 이유로 변경, 공식 용어로 정정이 필요하다고 생각되는 논문이나 뉴스 기사와 관련이 있었다. 가령《타임스》3월 17일 자에 빅브라더가 그 전날

연설에서 남인도 전선은 평온하겠지만 유라시아 군이 곧 북아프리카 공격에 나설 것이라 예측했다는 기사가 실렸다. 그러나 실제로는 유라시아 군 최고사령부는 남인도 공격을 개시했고 북아프리카는 내버려 두었다. 그러므로 실제로 일어난 일을 예측했던 것처럼 빅브라더의 연설 구문을 고쳐 써야 했다. 예를 하나 더 들면 12월 19일 자 《타임스》에는 1983년 사사분기, 즉 제9차 3개년 계획의 제6분기의 각종 소비품 예상 생산량이 공식 발표됐었는데 오늘 신문에 보도된 실제 생산량과 발표됐던 예상량은 일치하는 것이 하나도 없이 완전히 어긋나 있었다. 윈스턴이 해야 할 일은 처음 수치를 나중 것과 일치하도록 고치는 것이었다. 세 번째 메시지는 2분이면 바로잡을 수 있는 매우 간단한 오류였다. 바로 얼마 전 2월에 풍요부가 1984년에는 초콜릿 배급량을 줄이지 않겠다고 약속(공식 용어로 '절대 서약'이라 말한다)했다. 그러나 윈스턴이 알고 있듯 실제로는 이번 주말부터 초콜릿 배급량이 30그램에서 20그램으로 줄어들게 되어 있었다. 윈스턴은 처음에 한 약속을 4월 중 불가피하게 배급량을 줄여야 할지도 모른다는 식으로 바꿔 놓기만 하면 되었다.

윈스턴은 각각의 메시지를 처리하자마자 《타임스》 해당 호에 구술 기록기로 정정한 것을 철해서 압축 전송관 속으로 밀어 넣었다. 그리고 나서는 거의 무의식적으로 메시지의 원본과 자신이 끄적인 것을 구겨서 화염이 이글거리는 기억통 속에 처넣었다.

윈스턴은 압축 전송관과 연결된 보이지 않는 미로에서 무슨 일이 벌어지는지 자세히는 아니어도 대강은 알고 있었다. 먼저 수집해서 분석한 《타임스》의 어떤 특정 호에 필요한 수정 작업을 하고 나면 곧바로 해당 호를 다시 인쇄하고 수정 전 신문을 폐기한 뒤, 수정한 신문을 폐기된 신문이 있던 자리에 놓아두었다. 이런 끝없는 변경 과정은 신문뿐만 아니라 일반 서적, 정기간행물, 팸플릿, 포스터, 전단지, 영화, 음악, 만화, 사진 등 조금이라도 정치적·사상적 의미를 담을 수 있는 것이라면 문학이든 기록물이든 상관없이 모든 것에 적용되었다. 그리하여 매일, 거의 매 순간 과거는 현재가 되었다. 이런 식으로 당이 예언한 것은 모두 정정된 문서로 증명할 수 있었고 그때그때의 요구와 부합하지 않는 기사나 의견은 기록에 남아 있지 않게 되었다. 모든 역사는 필요하면 언제라도 깨끗이 지우고 다시 고쳐 쓰는 문서와 같았다. 일단 그 모든 과정이 완료되면 어떤 경우에도 위조되었다는 것을 증명할 수 없었다. 윈스턴이 근무하는 부서보다 훨씬 큰, 기록국의 가장 큰 부서 직원들은 단순히 대체하고 폐기해야 할 서적과 신문을 모두 찾아내서 모으는 일을 맡고 있었다. 사무실에는 정치 서열의 변경이나 빅브라더의 잘못된 예언 때문에 열두 번도 더 정정된 수많은 《타임스》가 원래 날짜가 박힌 채 신문철에 꽂혀 있었다. 날짜가 맞지 않는 신문은 하나도 없었다. 각종 서적도 회수되어 여러 차례나 수정되었지만 매번 변경되었다는 언급 한마디 없이 다시 발간되었다. 심지어 윈스턴이 받아서 처리하자마자 없애 버려야 하는 문서에도 위조 행위를 하라는 언급이나 암시는 전혀 없었다. 언제나 정확성을 기하기 위해 탈자, 오기, 인쇄상의 오류, 인용상의 실수 등을 찾아서 바로잡으라고 언급할 뿐이었다.

윈스턴은 풍요부의 숫자를 다시 조정하면서 이런 일은 사실상 위조라고 볼 수도 없다고 생각했다. 이는 하나의 난센스를 또 하나의 난센스로 단순히 바꾸는 것에 불과했다. 사람들이 접하는 대부분의 자료는 현실 세계와는 아무런 관련이 없었으며 심지어는 뻔뻔한 거짓말과도 무관한 것들이었다. 처음 발표된 통계만큼이나 수정된 통계도 황당무계했다. 이를 이해하려면 상당한 시간이 걸릴 것이다. 예를 들어, 풍요부는 한 분기 구두 생산량을 1억 4,500만 켤레로 예상했는데, 실제 생산량은 6,200만 켤레였다. 윈스턴은 할당량이 초과 달성되었다는 상투적인 주장을 할 수 있게 예상 생산량을 5,700만 켤레로 낮추어 기록했다. 그런데 6,200만 켤레라는 수치가 '5,700만'이나 '1억 4,500만'보다 더 진실에 가까운 것도 아니었다. 보나마나 구두는 한 켤레도 생산되지 않았을 것이었다. 아니, 그보다는 아무도 구두의 생산량을 알지 못할 뿐만 아니라 거기에 관심을 갖는 사람조차 한 명도 없다고 해야 사실에 훨씬 더 가까울 것이었다. 사람들이 알고 있는 사실은 서류상으로는 매 분기마다 천문학적인 숫자의 구두가 생산되지만 오세아니아 인구 절반에 가까운 사람들이 맨발로 다닌다는 것이었다. 기록된 사실들은 크든 작든 모두 그런 식이었다. 모든 것은 마침내 날짜도 불확실한 암흑의 세계로 사라져 버렸다.

윈스턴은 복도 건너편을 흘긋 쳐다보았다. 바로 맞은편 칸막이 책상에서 검은 턱수염을 기른, 체구가 작고 고지식해 보이는 틸럿슨이라는 남자가 접은 신문을 무릎 위에 올려놓고 구술 기록기 주둥이에 입을 바짝 대고는 열심히 일하고 있었다. 텔레스크린과 계속해서 비밀을 주고받는 분위기였다. 그는 눈을 들어 안경 너머로 윈스턴을 향해 적의 어린 눈빛을 보냈다.

윈스턴은 틸럿슨에 대해 아는 것이 거의 없었다. 그가 무슨 일을 맡고 있는지조차 알지 못했다. 기록국 직원들은 자기가 하는 일에 대해 이야기하길 꺼렸다. 길쭉하고 창문이 없는 홀에는 칸막이를 한 책상이 두 줄로 놓여 있었고 서류 뒤적이는 소리와 구술 기록기에 대고 웅얼거리는 소리가 끝없이 났다.

윈스턴은 매일같이 직원들이 복도를 바삐 오가거나 2분 증오 시간에 소리 지르며 몸짓하는 모습을 봤으면서도 12명이나 되는 사람들의 이름조차 알지 못했다. 그의 옆 칸에 있는 옅은 갈색 머리의 자그마한 여자는 증발되어 결국 아예 존재한 적이 없다고 여겨지는 사람들 명단을 출판물에서 찾아 지우는 작업을 매일매일 힘겹게 하고 있었다. 그 여자의 남편이 2년 전에 증발되었기 때문에 그녀는 확실히 이런 일에 적격이었다. 두세 칸 떨어진 자리에는 순하고 무능해 보이며 꿈결에 잠긴 듯한 앰플포드란 남자가 있었다. 그는 유난히 귀에 솜털이 많았는데, 운과 음보를 맞추는 데 비상한 재주가 있어서 사상적으로는 불온하지만 이런저런 이유로 시집에 남겨 두어야 할 시를 윤색하는 작업을 했다. 이렇게 윤색한 시를 확정본이라고 불렀다. 그런데 직원이 쉰 명쯤 되는 이 홀은, 이를테면 굉장히 복잡한 기록국의 일개 분과에 불과했다. 사무실의 상하좌우에는 상상할 수 없을 정도로 다양한 일에 종사하는 다른 부류의 노동자들이 있었다. 거대한 인쇄소에는 편집 요원과 조판 전문가 그리고 사진을 위조하는 정교한 시설을 갖춘 스튜디오까지 있었으며, 텔레스크린 편성과에는 엔지니어와 프로듀서, 성대모사 재능이 뛰어난 배우단이 소속되어 있었다. 전문가들이 있는 한편, 단순히 회수해야 할 정기간행물이나 서적의 목록을 작성하는 참고 열람실 직원도 있었다. 아울러 수정된 문서를 보관하는 드넓은 창고도 있었고 보이지 않는 곳에는 원본을 없애는 소각장도 있었다. 이런 모든 작업을 통솔하고 과거의 어떤 부분을 보존하고 위조할 것이며 아예 없애 버릴 것인지 정책 노선을 정하는 지도급 인물은 완전히 베일에 싸인 채 어딘가에 있었다.

결국 기록국은 진리부 내의 한 기구로서 주 업무는 과거를 재건하는 것이 아니라 오세아니아의 사람들에게 신문과 영화, 교과서, 텔레스크린 프로그램, 연극, 소설 등(동상에서부터 표어까지, 서정시에서부터 생물학 논문까지, 어린이용 철자 교본에서부터 신어사전에 이르기까지 가능한 한 모든 분야에 걸친 정보, 교육, 오락)을 제공하는 것이었다. 또한 당의 수많은 요구를 들어 주는 일뿐만 아니라 무산계급인 노동자들을 위해 수준을 더 낮춰 이 모든 과정을 되풀이하는 일도 했다. 전체 부서에서 따로 분리된, 무산계급 노동자를 위한 문학과 음악, 연극, 오락을 개괄적으로 다루는 부서가 있었다. 이런 곳에서는 스포츠와 범죄, 점성술에 관한 기사가 거의 전부인 저질 신문을 비롯해 5센트짜리 선정적인 삼류 소설과 섹스가 난무하는 영화, 작곡기라고 알려진 만화경 같은 특별한 기계로 작곡한 감상적인 노래를 만들어 냈다. 그야말로 저질 중의 저질인 포르노물을 제작하는 부서, 신어로 '포르노과'도 있었다. 여기에서 제작된 작품들은 모두 밀봉된 채 발송되기 때문에 그 일에 종사하는 사람이 아니면 당원들도 볼 수가 없었다.

윈스턴이 일하고 있는 사이에 압축 전송관에서 세 개의 메시지가 미끄러져 나왔지만 간단한 문제라 2분 증오 시간이 끼어들기 전에 모두 처리했다.

2분 증오 시간이 끝나자 그는 자기 자리로 돌아와 책장에서 신어사전을 꺼냈다. 그러고는 구술 기록기를 한쪽으로 치운 다음 안경을 닦고 오전에 처리할 주요 업무를 시작했다.

윈스턴이 살면서 가장 크게 즐거움을 느낄 때는 바로 일하는 순간이었다. 대부분은 따분하고 일상적인 일이었지만 한창 수학 문제를 풀 때처럼 몰두할 수 있는, 매우 어렵고 복잡한 일도 포함되어 있었다.

예를 들어, '영사'의 강령에 대한 지식과 당이 바라는 바에 대한 예측에 의지하여 정교하게 문서를 위조해야 하는 경우였다. 윈스턴은 이런 일에 능숙했다. 이 외에 순전히 신어로 쓰인《타임스》의 사설을 정정하는 일까지 맡을 때도 있었다. 윈스턴은 아까 옆으로 밀어 놓았던 메시지를 펼쳤다. 내용은 다음과 같았다.

《타임스》 83. 12. 3, BB 일일 명령 극불만 무인 언급 완전 재기 사전 제출

이것을 구어, 즉 표준 영어로 표현하면 다음과 같을 것이다.

《타임스》 1983년 12월 3일 자에 보도된 빅브라더의 일일 명령에 관한 기사는 몹시 만족스럽지 못한 것으로 존재한 적도 없는 사람에 대해 언급하고 있다. 기사를 완전히 다시 써서 철하기 전에 원고를 고위 당국에 제출하라.

윈스턴은 문제가 된 기사를 훑어보았다. 빅브라더의 일일 명령은 주로 해상 연암 요새에 승선한 해병들에게 담배를 비롯하여 여러 가지 위문품을 공급하는 FFCC라는 단체를 치하하는 것이었다. 그 가운데에는 고위 핵심 당원인 위더스라는 동지가 2등 특별 공로 훈장을 받았다고 특별히 언급하고 있었다.

3개월 뒤, FFCC는 아무런 해명도 없이 갑자기 해체되었다. 사람들은 위더스와 그의 동료들이 숙청되었을 것이라고 추측했지만 신문에도, 텔레스크린에도 그에 관한 언급은 전혀 없었다. 정치범이 공개적으로 재판을 받거나 탄핵을 받는 일은 드물었기에 당연했다. 비굴하게 자신들의 죄목을 자백한 뒤에 처형을 당하는 반역자와 사상범들에 대한 공개 재판과 함께 수천 명의 관련자들이 대거 숙청되기도 하지만 그런 일은 2년에 한 번 있을까 말까 한 구경거리였다. 대개 당의 미움을 산 사람은 연기처럼 사라져 버린 후 다시는 소식을 들을 수 없었다. 그들에게 무슨 일이 일어났는지 알 만한 실낱같은 단서도 전혀 없었다. 어쩌면 그들은 죽지 않았을 수도 있었다. 하지만 자신의 부모를 남겨 놓은 채 행방을 감춘 이가 윈스턴이 개인적으로 아는 사람만 해도 서른 명은 되었다.

윈스턴은 종이 집게로 콧등을 톡톡 두드렸다. 맞은편 칸의 틸럿슨은 아직도 비밀 이야기라도 하는 듯 구술 기록기 위로 몸을 웅크리고 있었다. 그러다 잠시 고개를 들어 다시 윈스턴에게 적의 어린 눈빛을 보냈다. 윈스턴은 틸럿슨 동지가 자신과 똑같은 일을 할지도 모른다고 생각했다. 충분히 그럴 수 있는 일이었다. 이처럼 까다로운 일을 단 한 사람에게만 맡길 리가 없었다. 그렇다고 이런 일을 위원회에 넘길 수도 없을 것이다. 그렇게 하면 날조 행위가 자행되고 있음을 공공연하게 인정하는 셈이 될 테니 말이다. 아마 지금 열두 명 정도 되는 사람들이 빅브라더가 실제로 한 연설문을 경쟁하며 고치고 있을 것이다. 그리고 머지않아 어떤 지도급 핵심 당원이 그중에서 적당한 원고를 골라 다시 편집을 할 것이며 그렇게 선택된 거짓 원고는 복잡한 참조 과정을 거친 뒤에 영구 기록 문서에 편입되어 진실이 될 것이다.

윈스턴은 위더스가 왜 숙청되었는지 알지 못했다. 어쩌면 부정을 저질렀거나 무능해서, 혹은 위더스나 그와 가까운 누군가가 이단적인 성향이 있다는 혐의를 받았기 때문인지도 몰랐다. 아니면 단지 그가 너무 인기가 많아서 빅브라더가 제거했을 수도 있었다. 그러나 숙청이나 증발이 체제를 유지하는 데 불가피한 수단이므로 그냥 그렇게 되었을 가능성이 가장 높았다. 위더스가 이미 죽었음을 알려 주는 유일한 단서는 '무인 언급'이라는 말에 있었다. 체포된 경우라면 이런 말을 절대로 쓸 수 없었다. 때로는 체포되었다가 석방되어 1~2년쯤 자유를 누린 뒤에 처형되기도 했고, 아주 드문 일이지만 오래전에 죽은 줄 알았던 사람이 공개 재판에 유령처럼 나타나 수백 명이 연루되었다는 증언을 하고 나서 영원히 자취를 감추어 버리기도 했다. 하지만 위더스는 이미 없는 사람이었다. 그는 존재하지 않았다. 존재한 적도 없었다. 윈스턴은 단순히 빅브라더의 연설 방향을 바꾸는 것만으로는 부족하다고 생각했다. 원래의 주제와 완전히 무관한 일로 처리하는 게 좋을 것 같았다.

연설을 반역자와 사상범에 대한 통상적이고 맹렬한 비난으로 바꿀 수도 있겠지만 그렇게 하면 너무 뻔한 내용이 될 것이었다. 그렇다고 무작정 전선에서 승리했다거나 제9차 3개년 계획을 성공적으로 초과 달성했다는 식으로 꾸미면 기록 자체가 너무 복잡해질지도 모른다. 완전무결한 조작이 필요했다. 그런데 마치 준비라도 해 놓은 듯 최근에 전쟁터에서 영웅적으로 전사한 오길비 동지라는 사람이 갑자기 윈스턴의 머릿속에 떠올랐다. 빅브라더는 일일 명령을 통해서 신분이 미천한 평당원이지만 본받을 만한 일생을 산 동지들의 명복을 빌어 주어야 한다고 역설하곤 했다. 윈스턴은 오늘 오길비 동지의 명복을 빌어 주기로 했다. 사실 오길비 동지라는 사람은 없었지만 몇 줄의 글과 모조 사진 두어 장이면 옛날부터 있던 사람으로 만들 수 있었다.

윈스턴은 잠시 생각에 잠겼다가 구술 기록기를 앞으로 잡아당겨 익숙한 빅브라더 말투로 말하기 시작했다. 빅브라더의 말투는 군대식이면서도 현학적이며 질문을 던졌다가 곧바로 자기가 대답을 하는 화법("동지들, 우리는 이 사실에서 무슨 교훈을 얻었는가? 그 교훈은 바로 '영사'의 기본 강령 중 하나이기도 한데, 그것은……" 하는 식)을 썼기 때문에 쉽게 흉내 낼 수 있었다.

오길비 동지는 세 살 때 다른 장난감은 거들떠보지도 않고 북과 기관총, 헬리콥터 모형을 가지고 놀았다. 그는 여섯 살에 당의 특별 배려로 규정보다 1년 더 빨리 스파이단에 가입했고, 아홉 살에는 단장이 되었다. 열한 살 때는 사상이 불온해 보이는 삼촌을 사상경찰에 고발했으며 열일곱 살 때는 '청소년반성연맹'의 지역 조직책으로 활동했다. 그는 열아홉 살 때 수제 수류탄을 고안했고, 평화부는 이를 채택해 시행한 첫 실험에서 단 한 발로 유라시아 포로들을 서른한 명이나 죽였다. 그는 스물세 살 때 작전 중 전사했다. 중요한 문서를 가지고 인도양 상공을 비행하던 중 적군 제트기의 추격을 받자 그는 기관총을 둘러매 몸을 더 무겁게 한 뒤 헬리콥터에서 깊은 바닷속으로 뛰어내렸다. 공문도 그와 함께 그렇게 끝을 맞이했다. 빅브라더는 그의 죽음에 질투를 느낀다고 말했다. 그리고 오길비 동지의 생애가 더없이 순결하며 성실했다는 말도 덧붙였다. 오길비 동지는 아예 술을 마시지도, 담배를 피우지도 않았으며 체육관에서 하루에 한 시간 동안 운동하는 것 외에는 아무 취미도 없었다. 그리고 결혼해서 가족을 돌보게 되면 하루 24시간 내내 임무에 헌신할 수 없다고 생각했기 때문에 독신 서약을 했다. 그는 오직 '영사'의 강령에 대한 이야기만 했으며, 적군인 유라시아 군대를 격퇴시키고 스파이와 파괴 공작원, 사상범, 반역자들을 끝까지 추적해서 모조리 잡아들이는 것을 삶의 목표로 삼았다.

윈스턴은 오길비 동지에게 특별 훈장을 줄까 하고 고민하다가 결국에는 불필요한 참조 과정을 수반하게 될 것이라 그만두기로 했다.

그는 다시 맞은편에 앉아 있는 라이벌인 틸럿슨을 흘끗 쳐다보았다. 틸럿슨이 자기와 똑같은 업무를 처리하느라 바쁜 게 확실하다는 생각이 들었다. 누구의 원고가 채택될지 알 수 없었지만 윈스턴은 자기 것이 채택될 거라는 확신이 강하게 들었다. 한 시간 전만 해도 생각조차 못했던 오길비 동지의 존재는 이제 사실이 되었다. 죽은 사람은 만들어 낼 수 있지만 산 사람은 그렇게 할 수 없다니 기분이 이상했다. 지금까지 결코 존재한 적이 없던 오길비 동지가 이제는 과거 속에 존재하게 되었다. 일단 날조 행위가 잊혀지고 나면 오길비 동지는 샤를마뉴 대제나 줄리어스 시저처럼 확실한 증거 위에 존재하게 될 것이다.

지하 깊숙한 곳에 있는, 천장이 낮은 구내식당에서 점심 식사를 하려는 사람들의 줄이 서서히 앞으로 움직였다. 식당 안은 이미 만원이었고 귀청이 터질 것처럼 시끄러웠다. 창살이 쳐진 카운터에서 시큼한 금속성 냄새를 풍기며 스튜의 김이 쏟아져 나왔지만 승리주 냄새를 완전히 제압하지는 못했다. 식당 한쪽 구석 벽에 구멍을 내어 만든 조그만 바에서 한 잔에 10센트를 받고 술을 팔고 있었다.

"찾고 있었는데 여기 있었군."

윈스턴의 등 뒤에서 누군가 말했다.

윈스턴은 돌아섰다. 바로 조사국에서 근무하는 친구 사임이었다. 어쩌면 '친구'는 딱 들어맞는 단어가 아닐지도 모른다. 요즘에는 친구가 아닌 동지만 있었다. 하지만 동지들 중에서도 다른 이들보다 더 친한 동지는 있었다. 사임은 언어학자이자 신어 전문가로, 현재 신어사전 제11판을 편집하는 막강한 전문 위원단의 일원 중 한명이었다. 그는 윈스턴보다 작고 왜소했으며 머리는 검은색이었다. 그의 커다랗고 툭 튀어나온 눈은 애절해 보이면서도 조롱하는 것 같아서 이야기하는 동안 상대방의 얼굴을 살살이 살피는 것 같았다.

"동지한테 면도날이 있나 해서."

사임이 말했다.

"하나도 없는데! 나도 사방을 찾아다녔지만 아무 데도 없더라고."

윈스턴은 왠지 죄책감이 들어 서둘러 대답했다.

사람들은 면도날을 구하려고 했다. 사실 윈스턴한테는 비축해 둔 새 면도날이 두 개 있었다. 지난 몇 달 동안 면도날은 품귀 현상을 빚었다. 당원용 상점에서도 생활필수품이 동날 때가 있었다. 어떤 때는 단추가 동나기도 했고 또 어떤 때는 털실이나 구두끈이 동나기도 했다. 요즘은 면도날이 동나고 없었다. 면도날은 이제 '자유' 시장에서 남몰래 거의 구걸하다시피 해야 겨우 구할 수 있었다.

"나도 6주 동안이나 같은 면도날을 쓰고 있어."

윈스턴은 거짓말로 둘러댔다.

줄이 다시 앞으로 움직였다. 가다가 멈추자 윈스턴은 몸을 돌려 다시 사임을 마주 봤다. 두 사람 다 카운터 끝에 있는 더미에서 가져온 기름때가 긴 철제 쟁반을 들고 있었다.

"어제 포로들 교수형에는 가 봤나?"

사임이 물었다.

"근무 중이었어. 극장에서 볼 수 있겠지."

윈스턴은 시큰둥하게 대답했다.

"직접 보는 것만 못하지."

사임이 말했다.

그는 비웃는 듯한 눈빛으로 윈스턴의 얼굴을 훑어보았다. "나는 너를 안다"고 그 두 눈이 그렇게 말하는 것 같았다. "네 속이 훤히 다 들여다보여. 네가 왜 포로들이 교수형 당하는 걸 보러 가지 않았는지 잘 안다니까." 사임은 지능적이고 사악한 정통파였다. 그는 적의 마을에 대한 헬리콥터의 습격이나 사상범의 자백과 재판, 애정부 감방에서 행해지는 처형 등을 불쾌감이 들 정도로 고소해하며 만족스러워 하는 듯이 이야기했다. 그와 이야기를 나누려면 대체로 그런 화제를 피해 가능한 한 그가 자신의 권위를 세우면서도 흥미로워할 신어의 세부적인 부분을 화제로 삼아 그가 그 이야기에 말려들게 해야 했다. 윈스턴은 감시하는 듯한 그의 커다랗고 짙은 눈을 피해서 고개를 약간 옆으로 돌렸다.

"정말 볼만한 교수형이었어."

사임이 회상하며 말했다.

"놈들의 발을 한데 묶어 놓는 바람에 다 망쳐 버렸다니까. 발버둥치는 꼴을 보고 싶었거든. 무엇보다도 마지막에 혀를 쑥 빼물었는데, 파랗더라고. 아주 밝은 파란색 있잖나. 그 장면이 마음에 들었어."

"다음 분!"

흰 앞치마를 두른 종업원이 국자를 들고 큰 소리로 외쳤다.

윈스턴과 사임은 쟁반을 카운터로 밀었다. 두 사람의 쟁반에 규정된 음식(철제 작은 접시에 담긴 분홍빛이 도는 잿빛 스튜와 빵 한 덩어리, 치즈 한 조각, 우유를 타지 않은 승리 커피 한 잔, 사카린 한 알이었다)이 순식간에 담겼다.

"저기에 자리가 하나 있어. 텔레스크린 밑에 말이야. 가는 길에 술이나 한잔 사 가지고 가세."

사임이 말했다.

종업원이 손잡이가 없는 도자기 잔에 진을 따라 주었다. 둘은 식당 안에 빼곡한 사람들을 헤치고 나아가 금속판을 위에 씌운 탁자 위에 쟁반을 내려놓았다. 누군가가 탁자 한 귀퉁이에 구역질이 날 만큼 아주 더러운 국물을 잔뜩 엎질러 놓았다. 윈스턴은 술잔을 든 채 온 신경을 집중하느라 잠시 숨을 멈추었다가 느글느글한 맛이 나는 진을 꿀꺽 삼켰다. 눈물이 찔끔 나는 듯하던 윈스턴은 갑자기 시장기를 느꼈다. 그는 스튜를 퍼먹기 시작했다. 질척질척한 스튜에 분홍색이 도는 스펀지 조각이 들어 있었는데 아마도 고기를 조제하는 데 들어가는 물질인 것 같았다. 두 사람은 스튜 그릇을 다 비울 때까지 아무 말도 하지 않았다. 윈스턴과 약간 떨어진 왼쪽 뒤 식탁에서 누군가가 꽥꽥거리는 오리처럼 귀에 거슬리는 목소리로 빠르게 쉴 새 없이 지껄여 대고 있었다. 목소리가 어찌나 크던지 시끄러운 식당 안을 가르고 들릴 정도였다. 윈스턴이 주위 소음 때문에 목소리를 높여 물었다.

"사전은 어떻게 돼 가?"

"좀 더디게 진행되고 있어. 나는 형용사를 맡았는데 아주 흥미로워."

사임이 대답했다.

신어 이야기가 나오자 그의 얼굴이 금세 환해졌다. 사임은 스튜 접시를 옆으로 밀어 놓고 섬세하게 생긴 한 손으로는 빵덩어리를, 다른 한 손으로는 치즈를 들고서 소리를 지르지 않아도 말소리가 잘 들리게 식탁 쪽으로 몸을 기울이며 말했다.

"제11판이 결정판이지. 지금 신어를 마지막으로 손질하고 있는데 앞으로 다른 말은 쓰지 않아도 될 거야. 이 일이 끝나면 자네 같은 사람들은 신어를 처음부터 다시 배워야만 해. 아마도 자네는 우리 주된 임무가 새로운 단어를 만들어 내는 거라고 생각할 거야. 하지만 절대 그렇지 않다고. 우리는 매일 수십, 수백 개의 단어를 없애고 있지. 말하자면 우리는 말을 최대한 추려 내고 있는 거야. 제11판에는 2050년 이전에 쓸모없게 될 단어는 단 하나도 실리지 않을 거야."

사임은 게걸스럽게 빵을 덥석 베어 물고는 두세 번 씹더니 꿀꺽 삼켜 버렸다. 그러고는 현학자다운 열정으로 계속해서 이야기를 늘어놓았다. 가무잡잡하니 야윈 그의 얼굴은 활기를 띠었고 조소하는 기색이 사라진 눈은 꿈을 꾸는 것 같았다.

"단어를 없애는 건 멋진 일이야. 물론 쓸모없는 단어는 동사와 형용사에 많지만 없애야 할 명사도 수백 개나 돼. 그리고 동의어뿐만 아니라 반의어도 없애야 해. 결국 한 단어가 단순히 어떤 단어의 반의어일 뿐이라면 그 단어가 있어야 하는 타당한 이유가 뭐란 말인가? 한 단어는 그 자체에 반대말을 포함하고 있지. '좋은(good)'이라는 단어를 예로 들어 보자고. '좋은'과 같은 단어가 있는데 '나쁜(bad)'이란 단어가 왜 필요하겠어? '안 좋은(ungood)'도 괜찮잖아. 오히려 더 낫지. 정확하게 반의어니까. '나쁜'은 그렇지 않거든. 또 '좋은'이란 말의 뜻을 더욱 강조하고 싶을 때도 마찬가지야. '탁월한(excellent)'이니 '훌륭한(splendid)' 같은 모호하면서 쓸모없는 말들이 수두룩하게 있다 한들 무슨 의미가 있겠어? '더 좋은(plusgood)'이라는 말이면 의미상 충분하고 이 말을 더욱 강조하고 싶으면 '더욱더 좋은(doubleplusgood)'이라고 하면 되는 거라고. 물론 이런 형태의 단어는 이미 사용되고 있지만, 신어 최종판에는 이 단어들 외엔 아무것도 실리지 않을 거야. 결국에는 좋고 나쁘다는 전체적인 개념은 단어 여섯 개로 표현할 수 있다는 얘기지. 실제로는 단어 하나뿐이지만 말이야. 윈스턴, 멋지지 않아? 물론 이건 원래 빅브라더의 아이디어였어."

빅브라더를 언급했을 때 윈스턴 얼굴에 열정이 전혀 없이 심드렁해하는 기색이 언뜻 스쳐 지나갔다. 잠시 그런 표정이 비쳤을 뿐인데 사임은 금세 윈스턴이 열의가 없다는 것을 간파해 냈다.

"윈스턴, 자네는 신어가 있다는 사실에 진심으로 고마워할 줄 모르는군."

사임이 안타까워하며 말을 이었다.

"심지어는 신어로 글을 쓸 때도 여전히 구어로 생각하고 있어. 자네가 《타임스》에 쓴 기사를 종종 읽어 보는데 상당히 괜찮은 편이지만 번역에 불과하더군. 자네는 마음속으로 말 자체에 모호하고 쓸데없는 뜻이 들어 있는 구어에 집착하고 있어. 단어를 없애는 일의 매력을 이해하지 못하는 것 같아. 전 세계적으로 매년 어휘 수가 줄어드는 언어는 신어밖에 없다는 것을 알고 있나?"

윈스턴은 물론 알고 있었다. 그는 말을 하는 대신 동의한다는 의미로 미소를 지었다.

사임이 거무스름한 빵을 다시 한입 베어 물고 잠시 씹더니 이어서 말했다.

"자네는 신어를 만든 목적이 사고의 폭을 좁히는 데 있다는 걸 모르나? 결국 우리는 사상죄를 범하는 일이 문자 그대로 아예 불가능하게 만들 거라고. 사상을 표현할 단어가 없을 테니 말일세. 앞으로 필요한 모든 개념은 정확하게 한 단어로 표현될 거야. 뜻이 엄격하게 제한되고 다른 부수적인 뜻은 제거되어 잊히게 될 거네. 이미 우리는 제11판에서 그 목표에 가까워지려고 노력하고 있어. 그 과정은 나나 자네가 죽은 뒤에도 오랫동안 계속될 거야. 해마다 단어가 점점 줄어들면 의식의 범주도 조금씩 작아질 테니까. 물론 지금도 사상죄를 저지르는데에는 어떤 이유도 변명도 있을 수 없어. 단순히 자기 수양과 현실 제어의 문제라고. 하지만 결국에는 그럴 필요조차 없을거야. 언어가 완벽해지면 혁명도 완성될 테니까. 신어는 '영사'고, 영사는 신어일세."

그는 만족스러운 표정을 지으며 덧붙였다.

"윈스턴, 2050년까지 지금 우리가 나눈 대화를 이해할 수 있는 사람이 단 한 명이라도 살아 있을 것 같은가?"

"빼⋯⋯."

윈스턴은 머뭇거리다가 입을 닫아 버렸다.

"무산계급 외에는"이란 말이 목구멍까지 차올랐지만, 그것이 이단의 냄새를 풍기는 비정통주의적인 말인지 아닌지 확신이 서지 않아 입을 다물었다. 그러나 사임은 윈스턴이 하려는 말이 무엇인지 알아챘다.

"무산계급은 인간이 아니야."

그가 거침없이 말했다.

"2050년까지는, 어쩌면 그 전에, 구어에 대한 지식은 모두 사라질 거야. 과거의 모든 문학도 폐기될 테고. 초서나 셰익스피어, 밀턴, 바이런 같은 작가도 신어로 번역된 작품 속에서만 존재하게 될 거야. 그것도 단순히 뭔가 다른 차원이 아니라 원래 것과는 모순되는 방향으로 바뀔 거라고. 심지어 당의 문학까지도 변할 거야. 표어도 말이지. 자유의 개념이 없어졌는데 '자유는 구속'이라는 표어가 어떻게 있을 수 있겠어? 모든 사상적 분위기도 달라질 거야. 사실상 우리가 지금 알고 있는 사상 따위는 더 이상 존재하지도 않을 거야. 정통주의는 생각하지 않는 것, 바로 생각할 필요도 없다는 것을 뜻하거든. 요컨대, 정통주의란 무의식 그 자체야."

갑자기 윈스턴은 머지않아 사임이 증발될 것이라는 강한 확신이 들었다. 그는 너무 지적인 인물이다. 모든 것을 분명하게 파악하고 있는 그대로 이야기한다. 당은 그런 부류의 사람을 좋아하지 않는다. 언젠가 그는 사라질 것이다. 그의 얼굴에 그렇게 쓰여 있다.

윈스턴은 빵과 치즈를 먹어 치웠다. 그리고 의자를 약간 비껴 앉아 커피를 마셨다. 왼쪽 식탁에 앉아서 거슬리는 목소리로 떠들던 남자는 여전히 아랑곳하지 않고 계속 지껄여 대고 있었다. 윈스턴을 등지고 앉아 있는 젊은 여자는 아마도 그 남자의 비서 같았는데, 그의 말을 경청하며 그가 하는 말에 모두 열정적으로 동감하고 있는 듯 보였다. 이따금씩 "정말 옳은 말씀입니다. 저도 그렇게 생각합니다"라고 말하는, 앳되면서도 약간 맹한 여자 목소리가 들렸다. 그러나 여자가 말을 하는 동안에도 상대방은 잠시도 쉬지 않고 떠들었다. 윈스턴은 그 남자와 안면만 있을 뿐, 그가 창작국의 요직에 있다는 것 외에 그에 대해서 아는 바가 없었다. 그는 서른 살쯤 되어 보였는데 목이 굵고 큰 입을 쉴 새 없이 움직였다. 그가 머리를 뒤로 약간 젖히고 있는 데다 앉아 있는 각도 때문에 안경이 빛을 받고 있어서 윈스턴 쪽에서는 그의 눈이 두 개의 텅 빈 유리알처럼 보였다. 그의 입에서는 한 마디도 알아들을 수 없는 말소리가 끊임없이 흘러나오고 있어서 윈스턴은 약간 오싹한 기분이 들었다.

윈스턴은 활자가 한 줄로 꿰인 것처럼 아주 빠르게 쏟아져 나오는 말 속에서 딱 한 번 "골드스타인주의를 완전히 뿌리째 제거하는 것"이라는 구절을 주워 들었다. 나머지는 영락없이 오리가 꽥꽥거리는 시끄러운 소리 같았다. 윈스턴은 남자의 말을 정확히 알아들을 수는 없었지만 대강 어떤 이야기를 하는지 알 수 있었다. 그 남자는 골드스타인을 맹렬히 비난하고 있거나 사상범과 파괴 공작원들에 대한 좀 더 엄중한 조치를 요구하고 있을 것이었다. 아니면 유라시아 군대의 잔혹 행위를 성토하거나 빅브라더와 말라바 전선의 영웅들을 찬양하고 있을지도 몰랐다.

아무튼 마찬가지였다. 그것이 무엇이든 간에 그 말 한 마디한 마디가 순수한 정통이며 순수한 영사인 것만은 확신할 수 있었다. 윈스턴은 턱이 위아래로 빠르게 움직이는 그 눈 없는 얼굴을 바라보다가 그가 진짜 사람이 아니라 일종의 꼭두각시라는 이상한 생각이 들었다. 말을 하고 있는 것은 남자의 머리가 아니라 그의 목구멍이었다. 그가 내뱉는 것은 단어로 이루어져 있지만 진정한 의미에서 말은 아니었다. 그저 오리가 꽥꽥거리는 소리처럼 무의식적으로 내뱉는 소음이었다.

사임은 아무 말 없이 스푼 손잡이로 식탁에 떨어져 있는 국물을 찍어서 그림을 그리고 있었다. 옆 식탁의 남자가 계속해서 속사포로 꽥꽥거리는 바람에 주위가 시끄러운데도 불구하고 그의 목소리는 잘 들렸다.

"신어에 이런 단어가 있지."

사임이 말문을 열었다.

"자네도 알고 있는지 모르겠지만 '오리말(duckspeak)'이란 단어가 있네. '오리처럼 꽥꽥거리는 것'을 뜻하지. '오리말'은 두 가지 상반된 뜻을 지닌 재미있는 단어 중에 하나야. 적에게 사용하면 모욕이 되고 뜻이 맞는 동지에게 사용하면 칭찬이 돼."

분명히 사임은 증발될 거라고 윈스턴은 다시 생각했다. 윈스턴은 사임이 자신을 경멸하고 약간 싫어하는 데다가 그럴 만한 증거가 포착되면 자신을 충분히 사상범으로 고발하고도 남을 사람이란 걸 알았다. 그러면서도 사임이 증발될 거란 생각을 하니 서글펐다. 사임에게도 단점은 있었다. 그는 절제와 적당한 무관심, 그리고 일종의 우매함 등이 부족한 사람이었다. 그렇다고 그를 두고 비정통파라고 말할 수는 없었다. 그는 단지 성실함뿐 아니라, 보통 당원들도 접근하지 못하는 최신 정보를 입수할 만큼 잠시도 쉬지 않는 열정으로 영사의 강령을 신봉하고 빅브라더를 숭배하며, 승리를 기뻐하고 이단자들을 증오했다. 그러나 그다지 좋지 않은 평판이 늘 그를 따라다녔다. 그는 말하지 않느니만 못한 말을 했으며 책을 너무 많이 읽었고 화가와 음악가들이 자주 들르는 '밤나무 카페'에 뻔질나게 들락거렸다. 성문법에도, 불문법에도 밤나무 카페에 자주 가는 것을 금지하는 법은 없었지만 그곳은 어쩐지 불길한 장소였다. 당의 불신임을 받은 늙은 지도자들은 처단되기 전까지 그 카페에 모이곤 했다. 골드스타인이 수년, 혹은 수십 년 전 가끔씩 그 카페에 모습을 드러내곤 했다는 소문도 있었다. 사임의 운명을 예측하기란 어렵지 않았다. 하지만 사임은 불과 3초 동안이라 해도 윈스턴이 무슨 생각을 몰래 품고 있는지 파악했다면 즉시 윈스턴을 사상경찰에 고발할 것이었다. 물론 다른 사람들도 그렇겠지만 사임은 그러고도 남을 사람이었다. 열성만으로는 부족했다. 정통성이란 무의식이었다.

사임이 고개를 들며 말했다.

"파슨스가 오는군."

그의 말투에는 '형편없는 바보 녀석'이란 말이 숨어 있는 것 같았다. 윈스턴과 승리맨션의 이웃 주민인 파슨스가 정말로 요리조리 식당 안을 누비며 다가오고 있었다. 통통하고 중간 정도의 키에 금발인 파슨스는 얼굴이 개구리처럼 생겼다. 서른다섯 살밖에 안되었는데도 벌써 목덜미와 허리에 두툼하니 비곗살이 붙어 있었다. 하지만 그의 몸놀림은 활기차고 소년처럼 팔팔했다. 전체적으로 파슨스의 외모는 꼭 덩치만 커진 어린아이 같아서, 당 작업복을 입은 그의 모습은 푸른색 반바지에 회색 셔츠를 입고 빨간 스카프를 두른 스파이단을 연상시켰다. 그를 마음속에 그려 보면 언제나 무릎이 불룩 나오고 통통한 팔뚝에서 소매를 걷어 올린 모습이 떠올랐다. 사실 파슨스는 단체 행군이나 활동량이 많은 일이 있을 때마다 핑계를 대고 편한 반바지로 갈아입곤 했다.

"어이, 여보게들!"

그는 윈스턴과 사임에게 쾌활하게 인사를 건네고는 땀 냄새를 물씬 풍기며 의자에 앉았다. 그의 불그스름한 얼굴 전체에 구슬땀이 흐르고 있었다. 그는 유별나게 땀을 많이 흘렸다. 지역 문화회관에서 탁구를 칠 때 땀이 나서 축축하게 젖어 버린 탁구채 손잡이를 보면 알 수 있었다. 사임은 손가락 사이에 볼펜을 끼운 채 글씨가 빽빽하게 적혀 있는 기다란 종이쪽지를 꺼내 그 내용을 검토하고 있었다.

"점심시간에도 열심인 이 친구 좀 보라고."

파슨스가 윈스턴을 팔꿈치로 쿡쿡 찌르면서 말했다.

"열정이 대단하지 않아? 이봐, 도대체 뭘 보고 있는 건가? 보나마나 머리 쓰는 일이라 나한텐 너무 어렵겠지? 스미스, 내가 왜 자네를 찾아다녔냐 하면 말이지, 나한테 기금을 안 냈더군."

"무슨 기금인데?"

윈스턴은 자동적으로 돈이 있는지 몸을 더듬으며 물었다. 언제나 월급의 4분의 1가량을 의연금으로 내게 되어 있었는데, 하도 많아서 일일이 다 파악할 수가 없었다.

"증오 주간 기금 말이야. 집집마다 내는 기금 있잖나. 내가 우리 구역 회계거든. 우리는 지금 최선을 다하고 있는데……, 굉장한 볼거리를 준비 중이야. 유서 깊은 승리맨션이 지역 내에서 가장 큰 깃발을 걸지 못해도 그건 내 잘못이 아닐세. 자넨 2달러를 내겠다고 약속했어."

윈스턴이 주머니를 뒤져서 꾸깃꾸깃한 때 묻은 지폐를 건네자 파슨스는 작은 수첩에다 글을 모르는 사람들이나 쓸 법한 단정한 손글씨로 기록을 했다.

"그나저나, 이봐."

파슨스가 말했다.

"어제 우리 애가 자네한테 고무총을 쐈다면서? 따끔하게 혼내 줬어. 또 한 번 그런 짓을 하면 고무총을 압수해 버리겠다고 으름장을 놓았지."

"처형장에 못 가서 화가 났던 모양이야."

윈스턴이 말했다.

"아, 그래. 내 말이 그 말이야. 정신은 옳게 박힌 애들이라니까. 그렇지 않아? 둘 다 말썽꾸러기이긴 하지만 눈치가 빠른 녀석들이지. 당연히 애들은 온통 스파이단하고 전쟁할 생각뿐이야. 지난 토요일에 내 딸이 자기 대원들하고 버크햄스테드로 행군을 나갔을 때 무슨 짓을 했는지 알아? 아, 글쎄 다른 여자애들 둘을 데리고 행군 대열에서 몰래 이탈해서는 오후 내내 수상한 자의 뒤를 쫓았다지 뭔가. 두 시간 내내 그 자의 꽁무니를 따라서 숲을 지나 애머샴에 도착하자마자 경찰에 넘겼다고 하더군."

"그 애들이 뭐 때문에 그런 짓을 했지?"

윈스턴이 약간 당황하며 물었다. 파슨스는 의기양양해서 계속 떠들었다.

"그자가 적의 끄나풀이라고 생각했다는 거야. 낙하산을 타고 침투했을지도 모르는 일이잖아. 하지만 중요한 건 바로 이거야. 처음에 딸애가 그자의 무얼 보고 수상히 여긴 줄 아나? 그자가 이상한 신발을 신고 있는 게 눈에 띄었다는 거야. 그런 신발을 신은 사람을 그때까지 한 번도 보지 못했대. 그래서 그가 외국 사람인 것 같다고 생각한 거지. 어때, 일곱 살짜리 애치고는 꽤 똑똑하지?"

"그자는 어떻게 됐는데?"

윈스턴이 물었다.

"그야 모르지. 어떻게 됐더라도 아주 놀랄 일은 아니지."

파슨스가 총을 겨누는 시늉을 하며 혀를 차 총소리를 냈다.

"잘됐군."

사임이 종이쪽지에서 고개를 들지도 않고 생각에 잠긴 채 말을 했다.

"물론 요행을 바라기 힘들겠지."

윈스턴이 예의상 동조했다.

"내 말은 전쟁은 계속되고 있다는 거야."

파슨스가 말했다.

마치 파슨스의 말을 확인이라도 하려는 듯 그들 머리 바로 위에 있는 텔레스크린에서 트럼펫 소리가 울려 퍼졌다. 그러나 이번에는 군의 승전보가 아니라 단순히 풍요부에서 내린 공지 사항을 안내하는 소리였다.

"동지들!"

열정적이고 젊은 패기가 넘치는 목소리가 크게 들렸다.

"동지들 주목하십시오! 영광스러운 소식을 전해 드립니다. 우리는 생산 전선에서 승리를 거두었습니다! 방금 완료된 각종 소비재 생산 보고서에 따르면 생활 수준이 작년보다 20퍼센트 이상 향상되었다고 합니다. 오늘 아침 오세아니아 전역에 걸쳐서 열화와 같은 자발적 집회가 벌어졌습니다. 공장과 사무실에서 쏟아져 나온 노동자들이 현명한 지도력으로 새롭고 행복한 삶을 하사한 빅브라더에 대한 감사를 나타내는 깃발을 든 채 거리를 행진했습니다. 집계 완료된 항목이 있습니다. 식품은……."

"새롭고 행복한 삶"이라는 구절이 수차례 반복되었다. 그것은 풍요부에서 최근에 즐겨 쓰는 말이었다. 트럼펫 소리에 사로잡혔던 파슨스가 입을 벌리고 근엄한 표정으로 지루함을 참으며 귀를 기울이고 있었다. 그는 그 수치를 이해하지 못했다. 하지만 어떤 점에서는 그것이 만족감을 준다는 것을 알았다. 그는 크고 지저분한 파이프를 꺼냈다. 파이프에는 이미 까맣게 탄 담배가 반쯤 채워져 있었다. 일주일에 100그램씩 배급되는 담배로 파이프를 가득 채워 피운다는 것은 거의 불가능한 일이었다. 윈스턴은 승리 담배를 조심스레 반듯이 들고 피웠다. 내일이나 되어야 담배 배급을 받는 터라 지금은 네 개비밖에 남아 있지 않았다. 그는 잠시 주위에서 나는 소리를 외면하고 텔레스크린에서 흘러나오는 발표에 귀를 기울였다. 일주일에 초콜릿 배급량을 20그램으로 올려 준 데 대해 빅브라더에게 감사하는 집회가 있었던 모양이었다. 그런데 생각해 보니 초콜릿 배급량을 일주일에 20그램으로 줄인다고 방송한 것이 바로 어제였다. 겨우 24시간 만에 그것을 까맣게 잊어버릴 수 있단 말인가? 그렇다. 그들 모두는 완전히 잊어버린 것이었다. 동물처럼 아둔한 파슨스는 쉽게 잊어버렸다. 옆 식탁의 눈 없는 남자도 지난주 초콜릿 배급량이 30그램이었다고 말하는 사람은 누구든지 색출하여 맹렬히 비판한 뒤에 증발시켜 버리겠다고 말하며 열의에 휩싸인 채 그 사실을 잊어버렸다. 사임도 이중사고를 포함해 약간 더 복잡한 방식으로 그 사실을 잊어버렸다. 그렇다면 윈스턴 혼자만 그 사실을 기억하고 있다는 말인가?

텔레스크린에서는 터무니없는 통계 수치가 계속해서 쏟아져 나왔다. 질병과 범죄, 정신질환을 제외한 모든 것, 바로 식량과 의복, 주택, 가구, 냄비, 연료, 선박, 헬리콥터, 서적 등이 작년에 비해 늘어났으며 심지어는 아기도 더 많이 태어났다고 했다. 매년, 매 순간 사람도 물건도 빠른 속도로 증가하고 있었다. 사임이 조금 전에 했던 것처럼 윈스턴도 숟가락을 들고 식탁에 떨어진 허연 국물에다 기다란 줄을 그어 가며 그림을 그렸다. 문득 삶의 물질적인 조화에 대해 곰곰이 생각하다가 분노가 치밀어 올랐다.

늘 이랬던가? 음식 맛도 항상 이랬나? 그는 식당 안을 둘러보았다. 천장은 낮았고 사람들로 빼곡히 들어차 있었으며 벽은 셀 수 없이 많은 사람들이 만져서 지저분했다. 찌그러진 철제 식탁과 의자들은 너무 다닥다닥 붙어 있어서 자리에 앉으면 팔꿈치가 서로 부딪혔다. 흰 숟가락과 움푹 들어간 쟁반, 조잡한 흰 도자기 컵은 모두 겉에 기름때가 묻어 있었고 금 간 데마다 때가 끼어 있었으며 싸구려 술과 커피에서는 시큼한 무언가가 섞인 냄새가 났다. 스튜에서는 쇠 맛이 났고 더러운 옷에서는 잡다한 냄새가 섞인 불쾌한 악취가 났다. 마땅한 권리를 그동안 빼앗겨 왔다는 생각에 위장과 피부는 일종의 저항이란 것을 했다. 예전에는 무언가 크게 달랐을까? 사실 다르다고 생각할 만한 것이 하나도 없었다. 이런 것들은 언제고 또렷이 기억났다. 한 번도 충분히 배불리 먹은 적이 없었으며 양말이나 속옷엔 항상 구멍이 나 있었고 가구는 금방이라도 부서질 것처럼 낡았다. 또한 방은 항상 난방이 들어오지 않았고 지하철은 늘 만원이었으며 집은 무너져 내릴 것 같았다. 빵은 거무튀튀하고 홍차는 귀했으며 커피는 맛이 형편없었고 담배는 모자랐다. 혼합주 외에는 무엇 하나 값싸고 풍부한 것이 없었다. 물론 인간의 몸이 나이 먹듯이 상황이 점점 악화되는 것이 자연스럽다고 하더라도 이것이 자연의 섭리 때문에 일어나는 것은 아니지 않은가? 불편함과 추문과 궁핍, 지루하게 계속되는 겨울, 꽉 조이는 양말, 절대로 운행하지 않는 엘리베이터, 얼음장처럼 차가운 물, 꺼끌꺼끌한 비누, 부스러지는 담배, 그리고 지독하게 맛없는 음식에 울화가 치밀어 오른다면 말이다. 그런데 사람들이 모든 것이 달랐던 옛날을 기억하지 못하는데도 왜 이런 것들을 견딜 수 없다고 느끼는 것일까?

윈스턴은 다시금 식당 안을 둘러보았다. 사람들 대부분은 추해 보였다. 푸른 제복 대신 다른 옷을 입었더라도 추해 보이기는 마찬가지였을 것이다. 기묘한 딱정벌레처럼 생긴 조그만 남자가 식당 한쪽 끝 식탁에 혼자 앉아서 커피를 마시면서 작은 눈으로 이쪽저쪽에 수상쩍은 눈길을 보내고 있었다. 만약 주위를 돌아보지 않았다면 당이 이상형으로 내세운 신체 조건처럼 키가 크고 근육질인 청년과 가슴이 볼록하며 구릿빛 피부와 낙천적인 성격을 가진 금발의 여자를 쉽게 찾을 수 있다고 믿었을 것이라 윈스턴은 생각했다. 사실 지금까지 판단해 보건대 에어스트립 원의 국민은 대부분 체격이 작고 피부가 검고 못생겼다. 어째서 딱정벌레 같은 인간들이 정부 기관마다 급증하는지 이상한 일이었다. 어린 나이부터 점점 옆으로 퍼져 땅딸막해진 남자들이 짧은 다리로 빨리 움직이느라 허둥댔으며 눈은 아주 작고 얼굴은 통통해서 도무지 표정을 읽을 수가 없었다. 이렇게 생긴 사람들이 당의 지배하에서 가장 출세를 잘하는 것 같았다.

나팔 소리가 다시 한번 나고 풍요부의 방송이 끝나면서 깡통 찌그러지는 소리 같은 음악이 흘러나오기 시작했다. 엄청난 통계 숫자에 약간 흥분한 파슨스는 입에 물고 있던 파이프를 빼며 말했다.

"풍요부가 올해 정말이지 아주 근사한 일을 했어."

그는 다 안다는 듯이 고개를 끄덕이며 말했다.

"그건 그렇고, 이봐 스미스. 면도날 좀 있으면 하나 얻을 수 있을까?"

"한 개도 없어. 나도 면도날 한 개를 6주째 쓰고 있어."

윈스턴이 대답했다.

"아, 그래? 혹시나 해서 물어본 거야."

"미안해."

윈스턴이 말했다.

풍요부의 방송이 나오는 동안에 잠시 조용하던 옆 식탁에서 꽥꽥거리는 오리 소리가 다시 떠들썩하게 들리기 시작했다. 무슨 이유에서인지 윈스턴은 문득 자기가 머리숱이 적고 얼굴 주름살에 때가 낀 파슨스 부인을 생각하고 있다는 것을 깨달았다. 2년 안에 그녀의 자식들은 파슨스 부인을 사상경찰에 고발할 것이다. 파슨스 부인은 증발될 것이다. 사임도 증발될 것이다. 윈스턴도, 오브라이언도 증발될 것이다. 파슨스는 절대로 증발되지 않을 것이다. 꽥꽥거리며 떠들어 대는 저 눈 없는 남자도 증발되지 않을 것이다. 정부 기관의 미로 같은 복도를 잰걸음으로 종종거리는 작고 딱정벌레처럼 생긴 남자들도 절대로 증발되지 않을 것이다. 그리고 창작국의 짙은 갈색 머리의 그 여자 역시 증발되지 않을 것이다. 무엇 때문에 살아남는지 말하기 쉽지 않지만, 윈스턴은 누가 살아남을 것이고 누가 사라질 것인지 본능적으로 알 것 같았다.

바로 그 순간 윈스턴은 움찔하며 몽상에서 깨어났다. 옆 식탁에 앉은 여자가 몸을 반쯤 돌려 그를 쳐다보았다. 바로 그 짙은 갈색 머리 여자였다. 그 여자는 곁눈질로, 하지만 이상하리만치 매섭게 그를 쏘아보고 있었다. 그런데 그와 눈이 마주치자 재빨리 시선을 다른 데로 돌렸다.

윈스턴의 등줄기에서 식은땀이 나기 시작했다. 끔찍한 공포심이 온몸을 스치고 지나갔다. 공포심은 이내 곧 가셨지만 아직도 그의 몸에는 불안의 여운이 계속 남아 있었다. 그녀는 왜 그를 지켜보고 있었을까? 어째서 그를 쫓아다니고 있을까? 안타깝게도 그는 식당에 도착했을 때 그녀가 이미 식탁에 앉아 있었는지, 아니면 그 후에 왔는지 기억할 수가 없었다. 아무튼 어제 2분 증오 시간에 꼭 그래야 할 필요가 없었는데도 그녀는 그의 바로 뒤에 앉았다. 그녀의 진짜 목적은 그의 이야기에 귀를 기울이다가 그가 큰 소리로 외치는지 아닌지를 확인하려던 것이 분명했다.

윈스턴은 일전에 했던 생각이 떠올랐다. 어쩌면 그녀는 실제로 사상경찰이 아닐지도 모른다. 아니, 정반대로 모두에게 가장 위험한 아마추어 스파이 같았다. 그는 그녀가 자기를 얼마나 오랫동안 쳐다보고 있었는지 몰라도 5분은 족히 됐을 것이며 그사이에 표정 관리를 완벽하게 하지 못했을 수도 있었겠다고 생각했다. 그런데 공공장소나 텔레스크린 감시권 안에서 공상에 잠긴다는 것은 상당히 위험한 일이었다. 아주 사소한 것으로도 정체가 드러날 수 있기 때문이었다. 얼굴에 나타나는 신경성 경련이나 무의식적으로 짓는 불안한 표정, 혼잣말을 중얼거리는 습관 등이 보이면 비정상적이거나 무언가 숨기고 있다는 것으로 간주되었다. 가령, 승전보를 들으면서 못 믿겠다는 표정을 짓는 것처럼, 어떤 경우든 부적절한 표정을 지으면 그 자체가 처벌 가능한 범죄가 되었다. 심지어 이 범죄를 지칭하는 '표정죄'라는 신어도 있었다.

그 여자는 다시 그에게서 등을 돌렸다. 어쩌면 그 여자는 그를 쫓아다니는 것이 아닐지도 몰랐다. 지난 이틀 동안 계속해서 그녀가 그와 가까이에 앉아 있었던 것은 우연의 일치였을 것이다. 담뱃불이 꺼지자 그는 담배를 조심스럽게 식탁 끄트머리에 놓았다. 잘 간수하면 일을 마친 뒤에 마저 피울 수 있을 것이다. 옆 식탁의 인물이 사상경찰의 끄나풀이어서 그가 3일 안에 애정부의 감방에 감금될지도 모른다면 더더욱 담배꽁초를 허투루 버려서는 안 되었다. 사임은 종이쪽지를 접어 주머니에 넣었다. 파슨스가 다시 떠들기 시작했다.

"이봐, 내가 얘기했던가?"

그는 파이프 담배를 문 채 빙그레 웃으면서 말했다.

"우리 집 꼬맹이들이 늙은 여자 상인이 빅브라더 포스터로 소시지를 싸는 걸 보고는 그 여자 치맛자락에다 불을 붙였다는 얘기 말이야. 그 여자 뒤로 살금살금 다가가서 치마에 대고 성냥으로 불을 놓은 거지. 아주 심하게 데었을 거야. 조그만 녀석들이 제법이지 않나? 요즘에는 스파이 단원에게 훈련을 일류로 시킨다니까. 우리 때보다 훨씬 나아. 그 애들이 최근에 뭘 지급받았는지 알아? 열쇠 구멍으로 방 안 얘기를 엿들을 수 있는 나팔형 보청기를 받았다네. 딸애가 요 전날 밤에 그걸 집으로 가져와서 거실 문에 대고 시험해 보더니 그냥 귀로 듣는 것보다 두 배는 더 크게 들린다고 하더라고. 뭐랄까, 물론 그건 단지 장난감일 뿐이지만 그렇긴 해도 대단한 발상 아닌가? 안 그래?"

바로 그 순간, 텔레스크린에서 고막을 찢을 듯한 호루라기 소리가 났다. 복귀하라는 신호였다. 세 사람은 자리에서 벌떡 일어나 엘리베이터 주변으로 몰려가는 사람들 틈에 끼어들었다. 그 바람에 윈스턴이 피우다 만 담배꽁초가 떨어져 버렸다.

6

윈스턴은 일기를 쓰고 있었다.

3년 전이었다. 어두운 저녁, 큰 기차역 근처의 좁은 골목길에 서였다. 그녀는 거의 불빛도 없는 가로등 밑, 문가에 서 있었다. 아주 짙은 화장을 한 그녀는 얼굴이 앳돼 보였다. 마치 가면을 쓴 것처럼 하얗게 분을 바르고 입술에 새빨갛게 립스틱을 칠한 바로 그 화장에 나는 마음이 끌렸다. 여성 당원은 얼굴에 화장을 하는 법이 없었다. 거리에는 그녀 외에 아무도 없었다. 텔레스크린도 없었다. 그녀는 2달러를 요구했다. 나는…….

순간, 윈스턴은 일기를 계속 쓰기가 무척 어렵다고 생각했다. 그는 자꾸만 떠오르는 장면들을 떨쳐 버리려는 듯 눈을 감고 손가락으로 눈가를 꾹꾹 눌렀다. 목청껏 한바탕 욕을 퍼붓고 싶은 강한 충동이 일었다. 머리를 벽에 쾅쾅 부딪거나 책상을 발로 걷어차 넘어뜨리고 잉크병을 집어 냅다 창문으로 던져 버리고 싶기도 했다. 폭력적이거나 시끄럽거나 고통스러운 짓을 벌여야지만 자신을 괴롭히는 괴로운 기억을 지워 버릴 수 있을 것 같았다.

그는 가장 무서운 적이 바로 자신의 신경조직이라고 생각했다. 언제든지 사람 안에 내재한 긴장감은 눈에 보이는 어떤 증세로 드러나게 마련이었다. 그는 몇 주 전에 길에서 지나쳤던 한 남자를 떠올렸다. 지극히 평범해 보이던 그 남자는 당원이었는데 키가 크고 말랐으며 나이는 서른다섯에서 마흔 살쯤 되어 보였고 서류 가방을 들고 있었다. 그 남자와 2~3미터 정도 떨어져 있을 때 별안간 남자 왼쪽 뺨에 경련이 일더니 얼굴이 일그러졌다. 그들이 서로 스쳐 지나가는 순간에도 그 남자의 얼굴에는 경련이 일었다. 마치 카메라 셔터를 눌렀을 때처럼 순식간에 경련이 지나갔는데, 습관성인 게 확실했다. 윈스턴은 그때의 기억이 떠올랐다. 그는 '저 가엾은 친구도 이제 끝장이군' 하고 생각했었다. 무서운 것은 그런 현상이 거의 틀림없이 무의식적으로 일어난다는 사실이었다. 가장 무섭고 위험한 것은 잠꼬대였다. 그가 알기로 미리 손을 쓸 수 있는 방법은 없었다.

그는 한차례 심호흡을 하고 나서 계속 써 내려갔다.

나는 그녀와 함께 문간을 지나 뒤뜰을 가로질러 지하실 부엌으로 들어갔다. 벽 쪽으로 침대가 있고 탁자에는 램프가 있었는데, 불빛이 아주 약하게 낮춰져 있었다. 그녀는…….

그는 이를 악물었다. 침을 뱉고 싶었다. 지하실 부엌에서 그 여자와 함께 있게 되자 문득 아내 캐서린 생각이 났다. 윈스턴은 유부남이었다. 그의 아내가 죽지 않고 살아 있음을 알고 있는 이상, 그는 여전히 결혼한 상태였다. 그는 지하실 부엌의 숨

막힐 듯한 공기를 다시 들이마셨다. 빈대와 더러운 옷가지, 독한 싸구려 향수 냄새가 뒤섞여 있었다. 여자 당원들은 향수를 쓰지도 않았으며 향수를 쓴다는 상상조차도 할 수 없었다. 무산계급의 노동자들만 향수를 쓸 뿐이었다. 그 냄새는 매혹적이었다. 그의 기억 속에서 그 향수 냄새는 간음과 뒤섞여 떼려야 뗄 수 없는 관계로 남아 있었다.

여자를 안은 것은 2년 만에 처음으로 해 보는 탈선이었다. 물론 창녀와의 관계는 금지되어 있었지만, 때로는 용기만 내면 규칙을 어길 수도 있었다. 위험하긴 해도 생사를 거는 문제는 아니었다. 창녀와 관계를 맺다가 잡히면 다른 범죄를 저지르지 않는 한 5년간의 강제 노동형 이상은 선고받지 않았다. 그래서 현장에서 잡히지 않을 수만 있다면 시도하는 건 어렵지 않았다. 빈민가에는 몸을 팔려는 여자들이 우글거렸다. 노동자들은 음주가 금지되어 있었기 때문에 진 한 병에 여자를 살 수도 있었다. 당에서는 억제할 수 없는 본능의 분출구 역할을 하도록 암묵적으로 매춘을 장려하고 있었다. 은밀하고 향락적이지 않다면 빈민가의 하층민 여자들과 관계하는 단순한 탈선은 문제가 되지 않았다. 용서할 수 없는 죄는 당원들 간의 문란한 성행위였다. 이것은 대숙청 때마다 죄인들이 자백하는 죄 중의 하나였는데, 실제로 그런 일이 일어났다고 생각하기에는 다소 어려움이 있었다.

당의 목적은 단순히 남녀 간에 당이 통제할 수 없을지도 모를 애정 관계가 형성되는 것을 방지하는 데 있지 않았다. 비공식적인 당의 진짜 목적은 성행위를 통해 얻는 모든 쾌락을 제거하려는 데 있었다. 결혼을 하든 안 하든 간에 당의 적은 사랑이 아니라 성적 쾌락이었다. 당원들 간의 모든 결혼은 담당 위원회의 승인을 받아야만 했는데, 비록 원칙으로 뚜렷하게 명시된 적은 없었지만 두 남녀가 서로의 육체적 매력에 끌린 듯한 인상을 보이면 결혼 허가는 언제나 취소되었다. 유일하게 인정된 결혼의 목적은 당에 봉사할 아이를 낳는 것이었다. 성교는 마치 관장을 하는 것처럼 다소 역겹고 하찮은 행위로 간주되었다. 당은 이 역시 명확한 언어로 표현한 적이 없었지만 어린 시절부터 간접적인 방법으로 모든 당원에게 주입시켜 왔다. 그래서 남녀 모두의 완벽한 독신을 지지하는 '청소년반성연맹' 같은 단체까지 생겨난 것이다. 인공수정을 신어로 '인수'라고 하는데 아이는 모두 이 인공수정으로 낳고 공공기관에서 키우게 되어 있었다. 윈스턴은 이를 아주 심각하게 받아들이지는 않았지만 어쨌거나 당의 일반적인 이념에는 딱 맞는다고 생각했다. 당은 성적 본능을 말살시키려고 했고 말살시킬 수 없을 경우에는 그것을 왜곡하거나 추한 것으로 만들려고 했다. 윈스턴은 당이 왜 그런 짓을 하는지 알 수 없었지만 그래야만 할 것 같았다. 어쨌든 여자들에 관한 한 당의 노력은 꽤나 성공적이었다.

그는 다시 캐서린을 생각했다. 헤어진 지 9년, 10년, 아니 거의 11년쯤 되었을 것이다. 그동안 그녀 생각을 거의 하지 않았다니, 이상한 일이었다. 어떤 때는 며칠 동안 자신이 결혼한 사람이라는 사실을 잊어버리기도 했다. 둘은 겨우 15개월 정도 함께 살았다. 당은 이혼을 허락하지 않는 대신 아이가 없으니 별거를 하라고 권했다.

캐서린은 금발에 키가 크고 매우 솔직하며 몸놀림이 우아한 여자였다. 게다가 이목구비가 또렷하고 매부리코를 하고 있어서 그 얼굴 뒤에 뭐가 있는지 아무것도 알아채지 못한다면 누구나 고상하게 생겼다고 말할 만했다. 어쩌면 윈스턴이 다른 사람들보다는 그녀에 대해서 좀 더 속속들이 알아서일지 모르겠지만 그녀는 그가 지금까지 만나 본 사람 중에 가장 어리석고 천박하며 머리가 텅 빈 여자였다. 머릿속에는 당의 표어 외에는 생각이란 것이 아예 들어 있지 않았고 당이 준 것이라면 받아들이지 못할 게 아무것도 없었다.

그는 마음속으로 '인간 녹음기'라는 별명을 그녀에게 붙였다. 하지만 그는 그녀와 어떻게든 참고 살 수 있었을 것이었다. 딱 한 가지, 섹스 문제만 없었다면 말이다. 그가 손을 대기만 하면 그녀는 깜짝 놀라며 몸을 움찔했다. 그녀를 안으면 마치 나무 조각을 이어 붙여 만든 인형을 끌어안는 것 같은 기분이 들었다. 이상하게도 그녀가 그를 꼭 껴안을 때도 그녀가 있는 힘을 다해 그를 밀어내고 있다는 느낌이 들었다. 그녀의 경직된 근육을 통해 그런 느낌이 전해졌다. 그녀는 눈을 감고 저항도, 협조도 하지 않고 그에게 몸을 맡긴 채 그냥 누워 있었다. 윈스턴은 몹시 당혹스러웠고 나중에는 소름끼칠 정도로 끔찍한 기분이 들었다. 하지만 그때까지만 해도 두 사람이 육체관계를 맺지 않기로 합의했다면 윈스턴은 꾹 참고 그녀와 살 수도 있었다. 그런데 이를 거부한 사람은 캐서린이었다. 그녀는 아이를 낳아야만 한다고 고집했다. 그래서 두 사람은 별일이 없으면 정확히 일주일에 한 번씩, 상당히 규칙적으로 관계를 맺었다. 그녀는 그날이 되면 밤에 해야 할 일을 잊지 말라며 아침에 상기시켜 주기까지 했다. 캐서린이 그 일을 부르는 이름이 두 가지 있었다. 하나는 "아기 만들기"였고 다른 하나는 "당에 대한 우리의 의무"였다. 그렇다. 그녀는 실제로 그 문구를 사용했다. 약속된 날이 다가오면 그는 금세 극심한 공포감에 사로잡혔다. 그러나 다행히도 아기는 생기지 않았고 결국 그녀도 그 일을 포기하는 데 동의했다. 얼마 후 그들은 헤어졌다.

윈스턴은 조용히 한숨을 쉰 다음 다시 펜을 들고 쓰기 시작했다.

그녀는 침대에 몸을 던지자마자, 곧바로 아무 전희도 없이 상상 속에서나 있을 법할 정도로 아주 상스럽고 거칠게 스커트를 위로 올렸다. 나는…….

바로 그 순간에도 윈스턴의 머릿속에는 캐서린의 흰 몸뚱이가 떠올랐다. 그의 가슴속에는 패배감과 분노가 일었고, 그는 흐릿한 등불 밑에서 빈대와 싸구려 향수 냄새를 맡으며 마치 당의 최면술에 영원히 얼어붙은 것처럼 서 있는 자기 모습을 보았다. 왜 늘 이래야만 하는가? 어째서 몇 년에 한 번씩 이런 지저분한 실랑이를 하는 대신에 자기 여자를 가질 수가 없는 것일까? 그러나 순수한 정사는 거의 상상할 수도 없는 일이었다. 여성 당원들은 모두 똑같았다. 순결은 당에 대한 충성으로 그녀들 가슴 깊이 각인되어 있었다. 어릴 때부터 받은 철저한 훈련과 운동과 냉수욕으로, 또한 학교와 스파이단, 청년연맹에서 계속해서 떠들어 대는 쓰레기 같은 말들을 비롯해 강의와 행진, 노래, 표어, 군가 등으로 사람이라면 당연히 느끼는 감정은 점점 소멸되어 갔다. 이성으로는 반드시 예외가 있다는 것을 알았지만 가슴으로는 그 사실을 믿지 않았다. 그들은 당이 의도한 대로 난공불락이었다. 사랑받는 것 이상으로 그가 바라는 것은 일생에 단 한 번만이라도 정숙함이라는 장벽을 무너뜨리는 것이었다. 성적으로 쾌락을 느끼는 성행위는 반역이었다. 성욕은 사상죄에 해당되었다. 그가 캐서린을 깨워서까지 성적인 만족을 얻었다면 설사 캐서린이 그의 아내라 할지라도 그가 그녀를 유혹한 셈이 되었다.

그는 나머지 이야기를 마저 써야 했다. 그는 다음과 같이 썼다.

나는 등불의 심지를 올렸다. 불빛 아래에서 그녀를 보니…….

캄캄해진 후라 희미한 등불도 아주 밝아 보였다. 윈스턴은 처음으로 그 여자를 제대로 볼 수 있었다. 그는 그녀에게 한 걸음 다가갔다가 욕정과 공포에 휩싸여 멈칫했다. 문득 이런 곳에 오는 위험을 감수했다는 사실을 깨닫자 극심한 통증이 밀려왔다. 나가는 길에 경찰에 붙잡힐 게 확실했다. 바로 이 순간 경찰들이 문밖에서 기다리고 있을지도 몰랐다. 그러나 그가 여기에 와서 하려던 짓을 하지 않고 그냥 나간다면……!

계속해서 써야 했다. 고백해야만 했다. 불현듯 그가 불빛 아래에서 본 것은 늙은 여인이었다. 화장을 덕지덕지 칠한 얼굴은 판지로 만든 가면처럼 금이 갈 것만 같았다. 머리도 희끗희끗했지만 정말로 소름끼치는 것은 약간 벌어진 입안이었다. 동굴처럼 시커멓고 아무것도 보이지 않았다. 그녀는 이가 하나도 없었다.

그는 다시 급하게 글을 썼다.

불빛 아래에서 그녀를 보니 적어도 쉰 살은 먹은 듯한 아주

106

늙은 여자였다. 하지만 나는 상관하지 않고 전과 똑같이 해 버렸다.

그는 손가락으로 눈두덩을 꾹꾹 눌렀다. 결국 다 쓰긴 했지만 달라진 것은 없었다. 아무 효과도 없었다. 목청껏 욕설을 퍼붓고 싶은 욕구가 그 어느 때보다 강하게 일었다.

7

윈스턴은 다음과 같이 썼다. 희망이 있다면 그것은 무산계급에 있다.

희망이 있다면 그것은 무산계급에 있어야만 했다. 왜냐하면 오세아니아 인구의 85퍼센트를 차지하며 득시글거리고 있는 대중만이 당을 파괴할 수 있는 힘을 가지고 있기 때문이었다. 당에 적이 있다고 하더라도 함께 모일 방법도, 서로를 알아볼 방법도 없었다. 또한 전설적인 형제단이 존재한다고 하더라도 두세 명보다 더 많은 수의 구성원이 모인다는 것은 상상할 수 없었다. 기껏 눈짓을 하거나 어조가 변하고 이따금 귓속말만 해도 반역으로 간주되었다. 그러나 자신들의 힘을 인식할 수만 있다면 무산계급 노동자들은 따로 음모를 꾸밀 필요도 없었다. 그냥 들고 일어나 파리 떼를 쫓으려고 몸을 흔드는 말처럼 몸을 부르르 떨기만 하면 됐다. 그들이 마음만 먹으면 내일 아침에라도 당을 산산조각 내 버릴 수 있었다. 조만간 꼭 그런 일이 일어나야만 하지 않을까? 그러나 아직은……!

언젠가 윈스턴이 사람들로 북적대는 거리를 지나다가 약간 떨어진 골목에서 터져 나온 여자 수백 명의 함성소리를 들은 기억이 났다. 종소리의 반향처럼 계속 울려 퍼지는 소리는 바로 분노와 절망이 뒤섞인 절규, 바로 "우우우!" 하는 낮고 큰 외침이었다. 그는 "시작됐군" 하고 혼잣말을 했다. 폭동이었다! 드디어 노동자들이 일어섰다! 그가 그곳에 도착했을 때 이삼백 명의 여자들이 마치 침몰하는 배에서 죽음을 맞이하는 승객들처럼 비통한 표정으로 노천 시장 판매대 주위를 에워싸고 있었다. 바로 그 순간 총체적인 절망감이 다수의 개개인의 싸움으로 터져 나왔다. 어느 상점에서 양은 냄비를 팔고 있는 모양이었다. 형편없는 냄비였지만 그것들은 구하기가 어려웠다. 그런데 마침 생각지도 못한 물건이 나와 있던 것이다. 용케 냄비를 구입한 여자들은 다른 사람들에게 부딪히고 떠밀리면서 그곳을 빠져 나가려 하고 있었다. 다른 수십 명의 여자들은 상점 주인이 편파적으로 물건을 팔았으며 어딘가에 숨겨 둔 냄비가 더 있을 거라고 비난했다. 한 차례 고함치는 소리가 들렸다. 덩치가 큰 여자 두 명이 냄비 하나를 붙든 채 서로 냄비를 잡은 상대방의 손을 떼 내려 하고 있었다. 둘 중 한 명은 머리가 다 흘러내린 상태였다. 잠시 후 두 여자가 서로 세게 잡아당기는 바람에 냄비의 손잡이가 떨어져 버렸다. 윈스턴은 두 여자를 혐오스럽게 바라보았다. 한순간의 일이긴 했지만 수백 명의 사람들이 외치는 소리가 얼마나 무서운 힘을 발휘했는가! 그런데 왜 그들은 좀 더 중대한 일에 대해서는 한 번도 그 같은 함성을 지를 수 없었던 걸까?

윈스턴은 다음과 같이 적었다.

그들은 자각할 때까지 절대로 반란을 일으키지 않을 것이며 반란을 일으키게 될 때까지는 자각할 수 없다.

아무래도 당 교재에 적힌 구절을 그대로 옮겨 적은 것 같다는 생각이 들었다. 당은 노동자들을 속박으로부터 해방시켰다고 주장했다. 혁명 전까지만 해도 노동자들은 자본가들에 의해 무참히 억압당하며 굶주림에 시달렸고 매질까지 당했다. 여자들도 탄광에서 강제 노역을 했고 아이들은 여섯 살이면 공장 노동자로 팔려 갔다. 사실 여자들은 아직까지도 탄광에서 노동에 시달리고 있었다. 하지만 당은 이중사고의 원칙을 충실히 따라 무산계급인 노동자들은 태어날 때부터 열등한 족속이기 때문에 간단한 몇 가지 규칙을 적용해 짐승처럼 굴복시켜야 한다고 가르쳤다. 현실적으로 노동자에 대해서는 알려진 게 거의 없었다. 그렇다고 많이 알 필요도 없었다. 그들이 계속해서 일하고 아이를 낳는 한, 그들의 다른 행동은 별로 중요하지도 않았다. 마치 아르헨티나의 초원에 방목하는 소처럼 내버려 두면 그들은 자신들에게 맞는, 자기들 조상의 생활 방식 같은 양식으로 돌아갈 것이었다.

그들은 빈민굴에서 태어나고 자라서 열두 살이 되면 노동을 시작했다. 그러다가 잠시 아름다움과 욕정이 꽃피는 시절을 지나 스무 살이 되면 결혼을 하고 서른 살에는 중년을 맞이하며 예순 살에는 대개 숨을 거두었다. 그들의 마음을 온통 차지하는 것은 과중한 육체노동과 가정, 아이에 대한 걱정, 이웃과의 사소한 다툼, 영화, 축구, 맥주 그리고 도박이었다. 그들을 통제하기는 어렵지 않았다. 몇 명의 사상경찰 정보원이 항상 그들 무리 가운데 섞여 다니면서 유언비어를 퍼뜨리고 위험한 존재가 될 소지가 있는 사람들을 점찍어 두었다가 없애 버리면 되는 것이었다.

그들에게는 당의 이념을 세뇌시킬 필요도 없었다. 노동자들이 강한 정치의식을 갖는 것은 바람직하지 않았다. 노동 시간을 늘리거나 배급량을 줄이는 것을 수용하게끔 할 때마다 필요한 것은 오로지 그들의 마음을 움직일 수 있는 원시적인 애국심뿐이었다. 때로 그들은 불만이 있어도 개념이란 것이 없기 때문에 불만이 무엇인지 제대로 파악을 하지 못한 채 사소하고 특정한 불만 사항에만 초점을 맞추었다. 더 큰 악은 아무도 눈여겨보지 않아 버젓이 빠져 나갔다. 대부분의 노동자들 집에는 텔레스크린도 없었다. 게다가 치안 경찰마저 그들을 거의 간섭하지 않고 내버려 두었다. 런던은 그야말로 온갖 범죄의 소굴이었다. 어디를 가든 도둑, 강도, 매춘부, 뜨내기 약장수, 온갖 종류의 협잡꾼들이 우글거렸다. 그러나 이런 범죄들은 모두 무산계급 노동자들 사이에서 생기는 것이라 큰 문제가 되지 않았다.

모든 도덕적인 문제에 대해 그들은 조상의 관례를 따르도록 되어 있었다. 섹스에 대한 당의 청교도적인 잣대도 그들에게는 강요되지 않았다. 난잡한 성행위도 처벌되지 않았고 이혼도 허용되었다. 노동자들이 필요하다고 하거나 원하기만 한다면 종교의 자유까지도 허용되었을 것이었다. 그들은 의혹의 시선조차 받지 않았다. 당의 표어에 쓰인 대로였다. "노동자와 동물은 자유롭다."

윈스턴은 팔을 아래로 뻗어 정맥류성 궤양 부위를 조심스럽게 긁었다. 다시 가렵기 시작했다. 혁명 전의 생활이 실제로 어땠는지 아는 것은 불가능했기에 언제나 그 생각은 그의 머릿속에서 떠나지 않았다. 그는 파슨스 부인에게서 빌려온 어린이용 역사 교과서를 서랍에서 꺼내 그 한 단락을 일기에 옮겨 쓰기 시작했다.

옛날, 영광스러운 혁명이 일어나기 전의 런던은 오늘날 우리가 아는 아름다운 도시가 아니었습니다. 거의 모든 사람이 제대로 먹지 못하고 수백, 수천의 가난한 사람들이 신발도 없이 맨발로 다니며 잠 잘 집도 없는 어둡고 더럽고 비참한 곳이었습니다. 여러분과 비슷한 또래의 아이들은 무자비한 주인 밑에서 하루에 12시간씩 일을 했습니다. 주인은 일을 느리게 하면 채찍으로 때렸으며 오래된 빵부스러기와 물 말고는 아무것도 안 먹였습니다.

그러나 이 모든 지독한 가난 가운데에서도 아주 크고 아름다운 집이 몇 채 있었습니다. 서른 명이나 되는 하인을 거느린 부자들이 사는 집이었습니다. 이 부자를 자본가라고 불렀습니다. 이들은 옆 페이지의 그림처럼 뚱뚱한 데다가 추악하게 생겼으며 사악한 얼굴을 하고 있었습니다. 여러분은 이 부자들이 검은색의 긴 웃옷을 입고 스토브 연통처럼 생긴, 이상한 모양의 반짝거리는 모자를 쓴 모습을 보실 수 있을 겁니다. 이 긴 옷을 '프록코트'라고 불렀으며 연통 모양의 모자를 실크해트*라고 불렀습니다. 이것은 자본가들의 제복으로 다른 사람들은 이런 옷차림을 할 수가 없었습니다. 자본가들은 세상에 있는 모든 것을 가지고 있었고 다른 사람들은 모두 그들의 노예였습니다. 그들은 모든 땅과 집, 공장 그리고 돈을 가지고 있었습니다. 누구든지 자본가의 말을 듣지 않으면 그 사람을 감옥에 처넣을 수가 있었고 일자리를 빼앗아 버릴 수도, 죽을 지경이 되도록 굶길 수도 있었습니다. 보통 사람이 자본가에게 말을 할 때는 모자를 벗고 굽실거리며 인사를 해야 했고 그를 '나리'라고 불러야만 했습니다. 자본가들의 우두머리를 '왕'이라고 불렀는데…….

나머지 글은 읽지 않아도 알 수 있었다. 론** 소매를 단 주교, 어민***으로 장식한 법복을 입은 법관, 죄인에게 씌우는 칼, 죄인의 발목에 채우는 차꼬, 죄수들이 돌리는 트래드밀, 끈이 아홉 개 달린 채찍, 시장 나리의 연회, 교황의 발등에 있는 십자가에 입 맞추는 의식 등을 언급하고 있을 것이다. 그런데 어린이용 교과서에서 언급하지 말아야 할 '초야법'이라는 것도 있었다. 초야법이란 자본가들이 그들의 공장에서 일하는 어떤 여자와도 동침할 권리가 있다는 것을 명시한 법이었다.

이중에 거짓이 얼마나 많이 섞여 있는지 어떻게 알 수 있겠

---

* 서양의 남성 정장용 모자를 말한다.
** 고운 면이나 아마사로 된 천이다.
*** 왕의 가운이나 판사 법복 장식에 쓰인 족제비의 흰색 겨울털이다.

는가? 어쩌면 오늘날의 보통 사람들이 혁명 전보다 형편이 더 낫다는 것이 사실일지도 몰랐다. 그렇지 않다는 증거는 뼛속 깊이 새겨진 무언의 항변, 즉 주거 환경이 참을 수 없다든지, 이전에는 분명히 지금과는 달랐을 거라는 본능적인 느낌뿐이었다. 현대 생활에서 가장 큰 특징은 잔인함이나 불안감이 아니라 단순히 그 자체의 적나라함과 음산함, 무관심이란 사실에 그는 놀랐다. 주위를 돌아봐도 텔레스크린에서 쏟아져 나오는 거짓말뿐 아니라 당이 달성하려는 이상과도 닮은 점이 하나도 없었다. 심지어 당원들의 생활조차 많은 부분을 차지하는 것은 중립적이고 비정치적인 것, 이를테면 묵묵히 지루한 작업을 해내기와 지하철 안에서 자리를 다투기, 구멍 난 양말 꿰매기, 사카린 얻어 내기, 담배꽁초 모으기 같은 것들이었다. 당이 설정해 놓은 이상은 뭔가 거대하고 엄청나며 찬란한 강철과 콘크리트 세상, 괴물 같은 기계와 무시무시한 무기의 세상, 모두 혼연일체가 되어 행군하고 똑같은 생각을 하며 똑같은 표어를 외치고 끊임없이 일하고 끊임없이 싸우며 승리하고 이단자를 박해하는, 똑같은 얼굴을 한 3억의 국민이 사는, 전사와 광신자들의 나라였다. 그러나 현실에서는 배를 곯은 사람들이 구멍 난 신발을 신고 거리를 어슬렁거렸으며 여기저기 때우고 고친 19세기식 집에서 언제나 양배추 냄새와 화장실 지린내가 진동하는, 쇠퇴하고 음산한 도시였다. 그의 눈에는 광활하고 황폐한 런던의 모습이, 쓰레기통 백만 개가 있는 도시의 모습이, 또한 주름진 얼굴에 머리숱이 적은 파슨스 부인 같은 여인이 막힌 하수관을 만지작거리며 어쩔 줄 몰라 하는 모습이 보이는 것 같았다.

그는 손을 아래로 뻗어 다시 발목을 긁었다. 텔레스크린은 낮이고 밤이고 오늘날의 국민은 50년 전보다 더 잘 먹고 잘 입고 더 좋은 집에서 더 많은 취미를 즐기고 더 오래 살며 더 적게 일하고, 이전보다 더 건강하고 더 튼튼하며 더 행복하고, 더 지적이며 더 훌륭한 교육을 받고 있다는 것을 증명할 통계 숫자를 귀가 따갑도록 늘어놓고 있었다. 그런데 이 통계 수치는 증명된 적도, 반론이 제기된 적도 없었다. 당은 글을 읽고 쓸 줄 아는 성인 노동자가 오늘날에는 전체의 40퍼센트인 데 반해 혁명 이전에는 겨우 15퍼센트였다고 주장했다. 그리고 영아 사망률이 지금은 1,000명당 160명뿐이지만 혁명 이전에는 300명이었다고 말했다. 이것은 마치 두 개의 미지수를 가진 일차방정식 같았다. 역사책에 쓰여 있는 단어 하나하나, 사람들이 아무 의심 없이 받아들이는 것들조차 순전히 환상일지도 모른다. 그는 초야법 같은 법이나 자본가와 같은 존재, 실크해트와 같은 의상은 아예 없었을 것이라고 생각했다.

모든 것이 안갯속으로 사라졌다. 과거는 지워졌고 지워졌다는 사실마저 잊혀서 거짓이 진실이 되어 버렸다. 그의 생애 가운데 딱 한 번, 그 사건 이후에 날조 행위에 대한 구체적이고 확실한 증거를 잡은 적이 있었다. 그는 그 증거물을 30초 동안 손에 꼭 쥐고 있었다. 1973년이었던가, 아무튼 그와 캐서린이 헤어질 무렵이었다. 그러나 그 일이 실제 일어난 때는 그보다 7~8년 전이었다.

그 이야기는 실제로 초창기 혁명 지도자들을 대대적으로 숙청했던 1960년대 중반에 시작된다. 당시의 대숙청으로 1970년까지 초창기 혁명 지도자 중 빅브라더 외에 목숨을 건진 사람은 아무도 없었다. 그 당시 빅브라더 외 나머지 지도자들은 매국노나 반혁명분자로 몰렸다. 그리하여 골드스타인은 도망쳐서 아무도 모르는 곳으로 숨어 버렸고 몇몇 사람들도 감쪽같이 사라졌다. 반면에 대다수는 공개 재판에서 죄를 자백한 뒤 처형당했다. 마지막까지 살아남은 생존자 이름은 존스와 에런슨 그리고 러더퍼드였다. 이들 세 사람이 체포된 것은 1965년이 틀림없었다. 종종 그렇듯이, 이들 역시 1년여 동안 자취를 감추어 생사를 알 수 없었는데 어느 날 갑자기 나타나 순순히 자신들의 죄를 자백했다. 이들은 자기들이 적(당시에도 적은 유라시아였다)의 정보원으로 활동하며 공금을 횡령했고 충실한 당원들을 여럿 암살했으며 혁명이 일어나기 오래전부터 빅브라더의 지도력에 반대하는 음모를 꾸미며 수백, 수천 명의 사람들을 죽음으로 몰아넣은 파괴 공작을 일으켰다고 했다. 이들은 죄를 자백한 뒤 모두 사면되어 당에 복직되었다. 하지만 그 자리는 이름만 번드르르한 한직에 불과했다. 이들 세 사람은 자신들의 잘못에 대한 원인을 분석하는 한편, 다시는 그런 일이 없도록 하겠다는 약속을 하는 비굴한 내용의 글을 장황하게 써서 《타임스》에 기고했다.

그 세 사람이 석방된 지 얼마 되지 않았을 때 윈스턴은 '밤나무 카페'에서 그들을 실제로 보았다. 당시 그는 강렬한 호기심에 사로잡힌 채 곁눈질로 그들을 관찰했다. 그들은 윈스턴보다 나이가 훨씬 많은 고대의 유물이며 당의 영웅적 시대에서 살아남은 거의 마지막 거물들이었다. 그들에게는 지하투쟁과 내전에 참여했던 사람들에게서 느껴지는 매력이 희미하게나마 남아 있었다. 그때 이미 그들에 관련된 여러 사건과 날짜가 흐릿하긴 했지만 그는 빅브라더란 이름을 알기 몇 년 전부터 그들의 이름을 알고 있었던 것 같은 느낌이 들었다. 그렇더라도 그들은 범법자이며 적이었고 결코 가까이 할 수 없는, 1~2년 내로 완전히 사라질 운명에 놓인 사람들이었다. 일단 사상경찰의 손아귀에 걸려든 사람치고 마지막 운명을 피한 사람은 아무도 없었다. 그들은 무덤으로 보내지길 기다리고 있는 송장이나 마찬가지였다.

그들이 앉아 있는 테이블 근처에는 아무도 없었다. 그런 사람들과 가까이 앉아 있다가 남의 눈에 띄는 것은 현명한 일이 아니었다. 그들은 그 카페의 특제품인 정향나무 향이 나는 진이 담긴 술잔을 앞에 두고 아무 말도 없이 앉아 있었다. 윈스턴은 그들 셋 중에서 러더퍼드의 모습이 가장 인상적이라고 생각했다. 러더퍼드는 한때 유명했던 풍자 만화가로, 그의 잔혹한 풍자화는 혁명 전과 혁명 기간 동안 여론을 선동하는 데 공헌을 했다. 뜸하기는 하지만 지금까지도 그의 풍자화가 《타임스》에 실리고 있었다. 그런데 최근에 실린 풍자화는 단순히 그의 초기 작품을 모방한 것이었으며 이상할 정도로 생명력도, 설득력도 없었다. 항상 예전에 주제로 등장했던 빈민굴과 굶주리는 아이들, 시가전, 실크해트를 쓴 자본가들을 재탕하고 있을 뿐이었다. 자본가들은 과거로 돌아가기 위해 바리케이드 앞에서 끝도 없고 가망도 없는 노력을 하듯 실크해트에 집착하는 것 같았다. 그의 머리는 숱이 많고 기름진 회색이었고, 자루처럼 늘어진 얼굴은 잔뜩 주름이 져 있었으며 입술은 흑인들처럼 두껍고 거인 같았다. 한때는 매우 건장했을 그는 지금 축 처지고 기우뚱한 데다가 배가 볼록하니 나와 있어 몸 전체가 부실해 보였다. 그는 마치 거대한 산이 무너지듯 바로 눈앞에서 허물어져 가고 있는 것 같았다.

오후 3시, 인적이 드문 시간이었다. 윈스턴은 자신이 어떻게 해서 그 시간에 카페에 들어가게 되었는지 지금은 기억할 수가 없었다. 카페는 거의 텅 비어 있었다. 텔레스크린에서 깡통 부딪히는 소리처럼 시끄러운 음악이 흘러나오고 있었다. 세 사람은 거의 움직이지도 않고, 서로 한마디도 하지 않은 채 구석 자리에 앉아 있었다. 웨이터가 주문하지도 않은 진 세 잔을 새로 가져왔다. 그들 옆 테이블에는 체스판에 말까지 놓여 있었지만 체스를 두는 사람은 아무도 없었다. 그런데 그때 텔레스크린에서 무언가 변화가 일었다. 선율이 바뀌더니 음악의 음조까지 바뀌었다. 갑자기 튀어나온 음악이 어떠한지 설명하기 어려웠다. 독특하면서도 무언가 깨지는 소리 같기도, 당나귀 울음소리 같기도 하고, 조롱하는 소리 같기도 했다. 윈스턴은 그 음악을 "선정적인 곡"이라고 불렀다. 이어서 텔레스크린의 목소리가 노래를 했다.

사방으로 가지를 뻗은 밤나무 아래
나 그대를 팔고 그대 나를 팔았네.
거기엔 그들이 누웠고 여기엔 우리가 누웠네.
사방으로 가지를 뻗은 밤나무 아래.

세 사람은 여전히 꼼짝도 하지 않았다. 윈스턴이 다시 러더퍼드의 늙어 버린 얼굴을 흘끗 보았을 때, 그의 눈에는 눈물이 가득 고여 있었다. 그리고 윈스턴은 그제야 에런슨과 러더퍼드의 코가 부러졌다는 걸 알아차렸다. 그는 무엇 때문인지는 모르겠지만 마음속으로 몸서리를 쳤다.

얼마 후 그 세 사람은 모두 다시 체포되었다. 지난번 석방 직후 그들이 새로운 음모에 연루되었다는 발표가 있었다. 두 번째 재판에서 그들은 다시 한번 옛날에 지은 죄를 자백했고 새로운 범죄 사실 일체를 털어놓았다. 그들은 처형되었고 그들의 최후는 후세에 대한 경고로 당사에 기록되었다. 그로부터 5년 후인 1973년 어느 날, 윈스턴은 압축 전송관에서 책상 위로 떨어진 서류 뭉치를 풀다가 서류에 끼어 들어간 게 분명해 보이는 종이쪽지를 발견했다. 종이쪽지를 펼쳐 본 순간, 그는 그것의 중요성을 실감했다. 반 페이지쯤 떨어져 나간 10년 전(위쪽은 남아 있어 날짜를 알 수 있었다) 《타임스》였는데, 거기에는 뉴욕에서 열린 당의 한 행사에 참석한 대표들 사진이 실려 있었다. 그 사진 속에서 유난히 눈에 띈 인물이 바로 존스와 에런슨, 러더퍼드였다. 그들이 확실했다. 어쨌든 사진 아래에 그들의 이름까지 나와 있었다.

여기서 중요한 점은 세 사람 모두 두 번의 재판에서 그 당시에 그들이 유라시아 땅에 있었다고 자백했다는 것이었다. 그들은 캐나다의 비밀 비행장에서 약속 장소인 시베리아 어딘가로 날아가 유라시아의 군 참모들을 만나서 중요한 군사 기밀을 팔아넘겼다고 고백했다. 우연하게도 그날은 6월 24일이었는데, 마침 세례 요한 축일이었기 때문에 윈스턴은 그 날짜를 똑똑히 기억했다. 하지만 사건의 전모는 수없이 많은 책자에 똑같이 기록되어 있을 게 틀림없었다. 이제 가능한 한 결론은 단 하나였다. 그 자백은 거짓이었다.

물론 이 자체는 결코 새로운 발견이 아니었다. 그 당시에도 윈스턴은 숙청 때 사라진 사람들이 고발당할 만한 범죄를 실제로 저질렀다고는 생각하지 않았다. 하지만 이것은 실체가 있는 증거물이었다. 이를테면 엉뚱한 지층에서 발굴되어 기존의 지질학설을 뒤엎어 버린 화석처럼 폐기된 과거의 한 단편이었다. 어떻게 해서든 이것을 세상에 발표하고 중요성을 알린다면 당은 당장에 산산조각으로 부서질 것이었다.

윈스턴은 하던 일을 계속했다. 그는 사진을 보고 나서 그것이 무엇을 뜻하는지 알아차렸고 곧바로 다른 종이로 그 사진을 덮었다. 다행히 문서를 펼쳤을 때 텔레스크린에는 사진의 뒷면이 비쳐졌다.

그는 노트를 무릎에 올려놓고 가능한 한 텔레스크린에서 멀리 떨어지도록 의자를 뒤로 밀었다. 계속 무표정한 얼굴을 하는 것은 어렵지 않았고 심지어는 호흡도 신경만 쓰면 조절할 수 있었다. 그러나 심장이 고동치는 소리는 조절할 수 없었는데, 섬세한 텔레스크린은 그 소리까지 잡아낼 수 있었다. 그는 10분이 지났다고 생각했다. 그사이에 갑자기 책상에 바람이 불어 들통이 나지 않을까 하는 두려움에 그는 괴로워했다. 그러다가 사진을 다시 보지도 않고 다른 폐지와 함께 기억통 속으로 던져 버렸다. 아마도 그 사진은 1분 내로 재가 되어서 영원히 사라질 것이다.

그것이 10년, 아니 11년 전의 일이었다. 아마도 요즘 같았으면 그 사진을 보관했을 것이다. 사건 기록뿐 아니라 그 사진 자체도 기억으로만 남아 있는 지금까지도 손에 그 사진을 갖고 있었다는 사실이 영향을 미친다니 이상했다. 윈스턴은 '이전에는 없었던 증거가 한차례 나타났다고 해서 과거에 대한 당의 지배력이 악화될까?' 하고 생각했다.

그 사진이 잿더미 속에서 어떻게든 멀쩡하게 다시 나타난다고 해도 지금으로서는 증거가 될 수 없을 것이다. 그가 사진을 발견했을 당시, 이미 오세아니아는 유라시아와 전쟁을 하지 않고 있었기 때문에 그 세 사람은 분명히 동아시아 정보원에 나라를 팔아먹은 게 틀림없었다. 횟수를 기억할 수는 없지만 그 후로 두세 번쯤 변화가 일어났다. 자백서는 본래의 사실이나 날짜가 더 이상 어떤 의미도 지니지 않게 될 때까지 몇 번이고 고쳐 쓰이곤 했다. 과거는 한 번에 바뀌는 것이 아니라 앞으로도 계속해서 바뀔 것이었다. 악몽처럼 그를 가장 괴롭히는 것은 그 같은 엄청난 사기 행위가 왜 행해지고 있는지 절대로 이해할 수 없다는 점이었다. 과거를 날조하여 즉각적으로 얻게 되는 이득은 명백했지만 궁극적인 동기는 베일에 가려 있었다. 그는 다시 펜을 들고 다음과 같이 적었다.

나는 '방법'은 알지만 '이유'는 모른다.

그는 전에도 여러 번 그랬던 것처럼 스스로 정신병자가 아닐까 하고 의문을 품었다. 어쩌면 정신병자는 소수에 불과할지도 몰랐다. 한때는 지구가 태양 주위를 돈다고 믿으면 정신이상의 징조라고 했다. 그런데 오늘날엔 과거가 움직일 수 없다고 믿는 사람이 정신이상 취급을 받았다. 어쩌면 이렇게 믿는 사람이 윈스턴 혼자뿐일지도 몰랐고, 만약 혼자뿐이라면 그는 진짜 정신병자일 수도 있었다. 그러나 자신이 정신병자일지도 모른다는 생각이 그를 크게 괴롭히지는 않았다. 오히려 그가 잘못 알고 있을지도 모른다는 생각에 공포감이 몰려왔다.

그는 어린이용 역사책을 집어 들고 권두 삽화로 실린 빅브라더의 초상화를 쳐다보았다. 최면을 걸고 있는 듯한 빅브라더의 두 눈이 윈스턴을 쏘아보았다. 마치 알 수 없는 거대한 힘이 압박하고 있는 것 같았다. 무언가가 두개골을 뚫고 들어와 뇌를 세게 치고 신념을 위협하며 설득하여 그 자신의 감각으로 얻은 증거를 스스로 부인하게 하는 것 같았다. 결국 당은 "2 더하기 2는 5"라고 발표할 것이며 모든 사람은 그렇게 믿어야만 할 것이다. 조만간 당이 그런 주장을 하는 것은 불가피한 일이었다. 논리적으로 당시 상황에서는 그러한 주장이 필요했다. 앞으로도 경험의 타당성뿐만 아니라 외적 현실의 존재마저 그들의 철학에 의해 암묵적으로 부인될 것이었다. 이단 속에서는 상식이 이단이 된다. 그리고 정말로 끔찍한 것은 다른 견해를 가진 사람들을 죽이는 것이 아니라 그들의 견해가 옳을지도 모른다는 점이었다. 결국 "2 더하기 2는 4"라는 것을 어떻게 알게 되는가? 또는 중력의 힘은 작용하는가? 과거는 바뀔 수 있는가? 과거와 외적 세계 둘 다 오직 정신 속에만 존재한다면, 정신 자체가 조절할 수 있는 것이라면, 그다음은 어떻게 되는 것인가?

그러나 안 된다! 갑자기 용기가 저절로 솟는 것 같았다. 어떤 분명한 관련이 있는 것도 아닌데 오브라이언의 얼굴이 떠올랐다. 그는 오브라이언이 자기편이라는 것을 전보다 더 확신하게 되었다. 그는 오브라이언을 위해서 일기를 쓰고 있었다. 아무도 읽지 않겠지만, 어느 특정한 사람에게 보내는 것처럼 보이는 아주 긴 편지를 쓰듯이 오브라이언 앞으로 일기를 쓰고 있었다.

당은 눈으로 보고 귀로 들은 증거를 부인하라고 명령했다. 이것이 당의 가장 궁극적이고도 핵심적인 명령이었다. 윈스턴은 대답은커녕 이해할 수 없는 미묘한 문제를 두고 논쟁을 벌일 때, 당의 지성인들이 논쟁에서 자기를 쉽게 굴복시킬 수 있을 거라고 생각했다. 그러자 거대한 힘이 자신 앞에 버티고 있는 것처럼 맥이 탁 풀렸다. 하지만 그가 믿고 있는 것이 옳았다!

당은 틀리고 그는 옳았다. 명백한 것, 우스꽝스러운 것, 진실한 것은 보호받아야 한다. 뻔한 말은 진실이므로 끝까지 사수하라! 확고한 세상은 존재하며 세상의 법칙은 변하지 않는다. 돌은 단단하고 물은 축축하며 허공에 던져진 물체는 지구의 중심을 향해 낙하한다. 그는 오브라이언에게 말을 하는 것처럼 중요하고 자명한 이치를 분명하게 밝히고 있는 것 같은 기분으로 글을 썼다.

"2 더하기 2는 4"라고 말할 수 있는 자유가 바로 자유다. 만약 자유가 허용된다면 그 밖에 모든 것도 뒤따른다.

8

승리 커피가 아닌 진짜 원두 볶는 냄새가 길 아래 어딘가에서 풍겨 왔다. 윈스턴은 자기도 모르게 걸음을 멈췄다. 그 순간 그는 절반은 기억에서 사라진 유년 시절로 돌아갔다. 그런데 그때 갑자기 문이 꽝 닫히면서 커피 볶는 냄새가 소리였던 것처럼 툭 끊겨 버렸다.

길을 따라 몇 킬로미터를 걸었더니 정맥류성 궤양 부위가 욱신거렸다. 최근 3주 사이 그가 지역 문화회관의 저녁 모임에 빠진 것은 이번이 두 번째였다. 문화회관 출석 횟수를 꼼꼼하게 조사할 것이므로 무모한 행동이었다.

원칙적으로 당원은 여가 시간이 없으며 잠잘 때를 빼면 절대로 혼자 있지 않았다. 일하거나 식사하거나 잠잘 때 외에는 단체 오락 활동에라도 참가하기로 되어 있었다. 무슨 일이든 고독한 낌새를 내비친다거나 혼자 산책을 하는 것조차도 위험했다. 혼자 생활하는 것을 신어로는 '독생'이라고 하는데 이것은 개인주의와 기벽을 뜻했다. 그러나 그는 오늘 저녁 진리부에서 나오다가 4월의 공기가 향기로워 마음이 동했다. 파란 하늘은 올해 들어 가장 따뜻해 보였다. 그는 문화회관의 시끄럽고 긴 저녁 모임과 따분하고 기운을 쏙 빼는 운동 경기, 강의와 술에 취해 소리만 요란한 동지애를 견딜 수 없을 것 같았다. 그는 충동적으로 버스 정류장에서 발길을 돌려 미로 같은 런던 거리를 돌아다니며 남쪽으로 갔다가 동쪽으로 갔다. 윈스턴은 다시 북쪽으로 발길을 돌려 어느 방향으로 가는지 신경 쓰지 않으며 낯선 거리를 헤매기 시작했다.

그는 일기에 이렇게 썼었다. "희망이 있다면 그것은 무산계급에만 있다." 신비롭게 진실하면서도 명백하게 부조리한 그 구절이 그의 머릿속에 자꾸 떠올랐다. 그는 옛날에 세인트 팬크러스 역이 있던 동북 지역의 더럽고 우중충한 빈민가에 와 있었다. 작은 이층집들 사이로 난 자갈길을 걷고 있었는데, 무

슨 이유에서인지 낡은 출입문이 곧장 길로 나 있어서 이상하
게도 쥐구멍 같다는 생각이 들었다. 자갈길 여기저기에는 더러
운 물이 고인 웅덩이가 있었다. 어두컴컴한 출입문 안팎과 양
쪽으로 난 좁은 골목길 아래에는 입술에 상스럽게 립스틱을 바
른 한창인 아가씨들과 그 아가씨들의 뒤꽁무니를 쫓아다니는
젊은이들, 10년 후면 그 아가씨들도 이 꼴이 된다는 것을 보여
주듯 뒤뚱거리며 걷는 뚱뚱한 아낙네들, 허리를 구부정하게 굽
히고 발을 질질 끌며 다니는 노인들과 흙탕물을 튀기며 놀다가
어머니의 화난 고함 소리에 뿔뿔이 흩어져 달아나는 누더기 옷
에 맨발인 어린아이들까지, 믿기 어려울 정도로 많은 수의 사
람들이 떼를 지어 모여 있었다. 거리 쪽으로 난 유리창은 거의
4분의 1 정도가 깨진 채 판자로 막혀 있었다. 몇 사람만이 윈스
턴을 호기심 어린 눈으로 경계하듯 쳐다볼 뿐, 대부분의 사람
들은 그를 거들떠보지도 않았다. 앞치마를 두른 몸집이 거대하
고 팔뚝이 벽돌색인 두 아낙네가 팔짱을 낀 채 출입문 밖에 서
서 수다를 떨고 있었다. 윈스턴은 그 앞을 지나가면서 그들의
대화를 몇 마디 엿들었다.

"내가 그 여편네한테 그래, 그거 아주 잘됐다고 그랬다니까.
내 입장이 되면 너도 나처럼 했을 거라고, 남을 흉보긴 쉽지만
내 문제만 하겠냐고도 말해 줬어."

"암, 그래야지. 말 한번 잘했어."

다른 여자가 맞장구를 쳤다.

갑자기 거친 목소리가 뚝 그쳤다. 윈스턴이 지나가자 부인네들은 적개심을 드러내며 아무 말 없이 그를 찬찬히 뜯어보았다. 그러나 정확히 말해서 그것은 적개심이 아니라 단순히 낯선 동물을 대할 때와 같은 일종의 경계심이었고 순간적으로 몸이 경직된 것뿐이었다. 그런 거리에서 당의 푸른 제복을 본다는 것은 결코 흔한 일이 아니었다. 그리고 확실한 업무가 없다면 그런 곳에 모습을 드러내는 것은 현명하지 못한 일이었다. 만약 경찰과 맞닥뜨리기라도 하면 경찰이 불러 세울지도 모를 일이었다. "동지, 신분증 좀 봅시다. 대체 여기서 뭘 하고 있는 거요? 직장에서는 언제 나왔소? 집에 갈 때 평상시에 다니는 길이오?" 등의 질문을 받게 될 것이다. 평소 다니지 않는 길로 집에 걸어가지 말라는 법은 없었지만 사상경찰이 알기라도 하면 충분히 그들의 주의를 끌 만한 일이었다.

갑자기 온 거리가 소란스러워졌다. 사방에서 조심하라는 고함 소리가 들렸다. 사람들이 토끼처럼 출입문 안으로 뛰어 들어가고 있었다. 한 젊은 여자가 윈스턴의 바로 앞 출입문에서 뛰어나와 웅덩이에서 놀고 있는 꼬마를 앞치마로 감싸 안고는 한달음에 집 안으로 뛰어 들어갔다. 바로 그 순간 아코디언처럼 꼬깃꼬깃 주름이 진 검정 양복 차림의 한 남자가 옆 골목에서 뛰어나와 윈스턴 쪽으로 달려오더니 흥분한 상태로 하늘을 가리키며 말했다.

"스티머예요! 나리 저길 봐요! 머리 위에서 펑 터질 거요. 빨리 엎드려요!"

'스티머'는 노동자들이 몇 가지 이유를 들어 로켓 폭탄에 붙인 별명이었다. 윈스턴은 재빨리 엎드렸다. 노동자들이 그런 경고를 할 때는 언제나 거의 정확하게 들어맞았다. 로켓 폭탄이 소리보다 빠르긴 했다. 하지만 그들에게는 로켓 폭탄이 날아오는 것을 몇 초 전에 알아차릴 수 있는 본능 같은 것이 있는 듯했다. 윈스턴은 팔로 머리를 감쌌다. 지축을 뒤흔드는 것 같은 굉음이 나더니 가벼운 파편들이 소나기처럼 그의 등에 후드득 떨어졌다. 일어나 보니 그는 창문에서 떨어진 유리 조각을 뒤집어쓰고 있었다.

그는 계속 걸었다. 200미터 전방에 있는 집들이 폭탄으로 파괴되어 있었다. 검은 연기 기둥이 하늘에 걸려 있었고 그 아래 부서진 집터 주위로 몰려든 사람들 쪽에 횟가루 먼지 구름이 떠 있었다. 그의 앞길에 쌓여 있는 횟가루 더미 한가운데에 선홍색의 나무토막 같은 게 보였다. 다가가 보니 그것은 잘려 나간 사람 손이었다. 피가 묻은 부분만 제외하면 손 전체가 하얘서 깁스와 비슷해 보였다. 그는 그 팔을 도랑 쪽으로 차 버리고 나서 군중들을 피해 오른쪽 골목으로 발길을 돌렸다.

3~4분 후 그가 폭탄이 떨어졌던 지역을 벗어나자 아무 일도

없었던 것처럼 지저분하고 시끌벅적한 거리가 계속 이어졌다. 저녁 8시가 거의 다 된 시각에 노동자들이 자주 드나드는 술집인 '펍'은 손님들로 꽉 들어차 있었다. 쉴 새 없이 여닫히는 손때 묻은 문 사이로 오줌 지린내와 톱밥 냄새, 시큼한 맥주 냄새가 풍겼다. 얼마쯤 더 가자 앞이 툭 튀어나온 집 옆에 세 남자가 서로 아주 가까이 붙어 서 있었다. 그들 중 가운데에 서 있는 사람은 신문을 접어서 들고 있었고 나머지 둘은 그의 어깨너머로 그 신문을 들여다보고 있었다. 그들의 표정을 알아볼 수 있을 만큼 가까이 다가가지 않아도, 윈스턴은 그들이 얼마나 열중하고 있는지 몸짓 하나하나로 다 알 수 있었다. 그들은 어떤 심각한 뉴스를 읽고 있는 게 틀림없었다. 윈스턴은 그들과 몇 걸음 떨어져 있었다. 그런데 갑자기 소란스러워지더니 그들 중 두 사람이 격렬한 논쟁을 벌이기 시작했다. 순간 거의 치고받고 할 기세가 되었다.

"제기랄, 내 말 못 알아듣겠어? 지난 14개월 동안 7로 끝나는 숫자가 당첨된 적은 한 번도 없었다니까!"

"아냐, 있었어!"

"없었어! 없었다고! 지난 2년 동안 당첨 번호를 꼬박꼬박 적어 왔단 말이야. 시계처럼 정확하게 적었다고. 그런데 7로 끝나는 숫자는 없었어."

"아냐, 7도 당첨됐어! 제기랄, 그 숫자를 아주 정확하게 말해 줄 수도 있단 말이야. 407로 끝나는 숫자였다고. 2월이었다니까. 그래, 지난 2월 둘째 주였어."

"젠장, 2월은 무슨 놈의 2월이라는 거야! 내가 분명 똑똑히 적어 놨는데……. 내가 다시 한번 말하는데 그런 숫자는 진짜 없었어."

"그만둬, 좀!"

세 번째 남자가 소리쳤다.

그들은 복권에 대해 이야기를 하고 있었다. 윈스턴은 30미터쯤 가다가 뒤를 돌아보았다. 그들은 여전히 핏대를 세우며 다투고 있었다. 매주 엄청난 당첨금이 걸려 있는 복권은 노동자들이 심각하게 관심을 보이는 공적인 사건이었다. 비록 복권이 인생의 유일한 이유는 아닐지라도 삶의 신념으로 삼고 살아가는 노동자들은 어림잡아 수백만은 될 터였다. 복권은 그들의 즐거움인 동시에 우매한 행동이었고 진통제이면서 지적인 자극제였다. 간신히 읽고 쓸 수 있는 사람들까지도 복권과 관련된 것이라면 복잡한 계산을 할 수도 있었으며 기억하는 데 믿기 어려운 솜씨를 뽐낼 수도 있는 것 같았다. 분석표나 예상표 또는 행운의 부적을 팔아 생계를 꾸려 나가는 족속들도 있었다. 윈스턴은 풍요부에서 담당하는 복권 발매와는 아무런 관련이 없었지만 그 당첨금의 대부분이 허위라는 사실을 알고 있었다. 그리고 당원이라면 누구나 이 사실을 알았다. 실제로 복권

당첨자는 적은 금액만을 지급받았으며 큰 액수 당첨자는 애초에 존재하지 않았다. 오세아니아의 각 지방 사이에는 실제적인 통신망이 구축되어 있지 않기 때문에 그런 일을 처리하는 데 별 어려움이 없었다.

그러나 희망이 존재한다면 그것은 무산계급인 노동자들에게만 있었다. 바로 여기에 주안점을 두어야 한다. 이것을 말로만 들으면 그저 그럴듯하게 들리기만 할 뿐이다. 하지만 직접 거리에 지나다니는 사람들을 보면 뚜렷한 신념으로 느껴진다. 윈스턴은 내리막길로 접어들었다. 그는 전에 자기가 이 근처에 와 본 적이 있었으며 멀지 않은 곳에 큰 길이 있다는 느낌이 들었다. 앞쪽 어딘가에서 시끄럽게 고함을 지르는 소리가 들렸다. 급하게 꺾인 길을 돌아 나오자 움푹 꺼진 골목으로 내려가는 계단이 나왔는데 그 골목에서는 몇 안 되는 노점상들이 시들시들한 채소를 팔고 있었다. 윈스턴은 그제야 자신이 어디에 있는지 기억해 냈다. 골목은 큰길로 이어졌다. 다음 모퉁이를 돌아 내려가면 5분 거리도 안 되는 곳에 지금 일기장으로 쓰고 있는 노트를 샀던 고물상이 있었다. 그리고 거기서 멀지 않은 곳에는 펜대와 잉크를 샀던 자그마한 문구점이 있었다.

그는 계단 맨 위에 잠시 멈춰 섰다. 골목 맞은편에 우중충하고 자그마한 펍이 있었다. 창에 마치 성에가 낀 것처럼 보였지만 실상은 그냥 먼지로 뒤덮여 있는 것이었다. 상당히 나이가 들어 보이는 노인이 문을 밀어 열어젖히고는 안으로 들어갔다. 그 노인은 등은 굽었지만 활기가 있었으며 새우 수염처럼 앞으로 곤두선 허연 콧수염을 기르고 있었다. 윈스턴은 서서 그 노인을 지켜보면서 적어도 여든 살은 됐을 것 같은 노인이 혁명이 일어났을 당시에 이미 중년이었을 거라는 데 생각이 미쳤다. 그 세대야말로 사라진 자본주의 세계와 지금 현존하는 세계를 연결하는 마지막 고리였다. 당 내부에는 혁명 이전에 형성된 사상을 지닌 사람이 많지 않았다. 늙은 세대는 1950년대와 1960년대의 대숙청 때 대부분 제거되었고 살아남은 몇몇 사람도 위협을 견디지 못하고 오래전에 완전히 지적으로 항복해 버렸다. 금세기 초반의 상황을 사실 그대로 설명해 줄 만한 사람이 아직 살아 있다면 노동자일 수밖에 없었다. 그는 별안간 일기장에 옮겨 적었던 역사책의 한 구절이 머릿속에 떠올랐고 이내 터무니없는 충동에 사로잡혔다. 그는 펍에 들어가 아까의 그 노인과 가까워지고 난 뒤 다음과 같이 묻고 싶었다.

"당신의 소년 시절 얘기를 좀 해 주십시오. 그 시절은 어땠나요? 지금보다 상황이 더 좋았습니까, 아니면 나빴습니까?"

그는 겁먹을 새도 없이 서둘러 계단을 내려가 좁은 길을 건넜다. 물론 그것은 미친 짓이었다. 늘 그렇듯 노동자들에게 말을 걸거나 그들이 다니는 펍을 자주 찾는 것을 금지하는 법은 없었지만 그것은 상당히 비상식적인 행동이기 때문에 남의 이

목을 끌게 마련이었다. 경찰이 나타나면 현기증이 났었다고 변명할 수도 있겠지만, 그들이 그의 말을 믿어 줄 것 같지는 않았다. 그가 문을 밀어젖히자 시큼한 맥주에서 나는 끔찍한 싸구려 냄새가 얼굴로 확 밀려왔다. 그가 안으로 들어서자 시끄럽던 소리가 절반 정도로 줄어들었다. 그는 모든 사람의 시선이 자신의 푸른 제복에 꽂혀 있다는 것을 등 뒤로도 느낄 수 있었다. 펍 한쪽 구석에서 한창 진행 중이던 다트 게임도 약 30초 동안 중단되었다. 그가 따라온 노인은 바 앞에 서서 덩치가 크고 뚱뚱하며 매부리코에 팔뚝이 굵은 젊은 점원과 말다툼을 하고 있었다. 손에 술잔을 들고 주변에 서 있던 일단의 사람들이 그 광경을 지켜보고 있었다.

"내 정중하게 얘기했잖나? 이 염병할 술집에는 1파인트짜리 잔이 없다는 거야, 뭐야?"

그 노인이 싸움을 거는 듯이 어깨를 쭉 펴며 말했다.

"도대체 1파인트가 뭔가요?"

점원이 손끝을 카운터 위에 대고 몸을 앞으로 기울이면서 물었다.

"이렇게 답답한 녀석을 봤나! 아니 술을 판다는 녀석이 1파인트가 뭔지도 모른단 말이야! 1파인트란 1쿼트의 반이고, 4쿼트면 1갤런이잖아? 다음번에는 A, B, C를 가르쳐 줘야겠군 그래."

"그런 건 들어 본 적이 없어요."

점원이 퉁명스럽게 대꾸했다.

"1리터와 반 리터, 우린 이렇게 팔아요. 앞에 보이는 선반 위에 있는 잔 좀 보라고요."

"나는 1파인트짜리 잔이 좋다니까."

노인이 계속 고집을 부렸다.

"1파인트 잔에다 따라 주면 될 걸 말이야. 내가 젊었을 땐 그 망할 놈의 리터니 뭐니 하는 게 없었단 말이야."

"영감님이 젊었을 때면 우리 모두 나무 꼭대기에서 살고 있었겠군요."

점원이 다른 손님 쪽을 흘긋 보며 빈정거렸다.

한차례 웃음이 터지고 나자 윈스턴이 들어와서 생긴 어색한 분위기가 한껏 누그러진 것 같았다. 흰 수염이 텁수룩하니 난 노인의 얼굴이 벌겋게 달아올랐다. 노인이 혼잣말로 중얼거리면서 돌아서다가 윈스턴과 부딪쳤다. 윈스턴이 노인의 팔을 조심스럽게 잡았다.

"제가 한잔 사 드릴까요?"

윈스턴이 물었다.

"당신은 신사로군."

노인이 다시 어깨를 쭉 펴며 말했다. 그는 윈스턴의 푸른 제복을 알아보지 못한 것 같았다.

"1파인트! 1파인트 잔으로 윌럽 한 잔!"

노인이 점원을 향해 싸움을 걸듯이 덧붙였다.

점원은 카운터 아래에 있는 물통에 넣고 헹군 반 리터짜리 두꺼운 유리잔 두 개에다 암갈색 맥주를 채웠다. 노동자들이 드나드는 펍에서 마실 수 있는 술은 오직 맥주뿐이었다. 사실 아주 쉽게 손에 넣을 수 있음에도 불구하고, 노동자들은 진을 마시지 못하게 되어 있었다. 다시 다트 게임이 진행되었고 카운터 앞에 앉은 사람들도 복권에 관해 떠들기 시작했다. 다들 잠시 윈스턴의 존재를 잊은 게 분명했다. 창 아래에는 남들이 엿들을 염려를 하지 않고 이야기를 나눌 수 있는 송판으로 만든 탁자가 있었다. 술집 안에는 텔레스크린이 없었다. 윈스턴은 술집에 들어서자마자 그것부터 확인했다.

"1파인트짜리 잔에다 따라 줄 수도 있을 거라고."

노인이 잔을 앞에 두고 앉으며 투덜댔다.

"반 리터짜리로는 양이 차지 않는다고. 1리터짜리는 또 너무 많고 말이지. 오줌이 마렵기 시작한다니까. 술값은 차치하고 말이야."

"세상이 많이 변하는 걸 젊은 시절부터 보셨겠군요."

윈스턴이 망설이며 물었다.

마치 술집 안에 무언가 달라진 것을 찾기라도 하는 듯 노인의 연한 파란색 눈동자가 다트판에서 바로, 바에서 남자 화장실 문 쪽으로 부지런히 움직였다.

"맥주 맛이 더 좋았지. 값도 더 쌌고!"

마침내 노인이 입을 뗐다.

"내가 젊었을 땐 월럽이라고 부르던 순한 맥주가 있었는데, 값이 1파인트에 4페니였어. 물론 전쟁 전에 말이야."

"어떤 전쟁 말씀입니까?"

윈스턴이 물었다.

"전쟁이란 전쟁은 뭐든 다."

노인이 애매하게 대답했다. 그러고는 잔을 들고 다시 어깨를 쭉 폈다.

"자, 건강을 위하여!"

가느다란 목에 툭 튀어나온 목젖이 놀라울 정도로 빠르게 위아래로 움직이는가 싶더니 눈 깜짝할 사이에 맥주가 사라져 버렸다. 윈스턴은 바로 가서 반 리터짜리 두 잔을 더 가져왔다. 노인은 1리터에 대한 반감을 어느새 잊은 것처럼 보였다.

"저보다 나이가 훨씬 많으시네요."

윈스턴이 말했다.

"제가 태어나기도 전에 분명히 어른이셨겠어요. 혁명 이전 시대가 어땠는지 기억하실 수 있을 겁니다. 제 또래 사람들은 그 시대에 대해 정말로 아무것도 모릅니다. 겨우 책을 통해서나 알 뿐인데 책에 쓰인 내용이 사실이 아닐 수도 있을 거예요. 그래서 그때 얘기 좀 듣고 싶습니다. 역사책에는 혁명 전의 생활이 지금과는 완전히 달랐다고 나와 있더라고요. 우리가 상상할 수 있는 것보다 훨씬 더 심하게 끔찍한 억압과 부정과 가난이 있었고요. 이곳 런던도 상당히 많은 사람이 태어나서 죽을 때까지 제대로 먹지 못했고 그들 중 절반 정도가 신발마저 없었다더군요. 게다가 하루에 열두 시간씩 노동을 하고, 아홉 살까지만 교육을 받았으며 한 방에서 열 사람이나 같이 잠을 잤다고 하더라고요. 반면에 자본가라고 하는 부유하고 권력 있는 극소수, 불과 몇천 명이 있었는데, 그들은 소유할 만한 것들은 모두 가졌다지요. 그들은 서른 명이나 되는 하인들을 거느리고 초호화 대저택에 살면서 자동차와 사두마차를 타고 다녔고 샴페인도 마셨고요. 실크해트도 썼다더라고요."

노인의 얼굴이 갑자기 환해졌다.

"실크해트라고!"

노인이 말했다.

"당신 같은 사람의 입에서 실크해트란 말이 나오니 재밌네그려. 바로 어제 나도 똑같은 생각이 났거든. 왜 그랬는지는 몰라. 그냥 생각이 났던 거지. 아무튼 요 몇 년 동안 실크해트를 본 적이 없어. 이제는 사라져 버린 게지. 내가 그걸 마지막으로 써 본 건 형수님 장례식 때였어. 그래, 언제라고 정확한 날짜를 말해 줄 수는 없지만 분명 50년 전이었을 거야. 물론 잘 알겠지만 장례식 때문에 잠깐 빌려 썼던 거였지."

"실크해트는 그리 중요한 게 아닙니다."

윈스턴이 참을성 있게 말했다.

"중요한 건 자본가들하고 그들에게 빌붙어 살던 소수의 변호사들과 사제들이 왕 노릇을 했다는 거예요. 모든 것이 그들에게 혜택을 주기 위해서 존재했지요. 노인장 같은 평민들과 노동자들은 그들의 노예였고요. 그들은 하고 싶은 대로 노예들을 부릴 수 있었어요. 소처럼 배에 실어 캐나다에 보낼 수도 있었고 마음만 먹으면 노예의 딸을 데려다가 품을 수도 있었어요. 심지어 끈이 아홉 가닥 달린 채찍으로 그들을 때리라는 명령을 내릴 수도 있었지요. 자기들 옆을 지나갈 때는 모자를 벗도록 했고요. 자본가들은 저마다 하인을 여럿 데리고 다녔다는데……."

노인의 얼굴이 다시 환해졌다.

"하인이라고!"

노인이 말했다.

"정말 오랜만에 들어 보는 말이야. 하인이라! 문득 오래전의 일이 생각나는데……. 그래, 아주 오래전의 일이 기억나는군. 나는 일요일 오후면 가끔 연설을 들으러 하이드파크로 갔어. 구세군이나 로마 가톨릭, 유대인, 인디언 등 별의별 사람들이 다 있었지. 그런데 그중에 한 녀석이 있었는데 말이야, 이름은 뭔지 기억이 안 나지만 정말로 영향력이 큰 연설가였어. 몇마디 하지도 않았다니까! '종놈들! 부르주아의 종놈들! 지배 계급의 아첨꾼들!' 하고 말이야. 기생충이라는 말도 했네. 욕심, 그래, 분명히 욕심쟁이라고도 했지. 물론 그건 노동당원을 두고 한 말이란 건 알겠지."

윈스턴은 노인과 동문서답으로 대화를 하고 있다는 생각이 들었다.

"제가 정말로 알고 싶은 건 이런 겁니다."

윈스턴이 다시 말했다.

"노인장은 옛날보다 지금이 더 자유롭다고 생각하십니까? 그때보다 더 인간적인 대접을 받고 있습니까? 옛날에 부자들, 상류계급 사람들……."

"상원의원들 말이군."

노인이 회상에 잠기며 말했다.

"노인장 편할 대로요. 상원의원들, 그래요. 상원의원들이라고 해 두지요. 제 말은 그러니까, 단지 그들이 부자이고 노인장은 가난하기 때문에 그 사람들이 노인장을 업신여길 수 있었느냐 하는 겁니다. 그러니까 노인장께서 그 사람들을 '나리'라고 불러야만 했고, 그들 앞을 지나갈 때 모자를 벗어야만 했다는 게 사실인가요?"

노인은 곰곰이 생각하는 것처럼 보였다. 그는 맥주를 4분의 1가량 마시고 나서 대답했다.

"그랬지."

노인이 대답했다.

"그들은 우리 같은 사람들이 인사치레하는 걸 좋아했어. 그건 존경의 표시 같은 거였거든. 나는 내키지 않았지만 꽤 자주 그렇게 했네. 자네가 말한 것처럼 해야만 했으니까."

"역사책에서 읽은 것을 인용하는 것뿐이지만 그 사람들이 하인을 시켜 노인장 같은 사람을 길에서 밀어 시궁창에 처박기도 했다는데 흔히 있던 일인가요?"

"그들이 날 밀친 적도 한 번 있었어."

노인이 대답했다.

"바로 어제 일처럼 생생하게 기억나는군. 보트 경주가 있던 밤이었지. 보트 경기를 하는 밤이면 사람들이 굉장히 난폭해지곤 했어. 언젠가 섀프츠베리 거리에서 어느 젊은 녀석과 부딪쳤어. 그 녀석은 신사더라고. 실크해트를 쓰고 셔츠에 검은 코트를 걸쳐 입고 있었거든. 그 녀석이 갈지자걸음으로 길을 건너다가 사고로 나와 부딪친 거야. 그런데 녀석이 '왜 앞을 똑바로 보고 다니지 않느냐?'라고 하는 거야. 그래서 내가 '네 녀석이 이 염병할 길을 다 샀나?'라고 대꾸했어. 그러자 녀석이 '버릇없이 굴면 모가지를 비틀어 버리겠어'라고 하더라고. 그래서 나도 '젊은 놈이 단단히 취했군. 여차하면 경찰에 넘겨 버리겠어' 하고 응수했지. 그랬더니 녀석이 어떻게 했는지 아나? 손으로 내 가슴팍을 확 밀쳐 버렸다니까. 그 바람에 하마터면 버스

바퀴에 깔릴 뻔했지 뭔가. 나도 당시엔 혈기왕성한 때라 한 방 먹이려고 했는데……."

윈스턴은 무력감에 사로잡혔다. 노인의 기억은 자질구레한 잡동사니에 불과했다. 하루 종일 물어보았자 진짜 정보는 하나도 못 얻을 것 같았다. 오히려 당의 역사가 진실일지도 몰랐다. 어쩌면 그것들은 완벽하게 진실일 수도 있었다. 그는 마지막으로 한 번 더 시도해 보았다.

"아무래도 제 말 뜻을 제대로 이해하시지 못한 것 같네요."

그가 말했다.

"제가 말씀 드리려는 건 이겁니다. 노인장께서는 아주 오래 사셨죠. 그리고 인생의 절반을 혁명 이전에 보내셨습니다. 그러니까 1925년에는 이미 어른이셨던 거지요. 노인장께서 기억하시기에 1925년의 생활이 지금보다 더 나았습니까, 아니면 나빴습니까? 노인장이 선택한다면 그때를 선택하시겠습니까, 아니면 지금을 선택하시겠습니까?"

노인은 골똘히 다트판을 바라보았다. 그러고 나서 아까보다 더 천천히 잔을 들어 남은 맥주를 마저 마셨다. 노인은 맥주에 몸과 마음이 말랑말랑해진 듯 달관한 태도로 관대하게 말했다.

"내가 뭘 말해 주기를 바라는지 알고 있네."

노인이 말했다.

"자네는 내가 곧 다시 젊어졌으면 하고 말하기를 바라는군.

그래, 그렇게 물어보면 대부분의 사람들은 다시 젊어지고 싶다고 말하지. 젊어야 건강하고 힘깨나 쓸 수 있으니까. 하지만 내 나이쯤 돼 보라고. 어쩔 수 없다니까. 나는 이제 다리도 쑤시고 오줌보도 시원치 않아. 밤에 예닐곱 번은 일어난다고. 반면에 나처럼 늙으면 좋은 점도 있지. 걱정거리가 없어지거든. 여자하고 섹스할 일도 없으니 좋더라고. 자네가 믿을지 모르겠지만 나는 거의 30년 동안 여자를 안아 본 적이 없다네. 한 술 더 떠서 이제는 안고 싶지도 않아."

윈스턴은 앉은 채로 창틀에 기댔다. 계속해 봐야 소용없을 게 뻔했다. 그가 맥주를 몇 잔 더 사려고 하는데 노인이 갑자기 일어나 한쪽 구석에 있는 지린내 나는 소변기 쪽으로 서둘러 갔다. 반 리터를 더 마신 것이 영향이 있는 모양이었다. 윈스턴은 빈 잔을 잠시 바라보며 앉아 있다가 자기도 모르게 자리를 박차고 일어나 거리로 뛰쳐나왔다. 기껏해야 20년 사이에 혁명 전의 생활이 지금보다 더 좋았느냐는, 거창하면서도 단순한 질문에 대한 답변을 들을 수 없게 되었다고 생각했다. 하지만 사실상 지금도 그 답을 들을 수 없기는 매한가지였다. 구시대에서 흩어진 몇 안 되는 생존자들은 한 시대와 다른 시대를 비교할 능력을 상실했기 때문이었다. 그들은 직장 동료들과의 말다툼이나 잃어버린 자전거펌프를 찾아다닌 일, 오래전에 죽은 누이동생의 얼굴에 나타난 표정, 70년 전 어느 바람 불던 날 아침에 회오리치던 흙먼지 바람과 같은 쓸데없는 것들만 잔뜩 기억해 넬 뿐이었다. 하지만 그들과 밀접하게 관련된 모든 사실은 그들의 관심 밖이었다. 그들은 큰 것은 못 보고 작은 것만 볼 줄 아는 개미와 같았다. 그래서 기억을 하지 못하게 된 그들은 날조된 기록으로 사람들의 생활환경이 개선되었다고 말하는 당의 주장을 받아들일 수밖에 없었다. 당의 주장을 검증할 어떤 기준도 없었으며 앞으로 있을 가능성도 없었기 때문이다.

바로 그 순간 꼬리에 꼬리를 물던 생각이 갑자기 멈췄다. 그는 멈춰 서서 위를 쳐다봤다. 그는 어두침침하고 조그마한 상점 몇이 주택 사이사이에 박혀 있는 좁은 길에 있었다. 그의 머리 바로 위에는 한때 도금됐던 것처럼 보이는, 색이 바랜 쇠로 만든 공 세 개가 달려 있었다. 그는 그곳이 어디인지 알 것 같았다. 그렇다! 그는 일기장을 샀던 고물상 밖에 서 있었다.

찌르르하니 두려움이 그를 엄습했다. 애당초 일기장을 산 것은 굉장히 경솔한 행동이었다. 그래서 그는 두 번 다시 그 근처에는 얼씬도 하지 않기로 마음먹었다. 그런데 그가 깊은 생각에 잠긴 순간 발걸음은 자연스레 이곳을 향해 움직였던 것이었다. 그가 일기를 쓰는 것은 자신을 보호하기 위해, 바로 자살 충동에 맞서기 위해 선택한 행동이었다. 그는 저녁 9시가 다 되어 가는데도 아직 상점 문이 열려 있다는 것을 깨닫자마자 길에서 어슬렁거리는 것보다는 상점 안에 있는 것이 눈에 덜 띌 거라는 생각에 문안으로 들어갔다. 만약 누군가가 물으면 면도날을 사러 왔다고 그럴싸하게 둘러댈 수 있었다.

상점 주인이 걸려 있는 석유램프에 막 불을 붙였다. 그러자 탁하면서도 친숙한 냄새가 확 풍겨 왔다. 쇠약한 데다 허리까지 굽은 주인은 예순 살쯤 먹은 노인이었는데, 기다란 코는 인자하게 생겼고 도수 높은 두꺼운 안경알 너머로 일그러져 보이는 눈은 온화해 보였다. 노인의 머리는 거의 하얗게 세었지만 눈썹은 아직도 검고 숱이 많았다. 안경을 쓴 데다 움직임이 점잖으면서도 까다로워 보이는 노인은 낡은 검정 벨벳 재킷을 입고 있기 때문인지 작가나 음악가라도 되는 듯 어렴풋하게 지성적인 분위기를 풍겼다. 그의 목소리는 힘이 없었지만 부드러웠고 억양은 대다수 노동자들보다 품위가 있었다.

"선생이 길 위에 서 있는 걸 보고 알아봤어요."

노인이 대뜸 말했다.

"숙녀들이 선물용으로 쓰던 일기장을 사 가셨던 신사분이시죠? 그건 참 좋은 종이로 만든 것이었어요. 그랬지요. 흔히 그걸 크림색 종이라고들 합니다. 그런 종이는 이제 생산이 안 돼요. 아마 한 50년은 됐을 겁니다."

그 노인은 안경 너머로 윈스턴을 찬찬히 살펴봤다.

"뭐 특별히 찾으시는 거라도 있나요? 아니면 그저 구경이나 하러 들르신 건가요?"

"네, 지나가던 길이에요."

윈스턴은 대답을 얼버무렸다.

"그냥 들어와 봤습니다. 특별히 필요한 건 없어요."

"그래도 괜찮습니다."

노인이 말했다.

"어차피 선생 마음에 들 만한 건 우리 가게에 없을 테니까요."

노인이 부드러운 손으로 미안하다는 표시를 했다.

"보시다시피 가게가 텅 비었습니다. 선생과 거래할 만한 골동품은 거의 없어요. 찾는 사람도 더 이상 없고 물건도 없습니다. 가구며 도자기, 유리그릇이 있긴 해도 시간이 지나면서 깨진 것들뿐이에요. 게다가 쇠붙이 제품들은 대부분 녹여 버렸지요. 놋쇠 촛대 본 지도 한참 됐네요."

그렇지 않아도 비좁은 가게 안이 불편할 정도로 꽉 차 있었지만 값나갈 만한 것은 하나도 없었다. 벽면을 빙 돌아가며 먼지 묻은 액자를 잔뜩 쌓아 놓았기 때문에 통로도 비좁기는 매한가지였다. 창가에는 볼트와 너트를 담은 쟁반과 끝이 닳은 끌, 이가 빠진 칼, 작동하지도 않을 것 같은 변색된 시계, 다른 잡다한 형편없는 물건들이 있었다. 그런데 구석의 조그만 탁자 위에는 뭔가 재미있어 보이는 옻칠한 담뱃갑이나 마노가 박힌 브로치 같은 잡동사니가 여럿 있었다. 윈스턴은 탁자 위를 흘긋거리다가 램프 불빛 속에서 은은히 빛나는 둥글고 매끄러운 물건을 집어 들었다.

그것은 한쪽 면은 둥그렇고 반대쪽 면은 평평한, 반구형에 가까운 묵직한 유리 덩어리였다. 유리의 색채나 감촉은 빗방울처럼 부드러워 보였다. 특히 둥근 표면에 의해 확대되어 보이는, 유리 한가운데에 들어 있는 분홍빛을 띤 이상한 나선형 물체는 장미꽃이나 말미잘을 연상시켰다.

"이게 뭐죠?"

윈스턴이 넋을 잃은 채 물었다.

"그러니까, 그건 산호입니다."

노인이 대답했다.

"아마 인도양에서 나온 걸 거예요. 보통 유리 속에 박아 두지요. 최소한 100년은 됐을 거예요. 모양으로 보아서는 그보다 더 오래돼 보이네요."

"아름답군요."

윈스턴이 말했다.

"아름답고말고요."

노인이 감탄하며 말했다.

"하지만 요즘엔 그렇게 말하는 사람들이 많지 않지요."

노인이 기침을 했다.

"사실 거면 4달러만 내십시오. 제 기억에 옛날에는 8파운드에 팔리던 물건이에요. 8파운드면……, 계산이 잘 안 되지만 아무튼 큰돈이지요. 그런데 요즘 세상에 누가 진짜 골동품에 관심을 갖겠습니까? 남아 있는 것도 별로 없지만 말예요."

윈스턴은 즉시 4달러를 지불하고 그가 탐내던 물건을 주머니에 넣었다. 그가 그 물건에 반한 것은 아름답기도 하지만 지금 시대와는 아주 다른 옛 시대 유물을 지니는 것 같은 기분 때문이었다. 그는 부드러운 빗물방울 같은 그 유리 덩어리를 본 적이 없었다. 문진용이었던 게 틀림없다고 생각했지만 지금은 분명히 아무 쓸모없는 물건이었다. 쓸모없다는 이유 때문인지 그 물건은 갑절이나 매력적으로 보였다. 그것을 주머니에 넣었더니 무거웠지만 다행히 표 나게 불룩 튀어나오지는 않았다. 당원이 그런 물건을 갖고 다니는 것은 이상한 일이었으며 심지어 위험한 일이기도 했다. 뭐든지 오래되거나 아름다운 것은 항상 괜한 의심부터 받았다. 노인은 4달러를 받더니 눈에 띄게 쾌활해졌다. 그는 노인이 3달러, 아니 2달러에라도 그것을 팔았을 거라고 생각했다.

"위층에 선생이 한번 둘러볼 만한 방이 또 하나 있어요."

노인이 말했다.

"물건이 많지는 않습니다. 그냥 두세 점 정도입니다. 올라가 보시겠다면 불을 켜 드리지요."

그는 다른 램프에 불을 켜고 허리를 구부린 채 낡고 가파른 계단으로 천천히 안내했다. 그러고는 좁은 복도를 지나 길가에

면하지 않은 대신 자갈 깔린 마당과 숲처럼 잔뜩 솟은 굴뚝이 내다보이는 방으로 들어갔다. 방 안은 마치 누가 살고 있기라도 한 것처럼 여전히 가구들이 잘 정돈되어 있었다. 바닥에는 카펫이 깔려 있었고 벽에는 그림이 한 점인가 두 점 걸려 있었으며 벽난로 앞에는 볼품은 없지만 푹신한 안락의자가 놓여 있었다. 열두 시간으로 표시된 구식 유리 시계가 벽난로 장식장 위에서 똑딱거리고 있었다. 창문 바로 밑에는 방을 거의 4분의 1이나 차지하는 거대한 침대가 놓여 있었는데 그 위에는 매트리스까지 깔려 있었다.

"아내가 죽기 전까지는 이 방에서 지냈지요."

노인이 약간 변명하듯 말했다.

"가구를 하나씩 팔아 치우고 있답니다. 저건 참 좋은 마호가니 침대예요. 빈대를 없앨 수만 있다면 훌륭한 침대죠. 아마도 약간 성가실 겁니다."

방 전체에 빛이 비치도록 노인이 램프를 높이 들자 방에 희미하면서도 따뜻한 불빛이 비춰 묘하게도 매력적으로 보였다. 위험을 감수해야겠지만 일주일에 이삼 달러쯤 내고 방을 빌리는 건 아마도 아주 쉽겠다는 생각이 윈스턴의 뇌리를 스쳐 지나갔다. 물론 무모하고 불가능한 생각이라 곧바로 그만두었지만 그 방을 보자 그의 마음에 일종의 향수처럼 옛 추억이 되살아났다. 그는 불을 피운 벽난로 옆 안락의자에 앉아 난로 망에 발을 걸치고 주전자를 난로 안 석쇠에 얹은 채, 감시하는 사람도 없고 뒤쫓는 목소리도 전혀 없으며 주전자에서 물 끓는 소리와 벽시계가 내는 친숙한 똑딱 소리밖에 들리지 않는 이런 방에서 완전히 혼자 안전하게 앉아 있는 느낌이 어떤지 정확히 알 것만 같았다.

"이곳엔 텔레스크린은 없군요."

윈스턴이 자기도 모르게 중얼거렸다.

"아, 전 그런 물건을 가져 본 적이 없습니다."

노인이 말했다.

"너무 비싸서요. 어쨌든 필요하다는 생각이 든 적도 없습니다. 저쪽 구석에 있는 접이식 탁자가 쓸 만합니다. 물론 탁자를 펴려면 경첩을 새로 달아야 하지만요."

이미 윈스턴은 한쪽 구석에 있는 조그만 책장에 마음이 끌렸다. 책장에는 잡동사니 외에 아무것도 없었다. 다른 지역과 마찬가지로 노동자 구역에서도 책이 모두 몰수되고 파기되어 한 권도 남아 있지 않았던 것이다. 오세아니아의 어느 곳에서든 1960년 이전에 발간된 서적이 존재한다는 것은 아예 상상할 수도 없는 일이었다. 램프를 들고 있던 노인은 침대 맞은편, 바로 벽난로가 있는 벽에 걸린 자단*으로 틀을 짠 그림 앞에 서

* 단단하고 향이 좋아 고급 가구 재료로 쓰이는 열대 상록 활엽 교목이다.

있었다.

"혹시 선생께서 옛날 그림에 관심이 있다면……."

노인이 조심스럽게 말을 꺼냈다.

윈스턴은 그 액자 속의 그림을 자세히 보기 위해 다가갔다. 그것은 네모난 창문이 달린 타원형 건물과 그 앞의 자그마한 탑을 강판에 새긴 판화였다. 건물 둘레에는 철책이 쳐져 있고 그 뒤편에는 동상처럼 보이는 것이 있었다. 윈스턴은 잠시 그것을 바라보았다. 무슨 동상인지 기억이 나지는 않지만 어딘지 모르게 낯익어 보였다.

"액자가 벽에 고정되어 있지만 사시겠다면 떼어 낼 수도 있습니다."

노인이 말했다.

"저 건물을 압니다."

마침내 윈스턴이 말문을 열었다.

"지금은 폐허가 되었지만요. 정의궁 밖 거리 한가운데에 있던 건물이죠."

"맞아요. 법원 바깥쪽에 있었지요. 폭격을 당했어요. 아, 수년 전에 말입니다. 한때는 세인트 클레멘트 데인스라고 부르던 교회였어요."

노인은 쓸데없는 말을 지껄였다고 생각했는지 멋쩍게 웃더니 덧붙였다.

"오렌지와 레몬이여, 세인트 클레멘트의 종이 말하네!"

"그건 뭔가요?"

윈스턴이 물었다.

"아아, '오렌지와 레몬이여, 세인트 클레멘트의 종이 말하네' 요? 이건 제가 어렸을 때 부르던 동요입니다. 그다음은 기억나 지 않지만 어떻게 끝나는지는 알지요. '그대 침대를 밝힐 촛불 이 오네. 그대 목을 자를 도끼가 오네' 일종의 춤곡이에요. 사람 들이 팔을 뻗어 올리면 그 밑으로 다른 사람들이 지나갑니다. 그러다가 '그대 목을 자를 도끼가 오네'란 구절이 나오면 팔을 내려서 지나가는 사람을 잡는 겁니다. 노래에 교회 이름이 계 속 나와요. 런던 시내 중요한 교회 이름은 다 나오지요."

윈스턴은 세인트 클레멘트란 교회가 몇 세기의 것인지 생각 이 잘 나지 않았다. 런던에 있는 건물들의 연대를 알아내는 것 은 언제나 어려웠다. 크고 인상적인 건물은 무엇이든 외관상 새것처럼 보이기만 하면 무조건 혁명 이후에 지어진 것이라고 주장했고 오래되어 보인다 싶으면 중세라고 불리는 기억도 가 물가물한 시대의 건물이라고 해 버렸다. 더욱이 수세기에 걸친 자본주의 시대에는 가치 있는 걸 아무것도 만들어 내지 못했다 고도 했다. 그 때문에 책에서 역사를 배울 수 없듯 건축물을 통 해서도 역사를 배울 수 없었다. 동상이나 비문, 기념비, 거리의 이름 등 과거를 조명해 줄 만한 것은 무엇이든 조직적으로 바꾸어 놓았다.

"저 건물이 교회인 줄은 전혀 몰랐습니다."

윈스턴이 말했다.

"다른 용도로 사용되고 있긴 하지만 남아 있는 교회 건물이 꽤 많습니다."

노인이 말을 이었다.

"자, 그 노래가 어떻게 되더라? 아, 이제 생각나는군요!"

오렌지와 레몬이여, 세인트 클레멘트의 종이 말하네.
그대는 나에게 3파딩의 빚을 졌지, 세인트 마틴스의 종이 말하네.

"아, 기억나는 건 여기까지네요. '파딩'은 작은 구리 동전인데 1센트 같은 것이죠."

"세인트 마틴스 교회는 어디에 있었나요?"

윈스턴이 물었다.

"세인트 마틴스 교회요? 아직도 있습니다. '승리 광장'에, 미술관과 나란히 붙어 있어요. 입구는 삼각형 모양이고 앞에 여러 개의 기둥과 높은 계단이 있는 건물입니다."

윈스턴은 그곳을 잘 알고 있었다. 그곳은 각종 선전 자료들을 전시하는 박물관이었다. 그곳에는 로켓 폭탄과 해상 연암 요새의 축소 모형, 적의 잔혹 행위 장면을 묘사하는 밀랍인형 등이 진열되어 있었다.

"그 근처 어디에 들판이 있었는지 기억하지는 못하지만 '광야의 세인트 마틴스 교회'라고 불리곤 했었습니다."

노인이 덧붙여 설명했다.

윈스턴은 그 그림을 사지 않았다. 가지고 있기에 유리 문진보다 더 이상한 물건인 데다가 틀에서 떼어 내기 전에는 그림을 집으로 가져가는 건 불가능했다. 하지만 그는 몇 분 동안 더 노인과 이야기를 나누며 그곳에 머물렀다.

그는 노인의 이름이 상점 명판에 새겨진 위크스가 아니라 채링턴이라는 걸 알게 되었다. 채링턴 씨는 예순세 살의 홀아비로, 그 상점에서 30년 동안 살았다고 했다. 채링턴 씨는 그동안 몇 번이나 밖에 걸린 이름을 바꾸려고 했지만 실행에 옮기지는 못했다고 했다. 채링턴 씨와 이야기를 나누는 내내 기억나다만 노래 가사가 윈스턴의 머릿속에서 떠나질 않았다. '오렌지와 레몬이여, 세인트 클레멘트의 종이 말하네. 그대는 내게 3파딩의 빚을 졌지, 세인트 마틴스의 종이 말하네!'

이상한 일이지만 윈스턴은 그 노래 가사를 혼자서 흥얼거릴 때 아직 어딘가에 남아 있거나, 아니면 변형되어 잊힌 런던의 종소리가 실제로 들리는 듯한 착각을 느꼈다. 유령 같은 교회 첨탑에서 차례로 크게 울려 퍼지는 종소리를 듣고 있는 것 같았다. 하지만 아무리 기억을 떠올려 봐도 그가 실제로 교회 종소리를 들어 본 적은 없었다.

윈스턴은 채링턴 씨의 상점에서 나와 홀로 계단을 내려왔다. 문밖을 나서며 거리를 살피는 모습을 채링턴 씨에게 보이고 싶지 않았다. 그는 적당한 기간을 두고, 말하자면 한 달 정도 후에 채링턴 씨 상점을 다시 찾아갈 모험을 하기로 마음먹었다. 적어도 문화회관의 저녁 모임에 빠지는 것보다는 덜 위험한 일일 것이다. 일기장을 산 후에 상점 주인이 믿을 만한 사람인지 아닌지도 모른 채 여길 다시 찾아온 것은 애당초 아주 어리석은 행동이었다. 그러나……!

그렇다. 또 찾아와야겠다고 그는 다시 한번 생각했다. 그 멋진 잡동사니들을 더 사고 싶었다. 세인트 클레멘트 데인스의 판화를 사서 액자를 떼어 내고 제복 윗도리 안에 숨겨 집으로 가져가고 싶었다. 채링턴 씨의 기억에서 그 노래의 나머지 구절을 끄집어내고도 싶었다. 상점 위층의 방에 세를 들겠다는 터무니없는 계획이 다시 그의 머릿속에 번뜩였다. 너무 행복한 나머지 잠시 방심한 그는 창문 밖을 살펴보지도 않은 채 거리로 나섰다. 즉흥적인 가락에 맞추어 흥얼거리기까지 했다.

오렌지와 레몬이여, 세인트 클레멘트의 종이 말하네.
그대는 내게 3파딩의 빚을 졌지. 세인트…….

별안간 그는 심장이 얼어붙는 것 같고 오줌을 지릴 것만 같았다. 푸른 제복을 입은 사람이 10미터도 떨어지지 않은 길에서 걸어오고 있었다. 창작국에 근무하는 짙은 갈색 머리의 여자였다. 주위가 어두컴컴했지만 여자를 알아보기는 어렵지 않았다. 그녀는 그의 얼굴을 빤히 쳐다보더니 그를 못 본 것처럼 재빨리 지나가 버렸다.

윈스턴은 몇 초 동안 몸이 마비되어 꼼짝도 할 수 없었다. 그러다가 그는 오른쪽으로 돌아 한동안 길을 잘못 든 줄도 모른 채 무거운 발걸음을 계속 옮겼다. 어쨌든 한 가지 의문은 해결되었다. 그 여자가 그를 감시하고 있었다는 데는 더 이상 의심할 여지가 없었다. 그녀는 그를 여기까지 뒤쫓아 온 게 틀림없었다. 그녀가 같은 날 저녁, 당원 거주 지역으로부터 몇 킬로미터나 떨어진, 잘 알려지지도 않은 뒷골목을 걷고 있었다는 사실을 순전히 우연이라고 볼 수는 없기 때문이었다. 그녀가 사상경찰의 정보원이든, 아니면 비공식적으로 활동하는 풋내기 스파이든 그것은 문제가 되지 않았다. 그 여자가 그를 감시하고 있었다는 것으로도 충분했다. 아마 그녀는 그가 펍으로 들어가는 것도 보았을 것이다.

걷기가 힘들었다. 걸음을 옮길 때마다 주머니 속에 든 유리 문진이 허벅지에 부딪혀서 그것을 꺼내 내던져 버릴까 하는 생각마저 들었다. 가장 심한 것은 복통이었다. 2분여 동안 그는

156

당장 화장실에 가지 않으면 죽을 것 같다는 느낌이 들었다. 하지만 그 같은 빈민 지역에는 공중화장실이 없었다. 잠시 후 둔한 통증만 남기고 경련은 웬만큼 가라앉았다.

그 길은 막다른 골목이었다. 윈스턴은 걸음을 멈추고 서서 잠시 어떻게 할까 망설이다가 뒤로 돌아왔던 길을 되짚어 가기 시작했다. 그는 돌아서면서 불과 3분 전에 그 여자가 자기를 지나쳐 갔으니 뛰어가면 아마도 그녀를 따라잡을 수 있을 거라는 생각이 들었다. 그녀의 뒤를 계속 쫓아가서 으슥한 곳에 이르면 돌멩이로 그 여자의 머리를 후려칠 수도 있을 것이었다. 주머니에 든 유리 문진 무게 정도면 그 여자를 해치우기에 충분했다. 하지만 몸을 쓸 생각만으로도 견딜 수가 없어서 그는 곧 그 생각을 단념했다. 그는 뛰어갈 수도, 한 대 후려칠 수도 없었다. 게다가 그 여자는 젊고 튼튼하므로 자신을 방어할 것이다. 문화회관에 서둘러 가서 문을 닫을 때까지 있다가 그날 저녁의 알리바이를 일부 만들어 놓을 생각도 해 봤다. 하지만 그 역시 불가능했다. 그는 죽을 정도로 피곤했다. 어서 집으로 돌아가 앉아서 조용히 있고 싶은 마음뿐이었다.

그가 아파트로 돌아왔을 때는 밤 10시가 넘은 시각이었다. 전기는 밤 11시 30분이면 끊길 것이다. 그는 부엌으로 가서 승리주를 찻잔에 거의 한가득 따라 마셨다. 그러고는 벽감에 있는 탁자 앞에 앉아서 서랍에서 일기장을 꺼냈다. 그러나 곧장 일기장을 펴지는 않았다. 텔레스크린에서 어떤 여자가 째지는 듯한 목소리로 애국가를 악을 쓰며 부르고 있었다. 그는 얼룩덜룩한 일기장 표지를 뚫어지게 쳐다보면서 그 소리를 듣지 않으려고 애썼지만 소용없었다.

그들이 체포하러 오는 때는 밤이었다. 언제나 밤이었다. 그들에게 체포당하느니 그 전에 자살하는 것이 상책이었다. 사실 그렇게 하는 사람도 있다. 실종자들 중 많은 사람이 실제로 자살했다. 하지만 총이나 금세 효력이 나타나는 확실한 독약 같은 것을 아예 구할 수 없는 세상에서 자살을 하려면 필사적인 용기가 필요했다. 고통과 공포 앞에서 생물학적으로 아무 쓸모가 없다는 생각에, 특별한 노력이 필요한 바로 그 순간마다 오장이 다 얼어버리고 마는 육체의 배신 생각에 아주 깜짝 놀랐다. 물론 그가 재빨리 행동하기만 했다면 그 짙은 갈색 머리 여자의 입을 막을 수 있었을지도 몰랐다. 하지만 그는 극도로 위험한 상태에 놓여 있었기 때문에 행동할 힘을 잃어 버렸다. 위기의 순간에 싸워야 할 대상은 외부의 적이 아니라 바로 자신의 육체라는 사실에 그는 어찌할 바를 몰랐다. 술을 마셨는데도 아직까지 배에 둔한 통증이 느껴져 생각을 계속할 수 없었다. 상황이 영웅적이든 비극적이든 외관상으로는 똑같다고 생각했다. 전장에서나 고문실에서, 또는 침몰하는 배 안에서 사람들은 늘 싸워야 할 대상을 잊어버렸다. 육체가 온 우주를 덮을 정도까지 부풀어 오르고 두려움에 몸을 움직이지 못하거나 고통에 비명을 지르지 않을 때라도 삶은 순간순간 배고픔이나 추위, 불면, 위통, 혹은 치통에 몸부림치기 때문이다.

윈스턴은 일기장을 폈다. 뭔가를 쓰는 게 중요했다. 텔레스크린 속의 여자가 다른 노래를 부르기 시작했다. 그 목소리가 날카로운 유리 조각처럼 머릿속에 박히는 것 같았다. 그는 오브라이언을 머리에 떠올리려 했다. 일기는 오브라이언을 위해 쓰는 것이었다. 윈스턴은 사상경찰에게 잡혀간 이후에 그에게 일어날 일들도 떠올려 보았다. 곧바로 사형시킨다면 아무 문제없다. 처형은 예상하고 있었다. 하지만 아무도 입에 올리지 않았지만 누구나 알고 있듯, 처형당하기 전에는 자백 과정을 거쳐야만 했다. 바닥을 기며 살려 달라는 비명을 지를 것이며 뼈가 부러지는 소리와 함께 이는 으스러지고 머리카락은 피로 엉겨붙을 것이었다.

결말은 어차피 다 똑같은데 왜 그런 고통을 견뎌야 하는가? 왜 인생에서 며칠 혹은 몇 주일을 잘라 내지 못하는 걸까? 아무도 수색을 피할 수도, 자백을 하지 않을 수도 없었다. 일단 사상범으로 낙인찍히면 정해진 날짜에 죽는 것은 명백했다. 그런데 왜 아무것도 바꿀 수 없는 미래에 공포가 단단히 박혀 있어야만 하는 걸까?

그는 오브라이언 모습을 떠올리기 위해서 전보다 더 열심히 노력했다.

"우리는 어둠이 없는 곳에서 만날 거요."

오브라이언이 그에게 말했었다. 윈스턴은 그 말이 의미하는 바를 알았다. 아니, 안다고 생각했었다. 어둠이 없는 곳은 아무도 본 적이 없는, 예지에 의해 신비롭게 참여할 수 있는 상상 속의 세계였다.

텔레스크린의 소리가 윈스턴의 귀에 거슬려서 생각을 계속 이어 나갈 수가 없었다. 그는 담배를 입에 물었다. 담배를 물자마자 혓바닥에 가루가 반쯤 터져 나왔다. 윈스턴은 담배 가루를 다시 뱉어 내기 어려웠다. 오브라이언 대신 빅브라더의 얼굴이 그의 머릿속에 떠올랐다. 며칠 전에 그랬던 것처럼 그는 주머니에서 동전을 꺼내 들여다보았다. 엄하고 차분한 얼굴이 보호를 해 주겠다는 듯 그를 올려다보았다. 하지만 그 검은 콧수염 아래 감추어진 미소는 어떤 미소일까? 무거운 종소리처럼 당의 표어가 그의 머릿속에 되살아났다.

전쟁은 평화
자유는 구속
무지는 힘

2부

1

아침나절에 윈스턴은 화장실에 가기 위해 사무실에서 슬금슬금 나왔다. 그때 어떤 사람이 환하게 불이 켜진 기다란 복도 끝에서 그를 향해 다가오고 있었다. 짙은 갈색 머리의 여자였다. 고물상 앞에서 그녀와 마주친 그날 저녁 이후 나흘이 지났다. 그는 여자가 가까이 다가왔을 때에야 비로소 그녀가 오른팔에 삼각건을 한 것이 보였다. 붕대의 색깔이 제복과 같아서 멀리서는 알아볼 수가 없었다. 아마 소설의 줄거리를 꾸미는 커다란 만화경이 돌아갈 때 손이 눌린 모양이었다. 창작국에서 흔히 일어나는 사고였다.

두 사람이 4미터쯤 떨어져 있을 때 그 여자가 비틀거리더니 거의 바닥에 얼굴을 꽝 하고 부딪힐 정도로 엎어졌다. 날카롭고 고통스러운 비명 소리가 그녀의 입에서 흘러나왔다. 다친 팔 쪽으로 넘어진 게 틀림없었다. 윈스턴은 멈춰 섰다. 여자가 무릎을 꿇으며 몸을 일으켜 세웠다. 그녀의 입술은 전보다 더 빨개진 데 반해 얼굴은 누르스름한 우윳빛으로 변해 있었다. 그녀는 고통스럽기보다는 공포에 휩싸인 듯한 표정을 한 채로 그의 얼굴만 쳐다보고 있었다.

묘한 감정이 윈스턴의 가슴속에서 일었다. 그를 제거하려는 적이 그의 앞에 있었다. 그런데 그의 앞에 있는 적도 뼈가 부러져 고통스러워하는 사람이었다. 이미 그는 본능적으로 그녀를 도우려고 앞으로 다가가고 있었다. 그녀가 붕대를 감은 팔 쪽으로 넘어진 순간 그는 마치 자기 몸에도 그 고통이 느껴지는 것 같았다.

"다쳤습니까?"

그가 물었다.

"괜찮아요. 팔이 좀……. 곧 괜찮아질 거예요."

여자는 심장이 빨리 뛰는 것처럼 말했다. 그녀의 안색이 눈에 띄게 창백해졌다.

"어디 부러진 데는 없어요?"

"아뇨, 괜찮아요. 그저 잠깐 아프기만 할 뿐이에요."

그녀가 성한 팔을 내밀자 윈스턴은 그녀를 부축해서 일으켜 세웠다. 혈색을 약간 되찾은 그녀는 한결 나아 보였다.

"괜찮아요."

그녀는 짧은 말을 되풀이했다.

"손목에 약간 충격을 받았을 뿐이에요. 고마워요, 동지!"

그러고는 정말로 아무렇지도 않은 듯 활기차게 원래 가던 방향으로 걸어갔다. 그 모든 일이 일어나기까지 채 30초도 걸리지 않았다. 감정을 얼굴에 드러내지 않는 습관은 본능처럼 굳어져서 사람들은 어떤 경우에라도 텔레스크린 앞에 똑바로 설 수 있었다. 그럼에도 불구하고 그녀가 일어나는 것을 도와주던 순간, 그녀가 그의 손에 뭔가 떨어뜨렸던 그 2~3초 동안에 윈스턴은 순간적으로 놀란 감정을 감추기 어려웠다. 그녀가 의도적으로 그런 행동을 한 것에는 의심의 여지가 없었다. 그것은 작고 납작했다. 그는 화장실 문을 열고 들어가면서 그것을 주머니에 집어넣고는 손가락 끝으로 만져 보았다. 네모 모양으로 접은 종이쪽지였다.

그는 소변기 앞에 서서 손가락을 약간 더 움직여 종이쪽지를 폈다. 분명히 종이 위에 무슨 내용이 적혀 있는 게 틀림없었다. 그는 양변기 칸에 들어가 당장 그 쪽지를 읽고 싶다는 생각을 잠시 했다. 하지만 그가 잘 알고 있듯이 그것은 아주 어리석은 행동이었다. 텔레스크린의 지속적인 감시가 화장실보다 더 심한 곳은 없었다.

그는 자리로 돌아와 앉으며 그 종이쪽지를 아무렇지도 않게 책상 위의 다른 서류들 속에 던지고 나서 안경을 쓴 뒤 구술 기록기를 앞으로 끌어당겼다.

"5분이면 돼."

그는 혼잣말을 했다. "기껏해야 5분이면 된다고!" 쿵쾅쿵쾅 무서울 정도로 큰 소리를 내며 심장이 마구 뛰었다. 다행히 그가 지금 하고 있는 일은 긴 숫자 표를 수정하는 단순한 일이어서 크게 신경 쓸 필요가 없었다.

그 쪽지에 적혀 있는 내용이 무엇이든 거기에는 정치적 의미가 담겨 있을 게 틀림없었다. 그가 생각하기에는 두 가지 가능성이 있었다. 그가 두려워했던 대로 그 여자는 사상경찰의 정보원일 가능성이 컸다. 왜 사상경찰이 메시지를 그런 식으로 전달하는지 알 수는 없지만 아마도 그럴 만한 이유가 있을 터였다. 쪽지에 적혀 있는 내용은 협박이나 소환, 자살 명령 혹은 어떤 함정일 것이었다. 하지만 아무리 억누르려고 해도 또 다른, 더 무모한 가능성이 자꾸 그의 머릿속에 떠올랐다. 이 쪽지를 사상경찰이 보낸 것이 아니라 일종의 지하조직에서 보냈을지도 모른다는 생각이었다. 아마도 형제단이 실제로 있는지도 몰랐다! 그 여자는 형제단원일지도 모른다! 터무니없는 생각임에 틀림없었지만 종이쪽지가 손에 들어 있던 그때의 느낌이 머릿속에 자꾸 떠올랐다. 하지만 2분도 채 안 되어 좀 더 그럴싸한 설명이 생각났다. 그때까지 이성은 그 메시지가 죽음을 의미한다고 말했지만, 여전히 비이성적인 희망은 그것은 그가 믿는 바가 아니라고 우겨 댔다. 심장이 요동쳐 구술 기록기에 대고 숫자를 중얼거릴 때 목소리를 떨지 않으려고 계속 신경 쓰느라 애를 먹었다.

그는 작업을 다 끝낸 서류 뭉치를 말아서 압축 전송관 속으로 밀어 넣었다. 8분이 지났다. 그는 안경을 고쳐 쓴 뒤에 한숨을 쉬고 나서 맨 위에 쪽지가 놓여 있는 다음 일거리를 끌어당겼다. 그리고 나서 그 쪽지를 펴 보았다. 거기에는 커다랗고 투박한 글씨로 다음과 같이 쓰여 있었다.

당신을 사랑합니다.

몇 초 동안 그는 너무 놀란 나머지 파멸을 부를지도 모를 그 종이쪽지를 기억통 속에 던져 넣지도 못했다. 지나친 관심을 보이면 위험하다는 사실을 아주 잘 알고 있으면서도 정말로 쪽지에 그 말이 적혀 있는지 확실히 하기 위해 다시 한번 그 문장을 읽지 않고는 견딜 수가 없었다.

남은 오전 시간 내내 일을 제대로 할 수가 없었다. 연속되는 잡무에 정신을 집중하는 것보다 더 심각한 것은 텔레스크린 앞에서 마음의 동요를 감춰야 한다는 점이었다. 마치 배 속에 불이 붙는 것 같았다. 무덥고 혼잡하며 시끄러운 구내식당에서 끼니를 때우는 점심시간은 고통이었다. 그는 점심시간 동안 잠깐만이라도 혼자 있고 싶었다. 하지만 재수 없게도 바보 파슨스가 스튜에서 나는 양철 냄새도 잠재워 버릴 정도로 지독한 땀 냄새를 풍기며 그의 옆에 털썩 주저앉았다. 그러고는 증오주간 준비에 대해 쉴 새 없이 이야기를 늘어놓았다. 파슨스는 자신의 딸이 속한 스파이단이 증오 주간을 위해 종이를 붙여 얼굴 폭이 2미터나 되는 빅브라더의 두상을 만들고 있다며 더욱 열정적으로 떠들어 댔다. 그런데 주위가 어찌나 시끄럽던지 윈스턴은 파슨스가 무슨 말을 하고 있는지 거의 알아들을 수가 없어서 그 얼빠진 이야기를 다시 해 달라고 몇 번이나 부탁해야 했다. 이만저만 짜증나는 일이 아니었다. 그는 딱 한 번 다른 두 여자와 함께 식당 저쪽 끝 식탁에 앉아 있는 그 여자를 언뜻 보았다. 그녀는 그를 보지 못한 듯 보였고 그는 그쪽을 다시 바라보지 않았다.

오후에는 좀 견딜 만했다. 점심시간 직후 몇 시간이 걸릴 까다롭고 어려운 일이 생겨 할 수 없이 다른 일들은 옆으로 밀쳐 두어야 했다. 그것은 현재 의심을 받고 있는 한 고위 핵심 당원의 평판을 떨어뜨리기 위해 2년 전의 생산 보고서를 날조하는 일이었다. 윈스턴은 이런 일에 능숙했다. 뿐만 아니라 2시간 이상 머릿속에서 그녀에 대한 생각을 전적으로 지울 수 있어서 좋았다. 하지만 그녀의 얼굴에 대한 기억이 떠오르자 혼자 있고 싶다는 참을 수 없는 욕망이 격렬하게 치밀어 올랐다. 혼자 있기 전에는 이 새로운 사태에 대해 깊이 생각할 수가 없었다. 그런데 오늘 밤 문화회관의 야간 집회에도 참석해야 했다. 그는 식당에서 맛없는 저녁을 게걸스럽게 먹어 치운 뒤 문화회관으로 서둘러 가서 엄숙한 바보짓인 '토론회'에 참석한 후, 탁구를 두 게임 치고 나서 진을 몇 잔 마시고 30분 동안 '체스와 영사의 관계'란 강의를 들었다.

그의 영혼은 지루함에 의해 거의 시들어 버릴 지경이었지만 그날은 문화회관 저녁 집회에서 빠져나가고 싶은 충동을 느끼지는 않았다. "당신을 사랑합니다"란 글귀를 본 후로 살고 싶다는 욕망이 솟구쳐 올랐고 조금이라도 위험한 짓을 하는 것이 어리석게 느껴졌다. 그는 집에 돌아와 잠자리에 든 23시가 되어서야 마음 놓고 생각에 잠길 수 있었다. 텔레스크린이 있어도 어둠 속에서 조용히 있기만 하면 안전했다.

그가 해결해야 할 실질적인 문제는, 어떻게 그 여자에게 접근하여 만날 약속을 하느냐 하는 것이었다. 그는 그녀가 함정을 파 놓았을 가능성에 대해서는 더 이상 생각하지 않았다. 그에게 종이쪽지를 건넬 때 그녀가 확실히 불안해하고 있었기 때문에 함정은 아니라고 생각했다. 그녀는 확실히 당황했고 그러는 것도 무리는 아니었다. 그는 그녀의 구애를 뿌리치고 싶은 생각조차 들지 않았다. 불과 닷새 전만 해도 그는 그녀의 머리를 돌멩이로 후려칠 생각을 했지만 그건 중요하지 않았다. 그는 꿈속에서 본 것처럼 그녀의 벌거벗은 젊은 육체를 떠올렸다. 그는 그녀를 다른 모든 사람들처럼 머릿속에는 거짓과 증오로 가득 차 있으며 배에는 얼음이 가득한 바보로 생각했다.

어쩌면 그녀를 잃을지도, 희고 젊은 육체가 그에게서 도망가 버릴지도 모른다는 생각을 하자 그는 흥분을 느꼈다. 무엇보다 두려운 것은, 그녀에게 빨리 연락하지 않으면 그녀가 변심할지도 모른다는 것이었다. 그런데 그녀와 만나는 데 실질적인 어려움이 상당히 따랐다. 그것은 마치 이미 패한 체스에서 말을 움직이려는 것과 같았다. 어느 쪽으로 향하든 텔레스크린과 마주 볼 수밖에 없었다. 사실 그는 쪽지를 읽은 지 5분 만에 그녀와 대화를 나눌 수 있는 모든 방법을 생각해 냈다. 그런데 지금 그는 시간을 두고 생각하면서 마치 도구들을 탁자 위에 한 줄로 늘어놓은 것처럼 하나씩, 하나씩 검토해 나갔다.

오늘 아침과 같은 우연한 만남은 두 번 다시 되풀이되지 않을 게 틀림없었다. 만약 그녀가 기록국에 근무한다면 일은 비교적 간단했을 것이다. 그는 창작국이 건물 안 어디쯤에 붙어 있는지도 정확히 모르는 데다 그곳에 갈 구실도 전혀 갖고 있지 않았다. 그녀가 어디에 사는지, 몇 시에 퇴근하는지 안다면 집에 가는 길목에서 어떻게든 기다릴 수도 있겠지만 그녀의 집까지 따라가는 것은 안전하지 않았다. 그렇게 하려면 진리부 건물 밖에서 어슬렁거려야 할 텐데 그런 행동은 남의 눈에 띄기 십상이었다. 편지를 써서 보내는 방법은 아예 불가능했다. 절차상 모든 우편물은 배달 도중에 개봉되기 때문에 전혀 은밀하지 않았다. 실제로 편지를 쓰는 사람은 거의 없었다. 꼭 소식을 전해야 할 때에는 내용이 한꺼번에 인쇄된 우편엽서에 적힌 문구 몇 개를 지우고 보내면 되었다. 하지만 그는 그녀의 주소는 고사하고 이름조차 알지 못했다. 결국 그가 가장 안전한 장소라고 고른 곳은 구내식당이었다. 만약 텔레스크린에 너무 가깝지 않은 식당 한가운데에 그녀 혼자 앉아 있고 모두 이야기를 하느라 주위가 시끄럽다면, 그 상태가 30초간 지속된다면, 그는 그녀와 몇 마디 말을 나눌 수 있을 것 같았다.

그 일이 있은 뒤 일주일 동안 그는 잠을 제대로 자지 못했다. 꼭 꿈을 꾸는 것 같았다. 다음 날 그녀는 그가 식당을 나설 때가 되어서야 나타났다. 이미 일과의 시작을 알리는 호루라기가 울린 뒤였다. 아무래도 조금 늦게 교대를 한 것 같았다. 둘은 서로 눈길 한 번 주지 않고 지나쳤다. 그다음 날에는 그녀가 평소와 같은 시간에 식당에 들어왔지만 다른 여자 셋과 함께인 데다 텔레스크린 바로 밑에 있었다. 그리고 끔찍스럽게도 그다음 사흘 동안 그녀는 전혀 모습을 드러내지 않았다. 그의 몸과 마음은 견딜 수 없을 정도로 예민해졌고 움직임과 접촉, 그가 해야 하거나 들어야 하는 말 등 모두가 너무도 또렷하게 느껴져

171

무척이나 고통스러웠다. 심지어 그는 잠을 잘 때도 그녀의 환영으로부터 자유롭지 못했다. 그동안 그는 일기장에 손도 대지 않았다. 그래도 업무 시간에 가끔 내리 10분 동안 일에 몰두할 수 있어서 위안이 되었다. 그녀에게 무슨 일이 일어났는지는 실마리조차 잡을 수 없었다. 물어볼 데도 없었다. 어쩌면 그녀는 증발했거나 자살했을지도, 오세아니아 반대편 끝으로 이송되었을지도 몰랐다. 최악이지만 가장 그럴듯한 것은 단순히 그녀가 변심을 해서 그를 멀리하기로 결심했을지도 모른다는 것이었다.

다음 날 그녀가 다시 나타났다. 팔에 둘렀던 삼각건을 풀고 손목에 반창고를 붙이고 있었다. 그녀를 보자 어찌나 안도감이 들던지 그는 몇 초 동안 그녀를 똑바로 쳐다볼 수밖에 없었다. 그다음 날에는 그녀에게 하마터면 말을 걸 뻔했다. 그가 식당에 들어갔을 때 그녀는 벽에서 제법 떨어진 식탁에 혼자 앉아 있었다.

이른 시각이라 식당 안은 복잡하지 않았다. 카운터에 거의 가까워질 때까지 줄이 조금씩 움직이더니 앞에서 누군가 사카린을 받지 못했다고 항의를 하는 바람에 2분간 지체되었다. 하지만 윈스턴이 배식을 받아 그녀 식탁을 향해 갈 때까지 그녀는 여전히 혼자였다. 그는 아무 일도 없는 듯 걸어가면서 눈으로는 그녀 맞은편에 빈자리를 찾았다. 아마도 그녀와 3미터

172

쯤 떨어져 있었을 것이었다. 2초 후면 그녀에게 말을 걸 수 있을 것이다. 그런데 바로 그때 뒤에서 누군가 "스미스!" 하고 그를 불렀다. 그는 못 들은 척했다. "스미스!" 하고 더 큰 소리로 다시 그를 불렀다. 더는 어쩔 수가 없었다. 그는 돌아섰다. 그가 잘 알지도 못하는, 금발에 바보 같은 얼굴을 한 윌러라는 청년이 미소를 지으며 자기 식탁의 빈자리로 오라고 하고 있었다. 거절하는 것은 위험했다. 상황을 파악하자 윈스턴은 옆에 아무도 없는 그녀에게 가서 앉을 수가 없었다. 너무 이목을 끄는 일이었다. 그는 상냥한 미소를 지으며 앉았다. 그 바보 같은 금발의 얼굴이 그를 보고 활짝 웃었다. 윈스턴은 자신이 손도끼로 그 얼굴을 내려치는 환영을 보았다. 몇 분 뒤 그녀의 식탁은 자리가 다 차 버렸다.

그녀는 분명히 그가 자기를 향해 다가오는 것을 보았을 테고 아마도 무언가 눈치를 챘을 것이다. 다음 날 그는 신경 써서 일찍 식당에 도착했다. 아니나 다를까 그녀는 어제와 같은 자리에 혼자 앉아 있었다.

줄에서 윈스턴 바로 앞에 서 있는 사람은 작고 행동이 재빠르며 얼굴이 납작하고 작은 데다가 의심이 많은 눈초리를 한, 딱정벌레처럼 생긴 남자였다. 윈스턴은 배식을 받고 카운터에서 돌아서면서 그 작은 남자가 곧장 그녀가 앉은 식탁으로 향하는 걸 보았다. 그의 희망은 다시 물거품이 되고 말았다. 그런데 더 멀리 떨어진 식탁의 빈자리가 눈에 들어왔다. 겉모습으로 보건대 그 남자는 자신의 편안함에 상당히 신경을 써서 가장 한산한 식탁을 택할 것 같았다. 윈스턴은 싸늘해진 가슴을 안고 그의 뒤를 따라갔다. 그녀 혼자가 아니면 아무 소용이 없었다.

바로 그 순간 그 남자의 쟁반이 날아가고 뭔가 떨어지면서 굉장히 큰 소리가 났다. 그 작은 남자는 팔다리를 모두 벌린 채 큰 대자로 누워 있었고 그의 쟁반은 어디론가 날아가 버렸으며 바닥에는 스프와 커피가 쏟아져 흐르고 있었다. 그 남자가 일어나면서 윈스턴을 악의에 찬 눈빛으로 노려보았다. 윈스턴이 발을 걸어 넘어뜨렸다고 의심하는 게 틀림없었다. 어쨌거나 잘된 일이었다. 5초 후, 윈스턴은 두근거리는 가슴을 안고 그 여자가 있는 식탁에 앉아 있었다.

그는 여자를 쳐다보지 않았다. 그저 쟁반을 내려놓고 재빨리 먹기 시작했다. 다른 사람이 오기 전에 재빨리 이야기를 하는 것이 가장 중요했지만 그는 끔찍한 공포감에 휩싸여 있었다. 그녀가 맨 처음 그에게 다가온 때로부터 일주일이 지났다. 그녀는 변심했을 것이다. 아니, 변심한 게 틀림없었다!

이런 연애가 행복하게 끝을 맺는다는 것은 불가능했다. 그런 일은 현실에선 일어나지 않는다. 만약 바로 그 순간 귀에 솜털이 많은 시인, 앰플포드가 쟁반을 들고 앉을 자리를 찾아 힘없이 서성거리고 있는 모습을 보지 않았더라면, 결국엔 그녀에게 말 한 마디 못했을지도 몰랐다. 윈스턴은 앰플포드가 자신에게 호의를 가지고 있음을 어렴풋이 느끼고 있었다. 앰플포드가 윈스턴을 본다면 그가 있는 식탁으로 와서 앉을 게 뻔했다. 행동할 시간은 1분 정도밖에 없었다. 윈스턴과 그녀는 계속 먹기만 했다. 그들이 먹고 있는 것은 묽은 스튜, 실제로는 강낭콩으로 만든 스프였다. 윈스턴이 나지막한 목소리로 말하기 시작했다. 둘은 서로 쳐다보지 않은 채 묽은 스튜를 스푼으로 떠서 계속 입에 넣었고 그사이사이에 낮고 담담한 목소리로 필요한 말만 몇 마디 주고받았다.

"몇 시에 퇴근하죠?"

"18시 30분이요."

"어디서 만날까요?"

"승리 광장, 기념비 근처에서요."

"그곳은 사방이 텔레스크린인데요?"

"사람들이 많으면 상관없어요."

"무슨 신호라도 할까요?"

"아뇨. 제가 인파 속으로 끼어들 때까지는 가까이 오지 마세요. 쳐다보지도 말고요. 그냥 근처에만 계세요."

"몇 시가 좋을까요?"

"19시요."

"알겠어요."

앰플포드는 윈스턴을 보지 못한 채 다른 식탁에 앉았다. 윈스턴과 여자는 더 이상 말도 하지 않았고, 서로 쳐다보지도 않았다. 여기까지는 두 사람이 우연히 같은 식탁에 마주 보고 앉아 있는 것처럼 보였다. 그 여자는 서둘러 점심식사를 끝내고 일어선 반면에, 윈스턴은 남아서 담배를 피웠다.

윈스턴은 약속 시간보다 조금 일찍 승리 광장에 도착했다. 그는 세로로 홈이 파여 있는 거대한 기둥의 받침대 주위를 어슬렁거렸다. 기둥 꼭대기에는 빅브라더 동상이 에어스트립 원 전투에서 유라시아 비행대(몇 년 전에는 동아시아 비행대였지만)를 격파했던 남쪽 하늘을 바라보며 서 있었다. 그리고 그 맞은편 거리에는 올리버 크롬웰로 보이는, 말을 탄 남자의 동상이 있었다. 약속 시간에서 5분이 지났는데 아직도 여자의 모습은 보이지 않았다. 다시 윈스턴은 두려움에 휩싸였다. 여자가 오지 않고 있다니 변심한 거다! 그는 광장의 북쪽으로 천천히 걸어 올라갔다가 종이 달려 있던 시절에 "그대는 내게 3파딩 빚을 졌지"라고 울리던 세인트 마틴스 교회를 알아보고는 조금은 기분이 좋아졌다. 그리고 그녀가 기념비 받침돌에 서서 기둥에 나선형으로 붙어 있는 포스터를 읽고 있는 것을 발견했다. 어쩌면 읽고 있는 척하고 있는지도 모른다. 더 많은 사람이 모여들 때까지 그녀 근처에 가지 않는 게 안전했다. 페디먼트*를 빙 둘러 텔레스크린이 달려 있었다. 그런데 바로 그 순간 시끄럽게 외치는 소리가 나더니 왼쪽 어딘가에서 대형 수송 차량이 쌩 하고 달려가는 소리가 들렸다. 갑자기 모든 사람이 광장을 가로질러 뛰어가는 것 같았다. 여자도 기념비의 받침돌 위에 있는 사자상을 재빨리 돌아 서둘러서 군중 사이에 합류했다. 윈스턴도 따라갔다. 그는 달리면서 몇몇 사람이 외치는 소리를 듣고 유라시아의 포로 수송차가 지나가고 있는 것 같다고 생각했다.

이미 꽉 메운 군중이 광장 남쪽을 가로막고 있었다. 평소 같으면 윈스턴은 한데 엉켜 있는 사람들한테 떠밀려 바깥쪽으로 나왔을 테지만 이번에는 사람들을 밀치며 안쪽으로 헤집고 들어갔다. 금세 팔만 뻗으면 그녀와 닿을 수 있을 정도로 가까워졌다. 하지만 체구가 거대한 노동자와 그의 부인으로 보이는, 몸집이 남자와 똑같이 큰 여자가 가로막고 있었다. 그들은 관통할 수 없는 육체의 벽처럼 보였다. 윈스턴은 옆으로 몸을 돌리고 그들 사이로 어깨를 밀어 넣고 거칠게 돌진했다. 근육질 엉덩이 사이에 낀 그는 금세라도 창자가 터질 것 같다고 생각했다. 그러나 결국엔 땀을 조금 흘리며 빠져나왔다. 그는 이제 그 여자 바로 옆에 있었다. 둘은 어깨를 나란히 하고 시선을 앞에 고정한 채 빤히 쳐다보고 있었다.

---

* 고대 그리스식 건축에서 건물 입구 위의 삼각형 부분을 말한다.

기관총으로 무장한 경직된 표정의 감시병들이 모퉁이마다 꼿꼿이 서서 지켜보는 가운데 기다란 트럭 행렬이 거리를 천천히 지나가고 있었다. 트럭 안에는 낡은 초록색 제복을 입은 왜소한 황인종들이 서로 다닥다닥 붙은 채 쪼그려 앉아 있었다. 몽골인들은 슬픈 표정으로 멍하니 트럭 옆을 내다보았다. 트럭이 덜컹거리며 움직일 때마다 금속이 부딪히는 소리가 났다. 모든 포로가 발목에 쇠사슬을 차고 있었기 때문이었다. 서글픈 얼굴을 한 죄수들을 가득 태운 트럭들이 한 대, 한 대 지나갔다. 윈스턴은 포로들이 거기에 있는 건 알았지만 가끔씩만 쳐다보았다. 그 여자의 어깨와 팔뚝이 그의 몸에 닿았다. 그가 온기를 느낄 수 있을 정도로 그녀의 뺨이 가까이 다가와 있었다. 그녀는 구내식당에서와 마찬가지로 곧장 상황을 주도해 나갔다. 그녀는 지난번처럼 담담한 목소리로 입술은 거의 움직이지 않고 말하기 시작했다. 단지 중얼거림에 불과한 그녀의 목소리는 시끌벅적한 사람들 목소리와 트럭이 지나가면서 내는 우르르 소리에 파묻혀 버렸다.

　“제 말 들려요?”

　“네, 들려요.”

　“일요일 오후에 나올 수 있으세요?”

　“네, 나올 수 있어요.”

　“그러면 잘 듣고 꼭 기억해 두세요. 패딩턴 역에 가서…….”

그녀는 놀랄 만큼 군대식으로 정확하게, 그가 찾아가야 할 길을 설명해 주었다. 30분 동안 기차를 탄 뒤, 역에서 나와 좌회전을 한 다음 길을 따라 도보로 2킬로미터 가면 맨 위의 막대가 없는 문이 나온다. 들판을 가로지는 길과 풀이 무성한 오솔길, 덤불숲 사이로 난 샛길 그리고 이끼가 긴 고목. 그녀의 머릿속에 지도가 있는 것 같았다.

"모두 기억할 수 있겠어요?"

그녀가 마침내 작은 소리로 물었다.

"그럼요."

"좌회전했다가 우회전 그리고 다시 좌회전하세요. 그리고 맨 위에 막대가 없는 문이에요."

"알았어요. 그런데 몇 시죠?"

"15시쯤이요. 좀 기다려야 할지도 몰라요. 저는 다른 길로 갈게요. 분명히 모두 다 기억하시죠?"

"네."

"자, 그럼 어서 제 곁을 떠나세요."

그 여자는 그렇게 말할 필요도 없었다. 잠시 동안 그들은 군중 사이에서 빠져나갈 수가 없었기 때문이었다. 트럭은 여전히 줄지어 지나가고 있었고 사람들은 질리지도 않는지 여전히 입을 벌린 채 그 광경을 바라보고 있었다. 처음에는 야유가 좀 흘러나왔지만 군중 틈에 끼어 있는 당원들한테서만 나오는 소리였고, 금세 그쳤다. 대부분 사람들이 느끼는 감정은 단순한 호기심이었다. 유라시아에서 왔든, 동아시아에서 왔든 외국인이란 일종의 신기한 동물에 지나지 않았다.

사람들은 그야말로 포로가 된 외국인밖에 보지 못했고 그마저도 잠깐 얼핏 본 게 다였다. 전범으로 교수형에 처해지는 몇 사람을 빼면 포로들이 어떻게 될지 아무도 몰랐다. 아마도 강제 노동 수용소로 사라질 것이었다. 둥그런 얼굴을 한 몽골인들 다음으로 지저분하고 턱수염이 난, 지쳐 보이는 유럽인처럼 생긴 사람들이 지나갔다. 가끔은 볼품없이 드러난 광대뼈 너머로 이상할 정도로 강렬한 빛을 내며 윈스턴의 눈을 빤히 쳐다보다가 다시 사라졌다. 수송 차량의 행렬이 끝나가고 있었다. 그는 마지막 트럭에 타고 있는 반백의 노인이 머리가 헝클어진 채 두 손이 한데 묶여 있는 것처럼 앞으로 손목을 엇갈리게 놓은 상태로 꼿꼿이 서 있는 모습을 보았다. 윈스턴과 그 여자가 헤어질 시간이 거의 다 되었다. 하지만 마지막 순간에, 그들이 아직 군중들에 둘러싸여 있을 때 그녀의 손이 그의 손을 더듬더니 순식간에 꽉 쥐었다가 놓았다.

10초도 안 되었겠지만 꽤 오랫동안 두 사람이 손을 마주 잡고 있었던 것 같았다. 그는 그녀의 손이 어떤지 속속들이 알기에는 충분한 시간이었다. 그는 그녀의 긴 손가락과 날카로운 손톱, 힘든 일로 못 박힌 손, 그리고 손목 아래 매끄러운 살결을 매만졌다. 단지 손으로 만졌을 뿐인데 눈으로 본 것 같았다. 하지만 그와 동시에 그녀의 눈동자가 무슨 색깔인지 모른다는 사실이 생각났다. 아마 갈색일 테지만 짙은 갈색 머리를 한 사람의 경우 가끔 눈동자가 파란색이기도 했다.

고개를 돌려 그녀를 쳐다보는 것은 상상할 수도 없을 만큼 어리석은 행동이었다. 그들은 군중 틈에 끼어 남의 눈에 띄지 않게 손을 서로 맞잡고 앞쪽만 계속 바라보았다. 그 여자의 눈 대신에 늙은 포로의 눈이 헝클어진 머리칼 사이로 슬픈 듯 윈스턴을 빤히 쳐다보았다.

2

윈스턴은 그늘과 햇빛으로 아롱진 시골길을 따라 조심스럽게 걷고 있었다. 그리고 그는 나뭇가지가 갈라지는 데 아래 설 때마다 황금빛 햇살을 온몸으로 받았다. 그의 왼쪽에 있는 나무 아래에는 블루벨꽃이 안개처럼 자욱하게 피어 있었다. 공기가 살갗에 입을 맞추고 있는 것 같았다. 5월 2일이었다. 숲속 한가운데 더 깊은 곳 어딘가에서 산비둘기가 구구거리는 소리가 들렸다.

윈스턴은 그녀보다 조금 일찍 도착했다. 오는 길에 어려움은 없었다. 그녀가 와 본 적이 있는 곳이 분명했기 때문에 그는 평소와 달리 그다지 두렵지 않았다. 그녀는 이미 안전한 장소를 찾아 놓았을 것이다. 일반적으로 런던 시내보다 시골이 더 안전하다고 할 수 없었다. 텔레스크린은 없지만 그 대신 목소리로 신분을 확인할 수 있는 마이크가 곳곳에 숨겨져 있을 위험이 있었다. 게다가 주위 이목을 끌지 않고 혼자 여행하기란 쉽지 않았다. 100킬로미터 이내의 거리를 여행할 때는 여행증명서를 가지고 다닐 필요가 없었다. 이따금 역 근처를 순찰하는 경찰을 만날 수도 있었는데, 그들은 당원증을 조사하고 곤란한 질문을 해 댔다. 하지만 윈스턴이 오는 길에는 경찰도 나타나지 않았고, 역에서 내려 걸어오면서 조심스레 뒤를 흘긋 보았을 때 미행하는 사람도 없었다. 마침 여름 날씨라 기차에는 휴일 분위기를 내는 노동자들로 가득했다. 나무 의자가 놓인 객차에는 윈스턴 외에 어떤 대가족이 함께 타고 있어서 꽉 차고 넘칠 지경이었다. 이가 다 빠진 증조할머니부터 태어난 지 한 달밖에 안된 갓난아기까지, 오후에 일가족이 함께 시골에서 시간을 보내려고 나들이를 가는 중이었다. 가는 김에 암시장에서 버터도 좀 사려고 한다고 윈스턴에게 거리낌 없이 말을 건네기도 했다.

길이 넓어지더니 곧 그녀가 말한 오솔길이 나타났는데, 그 길은 덤불숲 사이로 가파르게 내려가는 소가 다니는 길이었다.

시계는 없지만 아직 15시가 됐을 리는 없었다. 발아래 블루벨 꽃이 빼곡하게 피어 있어서 걸음을 옮길 때마다 발에 밟혔다. 그는 무릎을 꿇고 꽃을 꺾었다. 시간을 보낼 마음이기도 했지만 그녀를 만났을 때 꽃다발을 주고 싶다는 생각도 어렴풋하게나마 있었다. 한데 모아 제법 큰 꽃다발이 되었고 그는 은은하면서도 역한 향기를 맡아 보았다. 그런데 등 뒤에서 나뭇가지를 발로 밟는 게 분명한 소리가 들렸고 그는 그 자리에 그대로 얼어붙었다. 그는 블루벨꽃을 계속 꺾었다. 그게 최선이었다. 그 여자일지도 모르지만 그렇지 않다면 결국 미행당했을지도 모르는 일이었다. 주위를 둘러보는 것은 유죄임을 드러내는 행위였다. 그는 한 송이씩, 한 송이씩 꺾어 나갔다. 누군가의 손이 그의 어깨를 가볍게 툭 쳤다.

그는 위를 올려다보았다. 그 여자였다. 그녀는 고개를 저어 아무 말도 하지 말라고 확실히 주의를 주고 나서 덤불을 헤치고 숲으로 난 좁은 길을 따라 재빨리 앞장서 갔다. 수렁 같은 데를 익숙하게 피해 가는 것으로 보아 여자는 전에도 와 본 적이 있는 게 틀림없었다. 윈스턴은 여전히 꽃다발을 손에 꼭 쥔 채 그 여자를 따라갔다. 그는 처음엔 안도감을 느꼈다. 하지만 엉덩이 곡선이 선명히 드러나도록 진홍색 띠로 허리를 동여맨 채 그의 앞에서 움직이고 있는 건강미 넘치는 날씬한 육체를 지켜보면서 윈스턴은 열등감이 그를 짓누르고 있음을 느꼈다. 지금이라도 그녀가 돌아서서 자기를 쳐다보면 결국에 뒷걸음질을 치며 도망갈 것만 같은 기분이 들었다. 향기로운 공기와 파릇파릇한 나뭇잎까지 그의 기를 꺾어 놓았다.

역에서 5월의 햇살을 받으며 이곳까지 걸어오면서 그는 자신이 땀구멍에 런던의 시커먼 먼지가 잔뜩 끼어 있는, 실내에서만 생활하는 지저분하고 창백한 존재임을 느꼈다. 그녀는 이제까지 환한 대낮에 야외에서 자신을 본 적이 없었을 것이라는 생각이 들었다. 그들은 그녀가 전에 말했던 고목이 쓰러져 있는 곳에 이르렀다. 그녀는 나무를 뛰어넘어 틈이 있어 보이지 않는 덤불을 헤집고 들어갔다. 윈스턴이 그녀를 따라가자 뜻밖에도 자연적으로 생긴 공터가 나왔다. 키 큰 나무로 완전히 둘러싸여 밖에서는 보이지 않는 잔디가 깔린 둔덕이었다. 그녀가 멈춰 서더니 돌아섰다.

"다 왔어요."

그녀가 말했다.

그는 몇 걸음 떨어져서 그녀와 마주보고 있었다. 아직은 그녀에게 더 가까이 다가갈 용기가 나지 않았다.

"길에서는 어떤 말도 하고 싶지 않았어요."

그녀가 계속 말했다.

"마이크가 숨겨져 있을 경우를 대비해서요. 실제로 있다고 생각하지는 않지만, 있을지도 모르잖아요. 돼지 같은 놈들 중에 당신 목소리를 알아차릴 가능성은 항상 있어요. 하지만 여기는 괜찮아요."

그는 여전히 그녀에게 가까이 다가갈 용기가 나지 않았다.

"여기는 괜찮은 건가요?"

그는 바보처럼 말을 따라 했다.

"그래요. 저 나무들을 보세요."

작은 물푸레나무였는데 언젠가 잘렸다가 다시 싹이 나고 자라서 울타리처럼 생긴 숲을 이루고 있었다. 사람 손목보다 굵은 나무는 하나도 없었다.

"마이크를 숨길 수 있을 만큼 큰 나무는 없어요. 게다가 전전에도 여기에 왔었어요."

그들은 겨우 이야기만 나누고 있었다. 윈스턴은 그제야 겨우 그녀에게 다가갈 수 있었다. 그녀는 그가 왜 그처럼 느리게 행동하는지 모르겠다는 듯 약간 얄궂은 표정으로 미소를 지은 채 그 앞에 아주 꼿꼿이 서 있었다. 블루벨꽃이 땅바닥에 우수수 떨어졌다. 저절로 떨어진 것 같았다. 윈스턴이 그 여자의 손을 잡았다.

"지금껏 당신 눈이 어떤 색인지 몰랐다면 믿어 주겠어요?"

그가 말했다. 그 여자의 속눈썹은 짙은 색이고, 눈동자는 약간 밝은 갈색이었다.

"이제 당신은 내가 어떻게 생겼는지 다 봤을 텐데 그래도 괜찮아요?"

"네, 그럼요."

"서른아홉 살이나 먹었고, 떼어 버릴 수 없는 아내도 있어요. 게다가 정맥류성 궤양을 앓고 있고 의치도 다섯 개나 돼요."

"상관없어요."

그녀는 말했다.

다음 순간 누가 먼저랄 것도 없이 그녀는 그에게 안겨 있었다. 처음에 윈스턴은 도무지 믿을 수가 없었다. 젊은 여자의 몸이 그의 품에 꽉 안겨 있고 숱 많은 짙은 갈색 머리카락이 그의 얼굴을 간질이고 있었다. 그렇다! 그녀는 얼굴을 쳐들었고 그는 크고 붉은 그녀의 입술에 입을 맞추고 있었다. 그녀는 그의 목을 꼭 끌어안고 그를 '내 자기', '소중한 사람', '내 사랑'이라고 불렀다. 그는 그녀를 풀밭에 눕혔고 그녀는 아무런 저항도 하지 않았다. 그는 하고 싶은 대로 할 수 있었다. 하지만 사실 그냥 안고 있는 것 외에는 아무런 육체적 느낌이 일지 않았다. 그가 느낀 모든 것은 믿기지가 않으면서도 뿌듯했다. 이런 일이 생긴 것은 기뻤지만 육체적 욕망은 전혀 일지 않았다. 너무 급작스러운 나머지 그녀의 젊음과 아름다움에 그는 덜컥 겁이 났다. 그는 여자 없이 사는 일에 너무 익숙해져 있었다. 그는 이유를 알지 못했다. 그녀는 몸을 일으켜 세우고 나서 자기 머리에 붙은 블루벨꽃을 떼어 냈다. 그러고는 그의 허리에 팔을 두르고 그에게 기대어 앉았다.

"신경 쓰지 마요. 급할 것 없어요. 오후 시간이 전부 다 우리 건데요, 뭐. 여기가 밀회 장소로는 그만이죠? 단체 행군 때 길을 잃고 헤매다가 이곳을 발견했어요. 누가 다가오면 100미터 밖에서도 다 들려요."

"이름이 뭐예요?"

윈스턴이 물었다.

"줄리아예요. 전 당신 이름이 뭔지 알아요. 윈스턴, 윈스턴 스미스 맞죠?"

"내 이름을 어떻게 알았어요?"

"뭔가 알아내는 데는 제가 당신보다 나을 거예요. 그나저나 제가 쪽지를 건네기 전에는 저를 어떻게 생각했는지 말해 줄래요?"

그는 그녀에게 거짓말을 하고 싶지 않았다. 솔직한 말로 시작하는 것도 사랑의 선물이라고 할 수 있었다.

"당신의 모습을 증오했어요."

그가 말했다.

"당신을 강간한 다음 죽이고 싶었어요. 2주일 전에는 돌멩이로 당신의 머리를 후려칠까 하고 심각하게 생각했죠. 실은 말이죠, 당신이 사상경찰과 뭔가 관련이 있다고 생각했어요."

줄리아는 이 말을 자기의 위장술에 대한 찬사로 받아들인 게 확실했다. 그녀는 아주 즐거워하며 크게 웃었다.

"사상경찰은 아니죠! 솔직히 그렇게 생각한 건 아니죠?"

"글쎄요, 어쩌면 꼭 그런 건 아니었지만 평소 모습을 보면 당신은 젊고 생기가 넘치는 데다 건강하니까 난 당신이 어쩌면……."

"제가 훌륭한 당원이라고 생각했군요. 말과 행동이 순수했죠. 현수막, 행진, 표어, 게임, 단체 행군 같은 모든 일에요. 일말의 기회만 있으면 당신을 사상범으로 고발해서 사형시킬 거라고 생각했겠네요?"

"그래요. 그런 식으로 생각했지요. 당신도 알다시피 많은 수의 젊은 여자들이 그러니까요."

"이 망할 놈의 것 때문이네요."

그녀가 청소년반성연맹의 진홍색 허리띠를 풀어 나뭇가지에 걸면서 말했다. 그러고 나서 그녀는 자기 허리를 만지다가 무언가 생각해 낸 듯 제복 주머니를 뒤져서 조그만 초콜릿을 꺼내 그것을 둘로 쪼개어 그 한 조각을 윈스턴에게 주었다. 그는 맛을 보기도 전에 향기로 그것이 아주 귀한 초콜릿이라는 것을 알았다. 그것은 색이 짙고 윤기가 흐르며 은박지로 포장되어 있었다. 보통 초콜릿은 탁한 갈색에 잘 부서졌으며 쓰레기 태우는 연기 같은 맛과 거의 흡사했다. 그런데 윈스턴은 언젠가 지금 그녀가 준 것과 똑같은 초콜릿을 맛본 적이 있었다. 이 초콜릿이 맨 처음 풍긴 냄새를 맡았을 때, 뭐라고 딱 꼬집어 말할 수는 없지만 강렬하고 고통스러운 기억이 되살아났다.

"어디서 이걸 구했죠?"

그가 물었다.

"암시장에서요."

그녀가 아무렇지도 않다는 듯 말했다.

"사실 저는 그런 여자예요. 게임 잘하는 스파이단 분대장이기도 하고요. 일주일에 사흘 저녁은 청소년반성연맹을 위해 자원봉사를 하고요. 그리고 몇 시간이고 런던 시내 전체에 그 말도 안 되는 표어를 붙이러 다니기도 하고요. 행진할 때면 늘 현수막 한쪽을 붙잡고 있어요. 저는 항상 명랑하고 무슨 일이든 피하지 않는 성격이라 언제나 군중과 함께 고함을 질러요. 찬성한다고 말이죠. 안전하게 살기 위한 유일한 방법이에요."

첫 번째 초콜릿 조각이 윈스턴 혀 안에서 사르르 녹았다. 맛이 참 좋았다. 하지만 여전히 어떤 추억이 의식의 가장자리를 돌아다니고 있었다. 그것은 강렬했지만 마치 어떤 물건을 곁눈질로 본 것처럼 구체화할 수 없었다. 그는 머릿속에서 그 기억을 밀어냈다. 그는 그 추억을 원상태로 돌려놓고 싶어도 그럴 수 없는 어떤 행동에 대한 기억이라는 것만 깨달았다.

"당신은 무척 젊어요."

그가 말했다.

"나보다 10년이나 15년은 더 젊을 것 같군요. 그런데 나 같은 남자한테 무슨 매력을 느낀 건가요?"

"당신 얼굴에 쓰여 있는 걸 봤어요. 기회를 잡아야겠다고 생각했어요. 저는 당에 열성적이지 않은 사람을 알아보는 재주가 있거든요. 저는 얼굴만 보고도 당의 충복이 아닌 사람을 금방 알아맞힐 수 있어요. 당신의 얼굴을 보자마자 당신이 그들에게 적대적이란 걸 알았죠."

'그들'이란 당, 특히 핵심 당원을 의미하는 것 같았다. 윈스턴은 어디든 안전하다면 그곳이 안전한 장소겠지 하고 생각하면서도 그녀가 그들에 대해 말할 때 노골적으로 조롱하고 증오했기 때문에 불안감을 느꼈다. 그녀가 거친 말을 써서 그는 적잖이 놀랐다. 당원은 욕을 하면 안 되었고 윈스턴 자신도 어떤 경우에든 큰 소리로 욕을 하는 일은 거의 없었다. 하지만 줄리아는 물이 뚝뚝 흐르는 뒷골목에 분필로 한 낙서에서나 봤음직한 말을 쓰지 않고는 당이나 특히 핵심 당원에 대해 한 마디도 할 수 없는 것 같았다. 그는 그런 그녀가 싫지 않았다. 그것은 그녀가 당에 저항하는 징후의 하나로 마치 썩은 건초 냄새를 맡은 말이 재채기를 하는 것처럼 자연스럽고 건강한 것이었다. 두 사람은 공터를 나와 나란히 걸을 수 있을 만큼 넓은 곳이 나올 때마다 팔로 서로의 허리를 안고 햇빛과 그늘로 아롱진 길을 다시 거닐었다. 허리띠를 푼 지금 그녀의 허리가 얼마나 부드

러운지 그는 알아챘다. 그들은 속삭이듯 아주 작게 말했다. 공
터 밖으로 나오자 줄리아는 조용히 걷는 게 좋겠다고 말했다.
이윽고 어린 나무들 끝에 다다랐다. 줄리아가 그를 잡았다.

"숲 밖으로 나가지 말아요. 누가 감시하고 있을지도 몰라요.
여기 나뭇가지 뒤에 숨어 있으면 괜찮아요."

그들은 개암나무 그늘 아래 서 있었다. 셀 수도 없이 많은 나
뭇잎 사이로 들어오는 햇볕이 얼굴로 따갑게 내리쬐었다. 윈스
턴은 저 너머에 있는 들판을 바라보다가 이상하게도 뭔가로 얻
어맞은 듯한 충격을 받았다. 그는 저 들판을 본 적이 있었다. 오
래되고 짧게 깎인 초원과 초원을 가로질러 거니는 오솔길과 여
기저기에 두더지가 파놓은 흙 두둑이 보였다. 건너편의 낡은
울타리에는 느릅나무 가지들이 미풍에 겨우 보일 만큼만 흔들
리고 있었고 무성한 이파리들은 여인의 머리칼처럼 살랑거리
고 있었다. 눈에 보이지는 않지만 근처 어딘가에는 분명히 황
어 떼가 헤엄치는 푸른 웅덩이가 있는 시내가 있을 것이다.

"이 근처 어딘가에 시내가 있지 않은가요?"

그가 속삭이듯 물었다.

"맞아요. 시내가 있어요. 정말로 옆에 있는 들판 끝에 있어요.
거기엔 물고기도 살아요. 제법 큰 놈도 있어요. 버드나무 아래
웅덩이에서 꼬리를 흔들고 있는 모습을 볼 수 있어요."

"황금의 나라로군요, 거의."

그가 중얼거렸다.

"황금의 나라라뇨?"

"정말이지 아무것도 아니에요. 언젠가 꿈에서 이런 풍경을 봤어요."

"저것 좀 보세요."

줄리아가 속삭였다.

개똥지빠귀 한 마리가 5미터도 안 되는 거리에 있는, 그들의 키 높이 정도의 나뭇가지에 내려앉았다. 아마도 그 새는 그들을 못 본 것 같았다. 새는 햇살 아래 있었고 그들은 그늘 속에 있었다. 개똥지빠귀는 날개를 폈다가 다시 조심스럽게 접더니 마치 해에게 인사라도 하듯 잠시 고개를 숙이고 나서 노래를 부르기 시작했다. 고요한 오후라 새소리가 깜짝 놀랄 만큼 크게 들렸다. 꼭 끌어안은 윈스턴과 줄리아는 황홀했다. 새는 자기의 기교를 과시하기라도 하듯 똑같은 것을 되풀이하지 않고 끊임없이 변화를 꾀하며 노래를 계속했다. 이따금씩 2~3초 동안 노래를 멈추고 날개를 폈다가 접고는 얼룩진 가슴을 부풀리더니 다시 노래를 시작했다. 윈스턴은 경이로워하며 새를 바라보았다. 저 새는 누구를 위해, 무엇을 위해 노래하고 있는 걸까? 친구도 경쟁자도 지켜보는 이가 없는데……. 무엇 때문에 홀로 서 있는 나무 끝에 앉아서 허공에 대고 노래를 하고 있을까? 그는 문득 근처 어딘가에 마이크가 숨겨져 있지는 않을까

하고 생각했다. 그와 줄리아는 낮은 소리로만 속삭였기 때문에 그들이 한 말은 마이크가 잡아내지 못하겠지만 새소리는 잡아냈을 것이다. 어쩌면 마이크 장치 반대편 끝에 딱정벌레처럼 생긴 왜소한 남자가 그 소리에 열심히 귀를 기울이고 있을지도 몰랐다. 그러나 홍수처럼 밀려드는 새소리 때문에 머릿속 생각들이 다 사라져 버렸다. 그것은 마치 그의 온몸에 쏟아져 내리고 나뭇잎 사이로 비치는 햇빛과 어우러진 액체 같았다. 그는 생각을 멈추고 느낌에만 충실했다. 그의 팔에 안긴 그녀의 허리는 부드럽고 따뜻했다. 그는 서로의 가슴이 마주 닿도록 그녀를 끌어당겼다. 그녀의 육체가 그의 몸 안으로 녹아드는 것 같았다. 담기는 그릇에 따라 모양이 변하는 물처럼 그의 손이 움직이는 곳마다 그녀의 육체는 자유자재로 움직였다. 그들의 입술이 다시 맞닿았다. 좀 전에 나누었던 진한 입맞춤과는 사뭇 달랐다. 둘은 다시 떨어져 깊은 숨을 몰아쉬었다. 새가 놀라 날개를 퍼덕이며 날아갔다.

윈스턴이 그녀의 귀에 입술을 갖다 댔다.

"지금이에요."

그가 속삭였다.

"여기선 안 돼요. 아까 거기로 돌아가요. 그곳이 안전해요."

줄리아가 낮은 목소리로 말했다.

둘은 가끔씩 나뭇가지 부러지는 소리를 내며 재빨리 그 공터를 향해 발걸음을 옮겼다. 어린 나무들로 둘러싸인 공터로 들어서자 그녀는 돌아서서 그를 쳐다보았다. 그들은 가쁘게 숨을 쉬었다. 하지만 그녀는 입가에 다시 미소를 지었다. 잠시 그를 쳐다보며 서 있던 그녀가 제복의 지퍼를 잡았다. 바로 그것이었다! 꿈속에서 본 그대로였다. 그가 상상했던 대로 그녀는 재빨리 옷을 벗어서 모든 사람을 전멸시킬 것만 같은 아름다운 몸짓으로 벗은 옷을 옆으로 던졌다. 그녀의 육체는 태양 아래에서 하얗게 빛났다. 한동안 그는 그녀의 육체를 바라보지 못했다. 그는 옅지만 대담한 미소를 띠는 주근깨투성이의 얼굴에서 시선을 떼지 못했다. 그는 무릎을 꿇고 앉아서 그녀의 손을 잡았다.

"전에도 해 봤어요?"

"그럼요. 수백 번, 아니 수십 번 해 봤어요."

"당원들하고요?"

"네, 언제나 당원들하고요."

"핵심 당원들하고는요?"

"아니요. 그 돼지 같은 놈들하고는 안 했어요. 하지만 조금이라도 기회만 생기면 하려고 들 놈들은 상당히 많죠. 겉으로 보이는 것처럼 성스러운 놈들이 아니라고요."

그의 가슴이 뛰었다. 당원들과 수십 번이나 그 짓을 했다고? 차라리 수백 번, 아니 수천 번이었으면 싶었다. 그 어떤 것이든 당원들의 부패를 암시하는 것을 듣거나 볼 때마다 그의 내부에서는 터무니없는 희망이 솟구쳤다. 당의 내부가 썩고 있는지 누가 알겠는가? 어쩌면 당원들이 불굴의 투쟁과 자기 부정을 독려하는 것은 부패를 감추기 위한 속임수일지도 모르는 일 아닌가? 만약 그들에게 나병과 매독을 전염시킬 수 있다면, 그는 기꺼이 그렇게 할 것이다! 당을 부패시키고 약화시키며 또한 기반을 흔드는 일이라면 무엇이든지 하리라! 그는 그녀를 잡아당겨 함께 무릎을 꿇고 얼굴을 맞댔다.

"이봐요, 당신과 관계한 남자가 많으면 많을수록 나는 당신을 더욱 사랑할 거예요. 내 말 이해하겠어요?"

"네, 아주 잘 이해했어요."

"나는 순결도 증오하고 선도 증오해요. 어디에도 도덕이란 게 없었으면 좋겠어요. 모든 사람이 뼛속까지 썩기를 원해요."

"그러면 저 같은 여자가 당신에게는 안성맞춤이군요. 저는 뼛속까지 썩었거든요."

"당신은 이런 짓을 좋아해요? 단순히 나하고 하는 걸 말하는 게 아니에요. 그 행위 자체를 말하는 거예요."

"네, 무척 좋아해요."

무엇보다도 윈스턴이 고대하던 대답이었다. 한 사람만 사랑하는 것이 아닌, 단순하고 무차별적인 욕망, 바로 동물적인 본능이었다. 그것은 당을 산산이 부숴 버릴 수 있는 힘이었다. 그는 블루벨꽃이 떨어져 있는 풀밭 위에서 그녀를 덮쳤다. 이번에는 아무런 어려움이 없었다. 이윽고 숨이 느려지며 심장 박동수가 정상으로 돌아왔고 그들은 일종의 즐거운 무력감을 느끼며 서로 떨어졌다. 햇볕은 아까보다 더 뜨거워진 것 같았다. 두 사람 다 졸음이 밀려왔다. 그는 팔을 뻗어 내팽개쳐진 제복을 끌어당겨서 그녀의 몸에 덮어 주었다. 금세 그들은 곯아떨어져 거의 30분 정도 잤다.

윈스턴이 먼저 잠에서 깼다. 그는 일어나 앉아서 팔베개를 한 채 평화스럽게 잠을 자고 있는 주근깨투성이인 그녀의 얼굴을 유심히 쳐다보았다. 입만 빼면 그녀는 결코 미녀라고 할 수 없었다. 자세히 보니 눈가에 주름살이 한두 개 져 있었다. 짙은 갈색의 짧은 머리는 유난히 숱이 많고 부드러웠다. 그는 아직도 그녀의 성과 살고 있는 곳을 모르고 있다는 생각이 들었다.

젊고 강인한 육체가 무력하게 잠든 모습을 보면서 그의 마음속에 그녀에 대한 연민과 함께 보호해 주고 싶은 감정이 일어났다. 하지만 개똥지빠귀가 노래하는 동안 개암나무 아래에서 특별한 이유 없이 느꼈던 감정은 완전히 돌아오지 않았다. 그는 제복을 한쪽으로 치우고 그녀의 부드럽고 하얀 몸을 찬찬히 살펴보았다. 옛날에는 남자가 여자의 육체를 보고 욕정을 느끼면 그걸로 끝이었다는 생각이 들었다. 하지만 오늘날에는 그런 순수한 사랑을 할 수도, 순수한 욕정을 품을 수도 없었다. 모든 것이 두려움과 증오로 뒤섞여 있기 때문에 순수한 감정이란 것은 없었다. 서로 끌어안는 것은 전투였으며 절정은 승리였다. 그것은 당에 일격을 가하는 것이었다. 그것은 정치적 행동이었다.

3

"여긴 또 한 번 와도 될 거예요."

줄리아가 말했다.

"밀회 장소가 어디가 됐든 두 번 정도는 이용해도 괜찮아요. 물론 한두 달 안에 또 오는 건 안 되지만요."

잠에서 깨자마자 그녀의 태도가 바뀌었다. 그녀는 기민해지고 사무적인 태도를 보이며 옷을 입고 허리에 진홍색 띠를 동여매고 집으로 돌아가는 길을 자세히 설명하기 시작했다. 그런 일은 자기에게 맡겨 두는 게 당연하다는 듯 굴었다. 그녀는 분명히 윈스턴에게 부족한 유용한 계책을 가지고 있었고 수없는 단체 행군을 다니면서 축적한 런던 교외에 대한 지식도 완벽하게 갖추고 있었다. 그녀가 그에게 가르쳐준 길은 올 때와는 전혀 달랐는데 심지어는 기차역도 올 때와 달랐다.

"집에 돌아갈 때 아까 왔던 길로는 절대로 가지 마세요."

그녀는 마치 중요한 원칙을 발표하듯이 말했다. 그녀가 먼저 떠났고 윈스턴은 30분쯤 기다렸다가 출발하기로 했다.

그로부터 나흘 뒤, 그녀는 퇴근 후에 만날 장소를 지정했다. 그곳은 빈민가에 있는 거리로 대개 사람들로 북적거리고 시끄러운 노천 시장이 있는 곳이었다. 그녀는 신발 끈이나 바느질 실을 사는 척하며 가판대를 돌아다니고 있겠다고 했다. 또한 그녀는 주변이 안전하다고 판단되면 코를 풀 테니 그때 자기에게 다가오고 그렇지 않으면 그냥 모른 척하며 지나가라고 했다. 하지만 사람들 가운데 있게 되면 안전하게 15분 정도 이야기를 나누며 다음 약속을 정할 수 있을 것이었다.

"이제 그만 가 봐야겠어요."

그가 그녀의 지시 사항을 모두 숙지하자마자 그녀가 말했다.

"7시 30분까지 돌아가야 하거든요. 청소년반성연맹에 들러서 2시간 동안 전단지를 나눠 주거나 다른 일을 거들어야 해요. 지랄 같죠? 제 옷 좀 털어 주세요. 머리에 나뭇조각 같은 거 안 붙었어요? 확실해요? 그럼 안녕! 잘 가요, 내 사랑!"

그녀는 그의 품으로 뛰어들어 격렬하게 키스를 하고 나서 어린 나무들을 헤치고 나가 아주 작은 소리를 내며 숲속으로 사라졌다. 그는 지금까지도 그녀의 성과 주소를 알지 못했다. 그러나 둘이 집 안에서 만나거나 편지 같은 걸 주고받는다는 것은 상상할 수도 없는 일이기 때문에 별 차이는 없었다.

그 후 그들은 두 번 다시 그 숲속 공터에 가지 못했다. 5월 한 달 동안 그들이 사랑을 나눈 것은 딱 한 번뿐이었다. 줄리아가 알고 있는 또 다른 비밀 장소에서였다. 거기는 30년 전 원자탄 이 떨어져 버려진 지역에 있는 폐허가 된 교회의 종루였다. 가는 데 위험해서 그렇지 일단 가기만 하면 더 없이 좋은 밀회 장소였다. 아무튼 그날 외에 다른 때에는 거리에서만 만났는데 매일 저녁 장소가 바뀌었고 한 번에 30분을 넘기지 않았다. 그들은 거리에서 어느 정도 이야기를 나눌 수 있었다. 나란히 있거나 절대로 서로 쳐다보지는 못해도 인파로 가득한 인도를 따라 움직이면서 등대 불빛이 들어왔다 나갔다 하는 것처럼 기이하게 그리고 간헐적으로 대화를 계속해 나갔다. 이야기를 하다가 불쑥 당 제복을 입은 사람이 다가오거나 텔레스크린이 설치된 장소에 가까워지면 말을 뚝 끊었다가 몇 분 뒤에 끊어졌던 문장 중간부터 대화를 재개하곤 했다. 그러다가 미리 정해 놓은 장소에서 헤어지면서 대화를 끝냈고 그다음 날 거의 아무런 사전 설명 없이 이야기를 다시 이어가곤 했다. 줄리아는 이런 대화에 상당히 익숙해 보였는데 이를 "분할 대화"라고 불렀다. 또한 그녀는 의외로 복화술에도 능했다. 거의 한 달 동안 밤마다 만나면서도 키스는 딱 한 번 나눌 수 있었다. 어느 날엔가 그들이 말없이(줄리아는 큰 길이 아니면 절대로 말을 하지 않았다) 뒷골목을 걸어 내려갈 때였다. 갑자기 귀청이 찢어질 듯한 굉음이 나며 땅이 흔들리고 하늘이 캄캄해졌다. 잠시 후 윈스턴은 자신이 타박상을 입고 겁에 질린 채 모로 누워 있다는 걸 깨달았다. 로켓 폭탄이 상당히 가까운 곳에 떨어진 게 분명했다. 문득 그는 자신과 불과 몇 센티미터 떨어진 곳에 누워 있는 백지장처럼 하얀 얼굴이 줄리아라는 것을 알아차렸다. 그녀는 입술마저 창백했다. 그녀가 죽다니! 윈스턴은 그녀를 꼭 끌어안고 키스를 했다. 그녀의 얼굴은 아직 따뜻했다. 그녀는 살아 있었다. 그녀의 입술에서 무슨 가루 같은 것이 느껴졌다. 그와 줄리아 둘 다 얼굴에 횟가루를 잔뜩 뒤집어쓰고 있었다.

그들은 만나기로 한 장소에 도착했다가 서로 아는 척도 하지 않고 지나쳐야만 했던 적이 여러 번 있었다. 경찰이 모퉁이를 돌아 나타나거나 헬리콥터가 머리 위를 선회하고 있었기 때문이었다. 데이트를 할 때 덜 위험하다고 하더라도 만날 시간을 내기는 여전히 어려웠다. 윈스턴의 주당 작업 시간은 예순 시간인데, 줄리아의 경우는 그보다 더 길었다. 게다가 업무 부담에 따라 쉬는 날이 달라지기 때문에 서로 날짜가 맞는 경우도 흔치 않았다. 어쨌든 줄리아는 저녁마다 일이 많았다. 강의를 듣거나 시위에 참석하고 청소년반성연맹용 인쇄물을 제작하기도 했으며 증오 주간에 대비하여 깃발을 만들고 절약 운동을 위한 모금을 하는 등 여러 가지 일에 믿기 힘들 정도로 많은 시간을 빼앗겼다. 그런데 그녀는 그런 일들이 위장을 위한 대가라고 말했다. 조그만 규칙을 지키면 더 큰 규칙을 깨뜨릴 수 있다고 했다. 그녀는 윈스턴에게까지 열성 당원들이 자발적으로 참가하는 시간제 군수품 제조 노동에 며칠 걸러 하루 저녁만이라도 할애하라고 권유했다. 결국 윈스턴은 일주일에 하루, 저녁에 네 시간씩 망치 두드리는 소리와 텔레스크린의 음악이 쓸쓸하게 어우러진, 찬바람이 들어오는 어두컴컴한 공장에서 폭탄 폭파 장치의 부속품인 조그만 쇳조각을 나사로 죄는 단조로운 일을 했다.

두 사람은 교회의 종루에서 만났을 때 나눴던 '분할 대화'에서 마치지 못한 부분을 이야기했다. 그때는 타는 듯 더운 오후였다. 종 위에 있는 작고 네모난 방 안은 후덥지근하니 답답한 데다 비둘기 똥 냄새까지 강하게 났다. 둘은 먼지투성이에 나뭇조각이 흩어져 있는 마룻바닥에 앉아 몇 시간 동안 이야기를 나누었는데 그 와중에도 가끔씩 일어나 화살을 쏘던 사대 틈으로 밖을 내다보며 오는 사람은 없는지 확인하곤 했다.

줄리아는 스물여섯 살이었다. 서른 명의 여자들과 함께 합숙소에서 생활하고 있었다. 그래서인지 줄리아는 말끝마다 "매일 여자들 악취 속에서 산다니까요! 여자들이 얼마나 싫은지 몰라요!"라고 했다. 그리고 그가 추측했던 대로 그녀는 창작국에서 소설 제작기를 담당하고 있었다. 줄리아는 힘이 좋으면서도 다루기 까다로운 전기 모터를 작동시키고 수리하는 일이 주요 업무인 자신의 일을 좋아했다. 그녀는 '영리하지는 않지만' 손을 쓰는 일을 좋아했고 기계를 다루고 있으면 마음이 편안했다. 그녀는 기획 위원회에서 발표한 일반적인 지시 사항에서부터 수정반에서 작업을 한 마지막 교정본까지 소설 창작의 전반적인 과정을 설명할 수 있었다. 하지만 완성된 작품에 대해서는 관심이 없었다. "독서는 그다지 좋아하지 않아요"라고 그녀는 말했다. 그녀에게 책은 잼이나 신발처럼 생산되는 하나의 상품일 뿐이었다.

그녀는 1960년대 초반 이전에 관해서 기억하는 것이 전혀 없었다. 혁명 전 시대에 대해 종종 이야기를 해주던 단 한 사람, 할아버지도 그녀가 여덟 살 때 실종되었다. 학창시절, 그녀는 하키팀 주장이었고 체조 트로피를 2년 연속 받은 적도 있었다. 그녀는 또한 스파이단의 분대장이었으며 청소년반성연맹에 입단하기 전에는 청년연맹 지부장이기도 했다. 그녀는 성격도 훌륭했다. 그 덕에 노동자들에게 값싼 포르노를 제작해 배포하는 창작국의 한 부서인 포르노과로 차출되기도 했다. 이는 그녀의 평판이 얼마나 확실한지 보여 주는 증거였다. 포르노과에서 일하는 사람들은 자기 부서를 "분뇨장"이라고 부른다고 했다. 그녀는 1년 동안 포르노과에서 '화끈한 이야기'나 '여학교에서의 하룻밤' 같은 제목의 소책자 제작을 도왔다. 노동자 계급의 젊은이들은 무슨 불온서적이라도 사는 듯 그 책을 사 갔다.

"그 책들은 어떤 내용인데요?"

윈스턴이 호기심 어린 표정으로 물었다.

"그야말로 쓰레기예요. 정말 지루하기 짝이 없고요. 기본 줄거리는 여섯 개뿐인데 이야기끼리 서로 조금씩 바꿔서 쓰는 거죠. 저는 물론 만화경만 담당했어요. 수정반에서는 한 번도 일한 적이 없어요. 문학적 소질이 없어서 그 일에는 적합하지 않아요."

그는 포르노과에서 일하는 직원들이 우두머리를 제외하고 모두 여자라는 말을 듣고 깜짝 놀랐다. 남자가 여자보다 성적 본능을 억제하는 힘이 약하기 때문에 자신들이 취급하는 그 쓰레기 같은 것에 타락할 위험성이 더 크다는 논리였다.

"거기서는 결혼한 여자도 좋아하지 않아요."

그녀가 덧붙였다.

"여자는 늘 순결해야 하거든요. 어쨌든 순결하지 않은 여자가 여기 하나 있는데 말예요."

그녀는 열여섯 살 때 예순 살 먹은 당원과 첫 경험을 했는데 그 사람은 후에 체포되지 않으려고 자살해 버렸다고 했다.

"잘된 일이죠, 뭐."

줄리아가 말했다.

"그렇지 않았으면 그가 자백할 때 제 이름이 튀어나왔을 테니까요."

그 후 그녀는 다양한 남자와 관계를 맺었다. 그녀가 볼 때 인생은 퍽 단순했다. 사람은 쾌락을 원한다. 그런데 '그들', 즉 당은 사람들이 쾌락을 즐기지 못하게 한다. 따라서 사람들은 가능한 한 최선을 다해서 당의 규칙을 깨뜨리는 것이다. 그녀는 그들이 사람들로부터 쾌락을 빼앗으려 드는 것 못지않게 사람들은 그들한테 잡히지 않길 원해야 한다고 생각하는 것 같았다. 그녀는 당을 증오했기 때문에 가장 상스러운 욕설을 퍼부었지만 당 전반에 대한 비판은 하지 않았다. 자신의 사생활을 간섭하지 않는 한 당의 강령 따위에는 아예 관심을 두지 않았다.

그는 그녀가 사람들이 일상생활에서 쓰는 단어 외에는 신어를 전혀 쓰지 않는다는 사실을 알게 되었다. 그녀는 형제단에 대해서 들어 본 적도 없었고 그들이 존재한다는 것도 믿으려 하지 않았다. 당에 맞서는 조직은 무엇이든지 실패하기 마련이기 때문에 어리석은 행위라고 생각했다. 당의 규칙을 위반하면서도 끝까지 살아남는 것을 현명한 행동이라 여겼다. 그는 그녀와 같은 사람들이 혁명의 시대에 성장한 젊은 세대 중에 얼마나 많이 있을까 하고 막연히 생각해 보았다. 그들은 당은 하늘처럼 바꿀 수 없는 어떤 것이라고 받아들이고 당의 권위에 반기를 드는 대신에 토끼가 개를 피해 도망가듯 그저 피하기만 하면 된다고 생각하는 것 외에는 아무것도 몰랐다.

두 사람은 결혼의 가능성에 대해서는 이야기하지 않았다. 결혼이란 그들과는 너무 먼 일이라 생각할 가치가 없었다. 윈스턴이 아내인 캐서린 문제를 어떻게 처리한다고 해도 당국이 그들의 결혼을 승인해 줄 리 없었다. 둘의 결혼은 백일몽만큼이나 가망이 없었다.

"부인은 어떤 사람이에요?"

줄리아가 물었다.

"그 여자는 음……, '선사로운'이란 신어 알아요? 타고날 때부터 정통적이어서 나쁜 생각은 아예 처음부터 하지 못한다는 뜻이거든요?"

"아뇨, 모르는 말이에요. 하지만 부인이 어떤 사람인지는 확실히 알겠네요."

윈스턴은 결혼 생활에 대해 그녀에게 이야기했다. 그런데 이상하게도 줄리아는 그의 결혼 생활의 중요한 부분을 이미 다 알고 있는 것처럼 보였다. 그녀는 직접 목격했거나 느끼기라도 한 것처럼 그가 캐서린한테 손을 대자마자 그녀의 몸이 어떻게 뻣뻣해졌으며 팔로 그를 꼭 끌어안고 있으면서도 어떤 식으로 온 힘을 다해 그를 밀어냈는지를 묘사했다. 그는 줄리아와 그런 이야기를 해도 아무렇지 않았다. 어쨌든 이미 오래전에 캐서린과의 관계는 고통스러운 기억이 아닌 단지 불쾌한 기억이 되어 버렸다.

"한 가지 일만 없었다면 견딜 수 있었을 거예요."

윈스턴이 덧붙였다. 그는 캐서린이 매주 같은 날 저녁마다 강요했던 그 무감각한 작은 의식에 대해서 이야기했다.

"그 여자는 그걸 싫어했지만 그만두지 못했어요. 그 여자가 그걸 부르는 말이 있었는데, 당신은 짐작도 못할 거예요."

"당에 대한 우리의 의무."

줄리아가 재빨리 말했다.

"어떻게 알았어요?"

"저도 학교에 다녔으니까요. 열여섯 살 이상을 대상으로 한 달에 한 번씩 섹스에 대한 토론회를 해요. 청년 운동에서도 하고요. 그들은 수년에 걸쳐 그 말을 주입시켜요. 상당히 효과가 있을 거예요. 하지만 물론 단정할 수는 없죠. 사람은 아주 위선적이니까요."

줄리아는 그 문제를 좀 더 확대하기 시작했다. 그녀는 모든 것을 자신의 성욕에 귀결시켰다. 그리고 어떻게 해서든 섹스에 관련된 이야기만 나오면 예민해졌다. 윈스턴과는 달리 그녀는 당이 주장하는 성적 순결 이면에 담긴 의미를 파악하고 있었다. 성 본능은 당의 통제권 밖에 자체 세계를 구축하기 때문에 당은 무슨 수를 써서든 그것을 파괴하려 한다는 것이다. 더욱 중요한 것은 성욕을 박탈하면 히스테리를 유발하기 때문에 당의 입장에서는 이를 전쟁열과 지도자 숭배로 전환시킬 수 있어서 바람직한 것이라고 했다. 그리고 다음과 같이 덧붙였다.

"섹스를 하면 힘을 소모하게 되고 다음엔 행복감에 젖어서 어떤 것에도 욕을 하지 않게 돼요. 그들은 사람들이 그런 감정을 느끼는 걸 견딜 수가 없는 거예요. 그들은 사람들이 언제나 발산할 에너지로 꽉 차 있길 바라죠. 행진을 하고 함성을 지르고 깃발을 흔드는 것들은 모두 섹스가 변질된 거라고요. 자신이 내적으로 행복한데 왜 빅브라더나 3개년 계획, 2분 증오, 그리고 그 밖의 지랄 같은 것들에 열광하겠어요?"

모두 맞는 말이라고 그는 생각했다. 순결과 정치적 정통성 사이에 직접적이고도 밀접한 관련이 있었다. 강력한 본능의 힘을 축적하여 그것을 추진력으로 사용하지 않는다면 당이 당원들에게 요구하는 공포와 증오, 광적인 맹신을 어떻게 적절한 선으로 유지할 수 있겠는가? 섹스의 충동은 당에게 위험하므로 당은 그것을 이용한 것이었다. 그들은 부모 자식 간의 본능에도 비슷한 속임수를 썼다. 가족 제도는 사실상 폐지할 수 없기 때문에 부모에게는 옛날 방식대로 아이들을 사랑하도록 권장했다. 반면에 아이들에게는 조직적으로 부모와 대립하게 하여 부모를 감시하고 부모의 과오를 보고하라고 가르쳤다. 가정은 사상경찰의 연장선상에 있게 되었다. 결국 가정은 모든 사람이 밤낮으로 자기를 잘 아는 정보원에 둘러싸이게 되는 장치인 셈이었다.

윈스턴은 문득 캐서린을 떠올렸다. 만약 캐서린이 그의 견해가 비정통적이라는 걸 알아차릴 만큼 눈치가 빨랐다면, 그녀는 틀림없이 그를 사상경찰에 밀고했을 것이다. 하지만 지금 이 순간 그녀를 떠올린 진짜 이유는 이마에 땀이 맺히고 숨이 턱턱 막히는 오후 더위 때문이었다. 그는 11년 전, 어느 무더운 여름날 오후에 일어났던, 아니 일어날 뻔했던 일에 대해서 줄리아에게 이야기하기 시작했다.

그와 캐서린이 결혼한 지 삼사 개월 지났을 무렵이었다. 둘은 켄트 지방에서 단체 행군을 하던 중에 길을 잃었다. 다른 사람들보다 불과 2분 정도 뒤처졌을 뿐이었는데 그만 길을 잘못 드는 바람에 곧 오래된 석회 채석장 끝에 멈춰 서게 되었다. 그곳은 10미터 내지 20미터쯤 되는 깎아지른 절벽으로, 그 아래는 바위투성이었다. 주위에는 길을 물어볼 만한 사람도 없었다. 캐서린은 길을 잃었다는 걸 깨닫자 안절부절못했다. 왁자지껄한 행군 무리에서 잠시 떨어져 나와 있는 것뿐인데도 마치 범법 행위라도 저지르고 있는 것처럼 생각하는 모양이었다. 그녀는 급히 왔던 길로 되돌아가서 다른 길을 찾고 싶어 했다. 하지만 그때 윈스턴은 자기 아래쪽 절벽 틈에서 좁쌀풀 다발을 발견했다. 그것은 분명히 같은 뿌리에서 나온 한 포기의 풀인데도 자홍색과 붉은 벽돌색의 두 가지 꽃망울을 달고 있었다. 그는 그런 좁쌀풀은 처음 보았기 때문에 와서 보라고 급히 캐서린을 불렀다.

"캐서린, 이것 좀 봐! 이리 와서 꽃 좀 봐. 절벽 거의 밑에 있는 건데, 한 포기에 두 가지 색깔의 꽃이 피었어. 보여?"

그녀는 돌아섰다가 다소 초조해하며 되돌아왔다. 그러고는 그가 가리키고 있는 곳을 보려고 낭떠러지 너머로 몸을 숙였다. 그는 그녀보다 약간 뒤에 서서 그녀가 버틸 수 있도록 허리를 잡아 주었다. 그 순간 갑자기 완전히 그들 둘뿐이라는 생각이 들었다. 어디에도 사람은 그림자도 보이지 않았고 나뭇잎도 흔들리지 않았다. 새조차도 아직 잠에서 깨지 않았는지 조용했다. 이런 곳에 마이크가 숨겨져 있을 위험은 아주 적었고 설령 마이크가 있다고 해도 소리만 잡아낼 것이었다. 가장 덥고 졸음이 쏟아지는 오후 시간이었다. 태양이 그들을 향해 뜨겁게 내리쬐고 땀이 얼굴에서 흘러내렸다. 그리고 어떤 생각이 그의 뇌리를 스치고 지나갔다.

"왜 밀어 버리지 않았어요? 저라면 그랬을 거예요."

줄리아가 말했다.

"그래요. 내가 당신이었으면 밀어 버렸을 거예요. 그때의 내가 지금의 나였다면 나도 그랬을 테고요. 혹은 아마도 난…….
확실하지 않아요."

"밀지 못한 게 후회돼요?"

"그래요. 전반적으로 볼 때 후회스러워요."

그들은 먼지가 쌓인 바닥에 나란히 앉아 있었다. 그는 그녀를 가까이 끌어당겼다. 그녀가 머리를 그의 어깨에 기대자 기분 좋은 냄새가 났다. 비둘기 똥 냄새보다 더 강렬했다. 그는 그녀가 아주 젊어서 여전히 인생에서 뭔가를 기대한다고 생각했다. 그래서 나와 맞지 않는 사람을 절벽 아래로 밀어 버린다고 해서 아무것도 해결되지 않는다는 사실을 이해하지 못한다고 생각했다.

"사실 그렇게 했더라도 달라지는 건 아무것도 없어요."

그가 말했다.

"그럼 밀지 못한 걸 왜 지금에 와서야 후회하는 거죠?"

"그거야 단지 소극적인 것보다는 적극적인 것을 더 선호하기 때문이에요. 우리가 하고 있는 이 게임에서 우리는 이길 수 없어요. 패배를 하더라도 더 나은 패배가 있다는 것, 그것뿐이에요."

반대한다는 듯 그녀가 어깨를 움찔하는 것 같았다. 그가 그런 이야기를 할 때마다 그녀는 늘 반대했다. 개인은 결국 패배하고 만다는 자연의 법칙을 받아들이려 하지 않았다. 그녀는 조만간 사상경찰이 자기를 붙잡아 처형할 것이며 그걸로 자기는 끝장이라는 것을 어느 정도 인식하고 있었지만 다른 한편으로는 자신이 선택한 방식대로 살 수 있는 은밀한 세계를 구축하는 것이 웬만큼은 가능하다고 믿고 있었다. 필요한 것은 행운과 술책 그리고 대담성이었다. 그녀는 이 세상에 행복 같은 것은 있지도 않으며, 승리란 먼 훗날, 자신들이 죽고 나서도 한참 후에야 있을 수 있는 것이고, 당에 선전포고를 한 순간부터 자신은 이미 산송장이라고 생각하는 편이 낫다는 것을 이해하지 못했다.

"우리는 죽은 목숨이야."

윈스턴이 말했다.

"우리는 아직 죽지 않았어요."

줄리아가 무심히 응수했다.

"육체적으로는 안 죽었지요. 6개월, 1년……. 아마도 5년 후까지는 죽지 않을 거예요. 나도 죽음이 두려워요. 당신은 젊으니까 나보다 더 두려울 거예요. 분명히 우리는 할 수 있는 한 죽음을 미룰 수도 있을 거예요. 하지만 그렇게 해 봤자 큰 차이는 없을 거예요. 사람이 사람으로 남아 있는 한 죽음과 삶은 똑같은 거예요."

"헛소리 집어치워요! 누구랑 더 빨리 잘 수 있겠어요? 저예요, 아니면 해골이에요? 살아 있는 게 즐겁지 않아요? 느끼는 게 좋지 않아요? 이건 나예요. 이건 내 손이고 이건 내 다리라고요. 전 진짜예요. 전 확실히 살아 있단 말이에요! 당신은 이런 게 좋지 않은 거예요?"

그녀는 몸을 돌려 가슴을 그에게 밀착시켰다. 그녀의 제복 아래에 있는 풍만하고 탄력 있는 가슴이 느껴졌다. 그녀의 육체가 그에게 젊음과 활기를 불어넣어 주는 것 같았다.

"그래요, 나도 살아 있다는 게 좋아요."

그가 말했다.

"그럼 죽음에 대해서는 더 이상 얘기하지 말아요. 그리고 이제 제 말을 잘 들어요. 다음에 만날 장소를 정해야 해요. 숲 속에 있는 그 공터에 다시 가도 괜찮을 거예요. 오랫동안 안 갔으니까요. 하지만 이번에는 다른 길로 오셔야 해요. 제가 계획을 다 세워 놨어요. 기차를 타고……. 하지만 여길 보세요. 약도를 그려 볼게요."

그러고 나서 그녀는 노련한 솜씨로 먼지를 작은 사각형 모양으로 한데 긁어모은 후 비둘기 둥지에서 떨어진 나뭇가지로 바닥에 지도를 그리기 시작했다.

4

윈스턴은 채링턴 씨의 상점 위층에 있는 작고 초라한 방을 둘러보았다. 창가에 커다란 침대가 있고 그 위에는 다 해진 담요와 커버를 씌우지 않은 긴 베개가 놓여 있었다. 12시간으로 칸을 나눠 그린 구식 시계가 벽난로 위에서 째깍거리고 있었다. 한쪽 구석에 있는 접이식 탁자 위에는 그가 지난번에 왔을 때 사 놓았던 유리 문진이 어둑어둑한 방 안에서 부드러운 빛을 발하고 있었다.

벽난로 받침대에는 채링턴 씨가 마련해 준 낡은 양철 석유난로와 냄비, 컵 두 개가 놓여 있었다. 윈스턴은 버너에 불을 붙이고 물을 끓일 냄비를 올렸다. 그는 사카린 몇 알과 승리 커피를 한 봉지 가득 가지고 왔다. 시곗바늘이 7시 20분을 가리켰다. 하지만 실제로는 저녁 7시 20분이었다. 그녀는 저녁 7시 30분에 오기로 되어 있었다.

'바보 같은 짓이야. 어리석은 짓이야.' 마음속으로 계속 말하고 있었다. 의도적으로 공연히 자살을 하려는 멍청이! 당원이 저지를 수 있는 범죄 중에서 가장 쉽게 발각되는 것이 이런 것이었다. 사실 이 생각은 접이식 탁자 표면에 비친 유리 문진처럼 선명하게 그의 머릿속에 떠올랐다. 그가 예상했던 대로 채링턴 씨는 선뜻 방을 빌려 주었다. 그는 몇 달러를 벌 수 있어서 기쁜 모양이었다. 섹스를 하기 위해서 방을 빌리는 거라고 윈스턴이 분명히 밝혔는데도 채링턴 씨는 충격을 받지도, 불쾌해하지도 않는 것 같았다. 대신 허공을 바라보며 일반적인 이야기들을 늘어놓았는데, 분위기가 아주 미묘해서 그가 반쯤은 투명인간이라도 된 듯한 인상을 주었다. 그는 사생활은 아주 소중한 것이라고 말했다. 누구나 때로는 혼자 있을 곳을 가지고 싶어 하며, 누군가 그런 공간을 갖게 되면 그 사실을 알고 있는 사람은 혼자만 알고 있는 게 상식적인 예의라고 했다. 채링턴 씨가 그렇게 말한 뒤에 그의 존재 자체도 거의 사라지는 것만

같았다. 그는 집에 출입문이 두 개 있으며 하나는 뒷마당으로
해서 골목까지 이어진다고 덧붙였다.

창문 아래쪽에서 누군가 노래를 하고 있었다. 윈스턴은 모
슬린 커튼 뒤로 몸을 숨기고 밖을 내다보았다. 6월의 태양은
여전히 하늘 높이 떠 있고 햇빛 가득한 뜰에는 노르만식 건물
의 기둥처럼 단단한 근육질의 붉은 팔뚝을 가진 여자가 거친
삼베로 만든 앞치마를 허리춤에 두르고 대야와 빨랫줄 사이를
왔다 갔다 하며 아기 기저귀로 보이는 네모난 흰 빨래를 빨래
집게로 집어 널고 있었다. 그녀는 입에 물고 있던 빨래집게를
뺄 때마다 힘찬 콘트랄토로 노래를 불렀다.

그저 덧없는 바람이었네.
4월의 어느 날처럼 지나가 버렸다네.
하지만 눈길과 말과 꿈으로 내 마음 흔들고 가 버렸다오!
내 마음 앗아가 버렸다오!

그 노래는 지난 몇 주 동안 런던에서 유행한 곡이었다. 음악
국 한 부서에서 노동자를 위해 만들어 낸 수없이 많은 비슷비
슷한 유행가 중에 하나였다. 그런 노래들의 가사는 사람이 전
혀 개입하지 않고 작사기라고 알려진 기계로 쓰였다. 하지만
여인네가 그 노래를 너무 아름답게 불러서 끔찍한 쓰레기 같던

노래가 듣기 좋은 노래가 되었다. 여인네가 부르는 노랫소리와 포석 위에서 신발 끌리는 소리, 거리에서 아이들이 고함치는 소리, 그리고 먼 데서 어렴풋하게 자동차 소리가 들렸지만 방 안은 이상하리만치 조용했다. 텔레스크린이 없는 덕분이었다.

'어리석은 짓이야. 어리석은 짓이고말고. 정말 멍청한 짓이라니까!' 그는 다시 생각했다. 들키지 않고 그곳을 몇 주 이상 드나들 수 있다는 것은 상상할 수도 없는 일이었다. 하지만 실내이면서도 가까운 곳에 자기들만의 은신처를 갖고 싶다는 욕망은 너무도 강렬했다. 교회 종루에서 잠깐 만난 이후 그들은 얼마 동안 데이트를 할 수 없었다. 증오 주간에 대비하여 근무 시간이 대폭 늘어났기 때문이었다. 증오 주간은 아직 한 달도 넘게 남았는데 방대하고 복잡한 준비 작업으로 모두 업무량이 늘어났다. 마침내 두 사람은 어렵사리 같은 날 오후에 쉬는 시간을 갖게 되었다. 그들은 숲 속 공터에 가기로 약속했다. 그리고 그 전날 저녁에 거리에서 잠깐 만났다. 늘 그래왔듯이 둘은 사람들 틈에 몸을 맡긴 채 서로를 향해 나아가고 있었다. 윈스턴은 줄리아를 거의 쳐다보지 않았다. 그러다 윈스턴이 그녀를 슬쩍 봤는데, 그녀의 얼굴은 평소보다 훨씬 창백해 보였다.

"다 틀렸어요."

말을 해도 안전하다는 생각이 들자마자 그녀가 중얼거렸다.

"내일 일 말이에요."

"뭐라고요?"

"내일 오후에 말이에요. 저는 못 가요."

"왜죠?"

"아, 뻔한 이유죠. 이번엔 빨리 시작됐어요."

그 순간, 그는 몹시 화가 났다. 그녀를 알고 지낸 한 달 동안 그녀를 향한 욕망의 성격이 바뀌었기 때문이었다. 처음에는 그녀의 육체를 탐하는 욕망이 거의 일지 않았다. 그들의 첫 정사는 그저 의지적인 행위에 불과했다. 하지만 두 번째 정사 이후에는 달랐다. 그녀의 머리카락 냄새와 입을 통해 느껴지는 맛, 그리고 피부의 촉감이 그의 몸속이나 그를 둘러싼 공기 속으로 스며드는 것 같았다. 그녀는 이제 그가 단순히 탐하는 것이 아니라 당연히 탐할 권리가 있다고 생각하는, 그에게 육체적으로 꼭 필요한 존재가 되었다. 그녀가 갈 수 없다고 말했을 때, 그는 그녀가 자신을 속이고 있다는 느낌이 들었다. 바로 그 순간 그들은 사람들에 밀려 서로 몸이 밀착되면서 우연히 손이 맞닿았다. 그러자 줄리아가 그의 손가락 끝을 잠시 꽉 쥐었는데, 그녀의 그런 행동은 욕정이 아닌 애정을 불러일으키는 것 같았다. 그는 한 남자가 한 여자와 함께 살면 이런 일에 대한 실망은 늘, 반복적으로 일어나는 일일 거란 생각이 들었다. 그는 갑자기 전에는 그녀에게 느끼지 못했던 깊은 감정에 사로잡혔다. 그는 그녀와 10년 동안 결혼 생활을 해 온 사이면 좋겠다고 생각했다. 딱 지금처럼, 하지만 당당하게, 아무런 두려움 없이 이런저런 이야기를 나누며 집 안에 필요한 생필품이나 사면서 그녀와 거리를 거닐었으면 하고 바랐다. 무엇보다도 만날 때마다 섹스를 해야 한다는 의무감 없이 단둘이 함께 있을 수 있는 곳을 가지고 싶었다. 그 순간은 아니었지만 그다음 날 채링턴 씨의 방을 빌려야겠다는 생각이 윈스턴의 머릿속에 떠올랐다. 그가 이런 생각을 줄리아에게 말했을 때, 그녀는 뜻밖에도 선선히 찬성했다. 둘 다 그것이 미친 짓이란 것을 알고 있었다. 그것은 의도적으로 무덤으로 더 가까이 다가가는 것과 같았다. 그는 침대 가장자리에 걸터앉아 그녀를 기다리면서 애정부의 감방에 대해 다시 생각했다. 어떻게 사람이 앞으로 다가올 공포를 미리 느낄 수 있는지 참 기이했다. 100이란 숫자 앞에는 99가 있는 것이 확실하듯 이미 정해진 미래에 닥쳐올 죽음 앞에는 공포가 놓여 있었다. 죽음을 피할 수는 없지만 연기할 수는 있을 것이다. 그러나 사람들은 이따금씩 의식적이고 의도적으로 죽음을 앞당기는 길을 택했다.

그때 계단을 급히 올라오는 발소리가 들렸고 곧 줄리아가 방으로 뛰어 들어왔다. 그녀는 거친 갈색 천으로 만든 연장 가방을 들고 있었는데 그는 그녀가 진리부에서 그 가방을 들고 다니는 걸 종종 본 적이 있었다. 그가 그녀를 안으려고 앞으로 다가갔지만 그녀는 약간 서두르는 듯이 몸을 피했다. 가방을 들고 있었기 때문인 것도 같았다.

"잠깐만요."

그녀가 말했다.

"가져온 걸 보여 줄게요. 당신은 그 끔찍한 승리 커피를 가져왔죠? 그럴 줄 알았어요. 그런 건 이제 필요 없으니까 갖다 버려도 돼요. 이것 좀 봐요."

그녀는 무릎을 꿇고 가방을 열더니 위에 있던 스패너와 드라이버 같은 연장들을 꺼내 놓았다. 그 밑에는 깨끗한 종이로 싼 꾸러미가 여러 개 들어 있었다. 그녀가 윈스턴에게 건넨 첫 번째 꾸러미는 이상해 보이면서도 왠지 낯익은 느낌이었다. 뭔가 무겁고 모래 같은 것으로 가득 차 있었는데 손으로 만지는 곳마다 쑥쑥 들어갔다.

"설탕 아니에요?"

윈스턴이 물었다.

"진짜 설탕이에요. 사카린이 아니라 설탕이라고요. 그리고 여기 제대로 된 흰 빵도 있어요. 그 싸구려 빵 말고요. 잼도 한 병 있고요, 우유도 한 통 있어요. 그런데 잠깐만요! 진짜로 자랑할 건 이거예요. 삼베 조각으로 단단히 싸야 했어요. 왜냐하면 말이죠……."

하지만 그녀가 왜 그것을 단단히 포장했는지 설명을 들을 필요가 없었다. 어린 시절에서 튀어나온 것 같은, 진하고 강렬한 냄새가 이미 방 안에 가득 퍼져 있었다. 지금도 가끔씩 닫힌 문 앞 통로나 북적거리는 거리에 이상하게 풍겨 나와 코끝을 잠깐 스쳤다가 곧 사라지고 말았다.

"이건 커피군요. 그것도 진짜 커피."

그가 나지막이 말했다.

"핵심 당원들이 마시는 커피예요. 1킬로그램짜리죠."

그녀가 말했다.

"그런데 이런 걸 다 어떻게 구했어요?"

"모두 핵심 당원용 물건이에요. 그 돼지 같은 놈들은 없는 게 없다니까요. 물론 이건 웨이터나 하인들, 뭐 그런 사람들이 슬쩍한 거예요. 그리고 이 작은 봉투에 홍차도 있어요."

윈스턴은 그녀 옆에 쪼그리고 앉았다. 그러고는 홍차 봉지의 한쪽 귀퉁이를 찢어서 열었다.

"진짜 홍차네요. 블랙베리 이파리가 아니네요."

"요즘엔 홍차가 꽤 있어요. 인도나 그 비슷한 곳을 점령했나 봐요."

그녀가 자신 없어 하며 말했다.

"그런데 잠깐만요. 3분 동안만 등 좀 돌리고 있어 줄래요? 침대 반대쪽에 가서 앉아 있어요. 창 쪽으로는 너무 가까이 가지 말고요. 그리고 제가 말할 때까지는 돌아보지 말아요."

윈스턴은 모슬린 커튼을 통해 밖을 멍하니 쳐다보았다. 아래

뒷마당에서는 팔뚝이 붉은 여인이 아직도 대야와 빨랫줄 사이를 왔다 갔다 하고 있었다. 그녀가 입에 물고 있던 빨래집게 두 개를 빼더니 감정을 실어 노래를 불렀다.

시간이 약이라고 말들 하지만,
언제나 잊게 될 거라고 말들 하지만,
미소와 눈물은 여러 해를 지나
아직도 내 가슴을 쥐어짜는구나!

그 여인은 시시껄렁한 유행가를 다 외운 모양이었다. 그녀의 목소리는 달콤한 여름 공기와 함께 떠올라 아주 아름다운 선율로, 아련한 애수를 자아냈다. 만약 6월의 저녁이 영원히 계속되고 빨랫감이 한없이 나온다면, 그 여인은 천년이라도 그 자리에 그대로 남아 기저귀를 널며 그 허섭스레기 같은 유행가나 흥얼대면서 완전히 만족해할 것만 같았다. 그는 그때까지 당원이 혼자, 그것도 자기가 나서서 노래 부르는 것을 들어 본 적이 한 번도 없다는 사실이 이상하다는 생각이 불현듯 들었다. 혼자 노래 부르는 것이 혼자 중얼거리는 것처럼 약간 이단적이면서 위험한 기벽으로 보일 것도 같았다. 어쩌면 거의 굶어 죽을 지경에 이르렀을 때에만 노래를 부를 수 있는지도 몰랐다.
"이젠 돌아봐도 돼요."

줄리아가 말했다.

그는 돌아선 후에 잠시 그녀를 거의 못 알아봤다. 사실 그가 기대했던 것은 그녀의 벗은 몸이었다. 하지만 그녀는 알몸이 아니었다. 그녀의 변신은 알몸보다 훨씬 더 깜짝 놀랄 만한 것이었다. 그녀가 얼굴에 화장을 했다.

그녀는 노동자 구역에 있는 상점에 슬쩍 들어가서 색조 화장 세트를 산 게 분명했다. 그녀는 입술에 새빨갛게 립스틱을 발랐고 뺨에는 볼연지를 발랐다. 코에는 분칠을 했고 눈을 더 선명하게 보이게 하려고 눈 밑에 뭔가 바르기까지 했다. 아주 솜씨가 좋은 편은 아니었지만 윈스턴의 수준도 그렇게 높지는 않았다. 그는 전에 화장을 한 여자 당원을 본 적도, 상상해 본 적도 없었다. 그녀의 외모 변신은 아주 놀라웠다. 꼭 필요한 곳에 색조 화장품을 살짝 바른 것만으로도 그녀는 훨씬 더 예뻐졌을 뿐만 아니라 더 여성스러워졌다. 그녀의 짧은 머리와 남자처럼 보이는 제복 때문에 더 그렇게 보였다. 그가 그녀를 껴안자 합성한 제비꽃 냄새가 콧속으로 밀려 들어왔다. 그는 어두컴컴한 지하실 부엌과 굴속 같던 여자의 입이 기억났다. 그 여자가 썼던 것과 똑같은 향수였지만 그 순간만큼은 아무 문제가 되지 않는 것 같았다.

"향수까지 뿌렸군요!"

그가 말했다.

"네, 향수도 뿌렸어요. 그럼 다음엔 제가 뭘 할지 알겠어요? 어디서든 진짜 여성복을 구해서 이 끔찍한 바지 대신에 입을 거예요. 실크 스타킹과 하이힐도 신을 거고요! 이 방 안에서는 당 동지가 아니라 진짜 여자가 될 거예요."

그들은 옷을 훌렁훌렁 벗어 던지고 커다란 마호가니 침대 속으로 들어갔다. 그가 그녀 앞에서 옷을 벗고 완전히 알몸이 되기는 이번이 처음이었다. 지금까지 그는 정맥류성 궤양 때문에 혈관이 장딴지 위로 툭 튀어나오고 살갗이 변색되어 발목에 얼룩이 있는, 자신의 핏기 없이 하얗고 빈약한 육체를 몹시 부끄럽게 생각해 왔다. 침대에는 시트도 없었지만 그들이 깔고 누운 담요는 올이 다 드러날 정도로 닳고 매끄러웠다. 두 사람은 침대가 굉장히 크고 푹신해서 깜짝 놀랐다.

"분명히 빈대가 많죠. 하지만 무슨 상관이에요?"

줄리아가 말했다. 요즘에는 노동자들 집이 아니면 더블 침대를 전혀 볼 수 없었다. 윈스턴은 어렸을 때 가끔씩 더블 침대에서 잔 적이 있었지만 줄리아는 전에 더블 침대에서 잔 기억이 전혀 없었다.

잠깐 동안이었지만 이내 그들은 곯아떨어졌다. 윈스턴이 잠에서 깼을 때, 시곗바늘은 천천히 돌아가 거의 9시를 가리키고 있었다. 줄리아가 그의 팔을 베고 자고 있었기 때문에 그는 움직이지 않았다. 그녀가 한 화장은 대부분 그의 얼굴과 긴 베개에 묻었지만 볼연지 자국은 그녀의 뺨에 연하게 남아 있어서 여전히 아름다워 보였다. 석양의 노란빛이 침대 발치를 지나 펄펄 물이 끓고 있는 냄비가 놓인 벽난로를 비췄다. 창문 아래의 뜰에서 여인이 부르던 노랫소리는 멈췄지만 길 저편에서 아이들이 외치는 소리는 희미하게나마 들렸다. 시원한 여름날 저녁에 남녀가 실오라기 하나 걸치지 않고 이처럼 침대에 누워서 하고 싶을 때 정사를 하고, 하고 싶은 이야기를 나누며, 일어나라는 어떤 강요도 없이 그냥 거기에 누워서 밖에서 들려오는 평화로운 소리에 귀 기울이는 것이 폐기되어 버린 과거에도 일상적인 경험이었을지 그는 막연히 궁금해졌다. 일상적일 것 같다고 느껴지는 때는 분명히 한 번도 없지 않았을까? 줄리아가 잠에서 깨어 눈을 비비고는 팔꿈치로 짚어 몸을 반쯤 일으켜 석유난로를 쳐다봤다.

"물이 반으로 졸았겠어요. 일어나서 금방 커피를 타 줄게요. 한 시간 정도 더 있을 수 있겠네요. 그런데 당신 집에선 몇 시에 전기가 나가요?"

그녀가 물었다.

"11시 30분이요."

"합숙소에서는 11시예요. 하지만 그보다 일찍 들어가야만 해요. 왜냐하면……. 야! 저리 가! 이 더러운 녀석!"

그녀가 갑자기 침대에서 몸을 비틀더니 바닥에 있는 구두 한

짝을 집어 구석으로 돌진하는 그것을 향해 홱 집어던졌다. 2분 증오가 있던 그날 아침, 골드스타인에게 사전을 집어던지던 모습과 똑같았다.

"뭔데 그래요?"

그가 놀라서 물었다.

"쥐예요. 저쪽에 덧댄 널빤지 틈으로 그 끔찍한 코를 쑥 내미는 걸 봤어요. 저 아래쪽에 구멍이 있나 봐요. 어쨌든 겁은 확실히 줬어요."

"쥐라고요? 이 방에 말이에요?"

윈스턴이 웅얼댔다.

"쥐는 도처에 있어요."

줄리아가 다시 누우며 아무렇지 않은 듯이 말했다.

"합숙소 부엌에도 있는걸요. 런던 어떤 데는 쥐들이 우글거린다니까요. 쥐가 어린아이들을 공격한다는 건 알아요? 정말이에요. 그런 지역에서는 엄마들이 단 2분도 아기를 혼자 놔두지 못한대요. 아이들을 공격하는 쥐는 굉장히 큰 시궁쥐예요. 끔찍한 건요, 그 짐승들이 언제나……."

"그만! 그만해요!"

윈스턴이 눈을 꼭 감은 채 소리쳤다.

"윈스턴! 얼굴이 너무 창백해요. 왜 그래요? 쥐 때문에 그러는 거예요?"

"세상에서 가장 무서워하는 게…… 쥐란 말이에요!"

그녀는 자기의 따뜻한 체온으로 그를 안심시키려는 듯 그에게 몸을 밀착시키고 두 팔로 그를 감쌌다. 그는 곧바로 눈을 뜨지는 못했다. 지금까지 살아오는 동안 이따금씩 반복되던 악몽 속으로 다시 돌아간 느낌이 들었던 순간이 여러 번 있었다. 악몽은 언제나 똑같았다. 그는 캄캄한 벽 앞에 서 있었고 반대편에는 너무 끔찍해서 차마 마주 볼 수도 없고 견딜 수 없는 무언가가 있었다. 사실 그는 컴컴한 벽 뒤에 무엇이 있는지 알고 있기 때문에 가슴 저 밑바닥에서는 언제나 자신을 기만하고 있다는 감정을 느꼈다. 그가 뇌의 한 부분을 떼어 내는 것처럼 필사적인 노력을 기울였다면 그것을 밖으로 끌어낼 수도 있었다. 그렇지만 그는 언제나 그것이 무엇인지 알아내지 못한 채 잠에서 깼다. 꿈속 그것은 그가 줄리아가 하고 있던 말과 연관이 있었다.

"미안해요. 아무것도 아니에요. 그냥 쥐가 싫은 것뿐이에요."

그가 말했다.

"걱정 말아요. 이제부터 그 더러운 짐승들이 여기엔 얼씬도 못하게 될 테니까요. 떠나기 전에 천으로 구멍을 틀어막을 거예요. 그리고 다음에 올 때는 회반죽을 가져와서 제대로 막을 거예요."

이제 그 캄캄한 공포의 순간도 웬만큼 잊었다. 그는 좀 창피

한 생각이 들어 침대 머리맡에 기대앉았다. 줄리아는 침대에서 빠져나가 제복을 입고 커피를 끓였다. 냄비에서 풍겨 나오는 커피 냄새가 아주 강렬하고 자극적이어서 밖에 있는 사람이 눈치를 채거나 꼬치꼬치 캐물을 일이 없도록 그녀는 창문을 닫았다. 설탕을 타자 커피 맛은 한결 더 좋아져 비단결처럼 부드러웠다. 수년 동안 사카린을 먹은 후로 윈스턴도 거의 잊고 있던 맛이었다. 줄리아가 한 손은 주머니에 넣고 다른 한 손에는 잼을 바른 빵 한 조각을 든 채 방 안을 왔다 갔다 하면서 무심히 책장을 쳐다보기도 하고 접이식 탁자를 수선하는 가장 좋은 방법을 말하기도 했다. 또 다 해진 안락의자가 편안한지 털썩 주저앉아 보기도 하고 12시간으로 시간을 나타내는 기묘한 구식 시계를 그래도 재미있다는 듯이 자세히 들여다보기도 했다. 그리고 더 밝은 곳에서 살펴보려고 유리 문진을 침대로 가지고 왔다. 그는 그녀의 손에서 그 유리 문진을 받아 들고는 언제나처럼 부드러운 빗방울 같은 모양에 감탄했다.

"그게 뭔 것 같아요?"

줄리아가 물었다.

"별거 아닌 것 같아요. 내 말은 특별히 사용된 적이 없는 것 같다고요. 난 그래서 이게 좋아요. 이건 그들이 바꿀 생각을 못한 역사의 한 부분이지요. 만약 누군가 해독할 수만 있다면 이건 100년 전으로부터 온 메시지인 셈이에요."

"그럼 저기 걸려 있는 그림도 100년쯤 됐을까요?"

그녀가 맞은편 벽에 걸려 있는 판화를 보고는 고개를 끄덕였다.

"더 됐을 거예요. 한 200년은 됐을 거예요. 정확하게 말할 수는 없어요. 요즘엔 무엇이든 그 연대를 알아낼 수가 없어요."

그녀는 그림을 보러 다가갔다.

"아까 그 짐승이 코를 내민 곳이에요."

그녀가 그림 바로 밑에 있는 덧댄 판지를 발로 차며 말했다.

"이곳은 어디죠? 전에 어디선가 본 적이 있어요."

"교회예요. 전에 교회로 사용되던 곳이죠. 이름이 세인트 클레멘트 데인스예요."

채링턴 씨가 그에게 가르쳐 준 노래 한 구절이 그의 머릿속에 떠올랐다. 그는 향수에 젖은 듯 덧붙였다.

"오렌지와 레몬이여, 세인트 클레멘트의 종이 말하네!"

그런데 놀랍게도 줄리아가 그 뒤를 이어서 노래했다.

"그대는 내게 3파딩의 빚을 졌지.

세인트 마틴의 종이 말하네.

그대는 언제 빚을 갚으려나?

올드 베일리의 종이 말하네."

"그다음은 어떻게 되는지 기억이 안 나요. 하지만 어쨌든 끝부분은 기억나요. '그대 침대를 밝힐 촛불이 오네. 그대 목을 자를 도끼가 오네.'"

마치 반쪽짜리 두 개의 암호문 같았다. '올드 베일리의 종' 다음에 한 줄의 가사가 더 있을 것이다. 어쩌면 채링턴 씨는 기억해 낼 수 있을지도 몰랐다.

"그걸 누가 가르쳐 줬어요?"

그가 물었다.

"할아버지요. 할아버지는 제가 어렸을 때 늘 이 노래를 불러 주시곤 했어요. 그런데 제가 여덟 살 때 증발됐어요. 사라져 버린 거죠."

그녀는 그렇게 말하고 나서 엉뚱한 말을 덧붙였다.

"그런데 저는 레몬이 뭔지 모르겠어요. 오렌지는 본 적이 있어요. 껍질이 두껍고 색깔이 노란 둥근 모양의 과일이에요."

"난 레몬이 기억나요. 1950년대만 해도 아주 흔했거든요. 그런데 너무 시어서 냄새만 맡아도 이를 악물게 돼요."

"저 그림 뒤에 빈대가 득실거릴 거예요. 틀림없다니까요. 언제 저걸 떼어서 깨끗이 청소해야겠어요. 이제 거의 떠날 때가 된 것 같아요. 먼저 이 화장부터 지워야겠어요. 아, 귀찮아! 조금 있다가 당신 얼굴에 묻은 립스틱 자국도 지워 줄게요."

윈스턴은 몇 분 더 누워 있었다. 방 안이 점점 어두워지고 있었다. 그는 밝은 쪽으로 돌아누운 채 유리 문진을 가만히 들여다보았다. 무궁무진하게 윈스턴의 호기심을 자극하는 것은 산호 조각이 아니라 유리 내부 그 자체였다. 그것은 상당히 깊이가 있으면서도 거의 공기만큼 투명했다. 유리 표면은 아치형의 하늘처럼 완벽한 대기를 가진 작은 세상을 둘러싸고 있었다. 그는 유리 안으로 들어갈 수 있을 것 같다는 생각이 들었다. 사실 마호가니 침대와 접이식 탁자, 시계, 판화, 심지어 유리 문진까지도 그와 함께 그 안에 들어가 있었다. 유리 문진은 그가 있는 방이었고 그 안의 산호는 유리 심장부에 영원히 고정된 줄리아와 윈스턴의 생명이었다.

5

사임이 사라졌다. 어느 날 아침 그는 출근을 하지 않았다. 그의 결근을 놓고 몇몇 경솔한 사람들이 이러쿵저러쿵 떠들어 댔다. 하지만 그다음 날에는 아무도 그를 언급하지 않았다. 사흘째 되던 날, 윈스턴은 게시판을 보러 기록국의 현관에 갔다. 게시물 중에는 사임이 속해 있던 체스 위원회의 명단도 있었다. 명단 위에 선을 그어 지운 것이 없는 것으로 보아 그것은 전에 붙어 있던 것과 거의 똑같아 보였다. 다만 한 사람의 이름이 빠져 있었다. 그것으로 충분했다. 사임은 더 이상 존재하지 않았다. 그는 과거에도 존재한 적이 없는 사람이었다.

찌는 듯이 무더운 날씨였다. 미로 같은 진리부의 창 없는 사무실은 에어컨이 달려 있어 평상시 온도를 유지하고 있었지만 바깥 길 위는 발바닥을 태울 것처럼 뜨거웠고 출퇴근 시간의 지하철은 끔찍한 악취가 진동했다. 증오 주간을 위한 준비가 한창이라 모든 부처의 직원들이 시간 외 근무를 하고 있었다. 행진이라든가, 각종 모임, 군대 사열, 강연, 밀랍 인형 작업, 전시회, 영화 상영, 텔레스크린 프로그램 등 모든 것을 계획하고 진행해야 했으며 무대 설치와 조각상 건립, 표어 제작, 노래 제작, 유언비어 살포, 사진 위조도 해야 했다. 창작국 내 줄리아가 속해 있는 부서는 소설 제작을 중단하고 잔혹 행위에 관한 팸플릿 시리즈를 급히 만들어 내고 있었다. 윈스턴은 정규 업무 외에도 매일 여러 시간 동안 《타임스》 지난 호를 뒤져서 연설에 인용되는 기사를 바꾸거나 윤색하는 작업을 했다. 소란스러운 노동자들이 거리를 배회하는 늦은 밤이면 시내는 이상하게 과열된 분위기를 띠었다. 로켓 폭탄은 평소보다 더 자주 터졌고 이따금 멀리 떨어진 곳에서 엄청난 폭발이 있었는데도 그에 대한 터무니없는 소문만 있을 뿐 아무도 그것에 대해 제대로 알고 설명할 수 있는 사람은 없었다.

증오 주간의 주제가, 다시 말해 '증오가'가 될 새 노래가 벌써 작곡되어 텔레스크린에서 끊임없이 흘러나오고 있었다. 그 곡은 개가 짖듯 시끄럽고 야만적인 리듬으로 되어 있어서 엄밀히 말해 음악이라고 할 수 없었지만 북의 울림소리와 비슷했다. 행군하는 발소리에 맞춰 수백 명이 고함치는 소리는 위협적이었다. 노동자들이 그 노래를 좋아해서 한밤중에 거리에서 아직도 유행하는 〈그것은 덧없는 꿈일 뿐〉이란 곡과 경쟁을 했다. 파슨스 집 아이들도 밤이고 낮이고 하루 종일 빗과 화장지 뭉치로 장단을 맞춰 대 견딜 수가 없을 지경이었다. 저녁만 되면 윈스턴은 더 바빠졌다. 파슨스가 조직한 자원봉사대는 증오 주간을 대비해 거리를 단장하고 깃발을 제작하며 포스터를 그리고 지붕에 국기 게양대를 설치하는 일뿐만 아니라 거리를 가로지르는 현수막을 달기 위해 위험하게 선을 매는 일까지 했다. 파슨스는 400미터짜리 경축 깃발을 내건 데는 승리맨션 한 곳뿐이라며 으스댔다. 그는 물 만난 고기 같았고 종달새처럼 명랑했다. 더위와 육체노동을 핑계로 저녁에는 반바지로 갈아입고 셔츠를 풀어헤쳤다. 그는 동에 번쩍 서에 번쩍 하면서 밀고 당기고 톱질하고 망치질하고 뜯어 맞추며 동료를 치켜세워 격려했다. 그의 몸에서는 살이 접힌 데마다 끝도 없이 시큼한 땀 냄새가 났다.

순식간에 런던 전역에 걸쳐 새 포스터가 나붙었다. 포스터에는 3~4미터 되는 키에 무표정한 몽골인의 얼굴을 하고 거대한 군화를 신은 채 허리춤에 기관총을 매달고 앞을 향해 전진해 오는 괴물 같은 모습의 유라시아 군인의 모습이 그려져 있었다. 그 그림은 어느 각도에서 보든지 원근법에 의해 총구가 크게 확대되어 보이게, 그림을 보고 있는 사람을 똑바로 겨냥하고 있는 것으로 보이게 그려져 있었다. 그 포스터는 빈 벽마다 나붙어서 심지어는 빅브라더의 초상화보다 그 수가 더 많았다. 보통 전쟁에 무관심했던 노동자들도 해마다 이맘때면 광적인 애국심에 빠져들었다.

전반적인 분위기에 발맞추기라도 하듯 여느 때보다 더 많은 사람들이 로켓 폭탄에 희생되었다. 사람들이 가득 찬 스테프니에 있는 극장에 폭탄 하나가 떨어져 수백 명의 사람들이 폐허 속에 파묻혔다. 몇 시간씩 계속된 긴 장례 행렬에 이웃 사람들이 한 사람도 빠짐없이 모습을 드러냈으며 나중에 장례식은 규탄대회로 성격이 바뀌었다. 또 다른 폭탄은 운동장으로 쓰던 공터에 떨어져 수십 명의 어린아이들이 처참하게 목숨을 잃었다. 더욱 성이 난 군중이 시위를 벌여 골드스타인 허수아비를 불태우고 유라시아 군인 포스터 수백 장을 찢고 불에 태웠으며, 이런 소동 가운데 여러 상점이 약탈을 당했다. 그리고 스파이들이 무전으로 로켓 폭탄을 떨어뜨릴 장소를 지정한다는 소문이 나돌았으며 외국인 혈통으로 의심받던 한 노부부는 누가 집에 불을 지르는 바람에 질식사했다는 소식도 들렸다.

윈스턴과 줄리아는 채링턴 씨 고물상 위층 방에 오면 더위를 식히기 위해 벌거벗은 채 열린 창 아래, 시트도 없는 침대에 나란히 누웠다. 쥐는 두 번 다시 나타나지 않았지만 빈대가 무더위 속에서 소름끼칠 정도로 늘어 극성을 떨었다. 그러나 아무 상관없었다. 더럽든 깨끗하든 그 방은 낙원이었다. 그들은 방에 도착하자마자 암시장에서 사온 후춧가루를 사방에 뿌리고 옷을 벗은 뒤 땀을 뻘뻘 흘리며 정사를 했다. 그러고 나서 그대로 곯아떨어졌다가 일어나 보면 빈대들이 반격을 하기 위해 떼를 지어 몰려드는 모습이 보였다.

그들은 6월 한 달 동안 네 번, 다섯 번, 여섯 번 아니 일곱 번 만났다. 윈스턴은 하루 종일 술을 마시던 버릇을 버렸다. 술을 마실 필요가 없는 것 같았다. 그는 살이 좀 붙었으며 정맥류성 궤양도 발목에 갈색 얼룩만 남긴 채 가라앉았으며 이른 아침마다 발작적으로 터져 나오던 기침도 슬슬 멎었다. 이제는 삶이 견딜 만했다.

텔레스크린 앞에서 얼굴을 찌푸리려는 충동이나 목이 터져라 욕설을 퍼붓고 싶은 마음도 더 이상 일지 않았다. 이제 그들은 집이나 다름없는 안전한 은신처를 가지고 있기 때문에 어쩌다 한 번씩 2시간 정도라도 만날 수 있어서 힘들게 느껴지지 않았다. 고물상 위의 그 방이 계속 있어야만 한다는 것은 중요했다. 그 방이 거기에, 어떤 영향도 받지 않고 그 모습 그대로 있다고 아는 것 또한 중요했다. 그 방은 하나의 세계이며 멸종된 동물들이 돌아다닐 수 있는 과거 지대였다. 윈스턴은 채링턴 씨도 또 하나의 멸종된 동물이라고 생각했다.

　그는 보통 위층으로 올라가다가 2~3분 정도 멈춰 서서 채링
턴 씨와 이야기를 나누곤 했다. 그 노인은 좀처럼, 어쩌면 아예
밖에 나가지 않는 것 같았는데 그렇다고 달리 손님도 있는 것
같지도 않았다. 노인은 작고 어둠침침한 상점과 음식을 준비하
는 부엌방 사이에서 유령처럼 생활했다. 부엌방에는 믿기 어려
우리만치 오래되어 보였다. 그곳에는 커다란 나팔이 달린 축음
기도 있었다. 노인은 이야기를 나누는 것을 좋아하는 듯했다.
기다란 코에 도수 높은 두꺼운 안경을 쓰고 어깨는 구부정하니
벨벳 재킷을 걸친 채 싸구려 물건들 사이를 돌아다니는 모습을
보면 그는 장사꾼이라기보다는 어렴풋하게나마 수집가다운 분
위기를 풍겼다. 노인은 사기로 만든 병마개, 부서진 담뱃갑 뚜
껑, 오래전에 죽은 어린아이의 머리카락이 담긴 합금 상자 등
의 쓰레기 같은 것들을 열정이 식은 손으로 만지작거리며 한
번도 사라고 강요하지 않았다. 단지 자랑할 뿐이었다. 그와 이
야기를 하는 것은 마치 낡아 빠진 뮤직 박스에서 나는 끽끽거
리는 소리에 귀 기울이는 것과 같았다. 노인은 기억을 더듬어
잊힌 노래의 몇 구절을 더 끄집어냈다. 그 노래에는 스물네 마
리의 찌르레기와 뿔이 휜 암소, 불쌍하게 죽은 울새 수컷 등이
등장했다.

　"선생이 좋아할지 모르겠다는 생각이 들었어요."

노인은 새로운 노래 구절이 생각날 때마다 애원하듯 웃으며 그렇게 말하곤 했다. 그는 어떤 노래든 몇 구절밖에 기억해 내지 못했다.

　　윈스턴과 줄리아 둘 다 어느 정도는 이런 상태가 오래 지속되지 못하리라는 것을 알았고 그런 생각을 한시도 잊은 적이 없었다. 죽음이 임박했다는 사실이 누워 있는 침대처럼 손에 만져질 듯할 때가 있었다. 그러면 그 둘은 함께 시계 종이 울리기 5분 전에 쾌락의 마지막 한 조각이라도 움켜쥐려는 지옥에 떨어진 영혼처럼 절망적인 육욕에 매달렸다. 하지만 자신들이 안전할 뿐만 아니라 이런 상태가 영원히 지속될 거라는 환상에 빠질 때도 있었다. 그들은 이 방 안에 있는 한 자기들에게는 그 어떤 재난도 닥치지 않을 것만 같았다. 이곳에 오려면 어려움과 위험이 따랐지만 방 그 자체는 성역이었다. 그것은 마치 윈스턴이 문진의 한가운데를 들여다보며 자신이 그 유리 세계 속에 들어갈 수 있으며 일단 안에 들어가기만 하면 시간도 멈출 수 있으리라고 느끼는 것과 같았다. 이따금 그들은 둘이서 도망가는 꿈에 빠지기도 했다. 행운이 영원히 지속된다면 남은 생애 동안도 지금처럼 둘의 이 은밀한 관계를 유지할 수 있을 것이다. 캐서린이 죽으면 둘이서 묘안을 짜내 성공적으로 결혼할 수도 있을 것이다. 어쩌면 둘이 함께 자살을 할 수도 있을 것이다. 또는 둘이 감쪽같이 사라져 아무도 알아보지 못하게 위장한 뒤에 노동자들의 말투를 배우고 공장에 취직해 아무한테도 들키지 않고 뒷골목에서 살 수도 있을 것이다. 그렇지만 둘 다 알고 있듯이 모두 터무니없는 생각이었다. 현실에서는 피할 데가 없었다. 현실성은 있지만 전혀 그럴 생각이 없는 단 한 가지 계획은 자살이었다. 공기가 있는 한 허파는 언제나 다음 숨을 쉬게 되는 것처럼 하루하루 미래가 없는 현실을 허송세월하며 매달리는 것은 어찌할 수 없는 본능인 것 같았다.

때때로 그들은 당에 대항하는 반란에 적극적으로 가담하자는 이야기도 나누었지만 어떻게 첫발을 떼야 할지 아무 생각이 없었다. 전설적인 형제단이 실제로 존재한다 하더라도 거기에 입단하는 방법을 찾는 건 여전히 어려운 문제로 남았다. 윈스턴은 자신과 오브라이언 사이에 있었던, 아니 있는 것처럼 여겨졌던 묘한 친밀감에 대해서 그녀에게 이야기했다. 그리고 가끔은 실제로 오브라이언을 찾아가 자신이 당의 적임을 밝히며 도와 달라고 말하고 싶은 충동을 느낀다고도 했다. 이상하게도 그녀는 그것을 어처구니없이 경솔한 짓으로 여기지는 않았다. 그녀는 얼굴로 사람을 판단하곤 했는데 윈스턴이 오브라이언과 단 한 번 마주친 강렬한 눈빛에 오브라이언을 신뢰할 만한 사람이라고 믿는 것을 당연해하는 것 같았다. 게다가 그녀는 당연히 거의 모든 사람들이 암암리에 당을 증오하며 안전하다고 판단되면 당의 규칙을 어길 거라고 생각했다. 그러나 그녀는 보다 더 광범위하고 조직적인 반대 세력이 존재한다거나 존재할 수도 있다는 것을 믿지 않으려고 했다. 그녀는 골드스타인이나 그의 지하조직에 관한 이야기들은 모두 당이 자기들 목적에 맞게 조작해 낸 헛소리이며, 사람들은 그것을 단지 믿는 척해야만 한다고 말했다. 그녀는 셀 수도 없이 무수히 많은 당 궐기 대회나 자발적인 시위 대열에 참가했는데 어떤 죄를 지었다고는 조금도 믿지 많으면서도 한 번도 들어 본 적도 없는 사람의 이름을 부르며 사형시키라고 목청껏 외쳐 댔다고 말했다. 그녀는 공개 재판이 열릴 때면 아침부터 저녁까지 재판장을 에워싸고 있는 청년연맹의 파견단에 자리를 잡고는 이따금씩 "반역자를 처형하라!"라고 소리쳤다고 했다. 2분 증오 시간에는 그 누구보다도 거세게 골드스타인을 향해 욕설을 퍼부었다고 했다. 하지만 골드스타인이 누구이며 그가 어떤 정책을 내걸고 있는지 아주 막연한 개념밖에 없었다. 그녀는 혁명 이후에 성장한 젊은 세대였기에 1950년대와 1960년대의 이념 전쟁을 기억하지 못했다. 독립적인 정치 활동과 같은 것은 그녀가 상상도 못한 일이었으며 어떤 경우에도 당은 정복될 수 없었다. 당은 영원히 존재하고 언제나 똑같을 것이다. 사람들이 당에 대항해 봤자 몰래 규칙을 따르지 않는다거나 누군가를 죽이고 뭔가를 폭파하는 것 같은 고립된 파괴 행위뿐이었다.

어떤 면에서 보면 줄리아가 윈스턴보다 훨씬 더 예리했고 당의 선전에는 잘 속아 넘어가지 않았다. 언젠가 그가 우연히 유라시아와의 전쟁에 관해서 언급했을 때, 그녀가 보기에 전쟁은 일어나지 않았다며 자신의 견해를 아무렇지도 않게 말해 그를 깜짝 놀라게 했다. 매일같이 런던에 떨어지는 로켓 폭탄도 '사람들에게 공포 분위기를 조성하기 위해' 오세아니아 정부가 직접 발사하는 것이라고 했다. 그야말로 그가 한 번도 해 본 적이 없는 생각이었다. 또한 그녀가 2분 증오 시간에 터지는 웃음을 참느라 굉장히 힘들다고 말했을 때 그는 일종의 부러움을 느꼈다. 그런가 하면 당의 강령이 그녀의 삶을 간섭하면 이의를 제기했다. 진실과 거짓의 차이가 자기에게 별로 큰 영향을 미치지 않는다는 단순한 이유로 종종 당의 공식적인 신화를 그대로 받아들일 태도를 보이기도 했다. 예를 들자면 그녀는 학교에서 배운 대로 당이 비행기를 발명했다는 선전을 믿고 있었다. 윈스턴이 기억하기로 그가 학교를 다니던 50년대 후반에는 당이 발명했다고 주장한 것은 헬리콥터뿐이었다. 12년 후 줄리아가 학교에 다닐 때는 비행기까지 발명했다고 주장했다. 한 세대 후에는 증기기관까지 발명했다고 할 태세였다. 그런데 윈스턴이 자기가 태어나기 전, 그러니까 혁명이 일어나기 한참 전에도 비행기가 있었다고 말했지만 그녀는 전혀 관심도 보이지 않았다. 누가 비행기를 발명했든 안 했든 뭐가 문제냐는 식이었다.

윈스턴은 그녀가 4년 전에 오세아니아는 동아시아와 전쟁 중이었고 유라시아와는 평화적인 관계를 맺고 있었다는 사실을 기억하지 못한다고 말하는 걸 우연히 듣고 깜짝 놀랐다. 그녀가 모든 전쟁은 가짜라고 여기는 것은 맞는데, 보아하니 적의 이름이 바뀌었다는 사실은 눈치조차 채지 못하고 있었다. 언젠가 그녀는 "우린 늘 유라시아하고 전쟁하고 있는 줄 알았어요"라고 얼버무렸다. 윈스턴은 그 말에 약간 겁이 났다. 비행기 발명은 그녀가 태어나기 오래전의 일이었지만 전쟁 상대국이 바뀐 것은 불과 4년 전으로 그녀가 성인이 되고 나서도 훨씬 후에 벌어진 일이었다. 그는 그 문제로 그녀와 15분 동안 언쟁을 벌였다. 결국엔 그녀가 한때 적은 유라시아가 아니라 동아시아였다는 사실을 어렴풋하게나마 기억해 내는 데 성공했다. 하지만 그 문제도 그녀에게는 중요하지 않았다.

"그게 무슨 상관이에요? 언제나 끔찍한 전쟁이 하나 끝나고 나면 또 다른 전쟁이 이어지고, 어쨌든 그 뉴스가 다 거짓말이란 건 사람들이 알잖아요."

그녀는 조바심을 내며 말했다.

이따금씩 그는 기록국과 거기에서 자기가 하고 있는 뻔뻔한 날조 행위에 대해 그녀에게 말해 줬다. 그녀는 그런 말에 놀라는 것 같지 않았다. 그녀는 거짓이 진실이 된다고 해서 자신의 발밑에 깊은 수렁이 입을 벌리고 있다고 생각하지 않았다. 그는 존스와 에런슨, 러더퍼드 그리고 언젠가 손안에 잠깐 들어

왔던 중대한 종이쪽지에 대해서도 이야기했다. 그런데 그 이야기도 그녀에게 큰 인상을 주지는 못했다. 처음에 그녀는 아예 이야기의 핵심을 파악하지 못했다.

"그 사람들이 당신 친구였어요?"

그녀가 물었다.

"아니에요. 그 사람들을 알지도 못해요. 그 사람들은 핵심 당원이에요. 게다가 나보다 나이가 훨씬 많고요. 혁명 이전의 구세대 사람들이죠. 겨우 얼굴만 봤어요."

"그럼 뭘 걱정해요? 사람들은 어차피 죽게 되어 있어요. 그렇지 않아요?"

그는 그녀를 이해시키려고 했다.

"이건 예외인 경우예요. 누군가 처형당하는 문제하고는 다르다고요. 당신은 어제부터 시작해서 과거가 실제로 지워지고 있다는 것을 알고 있어요? 아직 과거가 어딘가에 남아 있다 하더라도 그건 저 유리 문진처럼 어떤 말도 붙일 수 없는, 몇 개 안 되는 딱딱한 물체 속에 있는 것뿐이에요. 이미 우리는 혁명 당시와 그 이전의 시대에 대해서는 말 그대로 아는 게 하나도 없어요. 모든 기록은 폐기되거나 날조되었고 책도 모두 다시 쓰였으며 모든 그림도 다시 그려졌어요. 또 모든 동상과 길거리, 건물에는 새 이름이 붙었고 날짜마저 모두 바뀌었죠. 그리고 이런 작업은 매일매일, 매 순간 계속되고 있어요. 역사는 멈춰 버렸어요. 당이 항상 옳다고 하는, 이 끝없는 현재 외에는 아무 것도 존재하지 않는다고요. 물론 나는 과거가 날조되었다는 것을 알고 있지만 내가 직접 날조를 했으면서도 이것을 증명할 방법이 전혀 없어요. 일단 날조되고 나면 아무 증거물도 남기지 않으니까요. 유일한 증거는 내 기억 속에 남아 있는데 내 기억을 공유할 사람이 누가 있을지 장담할 수 없어요. 지금까지 살면서 나는 딱 한 번, 그 사건이 있은 지 수년이 지난 후에 실질적이고 구체적인 증거를 가졌던 적이 있었어요."

"그래서 그게 무슨 소용이라도 있었나요?"

"몇 분 후에 버렸으니 아무 소용도 없었지요. 하지만 오늘 똑같은 일이 일어난다면, 나는 그것을 꼭 가지고 있을 거예요."

"글쎄요, 저라면 그렇게 하지 않을 거예요. 저도 위험을 무릅쓸 각오는 되어 있지만, 그럴 만한 가치가 있는 것을 위해서라면 몰라도 오래된 신문지 조각을 위해서는 아니에요. 당신이 그걸 보관했다고 하더라도 뭘 할 수 있었겠어요?"

줄리아가 말했다.

"많지는 않을 거예요. 하지만 그건 증거였어요. 내가 위험을 무릅쓰고 그것을 누구에게든지 보여 줬다면 여기저기에서 당을 의심하는 사람들이 생겼을지도 모르는 일이에요. 물론 우리 세대에 뭔가 변화시킬 수 있을 거라고 생각하지는 않아요. 하지만 여기저기에서 소규모 저항 운동이 일어날 거라고 상상해

241

볼 수는 있어요. 만약 소규모 저항 세력이 단결해서 점점 그 수가 늘어나고 그 세력이 점점 불어나서 후세에 몇 마디의 기록이라도 남기게 된다면, 다음 세대가 우리 뒤를 이어서 계속해 나갈 수 있다고요."

"다음 세대에 대해서는 관심 없어요. 저는 우리한테만 관심이 있어요."

"당신은 허리 아래쪽만 반역자군요."

그가 말했다.

그녀는 이 말이 상당히 재치 있는 말이라고 생각해 기뻐하며 그를 끌어안았다.

줄리아는 당의 강령이 미치는 영향에 대해서는 일말의 관심조차 없었다. 그가 '영사'의 원리나, 이중사고, 과거의 가변성, 객관적 현실의 부정, 또는 신어의 사용에 관한 이야기를 시작하기만 하면 그녀는 지겨워하고 혼란스러워하며 그 따위 것들에는 어떤 관심도 기울여 본 적이 없다고 잘라 말했다. 누구나 그런 것들이 쓸데없는 줄 알고 있는데, 왜 그것 때문에 고민을 하느냐는 식이었다. 환호성을 질러야 할 때와 야유를 퍼부어야 할 때를 알면 그것으로 다 된다는 것이었다.

그녀는 윈스턴이 그런 주제에 대해 고집스럽게 계속 이야기를 할 때마다 잠이 들어 버리곤 해서 그를 당황케 했다. 그녀는 언제든 어떤 자세로든 잠을 잘 수 있는 사람이었다. 윈스턴은 그녀와 이야기하는 동안 정통성이 의미하는 것이 뭔지도 파악하지 못했으면서도 정통적인 태도를 취하는 일이 얼마나 쉬운지를 깨달았다. 어떤 면에서 이해 능력이 부족한 사람들이 받아들이기에는 당의 세계관은 가장 적절했다. 그들은 자기들에게 얼마나 심각한 것을 요구하는지 제대로 파악해 본 적이 없는 데다가 지금 일어나는 일을 알기 위해 공적인 사건에 충분히 관심을 기울이지 않기 때문에 노골적인 현실 침해를 수용할 수 있었던 것이었다. 그들은 이해력이 부족하기 때문에 온전한 정신 상태를 유지할 수 있었던 것이었다. 그들은 단순히 뭐든지 집어삼켰고 뭘 삼켜도 탈이 나지 않았다. 옥수수 낟알이 소화되지 않은 채 새의 몸을 통과해 그대로 나오는 것처럼 아무런 흔적도 남기지 않기 때문이었다.

6

마침내 일이 벌어졌다. 기대했던 메시지가 온 것이었다. 평생토록 이런 일이 일어나기만을 기다려 온 것 같았다.

진리부의 긴 복도를 걷고 있던 그는 줄리아가 그의 손에 쪽지를 건넸던 바로 그 지점에 거의 다다랐을 때 자기보다 덩치가 큰 사람이 바로 뒤에 있다는 걸 알아차렸다. 그 사람이 누구

든지 간에 잔기침을 하는 걸로 봐서 말을 시작하려는 게 분명
했다. 윈스턴은 갑자기 걸음을 멈추고 돌아섰다. 오브라이언이
었다.

마침내 그들이 얼굴을 마주하게 되자 윈스턴은 그 자리에서
도망쳐 버리고 싶다는 생각밖에 나지 않았다. 그의 심장이 격
렬하게 뛰었다. 이야기를 할 수 없을 것만 같았다. 그러나 오브
라이언은 잠시 윈스턴의 팔에 다정스레 손을 얹고 움직임 하
나 흐트러지지 않은 채 앞으로 계속 갔다. 그렇게 두 사람은 나
란히 걷고 있었다. 대부분의 핵심 당원들과 달리 오브라이언은
이상하리만치 정중한 태도로 말하기 시작했다.

"당신과 얘기를 할 기회를 엿보고 있었소."

그가 말을 꺼냈다.

"일전에 《타임스》에서 당신이 쓴 신어에 관한 기사를 읽었어
요. 신어에 대해 학문적인 관심을 가지고 있는 것 같던데요."

윈스턴은 어느 정도 마음을 가라앉히고 대답했다.

"학문적이라고 말하기는 어렵습니다. 그저 아마추어에 불과
합니다. 제 전공도 아닙니다. 언어의 실질적인 구조와 관계되는
일을 해 본 적도 없습니다."

"하지만 아주 훌륭하더군요."

오브라이언이 말했다.

"이건 나 혼자만의 견해가 아니오. 그 분야 전문가인 당신 친

구와 얼마 전 얘기를 나눈 적이 있소. 지금은 그 이름이 생각나지 않지만 말이오."

다시 윈스턴의 심장이 고통스럽게 요동쳤다. 사임 말고는 그렇게 언급할 만한 사람이 없었다. 하지만 사임은 죽은 사람일 뿐 아니라 존재 자체가 폐기된 '무인'이었다. 그를 아는 체하는 것은 치명적으로 위험했다. 오브라이언의 그 말은 하나의 신호이거나 암호가 분명했다. 함께 가벼운 사상죄를 범하면 공범이 될 수도 있는 것이었다. 윈스턴과 함께 천천히 복도를 따라 걷던 오브라이언이 갑자기 걸음을 멈췄다. 오브라이언의 몸짓에는 언제나 기이하게 상대방의 경계심을 누그러뜨리는 친근감이 담겨 있었다. 그는 예의 몸짓대로 콧잔등 위로 안경을 고쳐 쓰고 나서 말을 계속했다.

"실은 당신이 쓴 기사에서 더 이상 사용하지 않는 단어를 두 개나 찾아냈다는 것을 말해 주고 싶었소. 아주 최근에 없어진 단어이긴 하지만 말이오. 혹시 신어사전 제10판을 본 적이 있소?"

"아닙니다. 아직 출판이 안 된 것으로 알고 있습니다. 기록국에서는 아직도 제9판을 사용하고 있습니다."

윈스턴이 대답했다.

"몇 달 안에 제10판을 출판할 계획은 잡혀 있지 않소. 하지만 신간 견본이 몇 권 돌아다니고 있어요. 나도 하나 가지고 있는데 어쩌면 당신이 보면 흥미로울지도 모르겠군요."

"상당히 흥미로울 것 같습니다."

윈스턴은 그 의도가 무엇인지 금세 파악했다.

"새로운 진전을 보인 몇 단어는 상당히 독창적이오. 동사 수가 줄었는데 이 점이 당신의 관심을 끌지 않을까 생각하오. 어디 봅시다. 인편에 사전을 보낼까요? 하지만 내가 워낙 그런 일을 잘 잊어버리는 사람이라서 말이오. 언제 당신이 편한 시간에 내 아파트에 와서 사전을 가져가면 어떻겠소? 잠깐만요. 집 주소를 적어 주겠소."

그들은 텔레스크린 앞에 서 있었다. 오브라이언은 약간 정신 없이 주머니를 두 군데 뒤지더니 가죽 표지의 작은 수첩과 금색 만년필을 꺼냈다. 텔레스크린 저편에서 그들을 지켜보고 있던 사람이 뭐라고 쓰는지 읽을 수 있도록 오브라이언은 텔레스크린 바로 아래에서 주소를 쓰고는 종이를 찢어서 윈스턴에게 건넸다.

"저녁 시간에는 보통 집에 있소."

오브라이언이 덧붙였다.

"내가 없다면 하인이 대신 사전을 줄 거요."

오브라이언은 종이쪽지를 손에 쥔 윈스턴을 남겨 두고 가 버렸다. 이번에는 감출 이유가 없었다. 하지만 그럼에도 불구하고 윈스턴은 주소를 주의해서 외우고 나서 몇 시간 뒤에 다른 서류 뭉치와 함께 기억통에 던져 버렸다.

그들은 기껏해야 2분 남짓 서로 이야기를 나누었다. 그 사건이 가질 수 있는 의미는 딱 하나였다. 오브라이언이 윈스턴에게 집 주소를 알려 주기 위한 방법을 고안해 낸 것이다. 직접 물어보기 전에는 누가 어디 사는지 알아내기란 절대로 불가능했기 때문에 이는 꼭 필요한 과정이었다. 아예 주소록이라는 것이 없었다.

"나를 만나고 싶다면 이곳으로 와라."

오브라이언이 윈스턴에게 이렇게 말하고 있었다. 어쩌면 사전 어딘가에 메시지가 숨겨져 있을 수도 있었다. 하지만 어쨌든 한 가지는 확실해졌다. 그가 상상해 왔던 음모는 정말로 존재하며 그는 음모의 언저리에 다다른 것이었다.

그는 조만간 오브라이언의 부름에 응하게 되리라는 것을 알았다. 아마도 내일, 어쩌면 한참 후가 될지도 몰랐다. 확실하지 않았다. 지금 일어나고 있는 일은 몇 년 전부터 시작된 과정에서 나온 결과일 뿐이었다. 첫 번째 단계는 비밀스럽게, 자기도 모르게 든 생각이었고 두 번째 단계는 일기를 쓰기 시작한 것이었다.

그는 생각을 글로 옮겼으며 이제는 그것을 행동으로 옮길 차례였다. 마지막 단계는 애정부에서 일어날 모종의 사건일 것이다. 그는 그것을 받아들였다. 결말은 언제나 시작에 포함되어 있었다. 하지만 두려웠다. 좀 더 정확하게 말해서 죽음을 미리 맛보는 것과 같았으며 생을 단축시키는 것이나 마찬가지였다.

그가 오브라이언에게 이야기를 하던 동안에 그 말의 의미가 또렷해지면서 섬뜩한 전율이 온몸을 휘감았다. 왠지 습습한 무덤 속으로 걸어 들어가는 듯한 기분이 들었지만 무덤이 거기에서 자신을 기다리고 있다는 사실을 언제나 알고 있었기 때문에 그렇게 무섭지는 않았다.

7

윈스턴은 눈에 눈물이 가득 고인 채로 잠에서 깼다. 줄리아가 잠결에 몸을 뒤척이며 "무슨 일이에요?" 같은 말을 중얼거린 것 같았다.

"꿈을 꿨어요."

그는 말을 시작하다가 갑자기 입을 다물었다. 너무 복잡해서 말로는 옮길 수 없을 것 같았다. 게다가 꿈도 꿈이었지만 잠에서 깨어난 후 불과 몇 초 만에 꿈과 관련된 기억이 머릿속에 헤엄치듯 돌아다니기 시작했기 때문이었다.

그는 아직도 꿈속 분위기에 흠뻑 젖어 눈을 감은 채 누워 있었다. 그것은 마치 비 갠 뒤 여름날 저녁 풍경처럼 그의 전 생애가 바로 눈앞에서 펼쳐지는 광대하고 선명한 꿈이었다. 꿈은 유리 문진 속에서 펼쳐졌다. 그 유리 표면은 돔형의 하늘이었고 그 안에는 맑고 부드러운 빛이 넘쳐났다. 꿈속에서 그는 어머니가 팔을 흔드는 동작(어떤 의미에서 정말로 특징이 있었다)과 그로부터 30년 후에 그가 뉴스 영화에서 본 유대인 부인이 헬리콥터 폭격으로 몸이 산산이 부서지기 전에 총알로부터 어린 아들을 보호하려고 애를 쓰는 장면을 보았다.

"줄리아, 그거 알아요? 나는 지금 이 순간까지 내가 어머니를 죽였다고 생각했어요."

그가 말했다.

"왜 어머니를 죽였는데요?"

줄리아가 잠결에 물었다.

"어머니를 죽인 건 아니에요. 실제로는요."

꿈속에서 그는 마지막으로 얼핏 보았던 어머니의 모습을 기억했다. 잠에서 깨어난 뒤 얼마 지나지 않아 어머니와 관련된 사소한 사건들에 대한 기억이 돌아왔다. 그가 수년 동안 틀림없이 의도적으로 그의 의식 속에서 떨쳐 버리려고 했던 기억들이었다. 그 일이 벌어졌을 때가 언제인지 날짜는 확실하지 않았지만, 아마 그가 열 살이 채 안 됐거나 어쩌면 열두 살쯤이었을 것이었다.

아버지는 그 일이 일어나기 얼마 전에 사라졌다. 그것이 얼마나 오래전이었는지는 기억나지 않았다. 그런데 당시 주변이 소란스럽고 불안했다는 것은 더 잘 기억이 났다. 주기적으로 찾아왔던 공습의 공포와 지하철역으로의 피난, 사방에 널려 있는 돌 더미, 길모퉁이마다 나붙은 의미를 알 수 없는 성명서, 모두 똑같은 색깔의 셔츠를 입고 무리 지어 다니던 젊은이들, 빵가게 앞에 끝도 보이지 않을 정도로 길게 늘어선 줄, 멀리서 이따금씩 들려오는 기관총 소리……. 그러나 무엇보다 가장 선명한 기억은 배불리 먹지 못했다는 사실이었다. 그는 긴 오후 내내 다른 사내아이들과 함께 쓰레기통과 쓰레기 더미를 뒤져서 양배추 심지와 감자 껍질을 줍고 가끔은 잿더미를 조심스럽게 긁어낸 곳에서 상한 빵 조각을 주우며 시간을 보냈다. 또 소의 사료를 싣고 일정한 길을 지나는 트럭을 기다렸다가 울퉁불퉁한 길에서 트럭이 덜컹하면서 떨어지는 깻묵 몇 조각을 줍던 일도 기억났다.

아버지가 사라졌을 때, 어머니는 어떤 놀라움이나 격렬한 슬픔도 보이지는 않았다. 하지만 그 후 갑자기 딴 사람이 된 것 같았다. 어머니는 완전히 기력이 쇠한 것 같았다. 윈스턴 눈에도 어머니는 반드시 일어날 것이라고 믿고 있는 어떤 일을 기다리고 것처럼 보였다.

어머니는 요리며 빨래, 옷 깁기, 잠자리 정리, 마루 닦기, 벽난로 청소 등 해야 할 일은 다 했다. 그런데 저절로 움직이는 예술가의 인체 모형처럼 이상하게도 불필요한 동작은 빼 버린 채 아주 천천히 움직였다. 그녀의 크고 맵시 있는 몸이 천천히 정물이 되어 가는 것 같았다.

어머니는 한 번 침대 머리맡에 앉으면 꼼짝도 않고 몇 시간씩이나 조그맣고 병약해 소리도 거의 못 내는, 너무 말라 얼굴이 꼭 원숭이처럼 생긴 두세 살 난 여동생에게 젖을 먹였다. 그리고 아주 가끔 아무 말 없이 오랫동안 윈스턴을 꼭 껴안아 주기도 했다. 당시 윈스턴은 자기밖에 모르는 철부지 어린아이였지만 어머니의 그런 행동이 한 번도 언급된 적 없는, 곧 일어날 사건과 관련이 있다고 생각했다.

그는 어머니와 함께 살았던, 어둡고 숨이 막힐 것 같은 냄새가 나는 방을 떠올렸다. 하얀 시트가 덮인 침대가 절반을 차지하는 그 방의 벽난로 망 위에는 동그란 가스 열판과 음식을 보관하는 선반이 있었고, 바깥 층계참에는 몇 집에서 같이 사용하는 흙으로 구운 갈색 개수대가 있었다. 그는 가스 열판 위로 몸을 구부리고 냄비 속에 든 뭔가를 젓고 있는 어머니의 조각상 같은 모습을 떠올렸다. 무엇보다도 끊임없이 이어지던 배고픔과 밥 때마다 벌어지던 사납고 추악한 다툼이 기억났다. 그는 어머니에게 왜 먹을 게 더 없냐고 계속해서 귀찮게 묻거나 소리를 질렀다. 처음에는 변성기가 온 것처럼 목소리가 갈라지다가 때로는 이상하게 쿵 울리는 소리로 대들던 당시 자신의 목소리가 지금까지도 귓가에 선했다. 그는 종종 자기 몫보다 더 먹으려는 속셈으로 불쌍해 보이려고 칭얼거리는 어조로 떼를 쓰기도 했다. 어머니는 언제나 그의 몫보다 더 주려고 했다.

어머니는 사내아이라면 많이 먹어야 한다고 생각했다. 하지만 그는 어머니가 아무리 더 주어도 늘 더 달라고 졸라 댔다. 식사 때마다 어머니는 그에게 너무 욕심 부리지 말라고, 아픈 누이동생도 먹여야 한다고 타일렀지만 아무 소용이 없었다. 윈스턴은 어머니가 더 퍼 주지 않으면 성을 내며 소리를 지르고 어머니 손에서 냄비와 국자를 빼앗으려고 하거나, 누이동생의 접시에서 뺏어 먹으려고도 했다. 그는 자기가 어머니와 누이동생의 배를 곯게 하고 있다는 것을 알고 있었지만 어쩔 수 없었다. 심지어 그는 자기한테 그럴 권리가 있다고 생각했다. 배고픔에 꼬르륵 하고 배 속에서 나는 소리가 그런 생각을 정당화시켜 주었다. 그는 식사 시간 사이사이에 어머니가 지켜보지 않으면 선반에 있는 형편없는 창고의 음식을 계속해서 조금씩 훔쳐 먹었다.

어느 날 초콜릿 배급이 있었을 때였다. 몇 주 동안, 아니 몇 달 동안 초콜릿 배급이 없었다. 그는 아주 작고 귀중한 그 초콜릿 조각을 지금도 분명하게 기억하고 있다. 그날 그의 세 식구 몫으로 2온스짜리 한 조각이 배급되었다. 당시에 사람들은 여전히 온스라는 단위를 썼다. 당연히 그 초콜릿은 똑같이 세 조각으로 나누었어야 했다. 그런데 갑자기 윈스턴이 쩌렁쩌렁 울리는 큰 소리로 자기 혼자 초콜릿을 다 먹어야 한다고 주장했다. 윈스턴은 마치 자기가 누군가 다른 사람이 하는 말을 듣고 있는 것 같았다. 어머니는 그에게 욕심을 부리지 말라고 단호히 말했다. 다람쥐 쳇바퀴 돌 듯 소리치고 칭얼거리며 울고 불평하다가 다시 졸라 대는 언쟁이 지루하게 계속되었다. 자그마한 누이동생은 새끼 원숭이처럼 두 팔로 어머니 목에 매달린 채 슬픔이 담긴 커다란 눈으로 어머니 어깨너머로 그를 바라보고 있었다. 결국 어머니는 초콜릿의 4분의 3을 잘라서 그에게 주고, 나머지는 누이동생에게 주었다. 누이동생은 초콜릿을 손에 들고 멍하니 들여다보고만 있었다. 아마도 그것이 무엇인지 모르는 모양이었다. 윈스턴은 잠시 서서 누이동생을 지켜보았다. 그러고는 갑자기 잽싸게 튀어 올라 누이동생의 손에서 초콜릿을 낚아채고는 문을 향해 도망갔다.

"윈스턴! 윈스턴! 돌아와! 동생한테 초콜릿을 돌려줘!"

어머니가 그의 등에 대고 소리쳤다.

그는 걸음을 멈췄지만 되돌아가지는 않았다. 어머니가 애원하는 눈으로 그의 얼굴을 바라보고 있었다. 그는 지금까지도 당시에 무슨 일이 벌어질지 몰랐다고 생각했다. 누이동생은 뭔가 빼앗겼다고 생각했는지 힘없이 흐느끼기 시작했다. 어머니는 누이동생을 두 팔로 감싸고는 그 얼굴을 젖가슴에다 갖다 댔다. 윈스턴은 어머니의 그런 몸짓을 통해 누이동생이 죽어

가고 있다는 것을 알았다. 그는 끈적끈적해진 초콜릿을 손에 쥐고 돌아서서 계단을 뛰어 내려갔다.

그 후 그는 어머니를 두 번 다시 보지 못했다. 그날 초콜릿을 결신들린 듯이 먹고 나서 약간 부끄럽다는 생각이 들어 거리를 몇 시간이나 싸돌아다니다가 배고픔에 못 이겨 집으로 돌아왔다. 그가 돌아왔을 때 어머니는 사라지고 없었다. 그 당시에 이미 비일비재한 일이었다. 어머니와 누이동생 외에 방에서 사라진 것은 아무것도 없었다. 어머니의 외투뿐만 아니라 옷가지 중 없어진 것이 하나도 없었다. 이날까지 그는 어머니가 죽었는지 살았는지 확실히 알지 못했다. 어머니는 단순히 강제 노동 수용소에 보내졌을 가능성이 아주 높았다. 그리고 누이동생은 윈스턴처럼 내란 때문에 늘어난 고아들이 집단으로 거주하는 교화원이라고 부르는 수용소로 보내졌을 것이었다. 혹은 어머니를 따라 강제 노동 수용소로 갔을지도 몰랐다. 그도 아니면 어딘가에 살아남아 있든가 아니면 죽었을 것이다.

그 꿈은 아직도 그의 머릿속에 선명히 남아 있었다. 특히 꿈의 모든 의미가 담겨 있는 것 같은, 감싸 안고 보호하려는 팔의 움직임은 잊히지 않았다. 그의 두 달 전에 꾼 또 다른 꿈을 기억해 냈다. 어머니는 하얀 시트가 덮인 지저분한 침대에 앉아 있었고 어린아이는 어머니한테 매달려 있었다. 그의 발아래로 매 순간 더 깊이, 더 깊이 가라앉는 배에 앉아 있던 어머니는 여전히 검은 물 밖에 있는 그를 올려다보고 있었다.

그는 줄리아에게 어머니가 사라질 때의 이야기를 들려주었다. 그녀는 눈도 뜨지 않은 채 몸을 돌려서 더 편한 자세로 누웠다.

"그때는 당신도 끔찍한 돼지 새끼였나 보군요. 어린애들은 다 돼지죠 뭐."

그녀가 분명하지 않은 말투로 말했다.

"맞아요. 그런데 내 이야기의 진짜 핵심은……."

숨소리로 보아 그녀는 다시 잠에 빠져든 게 확실했다. 그는 어머니에 대한 이야기를 계속하고 싶었다. 그가 기억하기로 어머니는 비범하거나 지적인 여자는 아니었던 것 같았다. 하지만 나름대로 가치관을 가지고 살았기 때문에 어머니에게는 고상함과 순결함이 있었다. 그녀만의 감정은 외부의 영향을 받는다고 해서 바뀌지는 않았다. 어머니는 아무리 헛된 행위라고 해도 다 어떤 뜻이 있다고 생각했다. 또 누군가를 사랑한다면, 다시 말해서 그를 사랑한다면, 아무것도 줄 게 없어도 여전히 사랑만큼은 줄 수 있었다. 마지막 초콜릿이 사라졌을 때 그의 어머니는 어린 누이동생을 품에 꼭 끌어안았다. 아무 소용도 없었다. 아무것도 변하지 않았다. 초콜릿은 더 생산되지도 않았다. 어린 딸이나 자신이 죽음을 피할 수 있는 것도 아니었다. 하지만 어머니는 당연한 듯이 그렇게 했다. 보트에 타고 있던 그 피난민 부인도 총알을 막는 데 종이 한 장보다도 쓸모가 없는 자신의 두 팔로 어린 아들을 감쌌다. 당이 저지른 무서운 짓은 물질세계를 지배하는 인간의 힘을 모두 빼앗아 가는 한편, 단순한 충동이나 감정은 하찮은 것이라고 인식시키는 것이었다.

일단 당의 손아귀에 들어가면, 느끼는 것과 느끼지 못하는 것, 행동하는 것과 삼가는 것은 그야말로 아무런 차이가 없게 되었다. 무슨 일이 벌어졌든지 간에 다 사라져 버리고 존재에 대해서도, 그가 했던 일에 대해서도 다시는 들을 수 없게 되었다. 역사의 흐름에서 깨끗이 그것들을 지워 버렸다. 그러나 두 세대 전에는 사람들이 역사를 바꾸려 들지 않았기 때문에 이런 일은 그리 중요하지 않았다. 그들은 각자의 성실함에 의해 좌우되었으며 아무도 그것을 문제 삼지 않았다. 중요한 것은 개인적인 인간관계였다. 죽어 가는 사람을 안고 눈물을 흘리며 말을 건네는 등의 무력한 행위도 그 자체에 가치를 둘 수 있었다. 갑자기 윈스턴 머릿속에 노동자들은 여전히 이런 상황 속에서 살아 왔다는 생각이 떠올랐다. 그들은 당이나 국가나 이념 따위에 충성을 바치지 않고 그들 서로에게 충실했다. 그는 처음으로 노동자들을 경멸하지도, 언젠가는 생명을 되찾아서 세계를 재건할 무기력한 힘만으로도 생각하지 않았다. 노동자들은 인간이었다. 그들의 내면은 경직되어 있지 않았다. 그들은 윈스턴이 의식적으로 노력해서 다시 배워야 할 원초적인 감정을 그대로 지니고 있었다. 그는 이런 생각을 하다가 사실 아무 연관성이 없는데도 몇 주일 전에 길 위에서 나뒹구는 절단된 팔을 보고 양배추 줄기라도 되는 양 시궁창 속으로 차 넣었던 일을 떠올렸다.

"노동자들은 인간이에요. 우리는 인간이 아니고요."

그가 큰 소리로 말했다.

"왜 아닌데요?"

다시 잠에서 깬 줄리아가 물었다.

그는 잠시 생각에 잠겼다.

"당신은 이런 생각이 든 적 없어요?"

그가 물었다.

"더 늦기 전에 이곳을 빠져나가서 두 번 다시 서로 만나지 않는 것이 우리가 할 수 있는 최선의 일이란 생각이요."

"그래요. 저도 그런 생각 여러 번 해 봤어요. 하지만 언제나 똑같더라고요. 저는 그렇게 하지 않을 거예요."

"우리는 운이 좋은 편이긴 해도 그 운이 언제까지고 계속될 수는 없어요. 당신은 젊어요. 게다가 평범하고 순진해 보이고요. 나 같은 사람만 피하면 앞으로 50년은 더 살 수 있을 거라고요."

그가 말했다.

"아니에요. 저도 다 생각해 봤어요. 저는 당신이 하는 대로 할 거예요. 너무 낙담하지 말아요. 전 살아남을 자신이 있다고요."

"우리가 6개월쯤, 아니 1년 정도는 더 같이 지낼 수 있을지도 몰라요. 그건 아무도 모르는 일이죠. 하지만 결국 우리는 분명히 헤어지게 될 거예요. 줄리아, 우리가 어떻게 완전히 혼자가될지 생각해 봤어요? 일단 그들에게 잡히면 나도, 당신도, 서로를 위해 할 수 있는 건 아무것도, 정말이지 아무것도 없을 거예요. 내가 자백하면 그들은 당신을 총살할 거고 내가 자백을 거부하더라도 당신을 총살하기는 마찬가지일 거라고요. 내가 뭘하든, 말을 하든지 자제하고 말을 하지 않든지, 어느 것으로도당신의 처형을 늦출 수 없어요. 단 5분도 말이에요. 우리 둘 다서로가 죽었는지 살았는지조차 알 수 없게 됩니다. 우리한테는 어떤 힘도 아예 남아 있지 않게 될 거예요. 여기서 중요한 한가지는 우리가 서로 배신하지 말아야 한다는 거예요. 그런다고달라질 게 하나도 없더라도요.”

“자백하는 걸 말하는 거라면, 그건 분명히 하게 될 거예요. 누구든 자백한다고요. 당신도 어쩔 수 없을 거예요. 당신을 고문할 테니까요.”

그녀가 말했다.

“나는 자백하는 걸 말하는 게 아니에요. 자백은 배신이 아니에요. 자백을 하든 하지 않든 그런 건 중요하지 않아요. 오로지감정이 중요해요. 그들 때문에 내가 당신을 사랑하지 않게 된다면, 그게 진짜 배신이란 말이에요.”

줄리아는 그 말을 곰곰이 생각했다.

"그렇게 할 수 없을 거예요."

마침내 그녀가 입을 뗐다.

"그들이 할 수 없는 게 하나 있어요. 그들은 당신이 무엇이든 말하게 할 수 있어요. 뭐든지요. 하지만 믿게 할 수는 없어요. 당신 마음속에까지 들어갈 수는 없으니까요."

"그래요."

그가 조금은 더 희망적으로 말했다.

"당신 말이 맞아요. 사람의 속마음까지 들어갈 수는 없죠. 만약 인간으로 살아가는 게 가치 있는 일이라고 생각한다면 무엇이 됐든지 간에 성과를 얻지 못하더라도 그들을 이기는 셈이 될 거예요."

윈스턴은 잠들지 않고 귀를 기울이고 있는 텔레스크린에 대해 생각했다. 그들은 밤낮으로 감시할 수 있지만 침착함을 잃지만 않는다면 그들을 따돌릴 수 있었다. 그들이 아무리 영리하다고 할지라도 다른 사람이 생각하고 있는 것을 알아내는 비법까지 연마하지는 못했다. 실제로 그들의 손아귀에 잡혀 있다면 아마도 이야기는 좀 달라질 것이었다. 애정부 안에서 무슨 일이 벌어지는지는 아무도 몰랐지만 추측할 수는 있었다. 그들은 고문과 약물, 신경 반응을 표시하는 정밀 기계, 수면 방해를 통한 점진적 신체 약화, 그리고 고독과 지속적이며 반복적인 질문 등을 가할 것이었다. 어쨌든 사람들은 아무것도 숨길 수 없었다. 그들은 수사를 통해 추적한 다음, 고문으로 마음속에 있는 것을 끄집어낼 수 있었다. 그러나 그 대상이 그저 살아남기만 하는 것이 아니라 인간으로 남는다면 궁극적으로 무슨 차이가 생기는 걸까?

그들이 사람의 감정을 바꿀 수는 없을 것이다. 설사 자기 자신이 원한다고 해도 감정을 변화시킬 수는 없을 것이다. 사람의 행동이나 말, 생각 모두를 하나부터 열까지 적나라하게 파헤칠 수는 있겠지만 스스로에게마저 신비롭게 작용하는 인간의 속마음은 난공불락으로 남게 될 것이다.

8

그들은 결국 하고야 말았다. 마침내 실행에 옮기고 말았다.

그들이 서 있는 길쭉하게 생긴 방에는 은은한 불빛이 감돌고 있었다. 텔레스크린 소리는 낮은 웅얼거림 정도로 작게 줄여져 있었다. 풍성한 짙푸른 카펫은 마치 벨벳을 밟고 있는 것 같은 느낌을 주었다. 방 저쪽 끝에는 초록색 갓이 달린 램프가 빛을 비추고 있었다. 양쪽에 서류 더미가 쌓여 있는 탁자 앞에 오브라이언이 앉아 있었다. 하인의 안내로 윈스턴과 줄리아가 들어왔을 때 그는 두 사람을 쳐다보지도 않았다.

윈스턴은 가슴이 너무 심하게 쿵쾅거려 말을 제대로 할 수 있을지 의심스러울 정도였다. 그가 생각해 낼 수 있는 것이라곤 "드디어 해 냈다"라는 말뿐이었다. 어쨌든 여기에 왔다는 것은 경솔한 행동이었으며 더구나 둘이 함께 온 것은 완전히 어리석은 짓인지도 몰랐다. 비록 서로 다른 길로 와서 오브라이언의 집 앞에서 만나기만 했어도 말이다. 하지만 단지 그곳에 발을 들여놓는 것만으로도 용기 있는 노력이 필요했다. 핵심 당원의 거주지 내부를 구경하는 일은 극히 드문 경우였다. 그들의 거주 지역에 발을 들여놓는 것마저도 상당히 이례적인 일이었다. 거대한 아파트 단지의 전체 분위기와 풍족하고 여유로워 보이는 모든 것들, 질 좋은 음식과 담배에서 나는 익숙하지 않은 냄새, 조용하고 믿을 수 없을 정도로 빠르게 오르내리는 엘리베이터, 그리고 흰 제복을 입고 분주하게 왔다 갔다 하는 하인들까지 모든 것이 위협적이었다. 윈스턴은 걸음을 옮길 때마다 이곳에 올 만한 타당한 구실이 있는데도 불구하고 검정 제복을 입은 경비원들이 모퉁이에서 튀어나와 신분증을 보여 달라고 한 뒤 나가라고 할까 봐 걸음을 옮길 때마다 두려움에 사로잡혀 있었다. 하지만 오브라이언의 하인은 아무런 이의 없이 두 사람에게 문을 열어 주었다. 그는 체구가 작고 짙은 갈색 머리를 한 남자로 흰 재킷을 입고 있었으며 마름모형 얼굴에 중국인처럼 전혀 표정이 없었다. 하인이 그들을 안내한 복도에는 부드러운 카펫이 깔려 있었고 크림색 벽지가 발라져 있었으며 징두리* 벽판은 하얀색이었다. 모든 것이 무척 아름답고 깨끗했다. 그런 것들을 보며 윈스턴은 주눅이 들었다. 그는 사람의 손때가 묻지 않은 복도 벽을 본 기억이 전혀 없었다.

오브라이언은 손에 든 서류를 열심히 검토하고 있는 것 같았다. 얼굴을 앞으로 깊이 숙여 겨우 콧날만 보이다 보니 선 굵은 그의 얼굴은 강하면서 지적으로 보였다. 한 20초가량 그는 꼼짝도 않고 앉아 있었다. 그러고 나서 구술 기록기를 앞으로 잡아당겨 진리부의 혼성 특수용어로 된 메시지를 힘 있게 말하기 시작했다.

"항목 1 쉼표 5 쉼표 7 완전히 승인 마침표 항목 6을 포함한 제안 극히 불합리 사상죄에 가까움 취소 마침표 기계류 간접비 합산 견적서 입수 실패 건설공사 진행 중단 마침표 메시지 끝."

그는 의자에서 천천히 일어나 소리가 나지 않는 카펫 위를 지나 그들을 향해 다가왔다. 신어로 이야기할 때의 약간 사무적이던 분위기는 다소 누그러진 것 같았지만 방해를 받아 불쾌한 듯 그의 표정은 여느 때보다 더 단호했다. 흔히 겪을 수 있는 난처한 상황에 처하자 윈스턴은 이미 느끼고 있던 공포가 갑자기 자신의 온몸을 관통하는 것 같았다. 어리석은 실수를 한 것

---

* 비바람으로부터 집을 보호하기 위해 집 안팎 둘레에 벽을 덧쌓는 부분이다.

만 같았다.

실제로 오브라이언을 정치적 음모 가담자라고 생각할 만한 무슨 증거가 있었단 말인가? 단지 한 번 시선을 마주쳤고 한 차례 애매한 말을 들은 것밖에 없었다. 그런 것을 제외하면 꿈을 근거로 한 자신만의 은밀한 상상일 뿐이었다. 줄리아가 여기에 나타난 것을 설명하기가 불가능했기 때문에 이제는 사전을 빌리러 왔다는 핑계를 대며 물러날 수도 없었다. 오브라이언은 텔레스크린 앞을 지나다가 무슨 생각이 떠오른 듯했다. 그가 멈춰 서서 옆으로 돌아서더니 벽에 있는 스위치를 눌렀다. 딸깍 하는 날카로운 소리가 났다. 그리고 텔레스크린에서 나오던 목소리가 그쳤다.

줄리아는 깜짝 놀라서 꽥 하고 작게 소리를 질렀다. 공포에 질려 있던 윈스턴마저도 너무 깜짝 놀라 잠자코 있을 수가 없었다.

"당신은 저걸 끌 수 있군요!"

윈스턴이 말했다.

"그래요. 우리는 텔레스크린을 끌 수 있소. 그 정도 특권은 가지고 있지요."

오브라이언이 말했다.

그는 이제 윈스턴과 줄리아의 맞은편에 서 있었다. 그의 단단한 체구가 두 사람 앞에 버티고 서 있는데도 여전히 그의 표정을 읽을 수가 없었다. 그는 약간 험악한 표정을 지은 채 윈스턴이 먼저 말을 꺼내기를 기다리고 있었지만 대체 무슨 말을 한단 말인가? 아직도 윈스턴의 눈에는 오브라이언이 왜 자신을 방해했는지 이상하게 여기며 신경질을 내고 있는 그저 바쁜 사람으로밖에 보이지 않았다. 아무도 말을 하지 않았다. 텔레스크린이 꺼진 뒤 방 안은 쥐죽은 듯 조용했다. 몇 초밖에 지나지 않았는데도 굉장히 오래된 것 같았다. 윈스턴은 간신히 오브라이언의 얼굴만 쳐다보고 있었다. 그때 갑자기 오브라이언의 험악한 얼굴이 미소를 지으려고 하는 것처럼 약간 일그러졌다. 그가 특유의 몸짓으로 콧등에 걸쳐 있는 안경을 고쳐 썼다.

"내가 먼저 말할까요, 아니면 당신이 먼저 말하겠소?"

그가 물었다.

"제가 먼저 말씀드리겠습니다."

윈스턴이 재빨리 대답했다.

"그런데 저건 정말 꺼졌나요?"

"그래요. 완전히 꺼졌어요. 이제 우리뿐이오."

"저희가 여기 온 이유는……."

윈스턴은 비로소 자신의 방문 동기가 모호하다는 것을 깨닫고 멈칫했다. 사실 그는 자신이 오브라이언에게 어떤 도움을 기대해야 할지 몰랐기 때문에 여기를 찾아온 이유를 말하기가 쉽지 않았다. 그는 자신이 하는 이야기가 허술하고 가식적으로 들릴 게 틀림없다고 생각하면서 말을 계속했다.

"저희는 당에 맞서는 모종의 음모와 비밀 단체가 있다고 믿습니다. 게다가 당신도 그 단체에 연루되어 있고요. 저희도 거기에 가담해서 일하고 싶습니다. 저희는 당의 적입니다. '영사'의 강령을 믿지 않습니다. 사상범입니다. 게다가 간통도 했습니다. 제 운명을 당신에게 맡기고 싶기 때문에 이런 말을 하는 겁니다. 만약 당신이 저희에게 뭔가 다른 방식으로 죄를 범하라고 한다면 저흰 준비가 되어 있습니다."

윈스턴은 문이 열린 것 같은 느낌이 들어서 하던 말을 멈추고 어깨 너머로 흘긋 쳐다보았다. 아니나 다를까, 그 몸집이 작고 얼굴이 누런 하인이 노크도 없이 들어와 있었다. 윈스턴은 그가 와인을 따라 놓은 디캔터와 유리잔이 담긴 쟁반을 들고 있는 것을 보았다.

"마틴은 우리 편이오."

오브라이언이 태연하게 말했다.

"마틴, 마실 것을 이리로 가져와 원형 탁자에 놓게. 의자는 충분히 있나? 우리 앉아서 편안히 얘기합시다. 마틴, 어서 자네가 앉을 의자도 가져오게. 이건 사업이네. 이제부터 약 10분 동안은 자네도 하인이 아닐세."

체구가 작은 마틴도 편안한 자세로 앉았지만 그는 여전히 하인다운 태도를 지니고 있었다. 특권을 즐기는 시종의 태도였다. 윈스턴은 곁눈질로 그를 쳐다보았다. 윈스턴은 그 사람이 평생

토록 한 가지 역할만 해 왔으니 잠시라도 자신의 가면이 벗겨지면 위험하다고 느낄 거라는 생각이 들었다. 오브라이언이 디캔터의 좁고 기다란 목 부분을 집어 유리잔 가득 검붉은 와인을 따랐다. 그 모습을 보고 윈스턴은 오래전에 벽이나 광고판에서 네온사인으로 만들어진 커다란 병이 위아래로 움직이며 안에 든 것을 잔에 따르는 것을 본 것 같은 기억을 어렴풋이 떠올렸다. 위쪽에서 보면 와인은 거의 검정색이었지만, 디캔터 안에 있을 때는 루비처럼 빛났다. 시큼하면서도 달콤한 냄새가 났다. 그는 줄리아가 노골적으로 호기심을 보이며 잔을 들고 냄새를 맡는 모습을 바라봤다.

"와인이라고 하는 거죠."

오브라이언이 엷은 미소를 지으며 말했다.

"물론 책에서 읽어 봤겠지요. 안타깝지만 아마도 일반 당원은 구하기 힘들 거요."

그는 다시 근엄한 표정을 짓더니 잔을 높이 쳐들었다.

"건강을 위한 건배로 시작하는 게 당연할 것 같군요. 우리의 지도자, 임마누엘 골드스타인을 위하여!"

윈스턴은 약간 열정적으로 잔을 들었다. 와인은 책에서 읽고 꿈만 꿔 왔던 것이었다. 유리 문진이나 채링터 씨가 반 정도만 알고 있는 동요처럼 와인도 그가 은밀히 속으로 부르길 좋아하는, 옛날에 사라진 낭만적인 과거의 유물이었다. 무슨 이유에서

인지 그는 와인은 블랙베리 잼처럼 굉장히 달콤하면서도 마시면 금세 취하는 술이라고 늘 생각했다. 그런데 마셔 보니 실제로는 정말 실망스러웠다. 실은 몇 년 동안 진만 마신 터라 와인을 제대로 맛볼 줄 몰랐던 것이었다. 그는 빈 잔을 내려놓았다.

"그럼 골드스타인이라는 사람이 실제로 있습니까?"

윈스턴이 물었다.

"물론이오. 그런 사람이 있소. 그것도 살아 있지요. 어디에 있는지는 모르오만."

"그럼 음모는요? 조직은요? 실제로 존재하는 것입니까? 단순히 사상경찰이 꾸며 낸 게 아니란 말입니까?"

"그렇소. 실제로 있소. 우리는 그걸 '형제단'이라고 부릅니다. 그런데 당신은 형제단이 존재하며, 당신이 거기에 속해 있다는 것 외에는 더 아는 게 아무것도 없을 거요. 이 얘기는 나중에 다시 하기로 합시다."

오브라이언은 손목시계를 들여다보았다.

"아무리 핵심 당원이라고 해도 30분 이상 텔레스크린을 꺼 두는 건 현명한 일이 아니오. 그리고 이곳에 올 때 둘이 함께 오지 말았어야 했소. 돌아갈 때는 각자 따로 가야만 할 것이오. 동지가……."

그가 줄리아에게 고개를 끄덕이며 말했다.

"먼저 떠나시오. 하지만 당장 떠나라는 건 아니오. 아직 20분 정도는 여유가 있소. 우선 당신들에게 몇 가지를 질문을 해야 하오. 이해해 줄 것으로 생각하오. 일반적으로 당신들은 뭘 할 각오가 되어 있소?"

"저희가 할 수 있는 건 뭐든 다 하겠습니다."

윈스턴이 대답했다.

오브라이언은 윈스턴과 마주 볼 수 있도록 의자에 앉은 채 몸을 약간 돌렸다. 그는 윈스턴이 줄리아 대신 말을 하는 게 당연하다는 듯이 그녀를 거의 본체만체했다. 오브라이언은 잠시 눈을 감았다가 떴다. 그는 마치 일종의 교리문답서처럼 일정한 틀이 있는 것이라 이미 대부분의 대답을 알고 있다는 듯이 낮고 침착한 목소리로 질문을 하기 시작했다.

"목숨을 바칠 각오가 돼 있소?"

"네."

"살인을 할 각오도 돼 있는 거요?"

"네."

"수백 명의 무고한 사람들을 죽음으로 몰고 갈 파괴 공작도 할 각오가 돼 있소?"

"네."

"조국을 외국에 팔아넘길 수 있겠소?"

"네."

"당신은 사기와 위조, 협박을 자행할 뿐 아니라 어린이들의

268

정신을 타락시키고 습관성 약품을 유통시키며, 또한 매춘을 권장하고 성병을 퍼뜨리는 등 당의 권력의 약화와 혼란을 야기할 수 있는 행위는 무엇이든지 다 할 준비가 되어 있소?"

"네."

"어린아이들 얼굴에 황산을 뿌리는 행위가 어떻게든 우리에게 이익을 줄 수 있다면 그렇게 할 각오가 되어 있소?"

"네."

"현재 당신의 신분을 모두 포기하고 종업원이나 부두 노동자로 여생을 보낼 각오도 되어 있소?"

"네."

"당신에게 자살하라고 명령한다면 기꺼이 그 명령에 따를 수 있겠소?"

"네."

"당신들 두 사람이 헤어져서 다시는 서로 못 만나게 되더라도 괜찮겠소?"

"아니오!"

줄리아가 갑자기 끼어들었다.

윈스턴은 대답하기까지 꽤 오랜 시간이 흐른 것처럼 느꼈다. 잠시 말할 기운마저 없어진 것 같았다. 말이 입안에서만 맴돌 뿐 아무리 혀를 움직여도 소리가 입 밖으로 나오지 않았다. 입 밖으로 말이 나올 때까지도 그는 자기가 뭐라고 말을 하려고 하는지 알지 못했다.

"아닙니다."

마침내 그가 대답했다.

"잘 말해 주었소. 우리는 모든 걸 다 알아야 하오."

오브라이언이 말했다.

오브라이언은 줄리아 쪽으로 돌아앉아 목소리에 뭔가 감정을 더 실어서 질문을 더 했다.

"당신은 윈스턴 씨가 살아남는다 하더라도 완전히 다른 사람이 될 수도 있다는 걸 받아들일 수 있소? 윈스턴 씨를 전혀 다른 사람으로 만들어야 할지도 모르는 일이오. 윈스턴 씨의 얼굴과 행동, 손 모양과 머리 색깔, 심지어 목소리까지 달라질 거요. 그리고 당신 자신도 전혀 다른 사람이 될지도 모르오. 우리 측 외과 의사들은 누군지 알아볼 수 없을 정도로 사람 모습을 바꾸어 놓을 수 있소. 때로는 이런 일이 필요하오. 가끔 멀쩡한 팔다리를 절단하기도 하오."

윈스턴은 자기도 모르게 몽골족처럼 생긴 마틴의 얼굴을 곁눈질로 훔쳐봤다. 흉터 자국은 전혀 보이지 않았다. 줄리아는 주근깨가 더 도드라져 보일 정도로 새파랗게 질렸지만 오브라이언을 대담하게 마주보고 있었다. 그녀는 동의하는 것 같은 말을 중얼거렸다.

"좋소. 그럼 이로써 모든 게 결정됐소."

탁자 위에는 은으로 된 담배 상자가 놓여 있었다. 오브라이언은 다소 멍한 표정으로 담배 상자를 그들 쪽으로 밀어주고 나서 자신도 한 개비를 꺼내 물고는 서 있어야 생각이 잘 난다는 듯이 자리에서 일어나 천천히 왔다 갔다 하기 시작했다. 그 담배는 속이 꽉 차고 두툼한 데다 흔치 않은 부드러운 종이로 만든 고급품이었다. 오브라이언은 다시 손목시계를 들여다보았다.

"마틴, 이제 주방 창고로 가 보는 게 좋겠네. 15분 후에 스위치를 켤 테니 나가기 전에 이 동지들 얼굴을 잘 익혀 두게. 나는 이들을 못 보게 될지도 모르겠네만 자네는 다시 보게 될 걸세."

오브라이언이 말했다.

현관에서 그랬던 것과 마찬가지로 마틴이 까만 눈을 깜박거리며 윈스턴과 줄리아의 얼굴을 살폈다. 그의 태도에서는 친근감이 조금도 느껴지지 않았다. 그는 그들의 외모만 기억해 둘 뿐, 그들에게 그 어떤 관심도 없으며 아무 감정도 없는 것 같았다. 윈스턴은 성형수술을 한 얼굴이라서 아마도 표정을 바꿀 수 없는 것 같다고 생각했다. 마틴은 한마디 말이나 인사도 없이 조용히 문을 닫고 나갔다. 오브라이언은 한 손은 검은 제복의 주머니에 넣고 다른 한 손에는 담배를 든 채 왔다 갔다 하고 있었다.

"당신들은 암흑 속에서 투쟁하게 된다는 점을 명심하시오."

마침내 그가 말문을 열었다.

"언제나 암흑 속에만 있게 될 거요. 당신들은 지령을 받게 될 것이며, 이유도 모른 채 그 명령에 복종하게 될 것이오. 나중에, 우리가 살고 있는 사회의 실체와 사회를 전복시킬 전략에 대해 가르쳐 줄 책을 한 권 보내 주겠소. 그 책을 읽은 후에야 당신들은 비로소 형제단의 정식 단원이 될 것이오. 그러나 우리가 투쟁하는 전반적인 목적과 그 순간 당면한 긴급한 임무 사이에서 당신들은 아무것도 알 수 없을 것이오. 내가 당신들에게 형제단이 존재한다고 말은 했지만 단원 수가 백 명인지, 천만 명인지는 말해 줄 수 없소. 당신들이 개인적으로 알아본다고 해도 아마 열두 명도 안 될 거요.

당신들은 서너 명과 접촉을 하게 될 텐데 이따금씩 그들이 사라지면서 새로운 사람들로 바뀌게 될 것이오. 이번이 당신들 첫 접촉이니 잘 기억해 두시오. 당신들이 앞으로 받게 될 지령은 내가 내리는 것이오. 만약 당신들과 연락을 주고받을 일이 생기면 마틴을 통하게 될 것이오. 당신들이 결국에 체포되면 자백하게 될 것이오. 그것은 피할 수 없는 일이오. 하지만 자백할 것이라곤 당신들이 한 활동 외에 다른 것은 거의 없을 것이오. 동지들을 팔아넘겨 봤자 피라미들 이름 몇밖에 대지 못할 테니까. 아마 나를 팔아넘길 수도 없을 것이오. 그때 나는 죽었거나 완전히 다른 얼굴을 한 딴 사람이 되어 있을지도 모르오."

그는 부드러운 카펫 위를 계속 왔다 갔다 했다. 체구가 큰 데도 그의 움직임은 깜짝 놀랄 정도로 우아했다. 주머니에 손을 넣고 담배를 피우는 자세에서도 우아함이 배어 나왔다. 또한 그는 강인해 보인다기보다는 역설적으로 신뢰감과 이해심이 많아 보였다. 광신자들한테 보이는 외곬의 모습은 아무데도 없는 것 같았다.

그는 살인이나, 자살, 성병, 팔다리 절단, 얼굴 성형 같은 말을 하면서도 얼핏 조롱하는 듯한 분위기를 풍겼다. 그가 "그것은 피할 수 없는 일이오"라고 말했을 때, 그의 목소리는 다음과 같이 말하는 것 같았다. "이건 굴하지 말고 우리가 꼭 해야만 하는 일이오. 하지만 인생이 다시 살 만해지면 우리가 할 필요가 없는 일이오." 윈스턴은 오브라이언을 향한 숭배에 가까운 존경심이 물밀 듯 밀려 들어오는 것을 느꼈다. 그는 잠시 어슴푸레한 골드스타인의 모습을 잊고 있었다. 오브라이언의 건장한 어깨와 못생겼지만 상당히 교양 있어 보이는, 무뚝뚝한 얼굴을 보면 그에게 패배란 있을 수 없다는 생각이 들었다. 그가 감당할 수 없는 전략이나 예견할 수 없는 위험은 없어 보였다. 심지어는 줄리아도 그에게 감명을 받은 모양이었다. 그녀는 담뱃불이 꺼지게 놔 둔 채 골똘히 귀를 기울이고 있었다. 오브라이언이 계속 말했다.

"당신들은 형제단이 있다는 소문을 들었을 거요. 아마 형제단에 대해서 나름대로 상상을 해 봤겠지요. 어쩌면 음모론자들의 거대한 지하조직이 지하실에서 비밀리에 모임을 가지며 벽에다 메시지를 휘갈겨 쓰고 암호나 특수한 수신호로 서로를 알아보리라고 상상했을 거요. 하지만 그런 건 존재하지 않소. 형제단의 단원들은 서로 알아보는 방법도 없고 단원 몇 명 외에는 서로의 신분을 알아내는 것도 불가능하오. 설령 골드스타인 자신이 사상경찰에 체포된다 해도 전체 단원의 명단이나 그런 명단을 입수할 수 있는 정보도 넘겨줄 수 없소. 그런 명단이 아예 없소. 그리고 형제단이란 일반적인 의미의 조직이 아니기 때문에 완전히 소탕할 수도 없소.

조직은 와해되지 않는다는 신념이 조직을 단단히 결속시킬 수 있는 것이오. 당신들을 지탱해 줄 것은 그 신념뿐이오. 동지의식을 갖는다거나 격려를 받는 일도 없을 것이오. 마침내 당신들이 체포된다고 해도 아무 도움도 받을 수 없을 거요. 우리는 단원을 절대로 돕지 않소. 기껏해야 확실히 입을 다물게 해야 할 필요가 있는 단원의 감방에 면도날을 몰래 넣어 주는 것이 다요. 당신들은 보람이나 희망 없이 사는 데 익숙해질 거요. 얼마 동안 활동하다가 체포될 테고, 자백을 하고 난 다음에 죽게 될 거요. 그것이 당신들이 보게 될 유일한 성과요. 우리가 살아 있는 동안에는 인지할 수 있는 변화가 일어날 가망성은 없소. 우리는 죽은 목숨이오. 우리의 진정한 삶은 오직 미래에 있소. 우리는 한 줌의 먼지와 몇 조각의 뼈가 되어 미래에 동참하게 될 거요. 그러나 그 미래가 얼마나 멀리 있는지는 알 길이 없소. 천년이 걸릴지도 모르오. 현재 우리가 할 수 있는 일은 점점 온전한 정신의 영역을 넓혀 가는 것뿐이오. 우리는 집단행동을 할 수 없소. 우리는 오직 우리의 지식을 개인에서 개인으로, 한 세대에서 다음 세대로 전해 줄 수 있을 뿐이오. 사상경찰과 마주하고 있는 이상 다른 방법은 없소."

그는 멈춰 서서 세 번째로 손목시계를 들여다보았다.

"동지, 떠나야 할 시간이 거의 다 됐소."

그가 줄리아에게 말했다.

"잠깐, 디캔터에 술이 아직 반이나 남았군요."

그는 잔에 술을 채우고 나서 자기 잔을 들었다.

"이번에는 무엇을 위해 건배할까요?"

그는 여전히 비꼬는 투로 말했다.

"사상경찰이 혼란에 빠지길? 빅브라더의 죽음을 위해서? 인류를 위해서? 미래를 위해서?"

"과거를 위해서요."

윈스턴이 말했다.

"과거가 더 중요하지요."

오브라이언이 정색을 하며 동의했다.

그들은 일제히 잔을 비웠다. 잠시 후에 줄리아가 가려고 일어섰다. 그러자 오브라이언이 캐비닛 위에서 조그만 상자를 꺼내더니 납작하고 흰 알약을 그녀에게 주면서 혀 위에 올려놓으라고 했다. 그는 와인 냄새가 밖으로 새 나가지 않는 것이 중요하다고 말했다. 엘리베이터 안내원은 관찰력이 아주 뛰어나다고 했다. 그녀가 나가고 문이 닫히자마자 그는 그녀의 존재를 잊은 듯이 보였다. 그는 한두 걸음을 옮기고 나서 멈춰 섰다.

"은신처 같은 곳이 있을 것 같은데, 그곳에 대한 정보를 알려 주겠소?"

그가 물었다.

윈스턴은 채링턴 씨의 상점 위층 방에 대해 설명했다.

"당분간은 그곳이면 될 것이오. 나중에 다른 장소를 마련해 주겠소. 은신처를 자주 바꾸는 것이 중요하오. 그동안에 '그 책'을 보내 주겠소."

윈스턴은 오브라이언마저도 '그 책'이란 단어가 이탤릭체로 쓰여 있는 것처럼 한 음절, 한 음절 힘주어 발음하고 있다는 것을 알아챘다.

"당신도 눈치챘겠지만 골드스타인이 쓴 책을 말하는 거요. 되도록 빨리 보내 주겠소. 하지만 그 책을 구하려면 며칠은 걸릴 거요. 당신도 짐작할 수 있듯이 그 책은 많지 않소. 책을 찍어 내기가 무섭게 사상경찰이 샅샅이 찾아내서 파기해 버리니까 말이오. 그렇다고 해도 별 차이는 없소. 그 책은 쉽게 없어지지 않는단 말이오. 마지막 한 권까지 없애 버려도 우리는 거의 한 글자도 빠뜨리지 않고 그 책을 다시 발간해 낼 수 있소. 그런데 당신은 출근할 때 가방을 가지고 다니나요?"

그가 덧붙였다.

"네. 별일 없으면요."

"어떻게 생겼소?"

"검은색이고 아주 낡았습니다. 끈이 두 개 달려 있습니다."

"검은색에 낡았고 끈이 두 개 달린 가방이라……. 좋소. 어느 날, 정확한 날짜는 얘기해 줄 수 없지만 아주 가까운 시일 내에 메시지를 받게 될 거요. 당신이 오전 중에 처리해야 할 메시지 가운데 오자가 하나 있을 텐데, 그러면 당신은 그 문서를 다시 보내 달라고 요청하는 거요. 그 이튿날엔 가방을 들지 말고 출근하시오. 그날 중에 거리에서 한 남자가 당신 팔을 툭 치면서 '가방을 떨어뜨리신 것 같은데요' 하고 말을 걸 거요. 그가 당신에게 건넨 가방 안에 골드스타인의 책이 들어 있을 거요. 그 책은 14일 안에 돌려줘야 하오."

잠시 침묵이 흘렀다.

"당신이 떠날 시간이 2분 정도 남았군요. 또 봅시다. 정말로 다시 만난다면 말이오."

오브라이언이 말했다.

윈스턴이 오브라이언을 올려다봤다.

"어둠이 없는 곳에서 말인가요?"

윈스턴이 머뭇거리며 물었다.

오브라이언은 놀라는 기색도 없이 고개를 끄덕였다.

"어둠이 없는 곳에서."

그는 그 말이 암시하는 것을 알고 있다는 듯이 말했다.

"그런데 가기 전에 하고 싶은 말은 없소? 전할 말이나 질문이라도?"

윈스턴은 곰곰이 생각했다. 더 이상 물어보고 싶은 말은 없는 것 같았다. 더더군다나 거창한 일반론은 입 밖에 꺼내고 싶지도 않았다. 오브라이언이나 형제단과 직접적으로 관련된 것 대신에 그의 어머니가 마지막 날까지 지냈던 어두운 침실과 채링턴 씨 상점 위의 작은 방, 유리 문진, 그리고 자단 액자에 들어 있는 판화의 합성 사진이 그의 머릿속에 떠올랐다. 그는 아무 말이나 했다.

"'오렌지와 레몬이여, 세인트 클레멘트의 종이 말하네'라는 구절로 시작하는 동요를 들어 본 적이 있습니까?"

오브라이언이 다시 고개를 끄덕였다. 그는 진지하게 그 노래 가사를 끝까지 암송했다.

오렌지와 레몬이여, 세인트 클레멘트의 종이 말하네

그대는 내게 3파딩의 빚을 졌지

세인트 마틴스의 종이 말하네
그대는 언제 빚을 갚으려나?
올드 베일리의 종이 말하네
부자가 되면 갚아야지
쇼어디치의 종이 말하네

"마지막 구절까지 아시는군요!"
윈스턴이 말했다.
"그렇소. 마지막 구절까지 다 알고 있소. 그런데 이제는 당신
이 떠날 시간이 된 것 같군요. 잠깐, 기다리시오. 당신도 이 알
약을 먹고 가는 게 좋을 것 같소."
윈스턴이 자리에서 일어서자 오브라이언이 손을 내밀었다.
그의 악수하는 힘이 어찌나 센지 윈스턴은 손뼈가 으스러지는
줄 알았다. 윈스턴은 문간에서 뒤를 돌아보았다. 그런데 오브라
이언은 벌써 그를 잊어버린 듯한 표정을 짓고 있었다. 그는 텔
레스크린을 조종하는 스위치에 손을 얹고 기다리고 있었다. 오
브라이언 너머로 초록색 갓이 달린 램프와 구술 기록기 그리고
서류가 잔뜩 든 철망으로 된 바구니가 놓인 책상이 보였다. 이
사건은 이렇게 끝이 났다. 30초 안에 오브라이언은 당을 대신
하여 처리하다 만 중요한 일로 돌아갈 것이었다.

9

윈스턴은 피곤해서 흐물흐물한 젤리가 된 것 같았다. 젤리가 딱 맞는 말이었다. 저절로 그 말이 머릿속에 떠올랐다. 그의 몸은 젤리처럼 흐물흐물할 뿐 아니라 반투명 상태였다. 손을 들어 햇빛에 비춰 보면 빛이 통과하는 게 보일 것만 같았다. 어찌나 많은 일에 혹사당했는지 신경과 뼈, 피부만 남긴 채 피와 혈청이 몸속에서 다 빠져나가 버린 것만 같았다. 감각도 지나치게 예민해진 것 같았다. 제복이 어깨를 파고드는 것 같았고, 길바닥에 닿을 때마다 발도 간지러웠다. 심지어 손을 쥐었다 폈다 하는 것도 손가락 마디가 삐걱거릴 정도로 힘이 들었다.

그는 닷새 동안 90시간 이상 일했다. 진리부 안의 다른 사람들도 마찬가지였다. 이제 모든 일이 다 끝나, 그야말로 내일 아침까지는 할 일도, 당의 작업 지시서도 아무것도 없었다. 그는 이제 은신처에서 6시간을, 나머지 9시간은 자기 집 침대에서 시간을 보낼 수 있었다. 윈스턴은 오후의 온화한 햇빛을 받으며 한 쪽 눈으로는 경찰이 있는지 주시하면서 채링턴 씨의 상점을 향해 지저분한 거리를 천천히 걸어 올라갔다. 하지만 그날 오후에는 누가 나타나 그를 방해할 위험이 확실히 없을 거라고 말도 안 되는 생각을 했다. 손에 들고 있는 묵직한 가방이 걸음을 옮길 때마다 무릎에 부딪쳐 다리가 위아래로 욱신거렸다. 가방 안에는 '그 책'이 들어 있었다. 책을 받은 지 벌써 엿새가 되었지만, 읽기는커녕 아직 펴 보지도 못했다.

증오 주간의 엿새째가 되는 날이었다. 행진과 연설, 함성, 합창, 깃발, 포스터, 영화, 밀랍 인형, 북이 울리는 소리와 트럼펫의 째지는 소리, 행군의 발소리, 탱크 바퀴가 구르는 소리, 대규모 전투기의 굉음, 고막을 울리는 총소리 등이 엿새 동안 계속되자 사람들의 흥분은 절정에 달했고 유라시아에 대한 증오심은 광분 상태로 끓어올랐다. 행사 마지막 날에 공개적으로 교수형에 처하기로 되어 있는 이천 명의 유라시아 전쟁 포로들이 사람들 손에 잡히기라도 하면 갈기갈기 찢겨 죽을 것만 같았다. 그런데 바로 그 순간, 오세아니아는 유라시아와 더 이상 전쟁을 하지 않는다는 성명이 발표되었다. 오세아니아는 동아시아와 전쟁 중이었으며 유라시아는 동맹국이었다.

물론 어떤 변화가 일어났다고 인정하는 말은 없었다. 그저 적은 유라시아가 아니라 동아시아라는 것이 전격적으로 사방에 알려졌을 뿐이었다. 그 성명이 발표될 때 윈스턴은 런던 중심부에 있는 광장에서 시위에 참가하고 있었다. 그때는 밤이라 사람들의 흰 얼굴과 주홍색 깃발이 불빛에 비쳐 번쩍이고 있었다. 광장은 스파이단 제복을 입은 1,000명가량의 어린 학생들 무리를 포함하여 수천 명의 인파로 가득 차 있었다. 진홍색 휘장이 드리워진 연단 위에는 팔이 유난히 길고 넓은 대머리에 머리카락 몇 가닥이 제멋대로 덮여 있고 몸집이 작고 마른 남자 핵심 당원이 연사로 나서 군중을 향해 열변을 토하고 있었다. 룸펠슈틸스킨*처럼 작은 그 핵심 당원은 증오심으로 얼굴을 일그러뜨린 채 한 손으로는 마이크를 움켜잡고 뼈만 앙상한 팔 끝에 달린 커다란 다른 한 손은 머리 위로 쳐들고 허공을 할퀴어 댔다. 앰프를 거치며 쇳소리가 더해진 목소리가 쩌렁쩌렁 울려 퍼졌다. 그는 잔혹 행위, 대량 학살, 강제 추방, 약탈, 강간, 포로 고문, 양민 폭격, 흑색선전, 불법 침략, 조약 위반 같은 일련의 항목을 끝도 없이 열거했다. 그의 연설에 귀 기울이던 군중들은 누구나 처음에는 확신을 갖게 되었고 그다음에는 분노에 치를 떨게 되었다.

군중의 분노가 들끓는 순간마다 확성기에서 나오는 연사의 목소리는 수천 명의 목구멍에서 걷잡을 수 없이 터져 나오는, 맹수처럼 으르렁 거리는 함성에 묻혀 버리곤 했다. 무엇보다 가장 야만적인 함성은 어린 학생들에게서 터져 나왔다. 20분 정도 연설이 진행되었을 때였다. 전령이 급히 연단으로 올라가 연사의 손에 종이쪽지를 건네주었다. 그는 한 치의 머뭇거림도 없이 연설을 계속 하면서 그 종이쪽지를 펴서 읽었다.

갑자기 명칭만 달라졌을 뿐 그의 음성이나 태도, 연설 내용

---

* 공주 대신 아마를 짜 주고 자신의 이름을 알아맞히지 못하면 아이를 뺏어가겠다고 협박한 독일 민화에 나오는 난쟁이다.

에 이르기까지 아무것도 달라진 게 없었다. 한마디 말도 없이 암묵적인 합의의 물결이 군중 사이에서 파문처럼 번졌다. 오세아니아가 동아시아와 전쟁 중이다! 다음 순간 엄청난 소동이 일었다. 광장에 걸려 있는 깃발과 포스터의 내용이 모두 잘못됐다! 포스터에 그려진 얼굴들 절반 이상이 잘못되었다! 이것은 파괴 공작이다! 골드스타인의 첩자들이 활동을 하고 있다! 여기저기에서 소란을 피우는 사이사이, 사람들이 벽에서 포스터를 뜯어내고 깃발을 갈기갈기 찢어 발로 짓밟았다. 스파이 단원들이 신기에 가까운 동작으로 지붕 꼭대기로 올라가더니 굴뚝에 매달려 나부끼는 현수막을 잘라 버렸다. 하지만 2~3분도 안 되어 모든 소란은 끝이 났다. 연사는 여전히 어깨를 앞으로 구부린 채 한 손으로는 마이크를 움켜잡고 다른 한 손으로는 허공을 할퀴면서 연설을 계속해 나갔다. 1분쯤 지나자 다시금 분노로 가득한 야성의 함성이 군중 사이에서 터져 나왔다. 증오 주간의 행사는 증오의 전과 똑같이 계속되었다. 다만 공격 대상이 바뀌었을 뿐이었다.

돌이켜 보았을 때 윈스턴에게 인상 깊었던 것은 연사가 연설 도중에 잠시도 머뭇거리지 않았을 뿐만 아니라 구문 하나도 틀리지 않고, 그것도 한 문장 안에서, 한 주제에서 다른 주제로 자연스럽게 바꾸었다는 점이었다. 그러나 그 순간 다른 일이 그를 사로잡았다. 사람들이 포스터를 뜯어내는 등 한창 어수선하던 때에, 한 번도 본 적이 없는 낯선 남자가 어깨를 툭 치며 말을 걸었다. 그는 "실례합니다. 당신 가방이 떨어진 것 같은데요"라고 말했다. 윈스턴은 아무 말도 없이 멍하니 가방을 받아 들었다. 그는 당분간 가방 속을 들여다볼 기회가 없으리라는 것을 알았다. 23시가 거의 다 되었지만 군중 시위가 끝나자마자 그는 곧장 진리부로 향했다. 진리부 직원들 모두가 똑같았다. 이미 텔레스크린에서 모두 자기 일터로 돌아가라는 지시 사항을 방송했지만 굳이 그럴 필요도 없었다.

　오세아니아는 동아시아와 전쟁 중이었다. 오세아니아는 늘 동아시아와 싸웠다. 지난 5년 동안에 나온 정치 문헌이 이제는 더 이상 쓸모없게 되어 버렸다. 온갖 종류의 보고서와 기록, 신문, 서적, 팸플릿, 영화, 녹음테이프, 사진 등 모든 것이 전광석화처럼 수정되어야만 했다. 공식적인 지시가 내려오지는 않았지만 유라시아와 전쟁 중이며 동아시아와 동맹을 맺었다는 모든 기록을 일주일 이내로 완전히 없애려는 각 국장들의 의도를 다들 알고 있었다. 처리 과정에서 진짜 명칭을 부를 수 없기 때문에 더더욱 이와 관련된 작업은 대응하기 어려웠다. 기록국의 직원들은 모두 24시간 가운데 18시간 동안 일을 하고 2~3시간은 쪽잠을 잤다. 그들은 지하실에서 매트리스를 가져와 복도 곳곳에 깔았다. 그리고 구내식당에서 일하는 사람들이 손수레로 싣고 온 샌드위치와 승리 커피로 끼니를 때웠다. 윈스턴은 잠깐 눈을 붙이러 갈 때마다 책상 위에 쌓인 일거리를 다 처리하려고 했다. 그러나 잘 떠지지 않는 따가운 눈으로 기다시피 자리로 돌아가 보면 매번 서류 뭉치가 마구 쏟아져 눈 더미처럼 책상 위에 쌓여 구술 기록기를 반쯤 가리다 못해 바닥에까지 떨어져 있었다. 그래서 그는 책상으로 돌아오면 언제나 서류 뭉치를 깔끔하게 쌓아서 작업할 수 있을 만큼의 공간을 마련했다. 이 작업에서 가장 힘든 부분은 결코 기계적으로 처리할 단순 작업이 아니라는 점이었다. 어떤 것은 단지 이름만 바꿔 놓으면 그만이었지만, 사건에 대한 세부적인 보고서는 세심한 주의와 상상력을 동원해야 했다. 게다가 전쟁 지역을 지구의 한쪽에서 다른 쪽으로 옮기는 작업을 할 때는 상당한 지리학적 지식을 갖춰야만 했다.

사흘째가 되자 눈이 참을 수 없이 아팠고 2~3분마다 한 번씩 안경을 닦아야 했다. 육체에 치명적인 영향을 미칠 수 있는 임무를 두고 거부권이 있으면서도 끝까지 성취하려는 신경증적인 열망으로 몸부림을 치고 있는 것 같았다. 구술 기록기에 대고 중얼거린 모든 말과 만년필로 쓴 모든 글이 모두 고의적인 거짓말이란 사실을 기억할 시간은 있었지만 마음이 괴로울 정도는 아니었다. 그 역시 기록국에 근무하는 다른 사람들이 간절히 바라는 것만큼이나 위조가 완벽하기를 바랐다. 엿새째 되는 날 아침에는 서류가 압축 전송관에서 떨어지는 양이 줄어들었다. 전송관에서 30분 동안 아무것도 나오지 않다가 하나가 떨어졌고 그러고 나서는 아무것도 나오지 않았다. 거의 동시에 다른 부서에서도 일이 줄어들었다. 깊고 은밀한 한숨이 진리부 여기저기에서 터져 나왔다. 절대로 언급할 수는 없지만 엄청난 일을 해 낸 것이었다. 이제는 문서상으로 유라시아와 전쟁을 했다는 것을 증명할 수 있는 증거는 없었다. 12시가 되자 진리부 안의 모든 직원들에게 다음 날 아침까지 자유 시간을 준다는 뜻밖의 소식이 전해졌다. 윈스턴은 일할 때는 다리 사이에 끼워 두고 잘 때는 깔고 잤던 '그 책'이 든 가방을 가지고 집으로 돌아왔다. 면도를 하고 나서 물을 받고 욕조에 들어갔다. 윈스턴은 물 온도가 겨우 미지근한 정도였는데도 욕조에서 거의 잠이 들 뻔했다.

그가 채링턴 씨 상점의 위층 방으로 통하는 계단을 올라갈 때 뼈마디에서 우두둑 하고 아주 큰 소리가 났다. 그는 몹시 피곤했지만 더 이상 졸리지는 않았다. 그는 창문을 열고 지저분한 작은 석유난로에 불을 붙이고 나서 커피 끓일 물을 담은 냄비를 난로 위에 올려놓았다. 줄리아가 곧 올 것이었다. 가방 한 켠에는 '그 책'이 있었다. 그는 더러운 안락의자에 앉아서 끈을 풀어 가방을 열었다.

표지에 저자 이름도, 제목도 없는 커다란 검은색 책은 조잡하게 제본되어 있었다. 인쇄 상태도 그리 고르지 않았다. 여러 사람의 손을 거친 것처럼 책장의 가장자리가 닳아 쉽게 부서질 정도였다. 첫 장을 펴자 다음의 제목이 눈에 들어왔다.

과두적 집단 이기주의의 이론과 실제
— 임마누엘 골드스타인 지음

윈스턴은 책을 읽기 시작했다.

1장 무지는 힘
유사 이래, 아니 신석기 시대 말 이후로 이 세상에는 상·중·하라는 세 계급의 사람들이 존재해 왔다. 그들은 여러 가지 방식으로 세분화되었으며 셀 수 없이 많은 다른 이름을 갖게 되었다. 그들은 서로를 대하는 태도뿐 아니라 시대를 거치며 비례수도 달라졌다. 그러나 사회의 본질적인 구조는 절대로 변하지 않았다. 엄청난 격변과 외견상 돌이킬 수 없어 보이는 변화가 일어난 후에도 아무리 멀리 한 쪽이나 그 반대쪽으로 밀어도 마치 언제나 평형 상태로 돌아오는 자이로스코프*처럼 항상 똑같은 사회 양상이 재현되었다.
이들 세 계급의 목표는 그야말로 차이가 너무 컸다.

---

* 항공기나 선박의 평형 상태를 측정하는 데 사용하는 도구다.

윈스턴은 좀 더 편안하고 안전한 곳에서 책 내용을 음미하기 위해 잠시 책 읽기를 멈췄다. 그는 혼자였다. 거기에는 텔레스 크린도, 열쇠 구멍에 귀를 대고 엿듣는 자도 없었으며, 등 뒤를 흘끗 돌아보거나 페이지를 손으로 가리고 싶은 충동도 일지 않았다. 시원한 여름 바람이 그의 빰을 간질였다.

어딘가 멀리서 아이들의 고함 소리가 희미하게 들렸다. 방 안에서는 벌레가 우는 것처럼 째깍거리는 시계의 초침 소리밖에 들리지 않았다. 그는 안락의자에 몸을 좀 더 깊숙이 파묻고 발을 난로 받침대 위에 올려놓았다. 축복받은 순간이자 영원처럼 느껴지는 순간이었다. 책을 끝까지 다 읽고 낱말 하나하나까지 되풀이해서 읽는 사람이 이따금 하는 것처럼 그는 다른 페이지를 펼쳤다. 3장이 나왔다. 그는 그 부분을 읽어 나가기 시작했다.

3장 전쟁은 평화

세계가 세 개의 초대형 국가로 분할되리라는 것은 20세기 중엽 이전에 이미 예견되었으며 실제로 일어날 수 있는 일이었다. 러시아가 유럽을, 미국이 대영제국을 합병함으로써 현재의 3대 초국가 중 유라시아와 오세아니아 두 열강은 이미 실질적으로 존재하게 된 것이었다. 나머지 열강인 동아시아는 10년 동안 치열한 전쟁을 치르고 나서야 별개의 국가로 등장했다. 이들 3대 초국가 간의 국경은 어떤 지역에서는 임의적이며 다른 지역에서는 전쟁의 결과에 따라 변동을 거듭했는데 대체적으로 지리적인 경계를 따르고 있다. 유라시아는 포르투갈에서부터 베링 해협에 이르기까지 유럽 북부 전 지역과 아시아의 광활한 대륙으로 이루어진다. 오세아니아는 아메리카 대륙과 영국 제도를 포함한 대서양의 여러 섬들과 오스트레일리아, 아프리카의 남부 지역을 차지하고 있다. 한편 앞의 두 열강보다 영토가 작고 서부 국경이 불분명한 동아시아는 중국과 그 남쪽의 국가들, 일본 제도, 그리고 넓지만 유동적인 만주와 몽골, 티베트 등으로 이루어져 있다.

지난 25년 동안 이들 세 초국가들은 둘씩 동맹 관계를 맺으면서 나머지 초국가를 상대로 쉴 새 없이 전쟁을 벌여 왔다. 그러나 전쟁은 이제 20세기 초기의 경우처럼 그렇게 필사적이며 상대를 전멸시키는 것이 아니다. 이제는 서로 파괴시킬 수 없으며, 물질적인 대의명분도 없는, 순수한 이데올로기의 차이로 나뉜 것도 아닌, 교전국 간의 제한된 목표를 위한 전쟁이 되어 버렸다. 그렇다고 해서 전쟁의 양상이나 전쟁에 대한 전반적인 태도에 잔인성이 약화됐다거나 신사적인 면이 보였다는 이야기는 아니다. 오히려 그 반대로 전쟁 신경증이 모든 나라에 걸쳐 지속적이고 광범위하게 퍼져 강간, 약탈, 어린이 살육, 전 인구의 노예화로 인한 인구 감축, 포로에 대한 보복으로 끓는 물에 삶아 죽이거나 생매장하는 등의 행위를 통상적인 것으로 여겼다. 특히 적이 아닌 자기편에 의해서 자행되면 공을 세운 것으로 간주되기까지 한다. 그렇지만 실제적인 의미에서 전쟁은 대부분 고도로 훈련된, 극히 소수의 전문가들에 의해 행해지기 때문에 비교적 사상자의 수가 적은 편이다. 전투가 벌어진다고 해도 일반 사람들도 추측할 수 있는 경계가 분명치 않은 국경 지대나 해로의 전략 지점을 지키는 해상 연암 요새 부근에서 벌어진다. 더욱이 문명화된 지역에서 벌어지는 전쟁은 만성적인 소비 물자의 부족을 초래하거나 때로는 이삼십 명 정도의 사상자를 낼지도 모르는 로켓 폭탄의 폭발 사고를 일으키는 데 지나지 않았다. 실제로 전쟁의 성격은 변했다. 좀 더 정확히 말한다면 어떤 전쟁을 벌이게 될지에 대한 이유는 중요도 순위에 따라 바뀌었다. 20세기 초기의 제1차 세계대전에서는 작은 동기에 불과했던 것이 이제는 주요 동기가 되었고 그것을 의식적으로 인정하면서 행동으로 나타나고 있는 것이다.

몇 년마다 한 번씩 전쟁 상대국이 바뀜에도 불구하고 전쟁은 늘 똑같기 때문에 현대 전쟁의 성격을 이해하기 위해서는 전쟁의 성격을 규정짓는 것이 불가능하다는 점을 인식해야 한다. 세 초국가는 설사 두 나라가 동맹 관계를 맺는다고 해도 어느 한 나라를 완전히 정복할 수는 없다. 국력이 서로 엇비

숫한 데다 자연적 방위 조건이 상당히 가공할 만하기 때문이다. 유라시아는 광활한 국토에 의해, 오세아니아는 드넓은 대서양과 태평양에 의해, 동아시아는 수많은 근면한 국민들에 의해 보호를 받고 있다. 두 번째로 이제 더 이상 싸워야 할 물질적인 의미가 없다. 자립 경제 체제가 확립되면서 생산과 소비가 서로 조화를 이루어 이전 전쟁의 주요 원인이었던 시장 확보를 위한 쟁탈전은 이제 끝난 상태이고 원자재 획득을 위한 경쟁도 더 이상 생사를 건 문제는 아니다. 더욱이 세 초국가들은 영토가 굉장히 넓어 자국의 영토 내에서 필요한 거의 모든 물자를 구할 수 있다.

전쟁의 직접적인 경제적 목적은 노동력 확보다. 이 세 초국가의 국경 사이에는 영원히 어느 나라도 차지하지 못하는 탕헤르,* 브라자빌,** 다윈,*** 홍콩 등을 연결하는 사각형 모양의 완충 지대가 형성되어 있는데, 세계 인구의 5분의 1이 이곳에 거주하고 있다. 결국 3대 초국가가 끊임없이 싸우는 것은 이 인구 밀집 지역과 북쪽의 빙산 지대를 장악하기 위해서다. 아직까지 이 분쟁 지역 전체를 어느 한 나라가 실제로 장악한 적은 없다. 급작스런 배신에 의해 세 초국가 간의 동맹 관계

---

* 아프리카 북서부 끝에 있는 모로코의 항구 도시다.
** 남아프리카공화국의 수도다.
*** 오스트레일리아와 북부 지역 수도다.

가 끊임없이 변하기 때문에 어느 한 지역을 차지할 기회를 잡는 점령자가 계속 바뀌는 것이다.

분쟁 지역에는 귀중한 광물이 매장되어 있는데 지역에 따라 한랭 지대에서는 비교적 비용이 많이 드는 방법으로 합성할 때 필요한 고무 같은 중요한 식물 자원이 생산되는 곳도 있다. 무엇보다 이들 지역은 값싼 노동력의 무한한 보고이다. 아프리카 적도 지역이나 중동의 여러 나라, 남인도 또는 인도네시아 군도를 장악하는 초국가는 어느 나라가 됐든지 간에 싼 임금에 중노동을 시킬 수 있는 수천만의, 아니 수억만의 하급 노동자 또한 확보할 수 있게 된다.

이들 지역의 주민들은 공공연하게 노예 신분으로 전락되어 정복자가 바뀌어도 계속 그들의 지배를 받으며 더 많은 무기 생산과 더 넓은 영토 확장, 더 많은 노동력 확보, 다시 더 많은 무기 생산, 더 넓은 영토 확장 등등 끝도 없이 계속 되는 경쟁 속에서 석탄이나 석유처럼 소모된다. 사실 전투는 이들 분쟁 지역을 절대로 벗어나지 않는다는 점에 주목해야 한다. 유라시아의 국경은 콩고 분지와 지중해의 북부 해안 사이를 오락가락하고 있으며 인도양과 태평양의 섬들은 오세아니아와 동아시아가 번갈아 점령하고 있다. 또한 몽골 내에 있는 유라시아와 동아시아 사이의 접경지대도 안정된 적이 한 번도 없었다. 그런 터에 이들 초국가는 사람이 살지도 않고 개발도 되어 있지 않은 방대한 극지방의 영유권을 서로 주장한다. 하지만 이들은 항상 힘의 균형을 이루고 있고 각국의 중심부를 형성하고 있는 지역은 늘 침략을 받지 않은 상태로 유지되어 왔다. 게다가 적도 부근의 피착취민들의 노동력이 세계 경제에 꼭 필요한 존재는 아니다. 그들이 생산하는 것은 무엇이든 전쟁에 사용되며 전쟁의 목적은 늘 다음 전쟁에서의 유리한 고지를 확보하려는 데 있기 때문에 그들이 세계의 부에 실제적으로 공헌하는 것은 아무것도 없다. 노예 인구는 그들의 노동력을 제공하여 지속적으로 벌어지는 전투의 속도를 더욱 가속화한다. 하지만 그들이 존재하지 않는다고 해도 세계의 사회 구조나 세계 사회를 유지하는 과정이 본질적으로 달라지지는 않을 것이다.

이중사고의 원칙에 따라 핵심 당원 수뇌부들이 이를 인정하는 동시에 인정하지 않기도 하지만, 현대 전쟁의 기본적인 목적은 국민의 전반적인 생활 수준을 향상시키지 않으면서 기계제품들을 완전히 소모하는 데 있다. 19세기 말 이후 잉여 소비재의 처리 문제는 산업 사회 내에 잠재되어 왔다. 식량이 충분한 사람이 몇몇에 지나지 않는 현재의 이 문제는 명백히 촌각을 다투는 문제가 아니며 인위적인 파괴 과정을 시행하지 않더라도 그렇게 시급한 문제가 되지는 않을 것이다.

오늘날의 세계는 1914년 이전과 비교해 볼 때에 헐벗고 굶주리고 황폐화되었으며 그 당시의 사람들이 예견했던 상상 속의 미래 세계와 비교해 보면 더욱 그렇다. 20세기 초에 글줄깨나 읽는다는 사람들 거의 모두가 머릿속으로 기대했던 미래 사회는 믿을 수 없을 정도로 풍요롭고 여유가 있으며 질서 정연하고 효율적인 모습이었다. 유리와 강철 그리고 눈처럼 하얀 콘크리트로 건설된 눈부신 무균 세상이었다.

그들은 과학과 기술이 엄청난 속도로 발달할 것으로 보았고 계속 발전할 거라 추정하는 것은 당연해 보였다. 그러나 그런 일은 일어나지 않았다. 오랜 기간 이어진 전쟁과 혁명으로 말미암아 궁핍해진 것이 하나의 이유며 과학과 기술의 발전에 토대가 되는 경험적 사고방식은 엄격한 통제 사회에서는 살아남을 수 없다는 것이 또 다른 이유다. 전체적으로 볼 때 오늘날의 세계는 50년 전보다 더 원시적이다. 어떤 낙후된 분야는 발전하기도 했으며, 특히 전쟁과 경찰 스파이 활동과 관련된 다양한 장치들이 발달했다. 하지만 실험과 발명은 대부분 중지됐으며 1950년대의 핵전쟁으로 파괴된 것들도 아직까지 완전히 복구되지 않은 상태다. 그럼에도 불구하고 기계화에 내재된 위험성은 여전히 남아 있다. 맨 처음 기계가 등장했을 때, 사상가들은 기계가 인간의 단조로우면서도 고된 노동을 맡게 될 것이고 그렇게 되면 많은 부분에서 인간의 불평등이 사라질 것이라고 예상했다. 만약 기계가 그 목적에 따라 신중하게 사용되었다면 기아, 과로, 불결함, 문맹, 질병 등은 몇 세대 안에 모두 근절될 수 있었을 것이다. 사실 기계가 그런 목적에 사용되지 않았지만 일종의 자동화 공정에 사용되어 가끔 분배하지 않을 수 없는 부를 생산하기 때문에 그 부산물로 19세기 말부터 20세기 초까지 50년 간 일반 국민의 생활 수준이 상당히 향상되었다.

그러나 이 같은 식의 일률적인 부의 증가는 계층 사회의 파괴(어떤 의미로는 정말 파괴였다)를 초래할 위험을 안고 있다. 모든 사람들이 적게 일하고 배불리 먹으며 목욕탕과 냉장고가 있는 집에서 자동차와 심지어는 비행기까지 소유하고 산다면, 가장 명백하면서도 가장 불평등한 형태는 이미 사라지고 없을 것이다. 부가 일단 일반적인 것이 되면 특별할 것이 없다. 물론 개인적 소유와 사치라는 의미에서 부가 공평히 분배되지만 한편으로는 소수 특권 계급이 권력을 장악하는 사회를 상상할 수는 있다. 하지만 실제로 그런 사회는 오랫동안 안정을 유지할 수 없다. 왜냐하면 모든 사람들이 시간적 여유와 함께 경제적 안정을 똑같이 누리게 되면 빈곤에 허덕이느라 사회에 무관심했던 대중이 지식인이 되어 자신들의 처지를 생각하게 될 것이며, 곧 소수의 특권층이 존재해야 할 아무런 이유가 없음을 깨닫고 그들을 몰아내려 할 것이다. 결국 계층 사회는 가난과 무지를 기반으로 할 때만 가능한 것이었다. 20세기 초에 몇몇 사상가들이 꿈꾸었던 과거 농경 사회로의 회귀는 현실적인 해결책이 아니었다. 그것은 거의 전 세계에 걸쳐 거의 본능이 되다시피 한 기계화 경향과 상충하거니와 공업에서 낙후된 국가는 군사적으로 무력해지며 직접적이든 간접적이든 공업 선진 국가의 지배를 받게 될 것이다.

그렇다고 재화의 생산을 억제해서 대중을 빈곤 상태에 그대로 방치하는 것은 만족할 만한 해결책이 아니다. 그 같은 방법은 자본주의의 최종 단계인, 약 1920년부터 1940년 사이에 널리 채택되었다. 당시 많은 나라의 경제가 침체되었고 경작되는 토지가 없었으며 자본 설비도 증가되지 않았다. 수많은 사람들이 일자리를 잃고 정부 보조금으로 근근이 살았다. 하지만 이 역시 군사력의 약화를 초래했고 빈곤에 의한 군사력 약화는 전혀 예상치 못한 일이어서 그 반대 현상이 불가피하게 일어났다. 문제는 세계의 부를 실질적으로 증가시키지 않으면서 어떻게 공업의 바퀴를 계속 굴러가게 할 수 있느냐에 있었다. 재화는 생산되어야 하지만 분배되어서는 안됐다. 따라서 실제로 이를 달성하는 유일한 방법은 끝없는 전쟁뿐이었다.

전쟁 행위의 본질은 인간의 생명이 아니라 인간 노동력의 산물을 파괴하는 것이다. 전쟁은 대중을 지나칠 정도로 편안하게 하는 한편, 결국에는 그들을 상당히 지혜롭게 하는 데 사용될지도 모를 물품들을 박살내거나 하늘 높이 날려 버리고 또는 바닷속 깊이 빠뜨리는 것이다. 전쟁에 사용되는 무기가 실제로 파괴되지 않는다고 해도 무기 공장은 소비 물자를 생산하지 않고도 노동력을 소모시키는 편리한 수단이었다. 예를 들자면, 하나의 해상 연암 요새는 수백 척의 화물선을 만들 수 있는 노동력을 필요로 한다. 하지만 그것은 결국 아무에게도 물질적인 혜택을 주지 않은 채 폐기된다. 그리고 그보다 훨씬 더 많은 노동력을 동원해 새 해상 연암 요새를 건설하는 것이다. 원칙적으로 전쟁 규모는 국민의 가장 원초적인 욕구를 충족시키고 난 뒤 남는 잉여 물자를 완전히 소모할 수 있는 범위에서 계획된다. 사실 국민의 욕구는 언제나 과소평가되기 때문에 그 결과 생활필수품은 실제 필요량의 반에도 못 미치는 만성적인 궁핍의 상태가 계속되는 것이다. 하지만 이것이 하나의 이점으로 작용하기도 한다. 그리고 정부의 혜택을 받는 집단까지도 곤궁한 상태에 두는 게 신중한 정책이 될 수 있다. 왜냐하면 전반적으로 궁핍한 상태여야만 소수 특권층의 지위가 한층 높아지고 집단 간의 차이도 더욱 극대화되기 때문이다. 20세기 초와 비교하면 핵심 당원들조차 검소하고 힘든 생활을 한다. 그럼에도 그들이 지니고 있는 몇몇 사치스런 것들, 즉 설비가 잘된 넓은 집, 질 좋은 옷과 음식, 술, 담배, 두세 명의 하인들, 자동차나 헬리콥터 등으로 말미암아 일반 당원들과는 다른 세계에 놓이게 된다. 일반 당원들도 그들 나름대로 소위 '프롤'이라 불리는 최하층 계급에 비해 비슷한 특혜를 누린다. 마치 말고기 한 덩어리를 가지고 있느냐 그렇지 않느냐에 따라서 빈부 사이의 차이를 만드는 사회 분위기가 도시 전체를 둘러싸고 있는 것이다. 그리고 동시에 전쟁을 하고 있으므로 위험한 상태에 있다는 의식을 심어 줌으로써 모든 권력을 소수 특권 계급에 이양하는 것이 생존을 위해 당연하고 불가피한 것처럼 보이게 하는 것이다.

뒤에서 서술하겠지만 전쟁은 필요한 파괴를 완수하되 심리적으로 수용 가능한 방법으로 하는 것이다. 원칙적으로는 사원이나 피라미드를 건설하고 땅에 구멍을 팠다가 다시 메우고 방대한 재화를 생산했다가 불을 질러 버리는 데에 세계의 잉여 노동력을 소비하면 아주 간단할 것이다. 그러나 이 방법은 계층 사회에 경제적 기반만을 제공해 줄 뿐, 감정적 기반을 마련해 주지는 않는다. 여기에 관계되는 것은 대중의 사기가 아니라 당 자체의 사기다. 꾸준히 일하는 한 대중의 태도는 중요하지 않다. 가장 밑바닥인 말단 당원도 유능하고 근면하면서도 어떤 한정된 범위 안에서는 지적이어야 하지만 한편으로는 공포, 증오, 과찬, 승리의 도취감에 기분이 좌지우지되는, 잘 속고 무지한 광신자여야 한다. 다시 말해서 그들도 전쟁에 어울리는 정신 상태를 지녀야 한다는 것이다. 전쟁이 실제로 일어나고 있는지, 그렇지 않은지는 중요하지 않으며 결정적인 승리란 불가능하기 때문에 전황이 좋든 나쁘든 상관이 없다. 필요한 것은 오직 전쟁 상태가 지속되어야 한다는 것이다. 보편적으로 당이 당원들에게 요구하는 지성의 분열은 전쟁 중에 감도는 분위기 속에서 더 쉽게 이루어질 수 있다. 그런 데다가 당원의 지위가 오를수록 그 분열 현상은 더욱 두드러진다. 엄밀히 말해 핵심 당원이 적에 대한 신경증과 증오심이 가장 강하다. 위정자로서의 능력을 발휘하기 위해서는 전쟁 뉴스 가운데 어느 것이 허위인지를 알 필요가 있다. 또 전쟁 자체가 겉으로만 그럴싸하게 꾸며진 것은 아닌지, 아예 일어나지 않은 것은 아닌지, 발표된 목적과는 완전히 다른 목적을 위해 수행되고 있는 것은 아닌지 등도 알아야 한다. 하지만 이러한 정보는 이중사고 기법에 의해 쉽게 상쇄되어 버린다. 그사이 핵심 당원들은 한 사람도 빠짐없이 오세아니아가 전쟁을 승리로 이끌어 이견이 있을 수 없는, 전 세계의 확실한 지배자가 될 것이라는 불가사의한 신념을 갖게 된다.

핵심 당원들은 모두 앞으로 다가올 정복을 하나의 신조로 믿는다. 그들은 점차적인 영토 확장과 압도적으로 우세한 세력 구축, 또한 대적할 수 없는 신무기 발명에 의해 승리를 성취할 수 있다고 믿는다. 멈추지 않고 계속되는 신무기 개발은 인간의 창조적이고 사변적인 정신이 출구를 찾아 낼 수 있는 몇 안 되는 활동 중의 하나이다. 오늘날의 오세아니아에서 고전적인 의미의 과학은 소멸되었다. 신어에는 '과학'이란 단어조차 없다. 과거 과학적 업적을 이루는 기반이 되었던 경험적 사고는 '영사'의 가장 기본적인 원칙과 대립한다. 기술적인 진보마저도 그 산물이 어떻게 해서든 인간의 자유를 약화시키는 데 사용될 수 있을 때에만 이루어진다. 거의 모든 유용한 기술이 정체되어 있거나 퇴보하고 있는 것이다.

책은 기계에 의해 쓰이는 반면, 토지는 말이 끄는 쟁기로 일구고 있다. 하지만 매우 중요한 문제, 이를테면 전쟁과 경찰의 첩보 활동에 있어서는 경험적 방법이 장려되거나 적어도 용인되고 있다. 당의 양대 목표는 전 세계를 정복하는 것과 모든 독립적인 사고의 가능성을 근절시키는 것이다. 따라서 이를 위해 당이 해결해야 할 두 가지 커다란 문제가 있다. 하나는 다른 사람이 당의 의지에 반하여 무슨 생각을 하고 있는지 어떻게 알아낼 수 있느냐는 것이고 또 하나는 사전에 아무런 예고도 없이 어떻게 몇 초 내에 수억만 명을 죽일 수 있느냐는 것이다. 과학적 연구가 계속되는 한 이것은 주요 연구 과제가 될 것이다. 오늘날의 과학자는 얼굴 표정이나 몸짓, 목소리의 높낮이 같은 극히 미세한 부분을 연구하며 약물과 충격 요법, 최면술이나 육체 고문 등으로 진실을 고백하게 하는 효과를 실험해 보는 심리학자이면서 심문관이거나 목숨을 빼앗는 데 관계되는 특수 분야에만 종사하는 화학자이거나 물리학자 혹은 생물학자다. 평화부의 거대한 실험실에서 혹은 브라질의 삼림이나 오스트레일리아의 사막에서, 또는 알려지지 않은 남극의 한 섬에 있는 실험실에서 그 같은 전문 학자들이 꾸준히 연구를 계속하고 있다. 그들은 미래 전쟁의 병참을 계획하기도 하고 더 큰 로켓탄이나 더 강력한 폭탄, 더 철통같은 장갑 강판을 고안하기도 하며 더욱 치명적인 새로운 독가스나 온 지구상의 식물을 전멸시킬 수 있는 가용성 독극물이나 모든 항독소에 대한 면역력을 가지고 있는 병균 배양에 대해 연구를 하기도 한다. 또 물속의 잠수함처럼 땅속을 뚫고 다니는 자동차나 활주로가 필요 없는 비행기를 만들기 위해 고심하기도 하고 수천 킬로미터의 상공에 달려 있는 렌즈를 통해 태양 광선을 집중시키거나 지구 중심부의 열에 자극을 주어 인공적으로 지진이나 해일을 일으키는 등의 가능성이 희박한 연구까지 하고 있다.

그러나 아직까지 이러한 연구나 계획 중 어떤 것도 실현되거나 실현 가까운 단계까지 도달한 것은 없으며 세 초국가들 가운데 어느 나라도 다른 나라에 비해 두드러지게 앞서 나가는 성과를 거두지 못하고 있다. 그런데 놀라운 것은 3대 초국가가 모두 현재의 연구로 발견 가능한 어떤 것보다 더 강력한 핵폭탄을 이미 소유하고 있다는 사실이다.

당은 늘 그래 왔듯이 핵폭탄을 자기들이 발명했다고 주장하지만, 핵폭탄은 이미 1940년대에 처음 나타나서 10년 후에는 대규모로 사용되었다. 당시 수백 개의 핵폭탄이 주로 유럽에 가까운 러시아와 서부 유럽, 북아메리카의 공업 지대에 떨어졌다. 그 결과 각국의 지도자들은 앞으로 핵폭탄이 두세 개만 더 떨어져도 기존 사회는 종말을 맞이할 것이며 그렇게 되면 자신들의 권력도 끝나게 될 것이라는 데에 확신을 가지게 되었다. 그 이후로 어떤 공식적인 협정이 맺어지지도, 그럴 기미도 보이지 않았지만 폭탄은 더 이상 투하되지 않았다. 3대 초국가는 핵폭탄을 계속 생산하기는 했어도 조만간 틀림없이 닥칠 것이라고 모두가 믿고 있는 결정적인 순간에 대비해 저장만 해 두었다. 전쟁의 기술은 지난 30~40년 동안 거의 답보 상태에 있었다. 헬리콥터가 전보다 더 많이 사용되고 폭격기는 대부분 자체 추진 발사체로 대체되었으며 파괴되기 쉬운 전함은 거의 가라앉지 않는 해상 연암 요새에 자리를 내주었지만 그 외에는 별다른 발전이 거의 없었다. 탱크와 잠수함, 어뢰, 기관총, 심지어 소총과 수류탄마저 옛날 것이 그대로 사용되고 있는 실정이다. 그리고 신문이나 텔레스크린이 대량 살상 소식을 끊임없이 전하고는 있지만 단 몇 주 동안에 수십만, 혹은 수억만 명이 피살되던 이전 시대의 극단적인 전쟁 같은 것은 일어나지 않고 있다.

3대 초국가 중 어느 나라도 치명적인 패배의 위험이 있는 전술을 시도하지는 않는다. 지금까지 방대한 작전을 수행한 경우는 대부분 동맹국에 대한 기습 공격을 가할 때였다. 3대 초국가가 따랐거나 따르는 척하는 전략은 모두 한결같다. 그들의 전략이란 전투와 협상, 그리고 적절한 때에 배신을 하면서 교전 상대국을 완전히 포위하는 고리 모양의 기지를 확보한 뒤에 그 나라와 우호 조약을 맺은 다음, 의심이 사라지고 잠잠해질 때까지 몇 년 동안 평화 관계를 유지하는 것이다. 이 기간 동안 핵폭탄을 탑재한 로켓을 모든 전략적 요충지에 배치했다가 일제히 발사한다. 그렇게 하면 보복이 불가능할 정도로 치명적인 타격을 가할 수 있다. 이젠 또 다른 공격을 준비하면서 나머지 국가와 평화 조약을 맺을 때가 된 것이다. 하지만 이 전략은 새삼스레 말할 것도 없이 실현 가능성이 없는 백일몽에 불과하다. 더구나 적도와 극지 부근의 분쟁 지역 외에서는 전투가 벌어진 적이 없었고 상대국의 영토를 침략한 적도 없었다. 이런 사실은 초국가 간의 국경이 지역에 따라 제멋대로일 수 있다는 점을 설명해 주는 것이다. 예를 들어 유라시아는 지리적으로 유럽에 속하는 영국 제도를 쉽게 정복할 수 있을 것이며, 다른 한편으로 오세아니아는 라인강이나 비스툴라 지방까지 국경을 확대할 수 있을 것이다. 그러나 이것은 공식적으로 문서화되어 있지 않지만 모든 나라가 지키고 있는 문화 보존의 원칙을 침해하는 것이다. 만약 오세아니아가 한때 프랑스와 독일로 알려졌던 지역을 정복하려면 상당히 물리적으로 어려움이 따르는 임무, 즉 주민들을 몰살하거나 1억이나 되는 인구를 아직도 기술적 발전을 계속하고 있는 오세아니아 수준으로 동화시켜야 한다. 이것은 3대 초국가에 똑같이 닥친 문제이다. 체제 유지를 위해서는 전쟁 포로나 유색인 노예와 같은 제한된 범위를 제외하면 외국인과 일체의 접촉이 없어야 한다는 원칙이 절대적으로 필요하다. 바로 그 순간에 공식적으로 맺은 동맹도 항상 가장 깊은 의구심을 가지고 보아야 한다. 오세아니아의 일반 시민들은 전쟁 포로를 제외하고는 유라시아나 동아시아 사람들과 눈도 마주칠 수 없으며 외국어를 배우는 것도 금지되어 있다. 외국인들과의 접촉이 허용된다면 그들도 자신과 비슷한 인간이고 그들에 대해서 들어온 이야기의 대부분이 거짓이라는 사실을 깨닫게 될 것이다. 그가 살고 있는 폐쇄된 사회는 붕괴될 것이며 사기 진작의 근간이 되던 공포와 증오, 독선은 증발될 것이다. 그래서 페르시아나 이집트, 자바, 실론 등에서는 지배자가 자주 바뀌어도 폭탄 외에는 그 어떤 것도 주요 국경선을 넘어갈 수 없도록 되어 있다. 그리고 이 같은 사실은 이미 모든 나라가 알고 있다.

이런 상황 아래서 한 번도 공공연하게 언급되지는 않았어도 암암리에 이해되어 행동에 옮겨진 한 가지 사실이 있다. 3대 초국가의 생활 조건이 서로 아주 똑같다는 것이다. 오세아니아를 지배하는 철학은 '영사'이고, 유라시아의 그것은 '네오볼셰비즘'이며, 동아시아의 경우는 한자어를 옮긴 것으로 '종말 숭배'다. 좀 더 잘 표현하자면 '자아 말살'이 될 것이다. 오세아니아의 시민은 다른 두 나라 철학의 교리를 배우는 것이 금지되어 있었다. 하지만 그것들은 도덕과 상식을 거스르는 야만적이고 난폭한 것이니 저주하라는 교육을 받는다. 그 세 가지 철학은 거의 구별이 안 될 정도로 비슷하며 또한 그런 철학에 의해 지탱되는 사회 체제도 전혀 차이가 없다. 어디든 똑같은 피라미드형의 사회 구조, 반신성화된 지도자 숭배, 계속되는 전쟁에 의해, 계속되는 전쟁을 위해 존재하는 경제가 있었다. 따라서 세 초국가는 서로 상대국을 정복할 수 없을 뿐만 아니라 그를 따르는 데 어떤 이익도 취하지 않는다는 원칙을 따른다. 그와는 반대로 이들 초국가가 오랫동안 반목하면 할수록 마치 옥수수 세 다발처럼 서로가 서로를 지탱해 주게 된다. 그리고 각 초국가의 지도자들은 여느 때처럼 자기들이 하는 일을 인식함과 동시에 인식하지 않는다. 그들은 저마다의 인생을 세계 정복에 바쳤지만 전쟁은 승리 없이 영원히 계속될 필요가 있다는 것 또한 알고 있다. 한편 정복될 위험이 없다는 사실 때문에 '영사'와 다른 두 사상 체계의 특징인 현실 부정이 가능하게 된다. 앞서 전쟁이 끊임없이 계속됨으로써 그 성격이 근본적으로 바뀌었다고 언급한 내용을 반복해 둘 필요가 바로 여기에 있다.

과거 세대의 정의에 의하면, 전쟁은 곧 끝나게 되어 있으며 승패가 분명했다. 전쟁은 인간 사회가 물리적 현실과 의사소통하는 주요 수단 중 하나였다. 어느 시대에나, 어느 통치자든지 국민들에게 그릇된 세계관을 강요하려고 애썼지만 군대의 능률을 약화시킬 우려가 있는 환상 같은 것은 조장할 여유가 없었다. 패배가 독립성의 상실을 의미하거나 일반적으로 원치 않는 결과로 간주되는 한, 패배하지 않기 위한 예방책이 절실했다. 그렇기 때문에 물리적 사실들이 무시될 수 없었다. 철학이나 종교, 윤리학, 정치학에서 '2 더하기 2는 5'가 될 수도 있지만 총이나 비행기를 설계하는 분야에서는 반드시 4가 되어야 한다. 능력이 없는 나라는 오래 버티지 못한 채 곧바로 정복당했고 능률을 얻기 위한 투쟁은 환상과 적대적 관계로 변했다. 실력을 쌓으려면 과거로부터 배울 수 있어야 하며 그러기 위해서는 과거에 일어났던 일들을 아주 정확하게 알아야 한다는 것을 의미했다. 물론 과거의 신문이나 역사책은 언제나 미화된 사건이 있으며 한쪽으로 편향되어 있기 마련이지만, 오늘날과 같은 날조는 불가능했다. 전쟁은 건전한 정신을 위한 확실한 안전장치이자 지배 계급이 관여하는 한 가장 중요한 안전장치였다. 전쟁에서 승리하든 패배하든 지배 계급은 그에 대한 책임에서 완전히 벗어날 수는 없었다.

그런데 전쟁이 정말로 끊임없이 계속된다고 하면, 전쟁은 더 이상 위험하지 않다고 할 수도 있다. 전쟁이 계속될 때는 전수* 같은 것이 없다. 게다가 기술적 진보는 멈추고 가장 명백한 사실들은 부인되거나 무시될 수 있다. 앞에서 살펴보았듯 과학이라고 할 수 있는 연구는 여전히 전쟁의 목적을 위해서 수행되고 있지만 그것은 근본적으로 백일몽과 같은 것이다. 성과를 보이지 못한다고 해도 심각한 일이 아니다. 능력은 필요 없다. 심지어 군대 효율도 더 이상 필요하지 않다. 오세아니아에서는 사상경찰 외에 유능한 것이라고는 아무것도 없다. 3대 초국가는 서로 정복할 수 없기 때문에 저마다 독립된 하나의 우주를 이루고 있으며, 그 안에서는 어떤 것이든 왜곡된 사상을 마음대로 실행해 볼 수 있다.

일상생활 속의 욕구, 즉 먹고 마시며, 머물 집과 입을 옷을 가지고 있고, 독약을 마시지 않으려 하거나 꼭대기 층의 창문에서 떨어지지 않으려는 욕구 등을 통해서만 현실은 힘을 발휘한다. 삶과 죽음, 육체적 쾌락과 고통 사이에는 여전히 구별

---

* 전시에 국제법을 일탈할 수 있는 정당한 사유로써의 필요 또는 긴급한 사유를 뜻한다.

되는 특징이 있지만 그뿐이다. 외부 세계와 과거로부터 단절된 오세아니아의 시민들은 마치 우주 속에 떠 있는 별들 사이에서 사는 사람들처럼 어느 쪽이 올라가는 길이고 내려가는 길인지 알 도리가 없다. 오세아니아 같은 나라의 지배자들은 파라오나 시저보다 더 절대적이다. 이들은 성가실 정도로 많은 수의 추종자들이 굶어 죽지 않도록 해야 하며 군사 기술에 있어서 경쟁국과 똑같이 낮은 수준을 유지해야만 한다. 하지만 일단 최소한의 것만 달성되면 이들은 자신들이 선택한 대로 무슨 모양으로든지 현실을 왜곡할 수 있다.

따라서 예전의 전쟁을 기준으로 오늘날의 전쟁을 평가해 본다면 한낱 협잡에 지나지 않는다. 그것은 마치 상대를 해칠 수 없는 각도로 뿔이 나 있는 반추 동물들 사이에서 벌어지는 싸움과도 같다. 그러나 전쟁이 비현실적이라 해서 무의미한 것은 아니다. 전쟁은 잉여 소비재를 소비시키고 계층 사회가 필요로 하는 특별한 심리적 분위기를 유지하는 데 도움을 준다. 뒤에 가서 서술하겠지만 전쟁은 이제 전적으로 국내 문제다. 과거에는 모든 나라의 지배자들이 공동의 이해관계를 인식하고 전쟁의 파괴력을 제한하기도 했지만, 실제로 그들은 서로 전쟁을 했으며 승자는 언제나 패자를 약탈했다. 하지만 우리 시대에는 전혀 전쟁을 하지 않는다.

전쟁은 이제 지배 집단이 국민을 상대로 벌이는 싸움이며, 전쟁의 목적은 영토의 정복이나 방어가 아니라 사회 체제를 그대로 유지하는 데 있다. 그러므로 '전쟁'이란 단어는 사람들을 호도하고 있는 것이다. 늘 전쟁은 계속되고 있다. 때문에 이제는 전쟁이 존재하지 않는다고 해야 정확한 표현일지도 모른다. 신석기 시대부터 20세기 초에 이르기까지 전쟁이 인간에게 가해 왔던 고통스런 압박은 이제 전혀 다른 것으로 대치되었다. 3대 초국가가 서로 전쟁을 하는 대신에 저마다의 영토 안에서 영원히 평화롭게 살기로 합의했다고 해도 그 결과는 마찬가지일 것이다. 이런 경우에 3대 초국가는 저마다 독립적인 우주 속에 있기 때문에 외부 위험이 주는 심각한 영향으로부터 영원히 자유로울 수 있다. 진실로 영원한 평화는 영원한 전쟁과 똑같을 것이다. 대부분의 당원들은 수박 겉핥기식으로만 이해하겠지만 이것이 바로 당의 표어, "전쟁은 평화"에 담긴 참뜻이다.

윈스턴은 잠시 읽기를 멈췄다. 어딘가 멀리서 로켓 폭탄이 폭발하는 소리가 요란하게 들렸다. 텔레스크린이 없는 방에서 홀로 금서를 들고 있다는 행복감은 좀처럼 사그라지지 않았다. 어찌된 영문인지 모르겠지만 고독함과 안도감은 나른한 육체와 푹신한 안락의자, 창문으로 들어와 뺨을 어루만지는 산들바람과 뒤섞여 몸의 감각처럼 느껴졌다. 그는 책에 매

혹되었다. 더 정확히 말하자면 마음이 놓였다. 어떤 의미에서 그 책의 내용은 그에게 새로울 것도 없었지만, 바로 그런 점에 마음이 끌렸다. 그가 어지러이 흩어져 있는 생각들을 체계적으로 정리할 수 있다면 썼을 법한 내용들이 책 속에 담겨 있었다. 그 책의 저자는 그와 유사한 생각을 하고 있는 사람이었다. 하지만 그보다는 훨씬 더 힘이 넘치고 체계적이며 두려움도 없는 사람인 것 같았다. 가장 훌륭한 책은 독자가 이미 알고 있는 사실을 이야기해 주는 책이라고 그는 생각했다. 그런데 그가 다시 제1장을 펴 들었을 때 계단을 올라오는 줄리아의 발소리가 들렸다. 그는 의자에서 일어나 그녀를 맞이했다. 그녀는 갈색의 연장 가방을 바닥에 집어던지고 그의 품 안으로 뛰어들었다. 둘이 서로 만나지 못한 지 일주일이 넘었다.

"'그 책'을 받았어요."

팔을 풀면서 그가 말했다.

"받았어요? 잘 됐네요."

그녀는 큰 관심이 없는 것처럼 말하고 곧바로 커피를 끓이려는 듯 석유난로 옆에 무릎을 꿇고 앉았다.

그들은 침대 속으로 들어간 지 30분이 지나서야 다시 그 이야기를 꺼냈다. 침대 덮개를 끌어당겨서 덮어야 할 정도로 저녁 공기가 서늘했다. 창문 아래쪽에서 귀에 익은 노랫소리와 뜰 포석 위에서 신발을 끄는 소리가 들렸다. 윈스턴이 처음 이

방에 왔을 때 보았던 근육질의 붉은 팔뚝을 가진 여인은 거의 뜰에서 박혀 지내는 모양이었다. 그녀는 낮에는 늘 빨래집게를 입에 물고 대야와 빨랫줄 사이를 왔다 갔다 하며 빨래를 집게로 집는 사이 활기찬 노래를 부르는 듯했다. 줄리아가 벌써 잠에 들려는지 옆으로 돌아누웠다. 그는 손을 뻗어 바닥에 있던 책을 집어 들고 침대 머리맡에 기대앉았다.

"우린 이 책을 읽어야 해요. 당신도요. 형제단의 모든 단원은 이 책을 꼭 읽어야 한다고요."

그가 말했다.

"당신이 읽어요."

줄리아가 눈을 감은 채 말했다.

"큰 소리로요. 그게 제일 좋겠어요. 그러면 당신이 큰 소리로 읽으면서 제게 설명도 해 줄 수 있잖아요."

시곗바늘이 숫자 6을 가리켰다. 18시란 뜻이었다. 앞으로 3~4시간의 여유가 있었다. 그는 책을 무릎 위에 올려놓고 읽기 시작했다.

1장 무지는 힘

유사 이래, 아니 신석기 시대 말 이후로 이 세상에는 상·중·하라는 세 계급의 사람들이 존재해 왔다. 그들은 여러 가지 방식으로 세분화되었으며 셀 수 없이 많은 다른 이름을 갖게 되었다. 그리고 그들은 서로를 대하는 태도뿐 아니라 비례 수도 시대를 거치며 달라졌다. 그러나 사회의 본질적인 구조는 절대로 변하지 않았다. 엄청난 격변과 외견상 돌이킬 수 없어 보이는 변화가 일어난 후에도 아무리 멀리 한쪽이나 그 반대쪽으로 밀어도 마치 언제나 평형 상태로 돌아오는 자이로스코프처럼 항상 똑같은 사회 양상이 재현되었다.

"줄리아, 자는 거 아니죠?"
윈스턴이 물었다.
"아뇨. 듣고 있어요. 계속해요. 굉장해요."
그는 계속해서 읽었다.

이들 세 계급의 목표는 그야말로 차이가 너무 커서 아예 타협할 수가 없었다. 상층 계급의 목표는 현재 위치에 그대로 남아 있는 것이고, 중간 계급의 목표는 상층 계급과 자리를 바꾸는 것이다. 그리고 하층 계급은 고되고 단조로운 일에 너무 짓눌려 일상생활 외에는 그 어떤 것도 거의 의식하지 못한다는 변치 않는 특징을 가졌다. 하지만 하층 계급에게 목표가 있다면 그 목표는 모든 차별의 폐지와 인간 모두가 평등한 사회의 건설일 것이다. 이렇게 해서 유사 이래로 주된 개요가 똑같은 투쟁이 끊임없이 반복하여 일어났다.

상층 계급은 오랫동안 권력을 안전하게 장악하고 있는 것처럼 보이지만 그들 자신에 대한 믿음이나 효율적인 통치력 중 한 가지를 잃거나 두 가지를 모두 잃어버리는 순간이 곧 그들에게도 닥칠 것이다. 그러면 중간 계급은 자신들이 자유와 정의를 위해 투쟁하고 있는 것처럼 가장하여 하층 계급을 자기 편으로 끌어들여 상층 계급을 전복시킨다. 중간 계급은 자신들의 목적을 달성하자마자 하층 계급을 그들의 원래 자리인 노예 상태로 되돌려 놓고 중간 계급이 상층 계급이 된다. 이때 새로운 중간 계급은 다른 두 계급 중 하나에서 분리되거나 양쪽 계급에서 분리되어 나오게 되며, 투쟁은 다시 반복되는 것이다. 이 세 계급 중에서 하층 계급은 자신들의 목표를 한 번도 달성할 수 없다. 역사를 통틀어 물질적인 면에서의 발전이 전혀 없었다고 말하는 것은 과장일지도 모른다. 쇠퇴기에 접어든 오늘날에도 보통 사람들의 신체 조건은 불과 몇 세기 전 사람들보다 훨씬 형편이 낫다고 할 수 있다. 그러나 아무리 부가 증가하고 태도가 부드러워지며 개혁이나 혁명이 일어나더라도 인간 평등이란 부분은 조금도 나아진 것이 없다. 하층 계급의 입장에서 볼 때 역사적 변화란 그들의 주인이 바뀌는 것 외에는 아무런 의미가 없는 것이다.

19세기 말까지 이러한 양상이 반복되는 것을 많은 사람들이 직접 목격하였고 명확히 인식했다. 그때 역사를 순환 과정으로 해석하고 불평등은 인간 사회의 변하지 않는 법칙이라고 주장하는 일단의 사상가들이 등장했다. 물론 이와 같은 이론에는 언제나 신봉자가 있게 마련이지만 오늘날에는 주장하는 방법에 있어 의미심장한 변화가 일어났다. 과거에는 계층적 형태의 사회가 필요하다는 것이 상층 계급 정책의 주류였다. 이 이론은 왕과 귀족, 사제와 법률가 그리고 그들에게 기생하는 사람들에 의해 전파되었다. 그리고 무덤 너머 상상 속 세상에서 다 보상받게 된다는 약속에 사람들은 마음이 약해졌다. 중간 계급은 권력을 잡기 위해 투쟁하는 동안에 자유, 정의, 동포애와 같은 용어를 사용했다. 그러나 이제 형제애라는 개념은 아직 지배 계급에 속해 있지는 않지만 머지않아 그렇게 되기를 희망하는 사람들로부터 공격을 받기 시작했다. 과거에 중간 계급은 평등의 깃발 아래 혁명을 일으켰고 구체제가 붕괴되자 곧바로 새로운 전제 국가를 수립했다. 새롭게 탄생한 중간 계급은 사실상 일찌감치 전제 정치를 하겠다고 선언한 셈이다. 한편 19세기 초에 출현한 사회주의 이론은 과거로 거슬러 올라가면 고대의 노예 반란까지 그 연결 고리가 이어지는 사상 체계의 마지막 단계로서, 과거의 유토피아 이론으로부터 깊은 영향을 받았다. 그런데 약 1900년경부터 계속해서 출현한 변종 사회주의 이론은 자유와 평등을 확립하겠다는 애초의 목표를 드러내 놓고 포기했다. 그렇기 때문에

20세기 중엽에 나타난 새로운 움직임인 오세아니아의 '영사', 유라시아의 '네오 볼셰비즘', 동아시아의 이른바 '종말 숭배'라는 이념을 통해 구속과 불평등을 영원히 지속하려는 의도적인 목표를 세우기 시작한다. 물론 이러한 새로운 움직임은 과거의 이론으로부터 발전해 온 것이며 과거의 명칭을 고수하려는 경향을 보이고 말로만 과거 이데올로기를 인정한다. 하지만 이 모든 이론의 목적은 발전을 억제시키고 어떤 지정된 순간에 역사를 동결시키는 것이다. 이는 익히 잘 아는 진동추가 한 차례만 더 진동하고 멈추어 버리는 것과 다를 게 없다. 지금까지는 상층 계급이 중간 계급에 의해 전복되고 중간 계급이 상층 계급이 될 수 있었지만 이번에는 의도적 전략에 의해 상층 계급이 영원히 자신들의 위치를 고수할 수 있게 된 것이다.

이 새로운 교리는 어떻게 보면 역사 지식의 축적과 19세기 이전에는 거의 존재하지 않았던 역사의식의 성장 덕분에 발달한 것이다. 역사의 순환 운동은 이제 이해할 수 있거나 적어도 이해할 수 있을 것처럼 보인다. 만약 그것이 이해할 수 있는 것이라면 변경될 수 있는 것이다. 그러나 원칙적이고도 근본적인 원인은 20세기 초에 이르면서 인간의 평등이 기술적으로 가능해졌다는 점에 있다. 사람마다 타고난 재능이 다다르니 다른 사람들과 겨루어 잘하는 특기에 맞춰 개인의 기능이 전문화되어야 한다는 것은 여전히 타당한 이야기다. 하지만 이제 더 이상 계급의 구별이나 부의 현격한 격차가 있어야 한다는 주장은 사라졌다. 이전 시대에는 계급의 구별이 당연할 뿐 아니라 바람직하기도 했다. 그리고 불평등은 문명의 대가였다. 하지만 기계 생산의 발달로 상황이 달라졌다. 사람들이 저마다 다른 종류의 일을 한다고 해서 다른 사회적·경제적 수준에서 살아야 할 필요는 없었다. 그렇기 때문에 권력을 잡으려는 새로운 집단의 입장에서 보면 인간의 평등은 이제는 힘써 추구해야 할 이상이 아니라 피해야 할 위험인 것이다. 정의롭고 평화로운 사회 성립이 사실상 가능하지 않던 더 원시적인 시대에는 아주 쉽게 평등을 신뢰했다. 그리고 인류가 법이나 가혹한 노동 없이 형제애를 나누며 공동생활을 해야만 하는 지상 낙원에 대한 생각은 수천 년 동안 인간의 머릿속에서 떠나지 않았다. 그런 생각은 역사적 변화로 실질적인 혜택을 누리던 집단까지도 사로잡았다. 프랑스와 영국, 미국의 혁명 후계자들도 인간의 권리와 언론의 자유, 법 앞의 평등 등과 같은 자신들의 공약을 부분적으로 좋다고 생각했고 어느 정도 그 공약대로 실천하기도 했다. 그러나 20세기에 들어와 1940년에 이르기까지 정치사상의 주류는 권위주의로 바뀌었다. 지상 낙원은 그것이 실현되려는 바로 그 순간에 신뢰를 잃게 되었다. 새로운 정치 이론은 이름이 뭐든 간에 계급과 통제 사회로의 복귀를 주장했다. 1930년 전후의 험악한 정세 아래에서는 지난 수백 년 동안 실행되지 않고 폐기되었던 일들, 예를 들어 재판 없는 투옥이라든가 전쟁 포로의 노예화, 공개 처형, 자백을 얻어 내기 위한 고문, 인질 이용, 국외 추방 등과 같은 일들이 다시금 공공연하게 벌어졌는데, 이는 스스로 문화인이며 진보적이라고 자처하는 사람들에 의해서 묵인되고 옹호되기까지 했다.

세계 전 지역에 전쟁과 내란, 혁명, 반혁명 등이 일어난 뒤 단 10년 만에 '영사' 및 그와 유사한 정치 이론이 완전한 형태를 갖추어 등장했다. 하지만 이런 이론들은 20세기 초에 출현한, 전체주의라고 불리는 다양한 체제에 의해 그 징후를 드러냈으며 당시 전 세계를 뒤덮은 혼란 가운데 등장해 세계의 흐름을 구체적으로 설명해 주었다. 또한 어떤 부류의 사람들이 그런 세계를 지배할 것인지도 분명해졌다. 새로운 귀족 계층은 대부분 관료와 과학자, 기술자, 노동조합 조직위원, 홍보 전문가, 사회학자, 교사, 언론인 그리고 전문 정치인들로 구성되어 있었다. 독점 산업과 중앙 집권으로 세상이 살벌해지자 중산층 월급 생활자와 고위급 노동자 출신 사람들이 모여서 세력을 형성한 것이다. 이들은 과거의 권력자들과 비교하여 탐욕스럽거나 사치스럽지 않은 반면, 권력 자체에 대한 갈망은 더 컸다. 그리고 무엇보다 자기들이 하고 있는 일에 대해서 더 잘 인식했으며 반대 세력 탄압에 열중했다. 이것이 가장 중요한 차이점이었다. 현존하는 독재 정치와 비교해 보면 과거의 정치는 열의가 없고 비효율적이었다. 지배 계급들은 언제나 자유사상에 어느 정도 물들어 있었고 무슨 일이든 미진한 부분을 남겨 두는 경향이 있었는데 이는 시민들이 무슨 생각을 하고 있는지는 관심이 없고 겉으로 드러난 행동만 중요하게 여겼기 때문이었다. 중세의 가톨릭교회마저 오늘날의 기준으로 보면 관대한 편이었다. 그렇게 된 데에는 과거의 어떤 정권이든 시민들을 끊임없이 감시할 힘이 없는 탓도 있었다. 하지만 인쇄술의 발달로 보다 쉽게 여론을 조작할 수 있게 되었고 영화와 라디오로 인해 그 과정을 수행하는 일이 한층 더 쉬워졌다. 특히 텔레비전이 개발되어 같은 기계에서 동시에 송수신을 할 수 있는 기술적 진보가 이루어짐으로써 생활은 마침내 종말을 맞이했다. 모든 시민, 적어도 요주의 인물들을 하루 24시간 내내 경찰의 감시 아래 둘 수도 있고, 다른 모든 통신망을 폐쇄시켜 정부 선전만 듣도록 할 수 있게 되었다. 그리하여 모든 국민이 정부의 뜻에 완전히 복종하게끔 할 뿐 아니라 의견까지 완전히 통일시킬 수 있는 가능성이 처음으로 열린 것이다.

1950년대와 1960년대의 혁명기를 거치면서 사회는 전처럼 상·중·하의 세 계층으로 재편성되었다. 그런데 새로운 상층 계급은 이전 사람들과 달리 본능에 따라 행동하지 않았고 지위를 유지하는 데 무엇이 필요한지를 알았다. 과두 정치를 지탱하는 안전한 기반은 오직 집단주의라는 사실을 깨달았다. 부와 권력은 그 둘을 함께 소유할 때 가장 쉽게 방어할 수 있다. 20세기 중엽에 행해진 소위 "사유 재산의 폐지"는 사실상 전보다 더 소수의 사람들에게 부를 집중시킨다는 것을 의미했다. 하지만 새로운 소유주가 다수의 개개인이 아니라 집단이라는 점이 다르다. 당원들은 지극히 개인적인 소지품 외에는 어떤 것도 개인적으로 소유할 수 없다. 전체적으로 당이 모든 것을 통제하고 당이 적절하다고 생각하는 대로 생산물을 분배하기 때문에 오세아니아에 있는 모든 것은 당이 총괄하여 소유하는 것이다. 혁명 이후 몇 년 동안 당은 모든 과정을 집단화된 행동으로 보여 줬기 때문에 거의 저항 없이 지배자의 자리에 오를 수 있었다. 자본 계급이 재산을 몰수당하면 사회주의가 뒤따르게 마련이라는 것은 늘 예견되어 온 일이다. 그리고 의심할 여지없이 자본가들은 재산을 몰수당했다. 그들은 공장과 광산, 토지, 가옥, 수송선 등 모든 것들을 몰수당했으며 이제는 더 이상 사유 재산이 아니라 공동 재산이었다. 초기 사회주의 운동으로부터 성장하여 용어까지 그대로 이어받은 "영사"는 사실 사회주의 프로그램의 중요한 부분을 실행했으며 그 결과로 이미 예측하고 의도한 대로 경제 불평등을 영구히 지속되도록 만들었다.

그러나 계층 사회를 영구화하는 문제는 이보다 더 깊이 들어간다. 지배 계급이 권력을 상실하는 경우는 네 가지뿐이다. 외부로부터 정복당한 경우, 비능률적으로 통치하여 군중이 봉기한 경우, 불만을 품은 강력한 중간 계급이 세력을 형성하도록 허용한 경우, 통치할 자신감과 의욕을 잃은 경우다. 이러한 요소들은 어느 하나만 작용하지 않고 대체로 네 가지가 모두 조금씩 작용한다. 이 모든 요소에 대항하여 지켜 낼 수 있는 지배 계급만이 영원히 권력을 유지할 수 있다. 그리고 궁극적인 결정 요소는 지배 계급 자신의 정신 자세다.

20세기 중엽 이후 첫 번째 위험은 사실상 사라졌다. 앞에서도 언급했듯이 현재의 세계를 나누어 지배하고 있는 3대 초국가는 사실 아무도 정복할 수 없는 무적 상태로 오직 점차적인 인구 변화로 정복할 수 있다. 그런데 이 역시 광범한 권력을 지닌 정부는 쉽게 피할 수 있다. 두 번째 위험도 이론에 불과하다. 군중은 결코 자발적으로 봉기하지 않으며 단순히 억압을 받는다고 반란을 일으키지도 않는다. 그들은 비교할 기준이 없는 한, 자신들이 억압을 받고 있다는 사실조차 깨닫지 못한다. 과거에 빈번하던 경제적 위기는 아예 일어날 필요도 없었으며 이제는 발생하게 내버려 두지도 않는다. 하지만 이런 대규모의 혼란은 아무런 정치적 성과 없이 일어날 수도 있으며 실제로 일어나고도 있는데, 이는 불만을 명확히 표출할 수 있는 길이 없기 때문이다. 기계 기술의 발달로 우리 사회에 잠재되어 있는 과잉 생산의 문제는 끊임없는 전쟁(제3장 참조)이란 방법에 의해서 해결된다. 전쟁은 또 대중의 사기를 필요한 수준으로 높이는 데에도 유용하다. 그러므로 현 지배 계급의 관점에서 볼 때 유일한 진짜 위험은, 유능하지만 능력 이하의 일을 하고 있으며 권력을 갈망하고 진보주의가 성장하여 자신의 지위에 회의적인 사람들이 분리되어 나와 형성된 새로운 집단이다. 즉, 문제는 교육에 있다. 요컨대 명령을 내리는 지도층과 그 바로 밑에 있는 운영 집단 모두의 의식에 끊임없이 영향을 주는 것이 중요한 문제다. 그런데 대중의 의식은 소극적인 방법으로 영향을 주기만 하면 된다.

이 정도 배경지식이면 아직 모르고 있던 사람이라 할지라도 오세아니아 사회의 전반적인 구조를 추측할 수 있을 것이다. 피라미드의 정점에는 빅브라더가 있다. 빅브라더는 실수가 전혀 없는 전능한 존재이다. 성공과 성취, 승리, 과학적 발견, 지식과 지혜, 행복이나 덕성은 하나서부터 열까지 모두 그의 지도력과 영감에서 나온 것이다. 그러나 아무도 빅브라더를 직접 본 적이 없다. 광고판에 붙은 포스터 속의 얼굴과 텔레스크린에서 나오는 목소리가 전부이다. 그가 언제 태어났는지에 관해서는 이미 상당히 불확실하면서 그가 결코 죽지 않을 것이라고 확신하는 것은 꽤나 당연한 것으로 보인다. 빅브라더란 당이 세상에 당의 존재를 과시하기 위해 설정한 가공인물이다. 그의 역할은 어떤 조직보다는 개인이 더 쉽게 느끼는 사랑과 공포, 숭배, 감동에 초점을 맞추도록 하는 것이다. 빅브라더 아래에는 구성원 수를 600만 명, 다시 말해 전체 인구의 2퍼센트가 되지 않도록 제한하는 핵심 당이 있다. 그리고 핵심 당 아래에는 일반 당이 있는데, 핵심 당이 국가의 머리라면 일반 당은 팔에 비유할 수 있다. 일반 당 아래에는 '프롤'이라 하여 전인구의 85퍼센트를 차지하는, 으레 소위 프롤이라고 부르는 아둔한 대중이 있다. 앞선 계층 분류에 의하면 프롤은 하층 계급이며 이 정복자에서 저 정복자의 손에 끊임없이 넘겨지던 적도 지방의 노예들이다. 그런 만큼 이들은 사회 구조에 있어서 영구적이거나 필수적인 존재가 아니다.

원칙적으로 이들 세 계층의 지위는 세습될 수 없다. 이론상, 핵심 당원의 자식들이라 해서 태어날 때부터 핵심 당원인 것은 아니다. 핵심 당이든, 일반 당이든 입당은 16세에 치를 수 있는 시험으로 결정된다. 여기에는 인종차별이라든가 특정 지역 우대도 없다. 당의 고위직에서 유대인이나 흑인, 순수한 인디언 혈통을 지닌 남미인들도 볼 수 있으며, 한 지방의 행정가는 항상 그 지방의 주민 중에서 선출된다. 오세아니아에 사는 국민들은 자기가 멀리 떨어진 수도로부터 통치를 받는 식민지인이라고 생각하지 않는다. 오세아니아에는 수도가 없었으며 이름뿐인 지배자가 어디에 있는지 아무도 모른다. 여기에서는 영어가 공통어이며 신어가 공식어란 것 외에는 어디에도 중앙 집권적인 요소가 없다. 각 지역의 통치자는 혈연으로 맺어진 것이 아니라 공통 교리와 결부되어 있다. 언뜻 보면 사회가 세습 제도로 유지되는 것으로 생각될 만큼 아주 엄격하게 여러 계층으로 이뤄져 있다. 서로 다른 계층 간의 이동은 자본주의 시대나 산업화 이전의 시대와 비교해 훨씬 줄어들었다. 핵심 당과 일반 당 사이에는 어느 정도의 이동이 있지만 그것은 핵심 당의 무능력자를 내쫓거나 야심 있는 일반 당원을 핵심 당원으로 승급시키는 등 어떤 해도 끼치지 않는 선에서 이루어진다. 노동자들은 사실상 당에 입당하지 못하게 되어 있다. 그들 가운데 유능한 사람들은 불만의 핵이 될지도 모르기 때문에 사상경찰이 적발하여 제거해 버린다. 그러나 이러한 사태는 영구적이지 않았다. 이는 원칙의 문제도 아니다. 단어의 옛 정의로 보면 당은 계급이 아니다. 당은 그들의 자손들에게 권력을 상속해 주는 것을 목적으로 삼지 않는다. 예를 들어 지도부에서 유능한 사람을 확보할 방법이 없다면 노동자 계급 출신의 새로운 세대 전체를 기용할 준비를 완벽하게 해 놓았을 것이다. 위태로웠던 시절에는 당이 세습 체제가 아니라는 사실이 반대 세력을 상당히 무마시켰다. 소위 "계급 특권"이라는 것을 상대로 투쟁하도록 훈련을 받은 지난 시대의 사회주의자들은 세습이 되지 않는 상태가 영구히 지속될 수는 없다고 생각했다. 그들은 영구히 과두 체제를 유지하기 위해 구체적으로 다 드러낼 필요가 없다는 사실을 알지 못했으며, 또한 세습 귀족 사회는 늘 단명한 반면, 가톨릭교회 같은 임명 체제는 때로는 수백, 수천 년 동안 지속되어 왔다는 사실도 생각해 내지 못했다. 과두 체제의 본질은 부자 세습이 아니라, 죽은 사람이 산 사람에게 남겨 놓은 어떤 세계관이나 생활 양식의 지속성에 있다. 지배 계급은 자신들의 후계자를 지명할 수 있는 한 지배 계급이 되었다. 당은 그들의 혈통이 아니라 당 자체를 영구히 존속시키는 데 관심이 있다. 계층적 구조가 언제나 동일하게 유지되는 한 누가 권력을 행사하는가는 중요하지 않다.

오늘날을 특징짓는 신념과 습관, 취미, 감정, 심리적 태도 등은 사실상 당의 신비로움을 유지하고 현재 사회의 참된 본질이 발각되는 것을 막기 위해 고안된 것이다. 실질적으로 반란을 일으키거나 반란을 일으키기 전의 사전 운동은 현재 상황으로는 가능하지 않았다. 따라서 노동자들을 두려워할 필요는 전혀 없다. 그냥 그대로 내버려 두면 그들은 한 세대에서 다음 세대로, 한 세기에서 다음 세기로 계속 이어질 것이다.

반란을 일으킬 충동이 없을 뿐 아니라 지금과는 다른 세상이 있을 수 있다는 것을 파악할 힘도 없이 일하고 아이를 키우다 죽을 것이다. 산업 기술의 발달로 노동자들에게 고등 교육을 제공하게 된다면 그들은 위험한 존재가 될 수 있다. 하지만 이제는 군사적, 상업적 경쟁이 중요하지 않기 때문에 대중 교육의 수준이 실제로 저하되고 있다. 대중이 어떤 견해를 갖든, 아예 견해가 없든 그것엔 관심이 없다. 그들은 지성이 없다. 때문에 그들의 지적 자유를 허용해 줄 수도 있다. 한편, 당원인 경우에는 아무리 사소한 문제에 관한 견해일지라도 그것이 당의 뜻과 조금이라도 다르다면 결코 용납될 수 없다.

당원은 태어나서 죽을 때까지 사상경찰의 감시 아래 살게 된다. 혼자 있을 때도 그는 혼자라고 절대로 확신할 수 없다. 잠을 자든 깨어 있든, 일하든 쉬고 있든, 욕조에 있든 침대에 있든, 어디에 있든지 간에 그는 아무런 예고도 없이, 그리고 감시받고 있다는 사실도 모른 채 감시당하고 있을 수 있다. 그가 하는 행동은 무엇이든 관심의 대상이 된다. 교우 관계와 여가 생활, 아내와 자식에게 하는 행동, 혼자 있을 때의 얼굴 표정, 잠잘 때의 잠꼬대, 특징적인 몸짓 등 무엇이든 조심스럽게 면밀히 관찰된다. 또 실제 비행뿐만 아니라 아무리 사소하더라도 괴벽이라든가, 습관의 변화, 내적 갈등의 징조라고 할 수 있는 신경질적인 태도까지 간파당한다. 방향이 무엇이든지 간에 그는 선택의 자유가 없다. 다른 한편으로 그의 행동이 법이나 명시된 행동 규정에 의해 규제를 받는 것도 아니다. 오세아니아에는 법이 없다. 발각되면 틀림없이 사형에 처해질 사상이나 행위도 공식적으로는 금지된 것이 아니며 끝없는 숙청과 체포, 고문, 투옥, 증발 등도 실제로 범한 죄에 대해 처벌을 하는 것이 아니라 단순히 미래 언젠가 죄를 범할지도 모르는 사람을 제거하기 위한 조치이다. 당원은 올바른 사상뿐만 아니라 올바른 본능도 갖추고 있어야 한다. 그에게 요구되는 많은 신념과 태도는 명시되어 있지 않았다. 처음부터 '영사'에 내재되어 있던 모순을 폭로할 수밖에 없기 때문이다. 그리고 그가 태어난 순간부터 정통적인 사람(신어로 '선사자')이라면, 어떤 상황에서도 무엇이 올바른 신념이며 무엇이 바람직한 감정인지 생각하지 않고도 알 수 있을 것이다. 어떤 경우에라도 어렸을 때부터 신어로 '죄중단'이라든가 '흑백', '이중사고' 등으로 분류되는 면밀히 고안된 정신 훈련을 받은 까닭에 대상이 무엇이든지 간에 아주 깊이 생각하려고 하지도 않으며 생각할 수도 없다.

당원은 사사로운 감정을 가져서는 안 되며, 한시도 쉬지 않고 열성을 보여야 한다. 그는 국외의 적과 국내의 반역자에 대해서는 계속해서 극도의 증오심을 표출해야 하며 승리 앞에서는 기뻐 날뛰고 당의 권력과 지혜에 대해서는 자기 비하를 해야 한다. 헐벗고 만족스럽지 못한 생활로 생긴 불만은 조심스럽게 밖으로 분출하거나 2분 증오와 같은 방법으로 소모해 버리며 회의적이고 반항적인 태도를 유발할 수 있는 추측은 어릴 때부터 습득된 내적 훈련에 의해 미리 그 싹을 잘라 버린다. 어린아이에게도 가르칠 수 있을 정도로 가장 초보적인 이 훈련의 첫 단계는 신어로 "죄중단"이라고 한다. 죄중단이란 위험한 생각을 하게 될 때 본능적으로 갑자기 그 생각을 멈출 수 있는 능력을 뜻한다. 또 이것은 어떤 사실을 유추하지도, 논리적인 잘못을 감지하지도 못하며 영사에 적대적인 단순한 논쟁도 오해하고 이단적인 방향으로 이끌 수 있는 일련의 생각을 무시하거나 밀어내는 능력도 포함한다. 간단히 말해서 죄중단은 어리석음을 예방하는 장치다. 그러나 어리석음이라는 말만으로는 충분치 않다. 정통성의 참다운 뜻은 곡예사가 몸을 자유자재로 놀리듯 자신의 사고 과정을 마음대로 통제하는 것이다. 오세아니아 사회는 궁극적으로 빅브라더는 전능하고 당은 완벽하다는 신념 위에 서 있다. 그러나 실제로 빅브라더는 전능하지 못하고 당은 완벽하지 못하기 때문에 어떤 일을 처리하는 데 있어서 매 순간마다 임시변통의 능력이 끊임없이 필요하다. 이를 해결할 수 있는 말이 '흑백'이다. 여러 다른 신어들처럼 이 단어에도 두 가지 상반된 뜻이 담겨 있다. 반대편에 이 단어를 적용할 때는 명백한 사실인데도 모순되게 흑을 백이라고 뻔뻔스럽게 우기는 습성을 의미한다. 하지만 당원에게 적용될 때는 당 규율이 요구하는 대로 흑을 백이라고 말할 수 있는 충성심을 뜻한다. 그러나 이 말은 더 나아가서 흑을 백이라고 믿고 또 흑을 백으로 알며 이전에 이와 반대로 믿은 적이 있었다는 사실도 잊어버리는 능력을 의미한다. 이것은 과거에 대한 끊임없는 개조를 요구하는데 다른 모든 것을 진실로 아우르는, 신어로 "이중사고"라 부르는 사고 체계에 의해서 가능해진다.

과거를 개조하는 데는 두 가지 이유가 필요하다. 그중 하나는 부수적인 것, 다시 말해서 예방적인 것이다. 부수적인 이유는 부분적으로는 노동자들처럼 비교할 기준이 없기 때문에 당원이 현재의 상황을 용인한다는 것이다. 당원들을 외국과 단절시켜야 하는 것과 마찬가지로 과거와도 단절시켜야 한다. 그들이 선조들보다 훨씬 형편이 나아졌으면 물질적인 혜택도 평균적으로 계속 향상되고 있다고 믿도록 해야 하기 때문이다. 하지만 과거를 다시 조정하는 훨씬 더 중요한 이유는 당의 완벽함에 대한 안전장치가 필요하기 때문이다. 당원들에게 당의 예언이 모든 경우에 있어서 언제나 옳다는 것을 보여주기 위해서는 모든 종류의 연설과 통계, 기록을 끊임없이 현재에 맞춰 수정해야 한다. 그런데 강령이나 정치 노선은 절대로 변화시킬 수 없다. 생각이나, 심지어 정책을 바꾼다는 것은 나약함을 고백하는 것과 마찬가지이기 때문이다. 예를 들어, 유라시아나 동아시아(둘 중 어느 나라든 상관없이)가 현재의 적이라면 그 나라는 언제나 적이어야 한다. 어떤 사실이 다르게 말을 하고 있다면 그 사실을 바꿔야만 한다. 이렇게 역사는 끊임없이 다시 기록된다. 과거에 대한 지속적인 날조 행위는 진리부에서 행해지는데 이는 애정부에 의해 수행되는 탄압과 간첩 활동만큼 정권의 안정에 필요한 것이다.

과거의 개조는 영사의 중심 교리다. 과거의 사건들은 객관적으로 존재하는 것이 아니라 오직 기록과 인간의 기억 속에서만 존재한다. 과거는 그 기록과 기억이 무엇이든 간에 서로 의견을 같이하는 것이다. 그리고 당은 그 모든 기록과 당원의 생각까지 완전히 통제하고 있기 때문에 당이 만들고자 선택한 과거가 무엇이든지 간에 이를 따르는 것이다. 당이 과거를 바꾼다고 해도 절대로 바꿀 수 없는 특별한 경우가 존재하지는 않았다. 이는 어떤 순간에 필요한 형태로 과거를 재창조했을 때 새로 만든 것이 과거가 되어버리면 다른 과거는 존재할 수 없기 때문이다. 1년 중에 동일한 사건이 몇 차례나 수정되는 것은 흔히 있는 일이다. 언제나 당은 절대적인 진리를 소유하고 있고 절대 진리는 현재의 그것과 결코 다를 수 없다. 과거에 대한 통제는 무엇보다 기억의 훈련에 달려 있다. 문서화된 모든 기록이 당시의 정통성과 일치한다는 사실을 확인하는 것은 단순한 기계적 행동이다. 하지만 바람직한 방식으로 일어난 사건들을 기억해 둘 필요도 있다. 기억을 다시 정리하거나 문서 기록을 함부로 변경하는 일이 필요하다면 작업을 한 뒤에 그 일을 했다는 기억을 잊을 필요도 있다. 이런 기술은 다른 정신 훈련 기법처럼 배울 수 있다. 대부분의 당원과 정통적이며 지적인 사람들은 이것을 배우고 있다. 구어로는 이를 곧이곧대로 "현실 통제"라고 부르고 신어로는 "이중사고"라고 한다. 이중사고가 또한 다른 많은 뜻을 내포하고 있는데도 말이다.

이중사고란 한 사람이 두 가지 상반된 신념을 동시에 가지고 있으며 그 두 가지 신념을 모두 받아들일 수 있는 능력을 의미한다. 당의 지식층은 자신들의 기억을 어떤 방향으로 변화시켜야 할지를 안다. 따라서 그들은 자신들이 현실을 농락하고 있다는 사실도 안다. 그러나 그들은 또한 이중사고의 훈련에 의해서 현실을 침범하지는 않았다며 스스로 만족해한다. 그런데 이런 과정은 의식적이어야 한다. 그렇지 않으면 아주 정확하게 수행할 수 없다. 이런 과정은 무의식적이어야 한다. 그렇지 않으면 날조를 한다는 느낌이 들어 죄의식을 느끼게 되기 때문이다. 당의 본질적인 행위는 한 점 부끄러움도 없이 정직하게 수행된다는 의도를 단단히 유지하면서 기만을 의식적으로 이용한다. 때문에 이중사고는 '영사'의 핵심이라 할 수 있다. 의도적으로 거짓말을 하면서 그 거짓을 진실로 믿고 곤란해질 사안은 잊어버렸다가, 그것이 다시 필요해졌을 때 망각 속에서 끄집어내며 객관적인 현실의 존재를 부인하는 한편, 그동안 내내 부인해 왔던 현실을 고려하는 등, 이 모든 일은 반드시 필요하다. 이중사고란 말을 사용할 때조차도 이중사고를 해야 한다. 이 말을 사용하면 현실을 조작하고 있다는 것을 인정하는 것이고 여기에서 다시 이중사고를 하면 바로 인정한 것을 지워 버리는 것이 되니, 이렇게 무한히 계속하면 언제나 거짓말이 진실보다 앞서게 된다. 궁극적으로 당이 역사의 흐름을 막을 수 있었던 것은 이중사고에 의해서였는데, 우리 모두 알다시피 이런 일은 앞으로도 수천 년 동안 계속될지도 모른다.

과거의 모든 과두 정치 체제는 지나치게 경직되었거나 관대해졌기 때문에 권력을 잃게 되었다. 그 체제의 주인공들은 아둔해지고 오만해져서 변화하는 환경에 적응하지 못하고 몰락했다. 또한 그들은 진보적이고 비겁해져서 무력을 사용해야만 할 때 오히려 양보를 해 다시 한번 몰락을 했다. 다시 말해서 그들은 의식적으로도 몰락했고 무의식적으로도 몰락했던 것이다. 이러한 두 가지 상황이 동시에 존재할 수 있는 사상 체계를 확립한 것이 당이 이룬 성과이다. 다른 어떤 지적 기반으로도 당의 통치권을 영구히 지킬 수 없다. 누구든 지배를 하려면, 그리고 그 지배를 계속하려면 현실 감각을 혼란시킬 수 있어야만 한다. 통치자 지도력의 비결은 과거의 잘못에서 배울 수 있는 힘과 스스로 완벽하다는 신념을 결합하는 것에 있기 때문이다.

'이중사고'를 가장 교묘하게 이용하는 전문가들이 바로 이중사고를 만들어 낸 사람들이며 그들이 이중사고가 방대한 정신 기만 체계라는 사실을 아는 사람들이라는 것은 거의 말할 필요도 없다. 우리 사회에서 현재 무슨 일이 벌어지고 있는지를 가장 잘 아는 사람 또한 가장 세상을 있는 그대로 보지 못하는 사람들이다. 일반적으로 이해력이 더 좋을수록 망상에 더 잘 빠지고 지적일수록 정신이 더 온전치 못하다. 사회 계급의 위치가 높아질수록 전쟁 히스테리가 더 격렬하게 증가한다는 사실이 이를 명확하게 보여 주는 예다. 전쟁에 대해 이성적인 태도를 취하는 사람들이 있다면, 그것은 분쟁 지역에 사는 피지배민들이다. 이들에게 전쟁이란 해일처럼 몸을 휩쓸고 지나가는 끊임없는 재앙일 뿐이다. 어느 편이 이기는가는 완전히 관심 밖의 일이다. 이들은 통치자가 바뀌어도 이전의 통치자한테 받던 대로 똑같은 취급을 받으며 새 통치자를 위해 전과 똑같은 일을 하게 될 것이라는 걸 인식하고 있다. 이들보다 조금 더 나은 대접을 받는, 소위 '프롤'이라고 하는 사람들은 그저 이따금씩 전쟁을 의식할 뿐이다. 필요할 때 그들을 자극하면 광적인 공포와 증오에 휩싸이게 할 수 있지만 그들을 그대로 내버려 두면 전쟁이 벌어지고 있다는 사실을 오랫동안 잊어버린다. 전쟁에 대한 진정한 열망에 빠져 있는 사람들은 당원의 지위에 있는 사람들, 무엇보다 핵심 당원들이다. 세계 정복이 불가능하다는 사실을 잘 아는 사람들이 더욱 그 가능성을 굳게 믿는다. 지식과 무지, 광신적인 냉소와 같은 상반된 개념의 기이한 결합은 오세아니아 사회의 가장 주요한 특징 중 하나이다. 공식적인 이념은 그럴 만한 실질적인 이유가 없는데도 모순으로 가득하다. 이와 같이 당은 사회주의자 운동이 원래 기반으로 하던 모든 원칙들을 '사회주의'란 이름으로 배척하고 비방했다. 또한 과거 수세기 동안 그 유례를 찾아볼 수 없을 만큼 노동자 계급을 경멸했으며 그 이유로 한때 노동자들 특유의 작업복이었던 옷을 당원들에게 제복으로 입혔다. 당은 또한 조직적으로 가족의 결속을 약화시키고 당의 지도자를 가족의 충성심에 대한 감성에 직접적으로 호소하는 이름으로 부른다. 의도적으로 당은 네 개의 행정 부서 이름에 정반대의 뜻을 지닌 이름을 붙여 뻔뻔스러움을 드러낸다. 평화부는 전쟁을, 진리부는 거짓말을, 애정부는 고문을, 풍요부는 굶주림 문제를 관장하고 있다. 그런데 이러한 모순은 우연도, 평범한 위선의 결과도 아니다. 이중사고에서 나온 계획적인 행위의 결과이다. 이런 모순을 조화시켜야만 권력이 영원히 유지될 수 있기 때문이다. 다른 방법으로는 아주 오래된 순환의 고리를 끊을 수 없다. 만약 인간 평등을 영원히 저지하려면, 즉 소위 상층 계급이 자신들의 지위를 영원히 지키려면, 온전치 않은 정신의 지배를 받아야만 한다.

하지만 이 순간까지도 우리가 거의 무시해 온 문제가 하나 있다. 왜 인간 평등은 저지되어야 하는가? 그 과정의 기법이 제대로 설명되었다고 가정한다면 그처럼 치밀하게 계획하여 엄청난 노력을 기울여서 어느 특정 순간에 역사를 동결시키려고 하는 동기가 무엇일까?

우리는 핵심적인 비밀에 도달했다. 이미 알고 있다시피 당, 특히 핵심 당의 신비로움은 이중사고에 의존하고 있다. 그러나 그보다 더 깊은 곳에 권력의 장악과 이중사고, 사상경찰, 끊임없는 전쟁 그리고 그 밖에 부수적으로 필요한 것들을 생기게 한, 근원적인 동기, 한 번도 의심해 본 적 없는 본능이 있다. 실제로 이 동기를 구성하는…….

윈스턴은 평소에는 들리지도 않았던 소리가 들릴 만큼 주위가 갑자기 조용해졌다고 생각했다. 줄리아가 아까부터 꼼짝도 않고 가만히 있는 것 같았다. 그녀는 허리 위로 아무것도 걸치지 않은 채 손으로 뺨을 받치고는 모로 누워 있었다. 짙은 머리카락 한 가닥이 그녀의 눈 위로 흘러내려 있었다. 그녀의 가슴이 천천히 그리고 규칙적으로 오르내렸다.

"줄리아."

대답이 없었다.

"줄리아, 자요?"

대답이 없었다. 그녀는 자고 있었다. 그는 책을 덮어 조심스레 바닥에 내려놓고 나서 침대에 누워 침대보를 잡아 당겨 그녀와 자기 몸 위에 덮었다.

그는 아직 궁극적인 비밀을 알지는 못했다고 생각했다. '방법'은 이해했지만 '이유'는 이해하지 못했다. 제3장처럼 제1장도 사실상 그가 모르는 것을 알려 주지는 않았다. 그가 이미 알고 있는 지식을 단순히 체계화했을 뿐이었다. 하지만 그는 책을 읽고 나서 자신이 미치지 않았다는 것을 전보다 더 잘 알게되었다. 소수파에 속해 있다고 해서, 아니 단 한 사람뿐이라고 해서 미친 사람이 되는 것은 아니었다. 진실과 허위가 있을 때 세상 전체와 맞서야 할지라도 진실에 매달려 있다면 미치지 않은 것이었다.

지는 해의 노란빛이 창문을 통해 비스듬히 들어와 베개 위를 비췄다. 그는 두 눈을 감았다. 그는 얼굴을 비치는 햇빛과 그의 몸에 닿은 부드러운 그녀 몸의 감촉에 격렬하면서도 졸린 느낌이 들었고 한편으로는 자신감이 생기는 것을 느끼기도 했다. 그는 안전했고 모든 것은 잘되어 가고 있었다.

"온전한 정신은 통계적인 게 아니야."

그는 이 말 속에 심오한 지혜라도 담고 있는 듯 중얼거리며 잠이 들었다.

10

잠에서 깨었을 때, 그는 오랫동안 잔 것 같은 기분이 들었다. 하지만 구식 시계를 흘긋 보니 겨우 20시 30분이었다. 그는 누워서 얼마간 더 졸았다. 그런데 잠시 후 창문 아래의 뜰에서 예의 가슴속 깊은 곳을 울리는 노랫소리가 들려오기 시작했다.

그저 덧없는 바람이었네.
4월의 어느 날처럼 지나가 버렸다네.
하지만 눈길과 말과 꿈으로 내 마음 흔들고 가 버렸다오!
내 마음 앗아 가 버렸다오!

그 시시한 노래는 인기가 있는 모양이었다. 여전히 사방에서 그 노래가 들렸다. '증오가'보다 수명이 더 긴 것 같았다. 그 노랫소리에 줄리아가 잠에서 깨어 늘어지게 기지개를 켜고는 침대에서 일어났다.

"배가 고파요."

줄리아가 말했다.

"커피라도 좀 만들까 봐요. 세상에! 난롯불이 꺼져서 물이 차갑게 식어 버렸어요."

줄리아가 난로를 집어 들고 난로를 흔들었다.

"기름이 떨어졌어요."

"채링턴 씨한테서 좀 얻을 수 있을 거예요."

"이상하네요. 석유가 가득 차 있는 줄 알았는데 말이에요. 옷을 입어야겠어요."

줄리아가 덧붙였다.

"점점 더 추워지는 것 같아요."

윈스턴도 일어나 옷을 입었다. 그 여인은 지칠 줄 모르는 목소리로 계속해서 노래를 불렀다.

시간이 약이라고 말들 하지만,

언제나 잊게 될 거라고 말들 하지만,

미소와 눈물은 여러 해를 지나

아직도 내 가슴을 쥐어짜는구나!

그는 제복의 허리띠를 매면서 창가로 다가갔다. 해가 집 뒤로 넘어가 버린 게 틀림없었다. 뜰에는 더 이상 햇빛이 비치지 않았다. 막 물을 뿌린 것처럼 판석이 젖어 있었고 하늘도 물로 씻어 낸 것 같았다. 아주 맑은 옅은 파란색 하늘이 굴뚝 사이로 보였다. 그 여자는 지칠 줄 모르고 왔다 갔다 하면서 입에 문 빨래집게를 빼서 빨래를 집을 때 노래를 불렀다가 다시 조용해지며 기저귀를 계속 널었다. 그녀가 빨래를 해서 먹고사는 건지, 이삼십 명의 손주를 거느린 할머니인지 궁금했다. 줄리아가 그의 곁으로 다가왔다. 둘은 아래쪽에 있는 건장한 여인에게 약간 매료된 듯이 그녀를 내려다보았다. 그는 특유의 자세를 하고 빨랫줄을 향해 뻗고 있는 그 여자의 굵은 팔뚝과 힘센 암말처럼 툭 튀어나온 엉덩이를 보면서 처음으로 그 여인네가 아름답다고 생각했다. 출산으로 몸집이 엄청나게 불어났다가 일 때문에 몸이 단단해지고 거칠어져 마침내 늙은 순무처럼 쭈글쭈글해진, 쉰 살쯤 된 여인이 아름답다는 생각이 든 적은 없었다. 하지만 그 여자는 아름다웠고 그는 결국 그런 여인이 아름답지 말라는 법이 있나 하고 생각했다. 화강암 덩어리처럼 단단하고 몸매가 없으며 거칠어진 붉은 피부를 지닌 그녀의 육체를 처녀의 육체와 비교하는 것은 장미 열매와 장미꽃을 비교하는 것과 같다. 하지만 왜 열매가 꽃보다 못한가?

"아름답군요."

그가 중얼거렸다.

"엉덩이 폭이 1미터는 족히 넘겠어요."

줄리아가 말했다.

"그런 게 저 여자의 아름다움이지요."

윈스턴이 덧붙였다.

윈스턴이 줄리아의 탄력 있는 허리를 팔로 감싸 안았다. 그녀의 엉덩이에서 무릎까지가 그의 옆에 딱 달라붙어 있었다. 그들은 아기를 갖지 못할 것이다. 그들이 절대 할 수 없는 일 중에 하나였다. 그들은 오직 입에서 입으로, 마음에서 마음으로 그 비밀을 서로에게 전했다. 아래에 있는 여자는 아무 생각 없이, 오직 강인한 팔과 따뜻한 마음, 임신할 수 있는 배만 가지고 있었다. 그 여인이 아이를 몇이나 낳았을지 궁금했다. 못해도 열다섯은 낳았을 것이라고 생각했다. 물론 저 여자도 한때는, 아마 1년 정도는 들장미처럼 활짝 피었을 것이다. 그러다가 갑자기 잘 익은 열매처럼 부풀어서 점점 단단해지고 붉어졌으며 거칠어졌을 것이다. 계속해서 쉬지 않고 30년 이상, 처음에는 자식들을, 그다음에는 손주들을 위해서 빨래하고 설거지하고 바느질하고 밥 짓고 쓸고 닦고 수선하고 또 설거지하고 빨래하는 등 일이 계속되었을 것이다. 그런데 그 여자는 이런 힘든 삶의 끝에서 아직도 노래를 부르고 있다. 그녀에 대한 신비로운 존경심은 굴뚝 뒤로 끝없이 펼쳐진, 구름 한 점 없는 옅은 색의 하늘과 어우러졌다. 여기뿐 아니라 유라시아나 동아시아에 사는 사람들 모두에게 하늘은 똑같을 것이라고 생각하자 기분이 이상했다. 이 세상에 사는 수억, 수십억의 사람들이 서로의 존재를 무시한 채 증오와 거짓의 벽으로 유리되어 있지만 사실 하늘 아래에 살고 있는 사람들은 모두 같다. 이들은 생각하는 법을 배운 적이 없지만 저마다 가슴과 배 그리고 근육에 언젠가 이 세계를 뒤엎을 힘을 비축해 놓고 있다. 만약 희망이 있다면 그것은 무산 계급인 노동자들에게 있다!

윈스턴은 '그 책'을 끝까지 읽지 않고도 이 말이 분명히 골드스타인의 마지막 메시지라는 것을 알았다. 미래는 노동자들의 것이다. 그들의 시대가 오면, 그들이 건설한 세계는 당의 세상인 지금처럼 윈스턴 스미스와 잘 맞을 거라고 그는 확신할 수 있을까? 그렇다! 왜냐하면 그것은 적어도 정신이 올바른 세상일 것이기 때문이다. 평등이 있는 곳에 올바른 정신이 깃들 수 있다. 조만간 그런 세상이 되어 힘이 의식으로 변할 것이다. 뜰에 있는 저 씩씩한 여인의 모습을 보면 노동자가 불멸의 존재라는 사실에 의심할 여지가 없을 것이다. 반드시 노동자들의 의식이 깨어날 때가 올 것이다. 그때까지 천 년이 걸릴지도 모르겠지만 그들은 새들처럼 당이 갖지도 못하고 말살시킬 수도 없는 생명력을 이 사람에게서 저 사람에게로 전하며 모든 불평등에 맞서 살아남을 것이다.

"기억나요?"

윈스턴이 물었다.

"우리가 처음 만나던 날, 나무 끝에 앉아서 우리를 보고 노래를 불렀던 개똥지빠귀……."

"그 새는 우리를 보고 노래를 부른 게 아니에요. 저 혼자 좋아서 노래한 것뿐이죠. 그것도 아니에요. 그냥 노래를 부른 걸 거예요."

줄리아가 대답했다.

새가 노래를 불렀고 노동자도 노래를 불렀다. 그런데 당은 노래를 부르지 않았다. 런던과 뉴욕에서, 아프리카와 브라질에서, 국경선 너머에 있는 신비로운 금단의 땅에서, 파리와 베를린의 거리에서, 끝없이 펼쳐지는 러시아 평원의 마을에서, 중국과 일본의 시장에서, 세상 여기저기에 자리를 지키고 선 굳건한 무적의 여인과 같은 사람들이 노동과 출산으로 괴물 같은 모습을 하고 태어나서 죽을 때까지 힘들게 일만 하면서 여전히 노래를 부르고 있었다. 언젠가는 저 힘센 여자의 배에서 의식을 가진 종족이 태어날 것이다. 우리는 죽고 미래는 그들의 것이다. 하지만 그들이 육신으로 살아남는 것처럼 우리도 정신으로 계속 살아남아 "2 더하기 2는 4"라는 은밀한 원칙을 전달한다면 그 미래에 동참할 수 있을 것이다.

"우리는 죽은 목숨이에요."

윈스턴이 말했다.

"우리는 죽은 목숨이에요."

줄리아도 그 말을 따라 했다.

"너희들은 죽은 목숨이다."

그들 뒤에서 금속성 목소리가 들렸다.

둘은 화들짝 놀라며 떨어졌다. 윈스턴은 내장이 다 얼어붙는 것 같았다. 줄리아의 눈동자가 풀리는 것이 보였다. 그녀의 얼굴이 노랗게 질렸다. 아직 그녀의 두 뺨에 남아 있는 연지 자국이 마치 그 아래에 있는 피부에서 분리된 듯 선명하게 도드라져 보였다.

"너희들은 죽은 목숨이다."

금속성의 목소리가 되풀이해 말했다.

"저 그림 뒤에서 나오는 거예요."

줄리아가 속삭였다.

"그렇다. 그림 뒤다."

그 목소리가 말했다.

"그 자리에 그대로 서 있어. 명령을 내릴 때까지 움직이지 마."

올 것이 왔다! 드디어 오고야 말았다! 그들은 서로의 눈을 바라보며 서 있는 것 외에 할 수 있는 게 아무것도 없었다. 너무 늦기 전에 집을 빠져나가 도망친다면 어떨까? 하지만 둘은 그런 생각조차 나지 않았다. 벽에서 나오는 금속성 목소리에 복종하지 않는다는 것은 상상조차 할 수 없는 일이었다. 딸각, 자물쇠를 돌리는 소리가 들리는 것 같더니 와장창 유리 깨지는 소리가 났다. 그림이 마룻바닥에 떨어지면서 그 뒤에 숨겨져 있던 텔레스크린이 나타났다.

"이제 우리가 보이겠군요."

줄리아가 말했다.

"이제 너희들이 보인다."

그 목소리가 대답이라도 하듯 말했다.

"방 가운데로 나와서 등을 맞대고 서라! 손을 머리 위로 올리고! 서로의 몸이 닿지 않도록 해라!"

두 사람의 몸은 닿지 않았지만 윈스턴은 줄리아의 떨리는 몸을 느낄 수 있었다. 아니, 어쩌면 단지 그 자신의 몸이 떨리고 있는 것인지도 몰랐다. 그는 덜덜 이가 떨리는 걸 간신히 멈출 수 있었다. 하지만 떨리는 무릎은 어쩔 수 없었다. 아래에서 집 안팎으로 요란한 구두 소리가 들렸다. 뜰에 사람들이 가득 차 있는 것 같았다. 자갈 위로 무언가가 끌리는 소리가 났다. 여인의 노랫소리가 뚝 그쳤다. 뜰 저쪽으로 걷어차인 듯 대야 굴러가는 소리가 길게 났다. 그리고 이어서 성난 고함 소리가 어지러이 들리더니 마지막에 고통스런 외마디 비명이 들렸다.

"집이 포위됐어요."

윈스턴이 말했다.

"집은 포위됐다."

그 목소리가 말했다.

줄리아가 이를 악무는 소리가 들렸다.

"이제 그만 작별 인사를 해야겠네요."

"작별 인사를 해도 좋다."

그 목소리가 말했다. 그리고 이어서 이전과는 완전히 다른, 가늘고 세련된 목소리가 갑자기 끼어들었다. 윈스턴이 전에 들어 본 것 같은 목소리였다.

"그런데 그건 그렇고, 전에 하던 얘기가 있었는데, '그대 침대를 밝힐 촛불이 오네. 그대 목을 자를 도끼가 오네!'"

윈스턴 등 뒤 침대 위로 뭔가가 떨어졌다. 사다리가 창문을 뚫고 들어와 창틀이 부서졌다. 누군가가 창문으로 올라오고 있었다. 계단을 올라오는 발소리도 들렸다. 순식간에 검은 제복을 입고 쇠 장식을 단 부츠를 신은 건장한 남자들이 손에 곤봉을 든 채 방을 가득 채우고 서 있었다.

윈스턴은 더 이상 떨지 않았다. 게다가 눈동자조차 움직이지 않았다. 중요한 것은 딱 한 가지였다. 꼼짝도 하지 말아야 한다. 꼼짝 말고 서서 그들에게 한 대 칠 구실을 주지 말아야 한다! 권투 선수처럼 턱이 미끈하고 입이 가늘게 째진 남자가 곤봉을 엄지와 검지 사이에 가만히 쥐고 그의 앞에 멈춰 섰다. 윈스턴은 그의 눈을 쳐다봤다. 두 손을 머리 뒤로 올린 채 얼굴과 몸을 모두 드러내 놓고 있기 때문에 마치 벌거벗은 느낌이 들어 참을 수가 없었다. 그 남자는 허연 혀끝을 내밀어 입술을 핥더니 그대로 지나갔다. 또다시 뭔가 부서지는 요란한 소리가 들렸다. 누군가가 탁자 위에 있던 유리 문진을 집어 벽난로 받침돌에 던져 산산조각을 냈다.

설탕으로 만들어 케이크를 장식하는 장미꽃 봉오리 같은 분홍색의 작은 산호 조각이 카페트 위를 굴렀다. '무척 작군' 하고 윈스턴은 생각했다. 뒤에서 헐떡거리는 숨소리와 쿵쿵거리는 발소리가 나더니 누군가 그의 발목을 세게 걸어찼다. 그는 거의 쓰러질 뻔했다. 한 남자가 줄리아의 명치를 주먹으로 힘껏 치자 그녀는 접는 자처럼 몸을 웅크리며 고꾸라졌다. 줄리아는 바닥 위로 쓰러져 몸을 뒹굴며 숨을 헐떡였다. 윈스턴은 감히 고개를 돌리지도 못했지만 흙빛의 헐떡이는 그녀의 얼굴이 언뜻언뜻 그의 시야에 들어왔다. 그 공포 속에서도 숨을 쉬려고 애를 쓰는 그녀만큼은 아니어도 그 자신도 극심한 고통을 온몸으로 느꼈다. 그는 무엇보다도 우선 숨을 제대로 쉬지 못해 아픔조차 느끼지 못하고 있을 그녀의 끔찍한 고통이 어떠할지 알았다. 그때 두 남자가 그녀의 무릎과 어깨를 잡고 들어 올리더니 그녀를 자루처럼 들고 나갔다. 윈스턴은 거꾸로 뒤집힌 그녀의 얼굴을 힐끗 쳐다보았다. 그녀의 얼굴은 노랗게 일그러져 있었고 두 눈은 꼭 감겨 있었다. 양쪽 뺨에는 여전히 연지 자국이 남아 있었다. 그것이 그가 본 그녀의 마지막 모습이었다.

그는 죽은 듯이 꼼짝 않고 서 있었다. 아직은 아무도 그를 때리지 않았다. 신통치 않은 생각들이 그의 머릿속에 제멋대로 떠올랐다가 스쳐 지나가기 시작했다. 그는 채링턴 씨도 체포되었는지 궁금했다. 뜰에 있던 여인은 어떻게 되었는지도 궁금했다. 그는 오줌이 몹시 마려운 걸 느끼고는 기절할 듯이 깜짝 놀랐다. 불과 두세 시간 전에 화장실에 다녀왔기 때문이었다. 그는 벽난로 위의 시계가 9시를 가리키고 있는 것을 봤다. 하지만 햇빛이 너무 강해 보였다. 해가 긴 8월 저녁이라고 해도 9시면 어두워지기 시작해야 하는 것이 아닌가?

그는 자기와 줄리아가 결국 시간을 잘못 알고 있었던 게 아닌가 하고 생각했다. 둘 다 시계가 한 바퀴 돌도록 잠을 잤고 실제로는 다음 날 아침 8시 30분인데 저녁 8시 30분으로 착각하지 않았나 싶었다. 그러나 그는 더 이상 생각하지 않았다. 흥미롭지 않았기 때문이다.

복도에서 가벼운 발소리가 났다. 채링턴 씨가 방으로 들어왔다. 검은 제복을 입은 사내들의 태도가 갑자기 점잖아졌다. 채링턴 씨 모습도 어딘가 변한 것 같았다. 그의 시선이 유리 문진의 파편을 향했다.

"저 유리 조각들을 줍게."

그가 날카롭게 명령했다.

한 남자가 그 명령에 복종하며 몸을 굽혔다. 그의 말투에서 런던 토박이 사투리가 사라졌다. 윈스턴은 문득 그 목소리가

346

조금 전 텔레스크린에서 들었던 목소리라는 것을 깨달았다. 채링턴 씨는 여전히 그 낡은 벨벳 조끼를 입고 있었다. 하지만 거의 하얗게 샜던 머리카락이 어느새 검은색으로 바뀌어 있었다. 더욱이 안경도 끼지 않고 있었다. 그는 마치 신분이라도 확인하듯, 윈스턴을 날카로운 눈초리로 한차례 쏘아보더니 두 번 다시 쳐다보지 않았다. 여전히 채링턴 씨를 알아볼 수는 있었지만 그는 더 이상 예전의 채링턴 씨와 같은 사람이 아니었다. 그의 몸이 곧게 펴서 키가 좀 더 커진 것처럼 보였다. 전혀 다른 사람이 된 것 같아 보임에도 불구하고 그의 얼굴에는 아주 작은 변화만 있을 뿐이었다. 검은 눈썹의 숱이 줄고 주름이 사라져 전체 얼굴 윤곽이 바뀐 것 같았다. 심지어 코도 짧아진 것 같았다. 기민하고 냉정한 표정을 한 그는 서른다섯 살쯤 되어 보였다. 윈스턴은 난생처음으로 사상경찰을 보고 있다는 생각이 들었다.

3부

1

그는 자신이 어디에 있는지 알 수 없었다. 아마도 애정부인 듯했지만 확인할 길이 없었다.

그는 천장이 높고 번들거리는 흰 타일 벽으로 둘러싸인 창 없는 감방 안에 있었다. 갓을 씌운 램프가 방 안을 차갑게 비추었다. 계속해서 낮게 윙윙거리는 쇳소리가 들렸는데 통풍구에서 나는 소리 같았다. 문과 문 맞은편 재래식 좌변기를 빼고 나머지 벽 둘레에는 겨우 앉을 만한 넓이의 의자가 죽 놓여 있었다. 그리고 벽마다 하나씩, 텔레스크린이 네 대 설치되어 있었다.

그는 배에 묵직한 통증을 느꼈다. 사방이 막힌 밴에 실려 이송될 때부터 줄곧 그랬다. 하지만 그는 신경을 갉아먹는 것처럼 불쾌한 느낌이 들 정도로 배가 고프기도 했다. 밥을 먹지 못한 지 24시간, 어쩌면 36시간쯤 되었을 것이다. 그는 자신이 체포되던 때가 아침이었는지 저녁이었는지 여전히 알지 못했고 아마 영원히 알지 못할 것이다. 그는 체포된 후로 아무것도 먹지 못했다.

그는 손을 모아 무릎 위에 올려놓은 채 될 수 있는 한 꼼짝도 하지 않고 좁은 의자 위에 앉아 있었다. 움직이지 말고 가만히 앉아 있어야 한다는 것은 익히 알고 있었다. 무심코 조금만 움직여도 텔레스크린에서 불호령이 떨어졌다. 하지만 음식을 먹고 싶은 갈망이 점점 커졌다. 무엇보다도 그가 바라는 것은 빵 한 조각이었다. 제복 주머니 속에 빵 부스러기가 조금 남아 있을지도 모른다는 생각이 났다. 이따금 다리에 무언가 닿는 것으로 보아 꽤 큰 빵 조각이 있을 것 같다는 생각을 하게 되었다. 결국 그는 유혹을 견디지 못하고 두려움도 잊은 채 주머니에 손을 쓱 밀어 넣었다.

"스미스!"

텔레스크린에서 호통치는 소리가 났다.

"6079 스미스 W! 감방에선 주머니에 손 넣지 마!"

그는 다시 손을 모아 무릎 위에 올리고 꼼짝 않고 앉아 있었다. 그곳으로 이송되기 전에 그는 일반 감옥이거나 경찰이 사용하는 임시 유치장이 틀림없어 보이는 다른 곳에 수용되어 있었다. 그러나 거기에서 얼마나 오래 있었는지는 알 수 없었다. 어쨌든 몇 시간은 됐을 것이었다. 시계도 없고 햇빛도 들지 않아서 시간을 가늠하기 어려웠다. 그곳은 소란스럽고 악취가 심했다. 그는 임시 유치장과 비슷한 감방에 수감됐는데, 무척 더러웠으며 한 방 안에 죄수가 열 명에서 열다섯 명 정도 득실거렸다. 대부분은 일반 범죄자였지만 정치범도 몇 명 끼어 있었다. 그는 지저분한 사람들한테 떠밀려 벽에 기댄 채 조용히 앉아 있었다. 극심한 공포와 복통에 온 정신이 집중되어 있어서 주위에 관심을 둘 겨를이 없었지만 같은 죄인이라도 당원과 당원이 아닌 죄인들 간의 태도에 놀랄 만한 차이가 있는 것은 눈치챌 수 있었다. 당원 범죄자들은 늘 조용하고 겁에 질려 있지만 일반 범죄자들은 조금도 거리낌이 없었다. 그들은 간수한테 욕을 하고 소지품을 압수당할 때는 사납게 대들었으며, 마룻바닥에 음란한 낙서를 끼적이고 옷 속 어딘가에 감춰 둔 먹을 것을 몰래 꺼내 먹다가 텔레스크린이 얌전히 있으라고 호통을 치면 거기에다 대고 소리를 질렀다. 한편 몇몇은 간수들의 별명을 부르고 친한 척하면서 뚫려 있는 감시 구멍으로 담배를 얻어 내려고 했다. 간수들은 거칠게 다뤄야 할 때에도 일반 범죄자들에게 어느 정도 관대한 태도를 보였다. 강제 노동 수용소로 보내질 것 같다고 생각하는 대부분의 죄수들은 그 수용소에 대한 이야기를 많이 했다. 윈스턴이 들은 바로는 수용소에서 줄만 잘 잡으면 문제는 없었다. 그곳에는 갖은 종류의 뇌물과 특혜, 공갈도 있고 동성연애와 매춘도 있으며 감자로 빚은 밀주까지 있다고 했다. 책임 있는 자리는 일반 범죄자들, 특히 폭력배들과 살인범들에게 돌아가 이들이 일종의 귀족 계급을 형성하고 있었다. 온갖 지저분한 일은 모두 정치범들 몫이라고 했다.

마약상이며 도둑, 노상강도, 암시장 상인, 술주정뱅이, 매춘부 등 별의별 죄수들이 끊임없이 감방을 들락거렸다. 술주정뱅이 중에는 상당히 폭력적인 자도 있어서 다른 죄수들이 합세해서 진정시켜야 했다. 한 번은 예순 살쯤 먹은 거구의 여자가 동그랗게 틀어 올린 흰 머리가 몸부림을 치는 통에 흘러내려 만신창이가 된 채 커다란 젖가슴을 흔들어 대고 발버둥을 치고 소리를 고래고래 지르면서 네 명의 간수들한테 한 쪽씩 팔다리가 들려 들어왔다. 간수들은 발길질하는 여자의 신발을 억지로 벗기고는 그녀를 윈스턴 무릎에 내팽겨쳤다. 윈스턴은 넓적다리뼈가 부러지는 것 같았다. 그 여자가 몸을 일으키더니 간수들 뒤에 대고 소리를 냅다 질렀다.

"야, 이 개새끼들아!"

그러고는 그제야 자신이 평평하지 않은 곳에 앉아 있다는 것을 알아차리고는 윈스턴 무릎에서 슬그머니 내려와 의자에 앉았다.

"정말 미안하우."

여자가 말했다.

"내가 당신 무릎에 앉으려고 한 게 아니라 저 새끼들이 나를 패대기쳐서 그런 거유. 저놈들은 숙녀를 대하는 법을 몰라. 그렇지 않우?"

여자는 잠시 말을 멈추고 가슴을 두드리고 나서 트림을 했다.

"미안하우. 내가 몸이 좀 이상해."

그 여자가 말했다. 그때 여자가 몸을 앞으로 숙이더니 바닥에 음식물을 잔뜩 게워 냈다.

"훨씬 낫군 그래."

여자가 눈을 감은 채 몸을 뒤로 기대며 말했다.

"도무지 내려가질 않더니 말이지. 다 꺼내고 나니 배 속이 시원하니 살 것 같네."

여자가 기운을 차렸는지 몸을 돌려 윈스턴을 한 번 더 쳐다봤고 금세 그가 좋아진 듯했다. 그녀가 커다란 팔로 그의 어깨를 감싸 안고는 그녀 쪽으로 그를 끌어당겼다. 그녀는 맥주 냄새와 토한 음식물 냄새를 그의 얼굴에 뿜어 댔다.

"성이 뭐유?"

그녀가 물었다.

"스미스입니다."

윈스턴이 대답했다.

"스미스?"

그녀가 말했다.

"우습네. 나도 성이 스미스인데……."

그녀는 슬픈 목소리로 덧붙였다.

"내가 당신 어머니일지도 모르겠구려!"

그럴지도 모른다고 윈스턴은 생각했다. 나이도 몸집도 비슷했다. 강제 노동 수용소에서 20년 동안 있다 보면 사람은 얼마든지 변할 수도 있는 것이다.

윈스턴에게 말을 건네는 사람은 아무도 없었다. 일반 범죄자들은 놀랄 정도로 정치범들을 무시했다. 그들은 관심이 없다는 듯 경멸하는 투로 정치범들을 '정범'이라고 불렀다. 정치범들은 누구에게나 말 걸기를 두려워했는데 무엇보다 자기들끼리 이야기하는 것을 더 두려워했다. 딱 한 번, 윈스턴은 여자 당원 둘이 의자에 서로 꼭 붙어 앉아서 빠른 목소리로 소곤거리는 말을 몇 마디 엿들었다. 두 여자는 특별히 "101호실"이라고 부르는 것에 대해서 이야기를 했는데 윈스턴은 그게 뭔지 이해할 수 없었다.

그가 감방에 갇힌 지 2~3시간쯤 지난 것 같았다. 배의 묵직한 통증이 좀처럼 가라앉지 않았는데 통증이 덜했다 더했다 하는 정도에 따라 그의 생각도 많아졌다 적어졌다 했다. 고통이 심해지면 통증과 먹을 것밖에 생각나지 않았다. 통증이 좀 나아지면 공포가 그를 사로잡았다. 앞으로 닥쳐올 일들을 생각할 때면 실제로 일어나기라도 한 듯, 가슴이 뛰고 숨이 막히는 것 같았다. 마치 곤봉으로 팔꿈치를 얻어맞고 쇠 장식이 박힌 구두로 정강이를 걷어 차인 듯한 느낌이 들면서 바닥을 기어 다니며 부러진 이 사이로 살려 달라고 비명을 지르는 자신의 모습이 보이는 것 같았다.

줄리아 생각은 거의 하지 않았다. 그녀한테 정신을 집중하려고 해도 마음대로 되지 않았다. 그는 그녀를 사랑했고 배신하지 않을 작정이었다. 하지만 그것은 연산 법칙을 알고 있듯이 그가 알고 있는 사실일 뿐이었다. 그는 더 이상 그녀에게 사랑을 느끼지 못했고 그녀에게 무슨 일이 생겼는지 궁금하지도 않았다. 그는 희미한 희망의 빛을 안고 이따금씩 오브라이언을 생각했다. 오브라이언은 윈스턴이 잡혔다는 것을 알고 있을 것이다. 형제단은 결코 단원을 구하지 않는다고 그는 말했다. 그러나 면도날이 있었다. 어쩌면 면도날을 보내 줄지도 몰랐다. 간수들이 감방으로 뛰어 들어오려면 아마도 5초는 걸릴 것이었다. 면도날이 화끈거리며 차갑게 몸속으로 파고들고 면도날을 쥔 손가락마저도 뼈가 있는 데까지 베일 것이다. 아주 작은 통증에도 몸을 움츠리며 떨던 때가 생각났다. 그는 기회가 있다고 해도 면도날을 사용할 수 있을지 자신이 없었다. 고문을 받을 게 확실하더라도 한 순간에서 다음 순간까지 10분이라도 더 살아 있으려고 하는 것이 인간 본성이었다.

그는 가끔씩 감방 벽의 타일 수를 세어 보려고 애를 썼다. 그것은 분명히 쉬워 보였다. 하지만 그는 어느 지점에 가서 꼭 셈을 잊어버렸다. 그는 자신이 어디에 있는지, 하루 중 몇 시나 되었는지 더 자주 궁금해했다. 한순간 바깥이 환한 대낮이라고 확신했다가도 금세 캄캄한 밤이 분명하다고 생각했다. 그곳은 절대로 전기가 나가지 않을 거라는 사실을 그는 본능적으로 알았다. 어둠이 없는 곳이었다.

그는 그제야 오브라이언이 어떻게 그 암시를 알아차렸는지 깨달았다. 애정부 건물에는 창문이 없었다. 그의 감방은 건물 한가운데에 있는지도, 어쩌면 건물 외벽과 맞닿아 있는지도 몰랐다. 지하 10층에 있을 수도 있었고 지상 30층에 있을 수도 있었다. 그는 머릿속에서 자신을 여기저기 돌아다니게 해서 몸의 느낌으로 자신이 공중에 떠 있는지 지하 깊숙이 묻혀 있는지 알아내려고 했다.

밖에서 이쪽으로 다가오는 발소리가 들렸다. 철커덩 소리를 내며 철문이 열렸다. 말쑥한 검정 제복 차림의 젊은 장교가 재빨리 들어왔다. 사방이 번들거릴 정도로 가죽에 윤을 낸 그는 얼굴 이목구비가 반듯하고 창백해 보여 꼭 밀랍으로 만든 가면을 쓴 것 같았다. 그는 밖에 있는 간수들에게 데리고 온 죄수를 들여보내라고 명령했다. 시인인 앰플포드가 어기적거리며 감방 안으로 들어왔다. 문이 다시 쾅 하고 닫혔다.

앰플포드는 마치 빠져나갈 다른 문이 있을 거라고 생각한 듯 좌우로 두어 번 우물쭈물 두리번거리더니 감방 안을 왔다 갔다 했다. 그는 아직 윈스턴이 있는 걸 알아채지 못했다. 그는 불안 해하는 눈으로 윈스턴의 머리 위쪽으로 1미터쯤 떨어져 있는 벽을 뚫어지게 쳐다보았다. 그는 신발을 신지 않고 있었다. 구 멍 난 양말 사이로 때 묻은 커다란 발가락이 쭉 삐져나와 있었 다. 며칠 동안 면도도 하지 못한 모양이었다. 수염이 광대뼈 있 는 데까지 덥수룩하니 덮여 있어서인지 허약해 보이는 커다란 체구와 신경질적인 몸짓에 어울리지 않게 흉악범 같은 분위기 를 풍겼다.

무기력하던 윈스턴이 약간 기운을 차렸다. 그는 텔레스크린 한테 호통을 듣는 위험을 감수하고서라도 앰플포드에게 말을 걸어야만 했다. 면도날을 가지고 있는 사람이 앰플포드일 가능 성도 있었다.

"앰플포드."

윈스턴이 불렀다.

텔레스크린에서는 아무 소리가 나지 않았다. 앰플포드는 멈 칫하더니 약간 놀라는 것 같았다. 그의 눈이 천천히 윈스턴에 게 초점을 맞췄다.

"아, 스미스! 자네도!"

앰플포드가 말했다.

"자네는 어쩌다 들어왔나?"

"사실은 말이지……."

앰플포드가 윈스턴의 맞은편 의자에 어색하게 앉았다.

"딱 한 가지 죄를 졌네. 하나가 아닌가?"

그가 말했다.

"그럼 죄를 지었단 말인가?"

"물론이야."

그는 무언가를 기억해 내려는 듯, 손을 이마에 대고 잠시 관자놀이를 눌렀다.

"이런 일이 벌어졌어."

그는 어눌하게 이야기를 시작했다.

"한 가지 일이 생각나는데……, 아마 그 일 때문일 거야. 확실히 내가 경솔했어. 우리는 키플링의 시집 결정판을 내려고 작업 중이었네. 그런데 시 구절 끝에 있는 'God(신)'이란 단어를 그대로 두기로 한 거야. 어쩔 수가 없었다니까!"

그는 고개를 들어 윈스턴을 쳐다보며 분한 듯 덧붙였다.

"그 행을 고치는 건 불가능했어. 각운이 'rod(막대기)'인데, 'rod'와 각운이 맞는 단어는 통틀어서 열두 개밖에 안 됐거든. 자네도 알고 있나? 몇날 며칠 동안 머리를 짜냈지만, 각운이 맞는 다른 단어는 없었어."

그의 안색이 변했다. 얼굴에 근심이 가시는 것 같더니 잠시 거의 기뻐하는 것처럼 보였다. 지적인 온화함이, 쓸데없는 사실을 발견한 학자의 희열 같은 것이 지저분하고 덥수룩한 그의 머리카락 사이로 반짝였다.

"자네 이런 거 생각해 본 적 있나?"

그가 물었다.

"영국 시문학사는 운이 맞는 단어가 부족한 영어라는 언어에 의해 결정되어 왔어."

윈스턴은 그런 특이한 생각은 한 번도 해 본 적이 없었다. 게다가 지금 이 상황에서 그것은 윈스턴에게 중요하지도 흥미롭지도 않았다.

"지금 몇 시나 됐는지 아나?"

윈스턴이 물었다.

앰플포드는 다시 깜짝 놀란 것 같았다.

"그 생각은 거의 하지도 않았네. 내가 체포된 게 이틀 전이었을 거야. 어쩌면 사흘 전이었는지도 모르지."

그는 어딘가에 있는 창문을 찾을 기대를 하는 것처럼 눈을 이리저리 움직여 벽을 쳐다보았다.

"여기에서는 밤낮의 차이가 없네. 시간을 어떻게 계산하는지 알 수가 없어."

그들은 몇 분 동안 종잡을 수 없는 이야기를 계속했는데 뚜렷한 이유도 없이 텔레스크린은 그들에게 조용히 하라며 호통을 쳤다. 윈스턴은 입을 꾹 다물고 양손을 모았다. 앰플포드는 몸집이 너무 커서 좁은 의자에 편히 앉지 못하고 계속해서 몸을 옆으로 움직이면서 볼품없이 길쭉한 손을 마주 잡고 한번은 이쪽 무릎에, 한번은 저쪽 무릎에 놓았다.

텔레스크린이 앰플포드에게 가만히 있으라고 윽박질렀다. 시간은 흘러갔다. 20분이 지났는지 한 시간이 지났는지 알 수가 없었다. 다시 한번 밖에서 구두 소리가 들렸다. 윈스턴은 창자가 오그라드는 것 같았다. 쿵쿵 울리는 구두 소리는 곧, 아주 곧, 어쩌면 5분 안에, 어쩌면 바로 지금이 윈스턴 차례임을 뜻하는 것일지도 몰랐다.

문이 열렸다. 차갑게 생긴 그 젊은 장교가 감방 안으로 들어왔다. 그러고는 재빠른 손짓으로 앰플포드를 가리켰다.

"101호실로."

그가 명령했다.

앰플포드는 희미하게 불안한 빛을 보이면서도 무슨 영문인지 모르겠다는 표정을 지으며 간수들 사이에 서서 어기적거리며 걸어 나갔다.

시간이 꽤 지난 것 같았다. 윈스턴은 다시 복통을 느꼈다. 그의 생각은 마치 공이 서로 연결된 같은 구멍 속으로 되풀이해서 빠지는 것처럼 같은 길을 따라 계속 돌고, 또 돌았다. 그는 여섯 가지밖에 생각나는 게 없었다. 복통, 빵 한 조각, 피와 비명, 오브라이언, 줄리아, 면도날. 배 속에서 또 한 번 경련이 일어났다. 무거운 구두 소리가 다가오고 있었다. 문이 열리자 바람을 타고 식은땀 냄새가 물씬 풍겨왔다. 파슨스가 감방 안으로 들어왔다. 그는 카키색 반바지와 운동복 티셔츠를 입고 있었다. 이번에는 윈스턴이 깜짝 놀라 어안이 벙벙했다.

"자네가 여기에 오다니!"

윈스턴이 말했다.

파슨스는 관심도 없고, 별로 놀랍지도 않다는 듯이 윈스턴을 흘끗 쳐다보았다. 파슨스는 고통스러워 보일 뿐이었다. 그는 도저히 가만히 있을 수가 없는지 부산스레 왔다 갔다 하기 시작했다. 통통한 무릎을 펼 때마다 덜덜 떨리는 모습이 확실히 보였다. 그는 감방 중간에 있는 무언가를 쳐다보지 않고는 도저히 못 배기겠다는 듯이 눈을 크게 뜨고 뚫어지게 쳐다보았다.

"무슨 일로 들어오게 된 건가?"

윈스턴이 물었다.

"사상죄야."

파슨스가 거의 흐느끼는 목소리로 대답했다. 그의 목소리에는 자기 죄를 모두 인정하면서도 그런 죄목이 자신에게 적용될 수도 있다는 사실을 믿기 어려워하는 공포감이 서려 있었다. 그는 윈스턴 바로 앞에 멈춰 서서 열심히 하소연을 하기 시작했다.

"이봐, 그들이 나를 총살하지는 않겠지? 그렇지 않아? 실제로는 아무것도 안했다면 총살은 하지 않을 거야. 생각만 한 거니까. 어쩔 수 없지 않나? 공정하게 변호할 기회를 준다고 들었어. 아, 그 점에 있어서는 난 그 사람들을 믿는다구! 내 경력을 잘 알 테니까. 그렇겠지? 자네도 내가 어떤 사람인지 알잖나. 난 나쁜 사람이 아니야. 물론 머리가 좋지는 않지만 열성적이긴 하잖아. 난 당을 위해서 최선을 다했다고. 여보게, 5년이면 될까? 아니면 10년씩이나? 나 같은 사람은 노동 수용소에서 꽤 쓸 만한 사람이 될 수 있을 거야. 딱 한 번 길에서 벗어났다고 날 총살하지는 않겠지?"

"죄를 짓긴 했나?"

윈스턴이 물었다.

"물론 난 유죄야!"

파슨스가 굽실거리는 표정으로 텔레스크린을 흘긋하며 소리쳤다.

"당이 무고한 사람을 체포할 거라고 생각하진 않겠지?"

개구리처럼 생긴 그의 얼굴이 점점 침착해지더니 약간 독실한 표정을 지어 보이기까지 했다.

"사상죄란 끔찍한 거라고."

그가 짐짓 무게를 잡으며 말했다.

"그건 은밀히 퍼지지. 자네가 알지도 못하는 사이에 거기에 사로잡혀 있을 수도 있는 거야. 내가 어떻게 사상죄를 지었는지 아나? 잠자다가 그랬다니까! 그래, 그게 사실이라구. 나는 맡은 바 소임을 다하려고 계속 열심히 일했어. 내가 마음속에 그런 생각을 품고 있는지 전혀 몰랐다니까. 그런데 내가 자다가 말을 하기 시작한 거야. 내가 뭐라고 한 줄 알아?"

치료를 받기 위해 어쩔 수 없이 치부를 드러내는 말을 해야 하는 사람처럼 목소리를 낮추었다.

"'빅브라더를 타도하자!' 그래. 내가 그렇게 말을 했어! 계속 반복해서 그 말을 한 것 같아. 자네하고 나 사이니까 하는 말인데 더 심각해지기 전에 당이 날 체포해서 얼마나 다행인지 모르겠어. 내가 법정에 서면 뭐라고 할 건지 아나? '고맙습니다. 너무 늦기 전에 저를 구해 주셔서 고맙습니다'라고 말할 거야."

"누가 자네를 고발했나?"

윈스턴이 물었다.

"어린 내 딸이야."

파슨스가 애절한 빛을 비치면서도 자랑스러워하며 말했다.

"그 아이가 열쇠 구멍으로 엿들었어. 내가 한 말을 듣고 나서 그다음 날 바로 경찰에 신고해 버렸다니까. 일곱 살 난 어린아이치고는 아주 똑똑하지 않아? 딸한테 유감 같은 건 없어. 사실 내 딸이 자랑스러워. 어쨌든 내가 애 하나는 제대로 키웠다는 걸 증명해 줬으니까."

파슨스가 안절부절못하며 예닐곱 번을 왔다 갔다 하더니 간절한 눈빛으로 화장실 변기를 쳐다봤다. 그러고는 갑자기 바지를 내렸다.

"동지, 미안하네. 달리 도리가 없어. 계속 참고 있었거든."

그는 커다란 궁둥이를 내리고 변기 위에 쭈그리고 앉았다. 윈스턴은 손으로 얼굴을 가렸다.

"스미스! 6079 스미스 W! 얼굴에서 손을 떼! 감방에서 얼굴을 가리면 안 돼!"

텔레스크린에서 고함치는 소리가 났다.

윈스턴은 얼굴에서 손을 뗐다. 파슨스는 요란한 소리를 내며 변기에다 똥을 한 무더기나 싸 놓았다. 알고 보니 변기는 고장이 나서 물이 내려가지 않았다. 감방에는 몇 시간 동안이나 지독한 악취가 진동했다.

파슨스는 다른 감방으로 옮겨졌다. 이상하게도 죄수들이 더 들어왔다가 나갔다 했다. 101호실로 이감되는 한 여자 죄수는 '101호실'이란 말을 듣자마자 몸을 떨면서 낯빛이 변했다. 그가 감방에 들어온 때가 아침이었다면 지금은 오후일 것이고, 오후였다면 한밤중일 터였다. 감방 안에는 남녀 합쳐서 죄수가 여섯 명이 있었다. 모두 꼼짝도 않고 앉아 있었다. 윈스턴 맞은편에는 이를 다 드러내 보이고 있는 나약하게 생긴 남자가 하나 앉아 있었는데, 그의 얼굴은 악의 없어 보이는 커다란 설치류와 똑같았다. 그의 살찌고 얼룩덜룩한 볼이 주머니처럼 축 늘어져 있어 입안에 음식을 넣고 있는 것처럼 보였다. 그는 겁에 질려 연한 회색빛 눈동자를 쉴 새 없이 움직이며 죄수들의 얼굴을 쳐다보다가 눈이 마주치면 재빨리 시선을 돌렸다.

문이 열리고 죄수가 또 한 명 들어왔는데 그의 모습을 본 순간 윈스턴의 온몸에 소름이 끼쳤다. 그 죄수는 어디서나 흔히 볼 수 있는, 심술궂어 보이는 기술자 유형의 남자였다. 그런데 얼굴이 놀랄 만큼 야위어 있었다. 거의 해골이나 마찬가지였다. 너무 야윈 탓에 입과 눈이 어울리지 않게 상당히 커 보였고 눈에는 세상 모든 사람, 모든 것에 대한 살기와 걷잡을 수 없는 증오심이 가득 차 있었다.

그 남자는 윈스턴과 조금 떨어져서 의자에 앉았다. 윈스턴은 남자를 다시 쳐다보지 않았지만 바로 눈앞에 있는 것처럼 뒤틀린 해골 같은 그의 얼굴이 아주 생생하게 머릿속에 떠올랐다. 윈스턴은 갑자기 무엇이 문제인지 깨달았다. 남자가 아사 일보 직전이었던 것이었다. 감방 안에 있는 모든 사람들이 거의 동시에 그런 생각을 한 모양이었다. 감방 안 의자에 앉은 죄수들 사이에 어렴풋하게 동요가 일었다. 나약해 보이는 남자의 눈이 해골 같은 남자를 계속 향했다. 그러다 죄라도 지은 듯 얼굴을 돌렸다가 어쩔 수 없었는지 다시 그를 쳐다봤다. 이내 그는 자기 자리에 앉아서 안절부절못하더니 결국에는 일어나 어기적어기적 감방을 가로질러 가서 제복 주머니 속에 있던 거무스름한 빵 한 조각을 꺼내 겸연쩍어 하며 해골 같은 남자에게 내밀었다. 그때였다. 텔레스크린에서 청천벽력 같은 불호령이 떨어졌다. 나약해 보이는 남자는 깜짝 놀라 제자리에서 펄쩍 뛰었다. 그리고 해골 같은 남자는 빵을 받지 않겠다며 만천하에 시위라도 하는 듯 잽싸게 손을 등 뒤로 뺐다.

"범스테드! 2713 범스테드 J! 당장 빵을 버려!"

텔레스트린에서 고함이 터져 나왔다.

나약해 보이는 남자가 빵을 마룻바닥에 떨어뜨렸다.

"그 자리에 그대로 서 있어. 문 쪽으로 돌아서. 움직이지 마!"

텔레스크린이 명령했다.

그는 명령에 복종했다. 축 늘어진 커다란 볼이 몹시 심하게 떨리고 있었다. 쾅 하고 문이 열렸다. 젊은 장교가 들어와 옆으로 비켜서자, 어깨와 팔이 우람하고 땅딸막한 간수가 그 뒤로 나타났다. 간수는 그 죄수 앞에 서더니 젊은 장교의 신호가 떨어지기 무섭게 온몸의 무게를 실어서 그의 입을 후려쳤다. 그 힘에 그 죄수는 마룻바닥에 완전히 쓰러졌다. 그는 감방을 가로질러 변기가 있는 쪽으로 내팽개쳐졌다. 그는 코와 입에서 검은 피를 흘리며 잠시 기절한 듯 누워 있었다.

의식이 없어 보이는 그에게서 아주 가냘픈 신음이 새어 나왔다. 잠시 후 그가 몸을 뒤척이더니 손과 무릎으로 바닥을 짚고 비틀거리며 일어났다. 입에서 흘러나오는 피와 침 속에서 부러진 의치 조각이 섞여 나왔다.

다른 죄수들은 손을 무릎 위에 모은 채 가만히 앉아 있었다. 그는 엉금엉금 기어서 제자리로 돌아갔다. 그의 얼굴 한쪽 아래가 시커멓게 멍들어 있었다. 그의 입은 한가운데에 검은 구멍이 뚫린 진홍색 덩어리처럼 형체를 알아볼 수 없게 부풀어 올랐다.

가끔씩 검붉은 핏방울이 그의 가슴께로 떨어졌다. 그는 전보다 더 죄책감에 휩싸인 듯 여전히 회색빛 눈동자를 이리저리 움직이며 사람들 얼굴을 쳐다보았다. 마치 다른 죄수들이 자기를 비웃으며 경멸하고 있는지를 알아내려는 것 같았다.

다시 문이 열렸다. 장교가 손짓을 하며 해골 같은 사내를 지목했다.

"101호실로!"

장교가 말했다.

윈스턴 옆에서 헐떡이는 숨소리가 나더니 소란이 일었다. 그 남자가 바닥에 무릎을 꿇고 두 손을 모았다.

"동지! 장교 동지!"

그가 울부짖었다.

"절 그곳으로 보내실 필요가 없습니다! 이미 모든 걸 털어놓지 않았습니까? 뭘 더 알고 싶으십니까? 자백하지 않은 건 없습니다. 하나도 없단 말입니다! 무엇이든 말씀만 하세요. 곧바로 다 자백할 테니까요. 조서를 쓰시면 서명도 하겠습니다! 뭐든지요! 하지만 101호실만은 안됩니다!"

"101호실로!"

장교가 다시 명령했다.

이미 창백한 그 사내의 얼굴은 윈스턴이 믿지 못할 정도로 안색이 바뀌었다. 그의 얼굴은 옅은 초록색이었다.

"마음대로 하시오!"

그가 소리를 질렀다.

"당신들, 몇 주일 동안이나 나를 굶겼지? 이젠 그만하고 어서 나를 죽여. 총살을 하든지 아니면 교수형을 시키든지 25년형을 내리던가 하라고. 내가 넘겨줄 사람이 또 있는 건가? 누구든지 말만 해. 원하는 대로 다 해 줄 테니까. 그게 누구든, 당신들이 그들한테 어떻게 하든 상관없어. 나는 마누라도 있고 자식도 셋이나 돼. 제일 큰 녀석은 여섯 살도 안 됐어. 몽땅 잡아다가 내 눈앞에서 목을 따더라도 나는 옆에 서서 지켜보겠어. 하지만 101호실만은 아니라고!"

"101호실로!"

장교가 명령했다.

그 남자는 자기 대신 희생시킬 사람을 찾는 듯 다른 죄수들을 미친 듯이 둘러보았다. 그의 시선이 얼굴이 뭉개진 죄수의 얼굴로 향했다. 그는 비쩍 마른 팔을 뻗었다.

"끌고 가야 할 사람은 바로 저자예요. 내가 아니라고요!"

그가 소리쳤다.

"저자가 얼굴을 얻어맞고는 뭐라고 했는지 못 들었죠? 한 번만 기회를 주면 저자가 한 말을 다 말할 게요. 저자가 당의 적이라니까요. 내가 아니고 말이에요."

간수들이 앞으로 다가왔다. 남자는 목소리가 점점 커지더니 비명을 질렀다.

"당신들은 저자가 한 얘기를 못 들었잖아요!"

그가 다시 소리쳤다.

"텔레스크린이 고장이라도 난 거요? 잡아가야 할 놈은 바로 저자란 말입니다. 저자를 데리고 가요. 나 말고 말이오!"

건장한 간수들이 그의 팔을 잡으려고 몸을 굽혔다. 하지만 바로 그 순간 그가 감방 저쪽 바닥으로 몸을 던져 쇠로 된 의자 다리를 힘껏 움켜쥐었다. 그는 말을 하지 않고 짐승처럼 울부짖기 시작했다. 간수가 그를 잡고 떼어 내려고 했지만 그는 놀라운 힘으로 잡고 늘어졌다. 20초 동안 간수들이 계속 그를 끌어당겼다. 나머지 죄수들은 손을 모아 무릎 위에 둔 채 조용히 앉아서 앞을 똑바로 보고 있었다. 울부짖는 소리가 그쳤다. 그는 겨우 숨만 붙어 있는 것 같았다. 잠시 후 이전과는 다른 비명이 들렸다. 한 감수가 구둣발로 그의 손가락을 으스러뜨렸다. 간수들이 그의 발을 끌어당겼다.

"101호실로!"

장교가 명령했다.

그 남자는 싸울 힘이 다 빠져 나간 듯 고개를 숙인 채 으스러진 손을 어루만지면서 비틀비틀 끌려 나갔다.

시간이 꽤 흘렀다. 해골 같은 남자가 끌려갔을 때가 한밤중이었다면 지금은 아침일 것이고 그때가 아침이었다면 지금은 오후일 것이었다. 윈스턴은 벌써 여러 시간째 혼자 있었다. 좁은 의자에 오래 앉아 있자니 고통스러웠다. 그래서 가끔씩 일어나 감방 안을 돌아다녔지만 텔레스크린에서는 제지하는 소리가 나지 않았다. 나약한 남자가 떨어뜨린 빵 조각이 그대로 남아 있었다. 처음에는 그것을 외면하려고 무척 애를 썼다. 지금은 배고픔보다는 갈증이 더 심했다. 입안이 쩍쩍 달라붙고 끔찍한 맛이 느껴졌다. 윙윙거리는 소리와 계속 비추는 하얀 불빛 때문에 어지럼증이 나고 머릿속이 텅 빈 것 같았다. 뼈마디를 쑤시는 통증을 참을 수가 없어서 일어나려고 할 때마다 그는 너무 어지러워 곧바로 다시 주저앉곤 했다. 몸을 좀 가눌 수 있는가 싶으면 공포감이 다시 살아났다. 때로는 희미해지는 희망을 안고 오브라이언과 면도날을 떠올렸다. 음식이 들어온다면 그 속에 면도날이 숨겨져 있을지도 모른다는 생각도 했다. 줄리아에 대한 생각은 더 흐릿해졌다. 어딘가에서 그녀는 더 심한 고통을 당하고 있을 거였다. 바로 그 순간에도 고통에 못 이겨 비명을 지르고 있을지도 몰랐다. 그는 생각했다. '내가 두 배의 고통을 받고 줄리아를 구할 수 있다면, 내가 그렇게 해야 할까? 그래. 그렇게 할 거야.' 하지만 그건 그래야만 한다고 알고 있기 때문에 내린 이성적인 결정일 뿐이었다. 그는 느낄 수 없었다. 이 감방 안에서는 고통과 고통을 예감하는 것 외에는 어떤 것도 느낄 수가 없었다. 그런데 그것이 가능하기는 한 걸까? 실제로 고통을 당하고 있을 때 무슨 수로 자신의 고통이 늘어나길 바랄 수 있단 말인가? 하지만 아직은 그 문제에 대해 답을 할 수가 없었다.

구두 소리가 다시 가까워지고 있었다. 문이 다시 열렸다. 오브라이언이 들어왔다. 윈스턴이 벌떡 일어섰다. 그는 오브라이언의 모습에 충격을 받아 조심해야 한다는 것을 잊어버렸다. 몇 년 만에 처음으로 그는 텔레스크린의 존재를 잊어버렸던 것이다.

"당신도 체포됐군요!"

윈스턴이 소리쳤다.

"나는 오래전에 체포되었네."

오브라이언이 온화하지만 후회스러운 듯한 어조로 말했다. 그가 옆으로 비켜서자 그의 등 뒤로 기다란 곤봉을 든, 어깨가

떡 벌어진 간수가 나타났다.

"윈스턴, 자네는 이런 일이 생길지 알고 있었네."

오브라이언이 말했다.

"자신을 속이려 들지 말게. 자네는 알고 있었어. 늘 말이야."

그렇다. 윈스턴은 언제나 이런 일이 벌어질 줄 알고 있었다는 사실을 그제야 깨달았다. 하지만 그것에 대해 생각할 여유가 없었다. 그의 눈에는 간수의 손에 들린 곤봉밖에 들어오지 않았다. 간수가 머리든, 귓바퀴든, 팔뚝이든, 팔꿈치든, 어디든지 내려칠 것이었다.

팔꿈치였다! 윈스턴은 얻어맞은 팔꿈치를 다른 손으로 감싼 채 꼼짝도 못하고 무릎으로 털썩 꿇어앉았다. 눈앞에서 불이 번쩍했다. 상상도 못했던 일이었다. 꿈에도 생각지 못했다. 한 대 맞았다고 이렇게까지 아프다니! 불빛이 밝아지면서 그를 내려다보고 있는 두 사람이 보였다. 그가 몸을 뒤트는 것을 바라보며 간수가 비웃었다. 어쨌든 한 가지 의문은 풀린 셈이었다. 결코 고통이 더 심해지길 바랄 수는 없었다. 고통을 받으며 바랄 수 있는 단 한 가지는 고통이 멈추는 것이었다. 세상에서 육체적인 고통보다 더 견디기 힘든 것은 없다. 고통 앞에 영웅은 없었다. 영웅은 있을 수 없었다. 윈스턴은 쓸 수 없게 된 왼팔을 부질없이 움켜쥔 채 마룻바닥에서 몸을 비틀며 몇 번이고 그 생각만 되뇌었다.

2

그는 간이침대 같은 것에 누워 있었다. 그것은 보통 간이침대보다는 바닥에서 좀 더 높이 올라와 있었다. 어떻게 그를 침대에 묶어 놓았는지 몸이 전혀 움직여지지 않았다. 평소보다 훨씬 더 강한 불빛이 그의 얼굴을 비췄다. 오브라이언이 옆에 서서 그를 유심히 내려다보고 있었다. 그의 맞은편에는 흰 재킷을 입은 남자가 주사기를 들고 서 있었다.

그는 눈을 뜨고 나서 한참 시간이 지난 뒤에 주위를 알아보았다. 깊은 바닷속 같은 전혀 다른 세계에서 이 방으로 헤엄쳐 온 기분이 들었다. 그 아래에서 얼마나 오래 있었는지 그는 알지 못했다. 체포된 후로 캄캄한 어둠도, 환한 낮의 햇빛도 본 적이 없었다. 게다가 기억도 드문드문 끊어져 연결이 되지 않았다. 잠이 들었다는 의식마저도 완전히 사라졌다가 아무것도 없는 백지 상태에서 다시 시작된 것도 여러 번이었다. 그러나 그가 의식을 잃은 것이 며칠 동안이었는지, 아니면 몇 주간이었는지 혹은 불과 몇 초뿐이었는지 알 길이 없었다.

악몽은 맨 처음 팔꿈치를 얻어맞을 때부터 시작되었다. 나중에 알게 되었지만 당시에 일어났던 일들은 거의 모든 죄수들이 받게 되는 의례적인 예비 심문에 불과했다. 간첩 행위, 방해 공작 등과 같이 모든 죄수들이 의당 자백해야만 하는 죄목은 참으로 다양했다. 고문은 진짜였지만 자백은 형식상의 절차였다. 얼마나 많은 매를 맞았는지, 얼마나 오랫동안 매질이 계속됐는지 기억할 수조차 없었다.

그의 옆에는 언제나 검은 제복을 입은 대여섯 명의 남자들이 있었다. 어떤 때는 주먹이, 또 어떤 때는 곤봉이 날아왔고, 어떤 때는 쇠몽둥이로 때리거나 구둣발질을 하기도 했다. 그는 마치 짐승이라도 된 양 창피한 줄도 모르고 바닥을 뒹굴며 이리저리 몸을 뒤틀어 재빨리 날아오는 발길질을 피하려고 해 봤다. 하지만 다 부질없는 짓이었다. 그럴수록 그들은 오히려 갈비뼈와 배, 팔꿈치, 정강이, 사타구니, 불알, 척추 끝 뼈에다 대고 더 심하게 발길질을 해 댔다.

고문이 어찌나 한없이 계속되던지 세상에서 가장 잔인하고 사악하며 용서할 수 없는 것은 계속되는 간수들의 매질이 아니라 그 매질에도 정신을 잃지 않는 것이라고 여길 정도였다. 그는 공포에 질린 나머지 간수들이 때리기도 전에 살려 달라고 소리치기 시작했고, 때리려고 주먹을 뒤로 약간 빼기만 해도 실제로 지은 죄뿐 아니라 꾸며 낸 죄도 미리 쏟아 내곤 했다. 어떤 때는 아무것도 자백하지 않겠다며 마음을 다잡아 보기도 했지만 곧 고통에 못 이겨 모두 털어놓았다. 그리고 어떤 때는 "자백을 해야지. 하지만 아직은 아니야. 참을 수 있는 데까지는 참아야 해. 세 대만 더 맞자. 아니, 두 대만 더 맞자. 그런 다음에 저들이 원하는 대로 말해 주자" 하고 중얼거리며 힘없이 타협하려고도 했다. 가끔씩 그는 거의 설 수 없을 정도로 얻어맞은 뒤에 정신이 들 때까지 몇 시간 동안 감방 돌바닥에 감자 자루처럼 내팽개쳐져 있다가 정신이 들면 다시 끌려 나가서 얻어맞기도 했다. 의식이 돌아오는 시간이 갈수록 오래 걸렸다. 거의 잠이 들거나 인사불성 상태였기 때문에 희미한 기억밖에 남아 있지 않았다. 감방에는 널빤지 침대와 벽에 툭 튀어나온 선반, 양철 세면기가 있었고 뜨거운 스프와 빵, 그리고 가끔 커피가 나왔었다는 것 정도만 기억났다. 또 성질이 괴팍한 이발사가 와서 턱수염을 밀고 머리를 깎아 주었고 사무적이고 냉정해 보이는, 흰 재킷을 입은 남자들이 맥박을 재고 몸의 반사 운동을 점검했으며 눈꺼풀을 뒤집어 보고 뼈가 부러진 데가 없는지 손가락으로 거칠게 몸을 만지기도 했다. 또 팔에 수면제를 주사하기도 했다.

매질이 조금씩 줄어들면서 그들은 대답이 시원찮으면 언제든 다시 돌려보내 매질을 할 수 있다고 협박을 해 그를 공포로 몰아넣었다. 심문하는 사람은 이제 검은 제복의 악당이 아니었지만 동작이 날렵하고 번쩍이는 안경을 쓴, 살이 퉁퉁하게 찐당의 지식층이었다. 확실하진 않았지만 그들은 교대로, 한 번에 10시간 내지 12시간 동안 쉬지 않고 심문을 했다.

이 심문관들은 윈스턴에게 지속적으로 약한 고통을 가했는데, 그것이 그들의 주요 목적은 아니었다. 그들은 뺨을 때리거나 귀를 비틀고 머리카락을 잡아당기거나 한 발로 서 있게도 했으며 오줌을 못 누게 하고 얼굴에 강렬한 빛을 비춰서 눈물을 흘리게 했다. 하지만 그들이 그렇게 하는 이유는 단순히 그에게 모욕감을 줌으로써 언쟁하고 추론하는 힘을 파괴하기 위해서였다. 그들의 진짜 무기는 아주 지독한 심문이었다. 몇 시간이고 계속해서 무자비한 질문을 퍼부으면서 실수를 유도했고 함정을 파 놓았으며 그가 하는 말을 모두 비꼬면서 그의 자백은 거짓말이고 자기모순이라고 몰아세웠다.

결국 그는 수치심과 신경질적인 피로감에 울음을 터뜨리곤 했는데 한 번 심문하는 동안 여섯 번이나 운 적도 있었다. 그들은 심문 시간 내내 그에게 욕설을 퍼부었고 대답하다 머뭇거릴 때마다 다시 간수들한테 넘기겠다고 위협했다. 그러다가도 갑자기 말투를 바꾸어 그를 동지라고 부르며 '영사'와 빅브라더의 이름으로 슬프게 호소하면서 지금이라도 그가 지은 죄를 씻기 위해 당에 충성하지 않겠느냐고 묻기도 했다. 몇 시간 동안 계속된 심문으로 신경이 만신창이가 되면 그는 그들의 호소에 눈물을 흘리며 울었다. 마침내 그는 간수들의 구둣발이나 주먹이 아니라 계속 이어지는 그들의 심문 앞에 완전히 허물어졌다. 그의 입과 손은 그들이 요구하는 대로 말하고 서명하는 도구로 전락해 버렸다. 그의 유일한 관심은 그들이 원하는 바가 무엇인지 재빨리 알아내어 다시 못살게 굴기 전에 얼른 털어놓는 것이었다.

그는 고위 당원의 암살과 불온문서 배포, 공금 횡령, 군사 기밀 암매, 각종 파괴 공작 등에 대해서 자백했다. 아주 오래전인 1968년에는 동아시아 정부의 돈을 받고 간첩 활동을 했다고도 했다. 그리고 자신은 독실한 신자이며 자본주의를 숭배하는 성 도착자라고도 고백했다. 또한 자신은 물론이고 심문자들도 뻔히 알고 있는데도 멀쩡하게 살아 있는 아내를 죽였다고 자백했다. 그는 지난 몇 년 동안 골드스타인과 개인적으로 연락을 주고받았으며, 지인들이 거의 다 가담한 지하조직의 일원으로 활약했다고도 털어놓았다. 모든 것을 다 자백하고 누구든지 닥치는 대로 끌어들이는 것이 더 쉬웠다. 게다가 어떤 의미에서는 그것이 모두 사실이기도 했다. 그가 당의 적이었던 것은 부인할 수 없는 사실인 데다 당의 입장에서 보면 그의 사상과 행동 사이에 아무런 차이가 없었다.

그는 다른 것들도 기억했다. 마치 어둠 속에 흩어져 있는 그림처럼 이런저런 기억들이 그의 뇌리에 두서없이 떠올랐다.

그는 어두운 것도 같고 밝은 것도 같은 감방에 있었다. 보이는 거라곤 두 눈밖에 없었기 때문에 분간을 할 수 없었다. 아주 가까운 곳에서 무슨 기계 같은 것이 천천히 그리고 규칙적으로 똑딱거리고 있었다. 그 눈은 점점 커지면서 더욱 반짝거리고 빛이 났다. 갑자기 그의 몸이 위로 떠오르더니 그 눈 속으로 빨려 들어갔다. 마치 그 눈이 그를 삼켜버린 것 같았다.

그는 눈부신 불빛 아래, 온통 눈금판으로 둘러싸인 의자에 묶여 있었다. 흰 재킷을 입은 남자가 눈금판을 읽었다. 그때 밖에서 무거운 구둣발 소리가 들렸다. 문이 쾅 하고 열렸다. 밀랍 같은 얼굴의 장교가 두 명의 간수를 데리고 들어왔다.

"101호실로!"

장교가 지시했다.

흰 재킷을 입은 남자는 돌아보지도 않았다. 그는 윈스턴을 쳐다보지도 않은 채 눈금판만 읽고 있었다.

윈스턴은 폭이 1킬로미터나 될 것 같은, 황금빛으로 가득 찬 웅장한 복도를 데굴데굴 굴러가면서 깔깔깔 큰 소리로 웃고 고래고래 소리를 지르며 목청껏 자백을 했다. 그는 모든 것을, 심지어 고문을 받으면서도 끝까지 말하지 않았던 것까지 낱낱이 자백했다. 이미 알고 있는 심문관들에게 자기가 살아온 인생 이야기를 늘어놓았다. 그와 함께 간수들도, 심문자들도, 흰 재킷을 입은 남자들도, 오브라이언도, 줄리아도, 채링턴 씨도 복도를 굴러가면서 깔깔깔 웃고 소리를 질렀다. 미래 속에 도사리고 있던 어떤 끔찍한 일도 일어나지 않았다. 모든 것이 잘되었다. 더 이상 고통도 없고 그의 인생 이야기도 하나도 남김없이 낱낱이 밝혀졌고 이해되고 용서되었다.

윈스턴은 어렴풋이 오브라이언의 목소리를 들은 것 같아 널빤지 침대에서 몸을 일으키려고 했다. 윈스턴은 심문을 받는 동안 오브라이언을 한 번도 보지 못했음에도 불구하고 그가 자신의 시야에 들어오지 않는 곳, 바로 옆, 바로 팔꿈치께에 있다고 확신했다. 모든 것을 지시하는 사람은 바로 오브라이언이었다. 윈스턴에게 간수를 보내어 죽이지 못하도록 하는 사람도 오브라이언이었고 윈스턴에게 언제 고통을 주고 휴식을 주며 밥을 먹이고 잠을 재울 것인지, 또한 언제 팔에 주사를 놓는지를 결정하는 사람도 오브라이언이었다. 또 질문을 하고 답변을 제시하는 사람도 오브라이언이었다. 그는 박해자이자 보호자이며, 심문자이자 친구였다. 약에 취해 잠든 것인지, 정상적으로 잠든 것인지, 혹은 깨어 있는 순간이었는지 기억나지 않지만 언젠가 한 번은 누군가가 윈스턴의 귀에 대고 다음과 같이 속삭였다.

"걱정하지 말게, 윈스턴. 내가 자네를 보호하고 있으니까. 나는 7년 동안 자네를 지켜봐 왔네. 이제 때가 온 걸세. 내가 자네를 구하겠네. 자네를 완전한 사람으로 만들어 주겠네."

그것이 오브라이언의 목소리인지 아닌지는 알 수 없었지만, 7년 전 꿈속에서 "우리는 어둠이 없는 곳에서 만날 거요"라고 그에게 말한 목소리와 똑같았다.

심문이 어떻게 끝났는지 기억조차 나지 않았다. 윈스턴은 한

동안 어둠 속에 있었다. 얼마 후 그곳이 방인지, 감방인지는 몰라도 그의 눈에 주위 모습이 들어오기 시작했다. 그는 거의 반듯하게 눕혀진 채 움직일 수가 없었다. 그의 몸은 주요 부위마다 억압당한 상태였다. 뒤통수마저 무언가에 끼워져 있었다. 오브라이언이 근엄하고 다소 슬픈 표정으로 그를 내려다보았다. 밑에서 올려다본 오브라이언의 얼굴은 꺼칠하니 지쳐 보였다. 눈 밑이 축 처진 데다 코에서 턱까지 주름살이 선명했다. 그는 윈스턴이 생각했던 것보다 더 나이가 들어 보였다. 마흔여덟이나 쉰은 되었을 것 같았다. 오브라이언은 위에 스위치가 달려 있고 전면에 돌아가며 숫자가 쓰여 있는 조절기를 손에 들고 있었다.

"자네에게 말했을 걸세. 우리가 다시 만난다면 여길 거라고."

오브라이언이 말했다.

"맞습니다. 그랬습니다."

윈스턴이 대답했다.

순간 오브라이언이 슬쩍 손짓을 하는가 싶더니 아무런 경고도 없이 윈스턴의 몸속으로 고통이 파도처럼 밀려왔다. 무슨 일이 일어날 것인지 생각할 새도 없이 갑자기 고통이 가해져서 윈스턴은 치명적인 부상을 입게 될 거라는 느낌을 받았고, 그 느낌은 무시무시한 고통을 불러일으켰다. 그 고통이 정말로 가해진 것인지, 아니면 전기 충격에 의한 것인지 알 수 없었지만 그의 몸은 형체를 잃고 뼈마디가 조각조각 부서지는 것 같았다. 극심한 고통으로 이마에 식은땀이 흘렀다. 그러나 무엇보다 가장 견디기 힘든 것은 등뼈가 부러질지도 모른다는 공포감이었다. 그는 이를 악물고 코로 간신히 숨을 내쉬며 소리를 지르지 않으려고 애썼다.

"자넨 두려운가 보군."

오브라이언이 그의 얼굴을 내려다보며 말했다.

"곧 뭔가 부러질 것 같아 두려운가? 자네가 특히 두려워하는 건 등뼈가 부러지는 거겠지. 척추가 뚝 부러져서 수액이 뚝뚝 떨어지는 모습이 눈에 선할 걸세. 그렇지 않은가, 윈스턴?"

윈스턴은 대답하지 않았다. 오브라이언은 조절기 스위치를 제자리로 돌려놓았다. 고통이 순식간에 사라졌다.

"이게 40이었네."

오브라이언이 말했다.

"이 조절기 눈금에 100까지 쓰여 있는 게 보일 걸세. 우리가 얘기하는 중에라도 언제든지 내가 자네에게 고통을 가할 수 있다는 사실을 명심하게. 만약 허위 진술을 하거나 얼버무리고 자네의 지식수준 이하의 말을 하면 그 즉시 고통을 당할 걸세. 내 말 알아들었나?"

"네."

윈스턴이 대답했다.

오브라이언의 태도가 약간 누그러졌다. 그는 깊은 생각에 잠긴 표정으로 안경을 고쳐 쓰더니 한두 걸음 왔다 갔다 했다. 그의 목소리는 점잖으면서도 여유가 있었다. 그는 마치 벌을 주기보다는 설득을 하려는 의사나 선생님, 또는 사제 같은 태도를 보였다.

"윈스턴, 나는 자네를 위해 애를 쓰고 있네. 물론 자네는 그만한 가치가 있는 위인이긴 해. 자네 문제가 뭔지 자네도 아주 잘 알 걸세. 자네가 인정하지 않으려 하겠지만, 자넨 수년 전부터 그걸 알고 있었네. 자네는 정신 착란 상태일세. 기억력이 온전치 못해서 고통을 받고 있어. 실제로 일어난 일들은 기억하지 못하면서 일어나지도 않은 일들은 기억하고 있다고 자기 자신을 세뇌시키고 있단 말이네. 다행히도 그런 건 치료가 가능하지. 그런데 자네가 치료를 받지 않으려고 해서 치유되지 않은 거라고. 노력할 의지가 조금이라도 있으면 될 텐데 그럴 준비가 되어 있지 않았어. 자네가 지금 이 순간에도 그 병이 무슨 미덕이나 되는 것처럼 집착하고 있다는 점을 나는 아주 잘 알고 있네. 자, 예를 하나 들어 보겠네. 지금 이 순간 오세아니아는 어느 나라와 전쟁을 하고 있지?"

"제가 체포될 때는 동아시아와 전쟁 중이었습니다."

"동아시아라. 좋아. 그럼 오세아니아는 언제나 동아시아와 전쟁을 해 왔군. 그렇지 않은가?"

윈스턴은 심호흡을 했다. 그러고는 입을 열어 말을 하려다가 그만두었다. 그는 조절기에서 눈을 뗄 수가 없었다.

"윈스턴, 사실대로 말해봐. 자네가 생각하는 진실을 말이야. 자네가 기억하고 있는 게 뭔지 말해 보게."

"제가 체포되기 일주일 전까지만 해도 우리는 동아시아와 전쟁을 하지 않은 것으로 기억하고 있습니다. 우리나라는 그 나라와 동맹을 맺고 있었습니다. 전쟁은 유라시아와 하고 있었습니다. 그런 관계가 4년 동안 계속되어 왔습니다. 그 전에는……."

오브라이언이 손을 움직여 말을 중단시켰다.

"다른 예를 들어 보기로 하지."

오브라이언이 말했다.

"몇 년 전에 자네는 정말이지 심각한 망상을 했었네. 한때 당원이었던 존스와 에런슨, 러더퍼드 이 세 사람이 의심할 여지 없이 반역과 파괴 공작을 했다고 자백하고는 처형되었는데도 자네는 그들이 기소된 범죄 행위가 유죄가 아니라고 믿었네. 그들의 자백이 거짓임을 증명하는 서류상의 명백한 증거를 봤다고 믿고 있었던 거지. 물론 그런 착각을 불러일으킬 만한 사진이 있었고. 아무튼 자네는 실제로 그걸 손으로 만져 보았다고 믿었네. 그건 바로 이런 사진이었지."

직사각형의 신문지 조각이 오브라이언의 손에 들려 있었다. 그는 그것을 윈스턴의 눈앞에 약 5초 동안 보여 주었다. 의심할 여지없는 그때 그 사진이었다. 그러니까 그가 11년 전 우연히 손에 넣었다가 곧장 없애 버린 것으로 존스, 에런슨, 러더퍼드 세 사람이 뉴욕의 한 행사장에서 찍은 사진의 복사판이었다.

그 사진은 잠시 눈앞에 나타났다가 이내 윈스턴의 시야에서 사라졌다. 그러나 그는 보았다. 틀림없이 그것을 보았던 것이다! 그는 상반신을 일으켜 보려고 고통스러울 정도로 필사적인 노력을 했다. 그러나 아무리 애를 써도 꼼짝도 할 수가 없었다. 그 순간 그는 조절기마저 잊고 있었다. 그가 바라는 것은 오직 그 사진을 다시 한번 만져 보거나, 적어도 보기만이라도 하는 것이었다.

"그게 정말 있군요!"

윈스턴이 소리쳤다.

"아닐세!"

오브라이언이 단호하게 말했다. 그러고는 방 저편으로 걸음을 옮겼다. 맞은편 벽에 기억통이 있었다. 그는 뚜껑을 열었다. 보이지는 않았지만 그 가벼운 종이쪽지는 뜨거운 기류에 휘말려 화염 속으로 사라질 것이었다. 오브라이언이 벽을 등지고 선 채 말했다.

"'재'일세. 알아볼 수도, 증명할 수도 없는 '재'말이네. 먼지야. 그런 건 존재하지 않네. 전에도 결코 존재한 적이 없었지."

"존재합니다! 존재한다고요! 기억 속에 존재한단 말입니다.

제가 기억합니다. 당신도 그걸 기억합니다."

"나는 그걸 기억하지 못하네."

오브라이언이 단호하게 말했다.

윈스턴은 가슴이 철렁 내려앉았다. 그것이 이중사고라는 것이었다. 그는 완전히 무력감에 빠졌다. 오브라이언이 거짓말을 하고 있다면 문제될 것은 없었다. 그러나 오브라이언이 정말로 그 사진에 대해 잊어버렸을 가능성도 충분히 있었다. 만약 그렇다면 그는 자신이 기억하는 것을 부인한 사실마저 벌써 잊어버렸을 것이고, 또 잊어버린 행위 자체도 잊어버렸을 것이다. 그것이 단순히 비열한 계략이라고 어떻게 확신할 수 있겠는가? 어쩌면 머릿속에서 터무니없는 혼란이 실제로 일어났을 수도 있었다. 윈스턴은 이런 생각에 더욱 무기력해졌다.

오브라이언은 생각에 잠긴 듯한 표정으로 그를 내려다보았다. 다루기 힘들지만 장래성이 있어 보이는 아이한테 그 어느 때보다 더 공을 들이는 선생님 같은 표정이었다.

"과거를 지배하는 데 대한 당의 표어가 있네. 그걸 한 번 외워 보게."

"과거를 지배하는 자는 미래를 지배하고, 현재를 지배하는 자는 과거를 지배한다."

윈스턴이 순순히 외웠다.

"현재를 지배하는 자는 과거를 지배한다."

오브라이언이 동의한다는 듯 천천히 고개를 끄덕이며 중얼거렸다.

"이보게, 윈스턴. 과거가 진실로 존재한다는 것이 자네 의견인가?"

윈스턴은 다시금 무력감에 휩싸였다. 그의 눈이 조절기 쪽을 향해 움직였다. 그는 고통 속에서 자신을 구해 내려면 "네"라고 대답해야 할지, "아니요"라고 대답해야 할지 알 수 없었을 뿐더러 둘 중 어떤 대답이 옳은지조차 몰랐다.

오브라이언이 희미한 미소를 지으며 말했다.

"윈스턴, 자네는 형이상학자가 아닐세. 지금 이 순간까지 자네는 존재란 말이 뭘 의미하는지 생각해 본 적이 없어. 좀 더 자세하게 따져 보겠나? 과거는 구체적으로 공간에 존재하는 건가? 어떤 확고한 객체의 세계가 이 세상 어딘가에 있는가? 과거가 여전히 존재하고 있는 곳 말이네."

"없습니다."

"그렇다면 과거는 대체 어디에 존재하는 거지?"

"기록 속에 존재합니다. 과거는 문서로 기록되는 겁니다."

"기록된다…… 계속하게."

"마음속에요. 인간의 기억 속에 기록됩니다."

"기억 속이라……. 좋아. 우리가, 바로 당이 모든 기록을 지배하고 모든 기억을 지배한다면, 우리는 과거를 지배하는 것이 되겠군. 그렇지 않나?"

"하지만 어떻게 사람들이 기억을 하지 못하게 막을 수 있습니까?"

윈스턴은 순간적으로 조절기가 있다는 걸 잊고 소리쳤다.

"그건 마음대로 할 수 없습니다. 불가항력적이기 때문이죠. 기억을 어떻게 지배하겠습니까? 당신들은 내 기억을 지배하지 못했습니다!"

오브라이언의 태도가 다시 단호해졌다. 그는 조절기를 손에 쥐었다.

"반대로 자네가 기억을 지배하지 못한 거네."

그가 말했다.

"그래서 여기까지 온 거야. 자네는 겸손하지 않은 데다 수양도 하지 못해서 이 지경이 된 걸세. 정신이 온전한 사람이라면 마땅히 해야 하는 복종을 자네는 하지 않았어. 정신 이상이 되어 한 사람의 소수파가 되려고 한 거지.

윈스턴, 오직 수양을 한 사람만이 실재를 볼 수 있는 거라네. 자네는 실재란 객관적이고 외적이며 그 자체로 존재하는 것이라고 생각하고 있네. 또한 실재는 본질을 스스로 증명한다고 믿고 있어. 자네는 자신이 뭔가를 보고 있다고 생각하며 스스로를 속이면서 다른 사람들도 자네가 보는 것과 똑같은 것을 보고 있다고 짐작하는 거란 말이네.

그러나 윈스턴, 분명히 말해 두지만 실재는 겉으로 드러나 있는 것이 아닐세. 실재는 어디 다른 데 있는 게 아니라 인간의 마음속에 있네. 그것도 실수를 할 수도 있고 때로는 곧 사라져 버릴 수도 있는 한 개인의 마음속이 아니라 집단적이고 불멸하는 당의 정신 속에 있는 거라네. 당이 진실이라고 주장하는 건 무엇이든 다 진실일세. 당의 눈을 통해 보지 않고는 실재를 볼 수 없어. 윈스턴, 이것이 바로 자네가 다시 배워야 할 사실이네. 여기에는 자기 파괴의 행위, 즉 의지적 노력이 필요하지. 자네가 온전한 정신 상태로 돌아오려면 먼저 스스로 겸손해져야 하네."

그는 자기가 한 말을 윈스턴이 충분히 이해하길 기다리는 듯 잠시 말을 멈췄다.

"혹시 기억하고 있나?"

그가 다시 입을 열었다.

"일기에도 '2 더하기 2는 4라고 말할 수 있는 자유, 이것이 자유다'라고 쓴 걸 말이야."

"네."

윈스턴이 대답했다.

오브라이언이 왼손을 들어 손등을 윈스턴에게 보이고 엄지 손가락을 감춘 채 네 손가락을 펴 보였다.

"윈스턴, 내가 지금 손가락 몇 개를 펴고 있나?"

"네 개입니다."

"그렇다면 당이 네 개가 아니라 다섯 개라고 말하면 몇 개가 되지?"

"네 개입니다."

대답을 하자마자 고통이 엄습했다. 조절기 바늘이 55를 가리켰다. 윈스턴의 온몸에 땀이 송골송골 맺히기 시작했다. 숨을 쉬니 폐가 찢어지는 것 같았고 이를 악물었는데도 신음이 터져 나왔다. 오브라이언은 여전히 손가락 네 개를 편 채 윈스턴을 내려다보고 있었다. 그는 조절기 강도를 낮추었다. 그러자 고통이 조금 사그라졌다.

"손가락이 몇 개인가, 윈스턴?"

"네 개입니다."

바늘이 60까지 올라갔다.

"윈스턴, 손가락이 몇 개인가?"

"네 개입니다! 뭐라고 말할 수 있습니까? 네 개입니다!"

바늘 위치가 다시 올라갔지만 윈스턴은 보지 못했다. 심각하고 단호한 얼굴과 네 개의 손가락이 그의 시야를 가득 채우고 있었다. 눈앞에 엄청나게 큰 손가락이 거대한 기둥처럼 어른거리며 버티고 있었지만 그것은 틀림없이 네 개였다.

"윈스턴, 손가락이 몇 개인가?"

"네 개입니다! 그만하세요! 그만두라고요! 대체 어쩌자는 겁니까? 네 개입니다. 네 개예요!"

"윈스턴, 손가락이 몇 개인가?"

"다섯! 다섯! 다섯 개입니다!"

"아니네, 윈스턴. 소용없네. 자네는 거짓말을 하고 있어. 여전히 네 개라고 생각하고 있단 말일세. 자, 손가락이 몇 개인가?"

"네 개! 다섯 개! 아니, 네 개입니다! 당신 좋을 대로요. 그만, 제발 그 기계 좀 멈춰 달란 말이에요!"

순간 윈스턴은 오브라이언의 팔에 어깨를 맡긴 채 일어나 앉아 있었다. 몇 초 동안 의식을 잃었던 것 같았다. 그의 몸을 묶었던 끈이 느슨해져 있었다. 그는 몹시 추웠다. 몸이 주체할 수 없을 정도로 떨리고 이가 덜덜거리며 딱딱 부딪쳤다. 눈물이 그의 뺨 위로 흘러내렸다. 그는 한동안 어린아이처럼 오브라이언에게 매달렸는데 그가 듬직한 팔로 어깨를 감싸자 이상하리만치 포근함을 느꼈다. 마치 오브라이언이 보호자이기라도 한 것 같았다. 그는 고통은 다른 데서 오며 그 고통에서 자기를 구할 사람은 바로 오브라이언이라고 생각했다.

"자네는 배우는 게 느리군."

오브라이언이 다정하게 말했다.

"어쩔 수 없잖습니까? 눈앞에 그렇게 보이는 걸 어떡합니까? 2 더하기 2는 4인걸요."

윈스턴이 울먹이면서 말했다.

"이보게, 윈스턴. 때로는 그게 5일 수도 있네. 3일 경우도 있고. 어떤 때는 한꺼번에 3도, 4도, 5도 될 수 있다네. 자네는 더 열심히 노력해야돼. 정신이 온전한 사람이 되기란 쉽지 않다네."

그는 윈스턴을 다시 침대에 눕혔다. 윈스턴의 사지를 묶은 끈이 다시 조여졌다. 고통도 가라앉고 떨림도 멈추었지만 기운이 떨어져 한기를 느꼈다. 오브라이언은 그때까지 꼼짝도 않고 서 있던 흰 재킷을 걸친 남자를 향해 고갯짓을 했다. 그러자 흰 재킷을 입은 남자가 허리를 굽혀 윈스턴의 눈동자를 자세히 들여다보며 맥박을 재고 가슴에 귀를 대더니 여기저기를 두드렸다. 그러고는 오브라이언에게 고개를 끄덕였다.

"다시."

오브라이언이 말했다.

참을 수 없는 고통이 윈스턴에게 밀려들었다. 바늘이 70이나 75를 가리키고 있을 게 분명했다. 이번에는 윈스턴이 눈을 감았다. 그는 손가락이 아직도 거기에 있고, 여전히 네 개라는 걸 알고 있었다. 중요한 것은 경련이 멎을 때까지 어떻게 해서든 목숨을 부지하는 것이었다. 얼마나 아픈지 그는 자기가 소리를 지르고 있는지 어떤지조차 알 수가 없었다. 고통이 다시 누그러졌다. 그는 눈을 떴다. 오브라이언이 조절기를 다시 원래의 위치로 돌려놓았다.

"윈스턴, 손가락이 몇 개인가?"

"네 개, 네 개인 것 같습니다. 할 수만 있다면 다섯 개로 보고 싶습니다. 다섯 개로 보려고 애쓰고 있습니다."

"어느 쪽인가? 다섯 개로 보인다고 말만 하고 싶은 건가, 아니면 정말 다섯 개로 보고 싶은 건가?"

"정말 다섯 개로 보고 싶습니다."

"다시!"

오브라이언이 말했다.

아마도 바늘은 80이나 90에 와 있을 것이다. 윈스턴은 왜 이런 고통을 당해야 하는지 가끔씩 기억이 나지 않았다. 수많은 손가락들이 꼭 감은 눈꺼풀 위에서 춤을 추듯 이리저리 엇갈리더니 서로 뒤로 숨었다가 다시 나타나곤 했다. 그는 이유도 모르면서 그것들을 세어 보려고 애를 썼지만 어쨌든 손가락 네개와 다섯 개가 이상하게 서로 엇갈리고 있었기 때문에 수를 헤아리는 것은 불가능하다는 사실만 깨달았다. 고통이 다시 사라졌다. 그가 눈을 떴는데도 여전히 똑같은 것이 보였다. 나무들이 움직이는 것처럼 수많은 손가락들이 아직도 양쪽으로 줄지어 지나가고 있었고 또 서로 엇갈렸다가 다시 엇갈리곤 했다. 그는 다시 눈을 감았다.

"윈스턴, 내가 지금 손가락을 몇 개 펴고 있는가?"

"모르겠습니다. 정말 모르겠습니다. 다시 물어 보실 거라면 차라리 저를 죽이세요. 네 개인지, 다섯 개인지, 여섯 개인지, 정말 모르겠으니까요."

"좀 나아졌군."

오브라이언이 말했다.

윈스턴의 팔에 주삿바늘을 꽂았다. 순간 더없이 행복한 치유의 온기가 그의 온몸에 퍼졌다. 이미 고통의 느낌도 반쯤은 잊어버렸다. 그는 눈을 뜨고 고맙다는 표정으로 오브라이언을 올려다보았다.

추하면서도 지적으로 생긴 우락부락하고 주름진 오브라이언의 얼굴을 보며 윈스턴은 마음이 요동치는 느낌이 들었다. 움직일 수만 있다면 손을 뻗어 오브라이언의 팔이라도 잡고 싶었다. 그는 그 순간만큼 오브라이언을 깊이 사랑한 적이 없었다. 단지 고통을 멈추게 해 주었기 때문은 아니었다. 오브라이언이 친구이든 적이든 본질적으로는 아무런 상관이 없었던, 밑바닥에 깔려 있던 옛정이 되살아났기 때문이었다.

오브라이언만이 대화를 나눌 만한 사람이었다. 아무래도 인간은 사랑받기보다 이해받기를 더 바라는 것 같았다. 오브라이언은 윈스턴에게 미칠 지경에 이를 정도로 고문을 했으며 나중에는 틀림없이 그를 사형장으로 보낼 것이다. 그래도 상관없었다. 둘은 어떤 의미에서 친구보다 더 깊은 관계였다. 실제로 입 밖에 내어 말한 적은 없지만 두 사람은 대화를 나눌 수 있는 접점이 있었다. 오브라이언도 똑같은 생각을 하고 있다는 듯한 표정으로 윈스턴을 내려다보고 있었다. 그가 편안하게 대화를 나누는 말투로 물었다.

"윈스턴, 자네가 어디에 와 있는지 알겠나?"

"잘 모르겠습니다. 애정부에 와 있는 것 같습니다."

"여기에 온 지 얼마나 됐는지는 아나?"

"모르겠습니다. 며칠이 지났는지, 몇 주가 됐는지……. 몇 달은 된 것 같습니다."

"사람들을 왜 이리 데려오는지 알겠나?"

"자백을 받아 내기 위해서입니다."

"아닐세. 그 때문이 아니야. 다시 생각해 보게."

"벌을 주기 위해서입니다."

"아니야!"

오브라이언이 소리쳤다. 그의 목소리가 별안간 변했다. 얼굴도 갑자기 흥분해 단호한 표정이 되었다.

"아니란 말이네! 자백을 받아 내기 위해서도, 벌을 주기 위해서도 아니야. 왜 자네를 이리 데려왔는지 말해 줄까? 치료하기 위해서야! 자네를 온전한 정신을 지닌 사람으로 만들기 위해서라고! 윈스턴, 여기 들어온 사람치고 치료되지 않은 자가 없다는 걸 이해할 수 있겠나? 우리는 자네가 저지른 어리석은 범죄에는 관심도 없네. 당은 겉으로 드러난 행위에 관심이 없단 말이네. 우리가 신경 쓰는 건 사상뿐이란 말일세. 우리는 단순히 적을 말살할 뿐만 아니라 그들을 개조시키고 있네. 내가 하는 말이 무슨 말인지 알겠나?"

그는 윈스턴 쪽으로 몸을 굽혔다. 가까이에서 봐서 그런지 오브라이언의 얼굴은 엄청나게 커 보였고, 밑에서 올려다보아서인지 소름이 끼칠 정도로 추해 보였다. 그의 얼굴 가득 흥분과 광적인 열정이 서려 있었다. 다시 윈스턴의 심장은 오그라들었다. 할 수만 있다면 침대 속 깊이 숨어 버리고 싶었다. 오브라이언이 흥분한 나머지 조절기 스위치를 무자비하게 올릴 것만 같았다. 하지만 바로 그 순간 오브라이언이 돌아서더니 두어 걸음 왔다 갔다 했다. 그러더니 아까보다 더 차분하게 말을 이었다.

"자네가 첫 번째로 알아 두어야 할 건 여기선 순교가 없다는 점이네. 자네는 과거의 종교 박해 사건에 관해 읽어 봤을 걸세. 자네도 알다시피 중세에는 종교 재판이 있었네. 그런데 그건 실패했지. 이단자를 뿌리 뽑기 위해 시작됐지만 결국엔 이단을 영구화시키고 말았네. 한 명의 이단자가 화형에 처할 때마다 다른 수천 명의 이단자들이 들고 일어났어. 왜 그랬겠는가? 그것은 이단자들이 공개적으로 회개를 받아내지 못한 채 종교재판으로 죽음을 당했기 때문이네. 사실은 그들이 회개하지 않는다는 이유 하나만으로 죽음을 당한 거란 말이네. 그들은 저마다 가진 진정한 믿음을 저버리지 않았기 때문에 죽어 갔던 게야. 그러니 당연히 모든 영광은 그 희생자들에게 돌아갔고 그들에게 화형을 선고한 재판관들은 비난을 면치 못했던 거지.

그 후 20세기에 이르러 소위 전체주의자라고 불리는 사람들이 나타났네. 독일의 나치와 러시아의 공산주의자들이지. 러시아는 종교 재판 때보다 더 참혹하게 이단자들을 처형했네. 그들은 과거의 실수를 통해 뭔가 배웠다고 생각했지. 적어도 순교자를 만들어서는 안 된다는 건 알고 있었네. 그들은 그 희생자들을 인민재판에 회부하기 전에 용의주도하게 그들의 위엄이란 걸 말살시켜 버렸지. 그들을 고문하고 독방에 가둬 심신을 약화시켜 결국에는 야비하게 굽실거리는 비참한 존재로 전락시켰네. 그들은 입에서 나오는 대로 무엇이든 다 털어놓고 자기들끼리 서로 욕하고 비난하며 다른 이를 방패 삼아서 살려 달라고 애원했네. 그런데 이번에도 몇 년이 지나자 그와 같은 결과가 나타난 걸세. 죽은 자들은 순교자가 됐고 그들이 받았던 수모도 잊혀졌네.

왜 그렇게 되었다고 생각하나? 그건 그들의 자백이 명백히 강제에 의한 것이었고 사실이 아니었기 때문일세. 우리는 그런 식의 실수는 저지르지 않아. 여기서 얻은 자백은 모두 진실이네. 우리가 진실로 만드는 거지. 무엇보다 우리는 죽은 자들이 다시 우리에게 반항하지 못하도록 하고 있다네. 윈스턴, 후손들이 자네가 무죄임을 입증해 주리라고 기대하지도 말게. 후손들은 자네에 대한 얘기를 전혀 들을 수 없을 거야. 자네는 역사의 흐름에서 깨끗이 사라질 거란 말이네. 공기로 변해 하늘로 사라져 버리는 거지. 자네에 대하여 남아 있는 건 아무것도 없네. 기재된 명부에도 자네의 이름이 없지만 살아 있는 사람의 기억 속에도 자네는 없네. 자네는 미래에서처럼 과거 속에서도 완전히 소멸될 걸세. 결국 자네는 결코 존재한 적이 없는 사람이 되는 것이네."

'그렇다면 왜 나를 고문하며 괴롭히는 것인가?'

윈스턴은 문득 씁쓸한 생각이 들었다. 오브라이언은 윈스턴이 그 생각을 큰 소리로 입 밖에 내기라도 한 것처럼 걸음을 멈췄다. 그러고는 눈을 가느다랗게 뜨고 못생긴 얼굴을 윈스턴 쪽으로 가까이 들이밀었다.

"우리가 자네를 완전히 소멸시켜 버리면 자네가 한 말이나 행동이 아무런 의미도 없을 텐데, 왜 굳이 이렇게 애를 써서 심문하는가 하고 생각할 거야. 지금 그런 생각을 하고 있는 거 아닌가?"

오브라이언이 물었다.

"맞습니다."

윈스턴이 대답했다.

오브라이언이 엷은 미소를 지었다.

"윈스턴, 자네는 견본에 난 흠이야. 자넨 반드시 제거해야 할 오점이라고. 우리는 과거의 박해자들과 다르다고 방금 말하지 않았나? 우리는 소극적인 복종이나 비굴한 굴복으로는 만족하지 못하네. 마침내 자네가 항복한다고 해도 그건 자네의 자유 의지에 의해서여야만 하네. 이단자들이 우리한테 반항한다고 해서 그들을 없애는 게 아닐세. 우리에게 저항하는 한 죽이지 않는단 말이네. 그들을 전향시켜 속마음을 장악해서 새사람으로 만드는 거네. 그들이 지닌 모든 악과 환상을 불태워 버리고 외양만이 아니라 그들의 마음과 영혼까지 우리 편으로 만드는 거지. 그들을 죽이기 전에 우리와 같은 사람으로 만든단 말일세. 비록 알려지지도 않고 영향력이 없다 하더라도 그릇된 사상이 이 세상 어딘가에 존재한다는 것은 참을 수 없는 일이니까. 죽는 순간까지 우리는 그 어떤 탈선도 용납하지 않네. 옛날에는 이단자들이 여전히 이단자인 채, 스스로 이단자임을 선언하고 화형대에 서면서 모종의 희열을 느끼기도 했지. 러시아에서 숙청당한 희생자들도 총살을 앞두고 복도를 걸어가면서도 머릿속에는 반항 의식을 가지고 있었네. 그런데 우리는 뇌를 박살 내기 전에 그 뇌를 완벽하게 개조시키지. 옛날, 전제 군주의 명령은 '너희들은 이렇게 해서는 안 된다'였고 전체주의자의 명령은 '너희들은 이렇게 해야 한다'였지. 그런데 우리의 명령은 '너희들은 이러이러하다'라네. 우리가 이곳에 끌고 온 사람 가운데 우리에게 끝까지 맞선 자는 아무도 없었네. 모두 깨끗이 치료되었네. 자네가 한때 무죄라고 믿었던 존스와 에런슨, 러더퍼드, 이 불쌍한 세 반역자들도 결국은 굴복하고 말았네. 나도 그들을 심문하는 데 직접 관여했지. 난 그들이 점점 약해져서 흐느끼며 바닥을 기고 눈물을 흘리는 모습을 보았네. 그것은 고통이나 공포로 흘린 게 아니라 진정으로 참회하며 흘린 눈물이었네. 심문이 끝났을 때 그들은 단지 인간의 껍데기에 지나지 않았지. 그들에게 남은 것이라곤 자신들이 범한 죄에 대한 비애와 빅브라더에 대한 애정뿐이었네. 그들이 빅브라더를 얼마나 사랑하게 되었는지 자네도 알면 감동할 걸세. 그들은 자기들의 마음이 아직 깨끗할 때 죽을 수 있도록 빨리 죽여 달라고 애원하기까지 했네."

오브라이언의 음성은 꿈에 젖은 것처럼 들렸다. 그의 얼굴에는 여전히 흥분과 광적인 열정이 서려 있었다. 윈스턴은 오브라이언이 가장을 하고 있다고 생각하지 않았다. 오브라이언은 위선자가 아니었으며 자신이 뱉은 말 한 마디, 한 마디 모두 그대로 믿는 사람이었다. 무엇보다 윈스턴을 짓누르는 것은 자신이 오브라이언보다 지적으로 모자란다는 열등감이었다. 윈스턴은 자신의 눈앞을 들락거리며 육중하지만 품위 있게 왔다 갔다 하고 있는 오브라이언을 지켜보았다. 윈스턴이 생각하기에 오브라이언은 어떤 면으로나 그보다 훨씬 위대한 존재였다. 윈스턴이 가졌던 신념이나, 앞으로 가질 수도 있는 신념은 모두 오브라이언이 오래전에 터득하고 살펴서 거부한 것들이었다.

그의 생각은 윈스턴의 생각을 완벽하게 포용하고 있었다. 그런데 어떻게 오브라이언이 미쳤다고 할 수 있단 말인가? 오히려 미친 사람은 윈스턴일 터였다. 오브라이언은 걸음을 멈추고 그를 내려다보았다. 그의 음성은 다시 단호해져 있었다.

"윈스턴, 자네가 완전히 우리에게 항복한다고 해도 자네가 살아남을 수 있으리라고는 생각하지 말게. 일단 과오를 범한 사람 중에 우리가 살려 준 사람은 아무도 없었네. 설령 우리가 자네를 명대로 살도록 내버려 둔다 해도 자네는 결코 우리에게서 벗어날 수 없네. 여기에서 자네에게 일어난 일은 앞으로 영원히 계속될 걸세. 미리 그 점을 알아 두게. 우리는 자네를 회복할 수 없을 정도까지 파멸시킬 걸세. 천 년을 산다고 해도 다시는 회복할 수 없는 일들이 자네에게 생길 거야. 자네는 보통 사람들이 지니는 감정을 다시는 지니지 못할 걸세. 자네 안에 있는 것은 모두 무감각해질 거란 말이네. 사랑이나 우정, 삶의 기쁨과 웃음, 호기심, 또는 용기나 진실성도 다시는 지니지 못하게 될 걸세. 그야말로 텅 비게 되는 거지. 우리는 자네를 텅 비게 만든 다음 우리와 같은 것으로 채울 걸세."

오브라이언은 말을 멈추고 흰 재킷을 입은 남자에게 신호를 했다. 윈스턴은 머리 뒤로 무언가 묵직한 기계 장치가 들어오고 있음을 느꼈다. 오브라이언이 침대 옆에 앉는 바람에 그의 얼굴과 윈스턴의 얼굴이 거의 같은 높이에 있게 되었다.

"3,000."

오브라이언이 윈스턴의 머리맡에 너머로 흰 재킷을 입은 남자에게 말했다.

약간 축축하고 부드러운 두 개의 헝겊 받침이 윈스턴의 관자놀이에 딱 달라붙어 있었다. 그는 덜컥 겁이 났다. 고통이, 새로운 고통이 다가오고 있었다. 오브라이언이 안심시키려는 듯 윈스턴의 손을 잡고 친절하게 설명했다.

"이번에는 아프지 않을 걸세. 내 눈만 똑바로 쳐다보고 있게."

그 순간, 소리가 났는지 안 났는지는 알 수 없지만 굉장한 폭발 같은 것이 일어났다. 분명히 눈이 부실 정도로 불빛이 번쩍했다. 윈스턴은 다친 데는 없었지만 몸을 가눌 수가 없었다. 이미 누워 있었는데도 마치 그 일이 벌어졌을 때 지금 누워 있는 자세로 나가떨어진 것 같은 이상한 기분이 들었다. 고통도 없는 무시무시한 충격이 그를 완전히 뻗게 만든 것이었다. 그의 머릿속에서도 무슨 일인가 일어났다. 그의 눈이 다시 초점을 맞출 수 있게 되자 자기가 누구이며 어디에 와 있고 자기를 쳐다보는 사람이 누구인지 기억할 수 있었다. 하지만 마치 뭔가를 떼어 내 머릿속에 큼직한 공간이 생긴 것 같았다.

"오래 걸리지는 않을 걸세."

오브라이언이 말했다.

"내 눈을 보게. 오세아니아는 어떤 나라와 전쟁을 하고 있나?"

윈스턴은 생각했다. 그는 오세아니아가 무엇인지도 알고 자기가 오세아니아의 시민이라는 것도 알고 있었다. 유라시아와 동아시아에 대해서도 잘 알았다. 그러나 누가 누구와 전쟁을 하는지는 알지 못했다. 심지어 그는 전쟁이 있다는 사실조차 모르고 있었다.

"생각이 안 납니다."

"오세아니아는 동아시아와 전쟁을 하고 있네. 이제 기억이 나나?"

"네."

"오세아니아는 언제나 동아시아와 전쟁을 하고 있었네. 자네가 태어날 때부터, 당이 출범한 이후로 계속, 역사가 시작된 이래로 전쟁은 한 번도 중단되지 않고 똑같은 형태로 계속되어 왔지. 기억나는가?"

"네."

"자네는 11년 전 반역죄로 사형선고를 받은 세 사람에 대한 이야기를 꾸며 냈네. 자네는 그들의 무죄를 증명할 수 있는 신문지 조각을 본 척했지. 하지만 애당초 그런 신문지 조각은 없었네. 자네는 스스로 그걸 만들어냈고, 나중에는 그게 있었다고 믿었던 걸세. 이제 자네가 그걸 처음 만들어 냈던 때를 기억해 보게. 기억이 나나?"

"네."

"아까 내가 자네에게 손가락을 펴 보였네만, 자네는 손가락이 다섯 개로 보인다고 했네. 그것도 기억나나?"

"네."

오브라이언은 엄지손가락을 감춘 채 왼손을 들어 보였다.

"손가락이 다섯 개가 있네. 손가락 다섯 개가 보이나?"

"네."

윈스턴 눈앞에서 본 것이 변하기 전, 눈 깜짝할 사이에 정말로 손가락이 다섯 개로 보였다. 그는 손가락 다섯 개를 보았으며 무슨 결함이 있어 보이지는 않았다. 그러고 나서 모든 것이 다시 평소대로 돌아왔다. 그 전에 느꼈던 공포와 증오, 당혹감이 다시금 밀려왔다. 얼마 동안이었는지 정확히 알 수는 없지만 30초 정도, 오브라이언의 새로운 가르침이 그의 텅 빈 곳을 채워서 절대적인 진리가 되었고 2 더하기 2는 필요에 따라서 간단히 3도, 5도 될 수 있음을 확신할 수 있는 순간이었다. 그런데 오브라이언이 손을 내리기도 전에 그 순간은 사라져 버렸다. 비록 그런 순간이 다시 오지는 않겠지만 사람들이 완전히 딴 사람이 되었을 때 겪은 일을 생생하게 기억하듯이 그도 그 순간을 기억할 수 있었다.

"여하튼 이제는 그런 것이 가능하다는 걸 알겠지?"

오브라이언이 물었다.

"네."

윈스턴이 대답했다.

오브라이언은 만족한 표정으로 일어섰다. 윈스턴은 왼쪽에 있는 흰 재킷을 입은 남자를 흘끗 바라보았다. 남자는 약병을 열어 주사기에 약을 넣고 있었다. 오브라이언이 미소를 띠며 윈스턴 쪽으로 돌아섰다. 그러고는 버릇처럼 콧등 위에 안경을 고쳐 썼다.

"자네가 일기장에 쓴 걸 기억하나?"

오브라이언이 물었다.

"자네를 이해하고, 자네와 대화를 나눌 수 있는 사람이라면 내가 적이든 친구이든 상관없다고 쓴 거 말일세. 자네가 옳았네. 나는 자네와 얘기하는 게 즐겁다네. 그리고 무엇보다 자네의 정신세계는 매력적이야. 자네가 제정신이 아니란 것만 빼면 자네의 정신세계는 나와 비슷하다고 할 수 있지. 자, 자네와의 얘기를 마치기 전에 하고 싶은 질문이 있으면 해 보게."

"아무것이나 괜찮습니까?"

"괜찮네."

오브라이언은 윈스턴의 시선이 조절기에 가 있다는 걸 눈치 챘다.

"저건 꺼 버렸으니 염려 말고. 자, 첫 번째 질문은 뭔가?"

"줄리아는 어떻게 됐습니까?"

윈스턴이 물었다.

오브라이언이 다시금 미소를 지었다.

"이보게, 윈스턴. 그 여자는 자네를 배신했네. 그것도 곧바로, 조금의 망설임도 없이 말일세. 그렇게 빨리 우리 편으로 돌아서는 사람은 처음 보았다니까. 자네가 그 여자를 본다고 해도 거의 알아보지 못할 걸세. 그녀의 반항 의식이며 기만, 우매함, 불결한 정신 등, 모든 것이 사라져 버렸네. 교과서에 실어도 될 정도로 완벽하게 전향했어."

"고문을 했나요?"

오브라이언은 대답이 없었다.

"다음 질문은 뭔가?"

"빅브라더가 존재합니까?"

"물론 존재하지. 당도 존재하고 말일세. 빅브라더는 당의 화신이네."

"제가 이렇게 존재하는 것과 같은 방식으로 빅브라더도 존재한다는 겁니까?"

"자네는 존재하지 않네, 윈스턴."

오브라이언이 말했다.

무력감이 다시 한번 윈스턴을 엄습했다. 그는 자신이 존재하지 않음을 증명하는 이론을 알고 있었다. 적어도 상상할 수는 있었다. 하지만 그것은 부질없는 짓이었다. 말장난일 뿐이었다. "너는 존재하지 않는다"라는 말은 논리적인 모순을 가지고 있지 않은가? 그러나 그렇게 말한다고 해서 대체 무슨 소용이 있단 말인가? 윈스턴은 오브라이언이 대답할 수도 없는 터무니없는 논쟁으로 자신을 꼼짝 못하게 할 것이 떠올라 위축되었다.

"저는 제가 존재하고 있다고 생각합니다."

윈스턴이 힘없이 말했다.

"저는 제 정체성을 의식하고 있습니다. 저는 태어났고 언젠가는 죽을 겁니다. 팔다리도 있습니다. 저는 우주에서 한 점을 차지하고 있습니다. 그런데 다른 실체가 동시에 같은 점을 차지할 수는 없습니다. 이런 의미에서 빅브라더는 존재합니까?"

"그런 건 중요하지 않네. 어쨌거나 그분은 존재하네."

"빅브라더도 죽을까요?"

"물론 죽지 않지. 어떻게 죽겠나? 다음 질문은 뭔가?"

"형제단은 존재합니까?"

"윈스턴, 자네는 영원히 그걸 알 수 없을 걸세. 자네를 완전히 개조시킨 후에 우리가 자네를 석방시키기로 결정한 다음, 자네가 아흔 살까지 산다고 해도 그 질문에 대한 해답은 여전히 얻을 수 없을 거야. 자네가 살아 있는 한 그것은 자네 마음속에 풀리지 않는 수수께끼로 남을 걸세."

윈스턴은 조용히 누워 있었다. 숨이 좀 더 가빠졌다. 그는 아직도 맨 처음 생각났던 질문을 하지 못하고 있었다. 그 질문을 해야겠다고 생각했지만 혀가 말을 듣지 않았다. 오브라이언의 표정이 유쾌해 보였다. 그의 안경마저 조롱하는 것처럼 번뜩였다. 윈스턴은 문득 자기가 무엇을 물어보려는지 오브라이언이 훤히 알고 있다는 생각이 들었다. 그런 생각을 하자 저절로 말이 튀어나왔다.

"101호실에는 무엇이 있습니까?"

오브라이언의 표정은 그대로였다. 그는 담담하게 대답했다.

"윈스턴, 자네는 101호실에 무엇이 있는지 이미 알고 있네. 누구나 다 101호실에 뭐가 있는지 다 알고 있지."

그는 흰 재킷을 입은 남자에게 손가락을 하나 들어 보였다. 심문은 끝났다. 윈스턴의 팔에 주삿바늘이 꽂혔다. 윈스턴은 곧 깊은 잠에 빠져들었다.

3

"자네가 새사람으로 태어나는 과정에는 세 단계가 있네."

오브라이언이 이어서 말했다.

"학습, 이해, 수용의 단계가 있지. 이제 자네는 두 번째 단계로 접어들었네."

언제나처럼 윈스턴은 등을 대고 반듯이 누워 있었다. 그런데 그를 묶은 끈이 약간 느슨해졌다. 그는 여전히 침대에 묶인 채 누워 있었지만 무릎을 조금 움직일 수 있었고 고개도 옆으로 돌릴 수 있었으며 팔도 팔꿈치까지는 들어 올릴 수 있었다. 조절기에 대한 공포심도 조금은 줄어들었다. 그가 재빨리 머리를 굴려 영리하게 굴면 충격적인 고통도 피할 수 있었다. 그러나 그가 어리석은 짓을 하면 오브라이언은 가차 없이 조절기 스위치를 올렸다. 가끔은 조절기를 한 번도 사용하지 않은 채 모든 심문을 끝내기도 했다. 윈스턴은 몇 번이나 심문을 받았는지 알 수 없었다. 심문의 모든 과정은 언제라고 딱 정해져 있지는 않았지만 꽤 오랫동안, 아마도 몇 주 동안 지속되는 것 같았다. 심문 사이의 간격은 어떤 때는 며칠, 또 어떤 때는 고작 1~2시간일 때도 있었다.

"자네가 나한테 물어보기도 했지만 거기에 그렇게 누워 있다 보면 왜 애정부가 오랜 시간에 걸쳐서 자네한테 공을 들이는지 궁금할 걸세."

오브라이언이 말을 꺼냈다.

"풀려난 후에도 본질적으로 똑같은 문제로 어리둥절해하겠지. 자네는 자네가 살고 있는 사회의 구조는 알 수 있지만 그 기본적인 동기는 알 수 없을 걸세. 혹시 자네 일기장에다 '나는 방법은 알지만 이유는 모른다'라고 쓴 걸 기억하나? 자네가 자신의 정신 상태가 온전한지 의심할 때는 바로 그 '이유'에 대해 생각하는 순간일세. 자네는 '그 책', 그러니까 골드스타인이 쓴 책을 읽었네. 적어도 그 일부만이라도 말일세. 그 책에 자네가 미처 몰랐던 게 적혀 있던가?"

"당신도 읽었습니까?"

윈스턴이 물었다.

"내가 그걸 썼지. 말하자면 그걸 저술하는 데 관여했다고 해야겠군. 자네도 알겠지만 어떤 책이든 개인적으로는 발간할 수 없네."

"거기에 쓰여 있는 게 사실입니까?"

"일부는 그렇지. 하지만 거기에 제시된 계획은 엉터리네. 비밀리에 지식을 축적하고 점차적으로 계몽되어 궁극적으로는 무산 계급의 주도하에 반란이 일어나서 당이 전복된다는 계획 말이야. 그게 뭘 말하는 건지 자네도 예측했겠지만 정말 엉터리지. 무산 계급은 천 년이 지나도, 백만 년이 지나도 반란을 일으키지 못하네. 그들은 반란을 일으킬 수 없어. 자네도 그 이유를 잘 알고 있을 테니 굳이 설명할 필요는 없겠지. 만약 자네가 폭동이 일어날 것을 기대했다면 포기해야만 하네. 당을 전복시킬 방법은 없네. 당의 지배는 영원하네. 이것을 생각의 출발점으로 삼게."

그가 침대로 다가왔다.

"영원히 말일세!"

그가 다시 한번 힘주어 말했다.

"자, 그럼 이제 '방법'과 '이유'라는 문제로 돌아가 보도록 하지. 자네는 당이 어떻게 권력을 유지하는지 잘 알고 있을 걸세. 그럼 왜 우리가 권력에 집착하는지 말해 보게. 우리의 근본 동기는 뭔가? 우리는 왜 권력을 원하지? 자, 어서 말해 보게."

그는 윈스턴이 침묵을 지키자 재촉했다. 그럼에도 불구하고 윈스턴은 한동안 말문을 열지 않았다. 온몸이 피로감에 휩싸였다. 희미한 열정에 들뜬 광적인 빛이 오브라이언의 얼굴에 다시 서렸다. 윈스턴은 오브라이언이 무엇을 말하려 하는지 이미 알고 있었다. 오브라이언은 이렇게 말할 것이었다.

'당은 자체의 목적을 위해 권력을 추구하는 것이 아니라 다수의 행복을 위해서 그러는 것이다. 대부분의 인간은 자유를 수호할 줄도 모르며 진리와 직면하지도 못하는 나약하고 비겁한 생명체이기 때문에 그들 자신보다 더 강한 다른 이들에게 통치를 받거나 체계적으로 기만당해야만 한다. 인간은 자유와 행복 중 어느 한쪽을 선택해야 하는데, 많은 이들이 행복을 더 선호한다. 당은 약자의 영원한 수호자이며 다른 사람의 행복을 위해서 자신의 행복을 희생하고 선을 구현하기 위해 악을 행하는 헌신적인 집단이다.'

윈스턴은 오브라이언이 그렇게 말하면 자신이 그 말을 믿게 될 것이라는 생각에 끔찍해했다. 오브라이언의 얼굴을 통해 그런 사실을 터득할 수 있었다. 오브라이언은 모든 것을 알고 있었다. 세상이 어떻게 돌아가고 있으며 대다수의 인간이 얼마나 타락한 삶을 살고 있는지, 또한 당이 어떤 거짓과 야만적인 행위로 사람들을 구속하는지 윈스턴보다 수천 배나 더 잘 알고 있었다. 윈스턴이 아무리 그것을 모두 이해하고 하나하나 따져 본다고 해도 아무 소용없는 일이었다. 모든 것은 궁극적인 목적에 의해서 정당화되었다. 보통 사람들보다 더 지식이 많고 사람들의 주장을 공정하게 들어주고 나서 자신의 광적인 행위만을 고집하는 이 미친 인간과 어떻게 맞설 수 있는가 하고 윈스턴은 생각했다.

"당신들은 우리의 이익을 위해서 우리를 지배하고 있습니다."

윈스턴은 힘없이 대답했다.

"당신들은 인간이 스스로를 지배하는 일에 어울리지 않는다고 믿고 있습니다. 그러므로⋯⋯."

그는 깜짝 놀라서 하마터면 소리를 지를 뻔했다. 극심한 고통이 그의 온몸을 뚫고 지나갔다. 오브라이언이 조절기를 돌려 35까지 올려놨던 것이었다.

"윈스턴, 어리석기는. 멍청한 소리를 하고 있군!"

오브라이언이 소리쳤다.

"윈스턴, 자네는 그보다 더 잘 알고 있다고!"

그는 조절기 스위치를 다시 제자리에 돌려놓고 계속했다.

"내 질문에 대한 답을 내가 해 주지. 바로 이런 걸세. 당은 오직 그 자체의 이익을 위해서 권력을 추구하네. 우리는 타인의 행복 따위에는 관심도 없단 말이네. 오로지 권력에만 관심을 둘 뿐이야. 재산이나 사치품, 장수, 행복도 아닐세. 오직 권력, 순수한 권력만 바랄 뿐이야. 순수한 권력이 뭔지, 자네도 곧 이해하게 될 걸세. 우리는 우리 자신이 무슨 일을 하고 있는지 알고 있다는 점에서 과거의 과두 정치와는 다르네. 우리와 비슷하다고 하더라도 과거 사람들은 모두 겁쟁이였고 위선자였네. 독일의 나치와 러시아 공산당은 그 수법에서는 우리와 매우 흡사했지만 그들은 권력에 대한 자신들의 동기가 뭔지 인지할 만한 용기가 없었어. 어쩌면 정말로 믿었을지도 모르겠지만, 그들은 본의 아니게 한시적으로만 권력을 장악하는 체하면서 가까운 시간 내에 인간이 자유롭고 평등하게 살 수 있는 낙원이 도래할 것이라고 꾸며 댔지. 우리는 그들과 다르네. 누구든 권력을 장악하면 그것을 포기하려 하지 않는 법이거든. 권력은 수단이 아니라 목적이야. 혁명에 성공하기 위해 안전장치로 독재를 행사하는 게 아니라 독재를 확립하기 위해서 혁명을 일으키는 걸세. 박해의 목적은 박해야. 고문의 목적은 고문이고 말일세. 그처럼 권력의 목적도 권력 그 자체네. 이제 내 말이 이해되기 시작했나?"

윈스턴은 오브라이언의 얼굴에 피로의 기색이 도는 것을 보고 전처럼 다시 한번 놀랐다. 그 스스로 무력감에 빠지기 전에 오브라이언의 살찐 얼굴은 강인하고 잔혹해 보였으며 지성미가 넘치면서도 절제된 열정이 서려 있었다. 하지만 그의 얼굴은 피곤해 보였다. 눈 밑 살은 광대뼈가 있는 데까지 축 늘어져 있었다. 오브라이언은 윈스턴 위로 몸을 굽혀 일부러 피곤에 절은 얼굴을 더 가까이 들이밀었다.

"자네는 내 얼굴이 늙고 피로해 보인다고 생각하고 있군. 내가 권력에 대해 이러쿵저러쿵 떠들어 대지만 자기 자신의 육체가 쇠약해 가는 것조차 막지 못한다고 생각하겠지. 윈스턴, 개인이란 하나의 세포에 불과하다는 것을 이해하겠나? 세포의 쇠락은 유기체의 활력을 의미하네. 손톱을 깎는다고 자네가 죽나?"

그는 침대에서 돌아서서 한쪽 손을 주머니에 넣은 채 왔다 갔다 하기 시작했다.

"우리는 권력의 사제네. 신은 권력 그 자체지. 하지만 자네가 보기엔 현재의 권력은 그저 말뿐일 걸세. 이제는 자네도 권력이 어떤 의미를 갖는지 여러 생각을 모아 볼 때가 됐네. 우선 자네가 알아야 할 건 권력이란 집단적이란 사실일세. 개인은 오직 자신이 개인임을 포기할 때 권력을 갖게 되는 거네. '자유는 구속'이란 당의 표어를 알고 있지? 혹시 그것을 뒤집어서 생각해 본 적 있나? '구속은 자유'라고 말일세. 혼자 있는 인간, 즉 자유로운 인간은 언제나 패배하네. 모든 인간은 언젠가는 죽게 될 테고 죽음이야말로 가장 커다란 패배이기 때문이지. 하지만 인간이 철저하고 완전하게 복종하여 자신의 정체성을 버리고 스스로 당에 편입될 만큼 적극적으로 나선다면, 그때는 불멸의 전능한 존재가 되는 거라네. 두 번째로 자네가 알아야 할 건 권력이란 곧 인간 위에 군림한다는 점일세. 권력은 인간의 육체 위에 군림하지. 하지만 특히 그 정신을 지배한다네. 물질, 바로 자네 표현을 빌리자면 외적인 실재에 대한 통제는 중요하지 않네. 물질에 대한 통제는 이미 절대적이니까 말일세."

윈스턴은 잠시 조절기의 존재를 잊고 있었다. 그는 일어나 앉으려고 몸부림을 쳤다. 그러나 몸을 비트는 바람에 고통스럽기만 할 뿐이었다.

"대체 어떻게 물질을 통제할 수 있단 말입니까?"

윈스턴이 버럭 소리를 질렀다.

"날씨나 인력의 법칙도 통제하지 못하는데 말입니다. 더욱이 질병과 고통과 죽음……."

오브라이언이 손짓으로 윈스턴에게 조용히 하라고 했다.

"우리는 정신을 지배하기 때문에 물질도 지배할 수 있네. 실재란 머릿속에 있지. 자네도 차츰 알게 될 걸세. 우리가 하지 못할 건 아무것도 없어. 눈에 보이지 않게 할 수도, 공중을 날 수도 있지. 그밖에 무엇이든지 다 할 수 있다네. 원한다면 비눗방울처럼 이 마루 위를 둥둥 떠다닐 수도 있단 말이네. 당이 그걸 바라지 않으니까 나도 바라지 않는 것뿐이네. 자연의 법칙에 대한 19세기적인 사고방식을 버려야만 하네. 우리가 자연 법칙을 만드는 거네."

"그건 불가능합니다! 당신들은 이 지구의 지배자도 되지 못하고 있습니다. 대체 유라시아와 동아시아는 뭡니까? 당신들은 아직 그 나라들조차 정복하지 못했잖습니까?"

"그건 중요하지 않아. 적당한 때가 오면 정복할 거라고. 그런데 설사 우리가 그 나라들을 정복하지 못한다고 해도 무슨 상관이 있나? 우리는 마음만 먹으면 그 나라들을 멸망시킬 수 있네. 오세아니아가 곧 세계일세."

"하지만 세계 그 자체는 하나의 먼지 덩어리에 불과합니다. 그리고 인간은 무력한 작은 존재입니다. 인간이 존재한 지 얼마나 됐습니까? 수백만 년 동안 이 지구상에는 인간이 살고 있지 않았습니다."

"바보 같은 소리 그만하게. 지구의 나이는 우리와 같아. 우리보다 더 오래되지 않았단 말일세. 어떻게 더 오래될 수 있겠나? 인간의 의식을 통하지 않고는 그 어떤 것도 존재할 수 없네."

"그렇지만 이미 멸종된 동물의 뼈가 화석으로 남아 있잖습니까? 매머드나 마스토돈,* 그리고 거대 파충류들이 인류가 나타나기 훨씬 오래전에 지구에서 살았다는 말을 들어 본 적이 없

---

* 코끼리와 비슷하게 생긴 고생물이다.

습니까?"

"이보게, 윈스턴. 그 뼈들을 직접 본 적이나 있나? 물론 없겠지. 그것들은 모두 19세기 생물학자들이 꾸며 낸 걸세. 인류가 출현하기 전에는 아무것도 없었네. 만약 인류가 멸종된다면 그때 지구상에는 아무것도 존재하지 않게 되지. 내 말은 인간을 떠나서는 그 어떤 것도 존재할 수 없다는 걸세."

"하지만 지구 밖에는 우주가 있습니다. 별들을 보십시오! 지구에서 백만 광년이나 떨어져 있는 별들도 있습니다. 그것들은 영원히 인간의 영향력이 미치지 않는 곳에서 존재할 겁니다."

"별이란 게 뭐지?"

오브라이언이 차갑게 응수했다.

"그것들은 몇 킬로미터 떨어진 곳에 있는 하찮은 불에 불과하네. 우리가 바라기만 하면 거기에 갈 수 있단 말이네. 또한 없애 버릴 수도 있고. 지구는 우주의 중심이네. 태양과 별이 지구 주위를 도니까 말일세."

윈스턴의 몸에 다시 경련이 일어났다. 이번에는 아무 말도 하지 않았다. 오브라이언은 마치 반박에 대한 답변을 하듯 계속해서 말했다.

"물론 어떤 점에서 그건 진실이 아닐 수도 있네. 바다를 항해할 때나 일식을 예보할 때는 지구가 태양 주위를 돌고 별들이 수백억 킬로미터나 떨어져 있다고 가정하는 게 편리한 점도 있지. 그래서 뭐 어떻다는 건가? 자네는 천문학의 이원적 체계를 만드는 것이 우리의 능력 밖이라고 생각하나? 별들은 우리의 필요에 따라 얼마든지 가까이 있을 수도, 또 멀리 있을 수도 있는 걸세. 자네는 우리 수학자들이 그런 일을 감당하지 못할 줄 아나? 혹시 '이중사고'란 말을 잊었나?"

윈스턴은 침대에 누운 채 몸을 움츠렸다. 그가 무슨 말을 하든지 오브라이언은 재빨리 답을 내 놓아 마치 쇠도리깨로 내리치듯 그를 꼼짝 못하게 했다. 하지만 윈스턴은 자신이 옳다는 것을 알고 있었다. 인간의 정신을 떠나서는 아무것도 존재하지 않는다는 신념이 허위라는 사실을 증명할 방법이 분명히 있을 것이었다. 게다가 이미 오래전에 그 신념은 오류로 밝혀졌다. 잊어버렸지만 그 오류를 지칭하는 명칭도 있었다. 오브라이언은 그를 내려다보면서 옅은 미소를 띠며 입꼬리를 씰룩거렸다.

"윈스턴, 형이상학이 자네의 강점이 아니라고 내가 말하지 않았나. 자네가 지금 생각해 내려고 애쓰는 말은 유아론*일 걸세. 하지만 자네는 착각을 하고 있어. 이건 유아론이 아닐세. 자네의 방식대로라면 집단적 유아론이라고 할 수 있겠지. 그러나 그건 다른 것이네. 사실은 정반대지. 자, 여담은 이쯤으로 해 두자고."

---

* 실재하는 것은 자아뿐이며 다른 것은 자아의 관념이나 현상일 뿐이라는 사상이다.

그는 어조를 바꾸어 말을 계속했다.

"진정한 권력, 우리가 밤낮으로 추구해야 하는 권력은 물질을 지배하는 권력이 아니고 인간을 지배하는 권력이야."

그는 잠시 말을 멈추고 장래가 촉망되는 학생에게 질문을 던지는 선생님 같은 표정을 지었다.

"윈스턴, 어떻게 하면 타인에게 자기의 권력을 행사할 수 있겠나?"

윈스턴은 생각에 잠겼다가 대답했다.

"타인을 괴롭히면서 행사할 수 있을 겁니다."

"바로 그거야. 타인을 괴롭혀야 하는 거라고. 복종으로는 충분하지 않네. 괴롭히지 않는다면 어떻게 자신의 의지가 아니라 권력자의 뜻에 복종한다고 확신할 수 있겠는가? 권력은 고통과 모욕을 주는 가운데 존재하는 걸세. 그리고 권력은 인간의 마음을 갈기갈기 찢어서 권력자가 선택한 새로운 형태로 다시 뜯어 맞추는 거라네.

이제 우리가 어떤 세계를 창조하려는지 좀 알 것 같나? 이건 이전 개혁자들이 상상했던 어리석은 쾌락주의적 유토피아와는 정반대라네. 공포와 반역의 세계는 고통이며 짓밟고 짓밟히는 세계, 정제할수록 더욱더 무자비해지는 세계라네. 우리가 만드는 세계에서의 진전이란 고통을 향한 진전일 뿐이네. 과거 문명은 사랑과 정의 위에 세워졌다고들 주장했었지. 우리 문명은 증오 위에 세워져 있네. 우리의 세계에 존재하는 감정은 공포, 분노, 승리감, 자기 비하뿐이지. 우리는 그 나머지를 모두 파괴할 걸세. 이미 혁명 전부터 내려오던 사고의 습관을 허물어뜨리고 있다네. 부모와 자식, 인간과 인간, 남자와 여자 간의 유대도 끊어 버렸네. 이제는 더 이상 아무도 아내나 자식, 친구를 믿으려 들지 않을 걸세. 그런 데다 앞으로는 아내도, 친구도 존재하지 않게 될 거네. 암탉이 알을 낳으면 그것을 꺼내오듯 아이가 태어나자마자 어머니 품에서 빼앗아 올 걸세. 성 본능도 없어질 테고, 출산은 배급 카드를 재발급해 주는 것처럼 연례적인 공식 행사가 될 거네. 섹스할 때 느끼는 오르가슴도 없어질 걸세. 신경학자들이 현재 그 방법을 연구 중이라네. 충성심도 당에 대한 것 외에는 모두 사라질 거라고. 사랑도 빅브라더에 대한 사랑 이외에는 존재하지 않을 테고. 웃음도 적을 무찌른 뒤 승리감에 도취돼 웃는 웃음만 남게 될 거란 말이네.

미술이나 문학, 과학도 없어질 거고, 아름다움과 추함의 차이라든가 호기심이나 세상을 살면서 느끼는 즐거움도 없어질 것이네. 경쟁의 희열도 모두 파괴되어 버릴 걸세. 하지만 윈스턴, 이것만은 잊지 말게. 권력에 대한 탐닉은 끊임없이 커지고 점점 더 미묘해질 거라네. 언제나, 매 순간, 무력한 적을 짓밟는 느낌, 바로 승리의 짜릿한 황홀감을 느끼게 될 거네. 만약 미래의 모습이 보고 싶다면, 계속해서 인간의 얼굴을 짓밟고 있는 구둣발을 상상해 보게나."

그는 마치 윈스턴이 뭐라고 대답하기를 기다리는 듯 말을 멈췄다. 윈스턴은 다시 침대 속으로 깊이 파고들고 싶었다. 그는 아무 말도 할 수가 없었다. 심장이 얼어붙는 것 같았다. 오브라이언이 계속했다.

"그리고 그 구둣발은 영원히 존재한다는 걸 잊지 말게. 이단자의 얼굴은 언제나 그 발밑에 짓밟힌 채로 있을 걸세. 이단자와 사회의 적은 언제나 우리의 발밑에 있을 것이며 패배하여 굴욕감을 느끼게 될 것이네. 자네가 체포된 이후로 겪었던 모든 일들은 앞으로도 계속될 뿐 아니라 더욱 심해질 걸세. 간첩 행위와 배신, 체포, 고문, 처형, 행방불명 등도 절대로 멈추지 않을 것이네. 그것은 승리의 세계인 동시에 공포의 세계야. 당의 권력이 강하면 강할수록 더욱 무자비해질 것이고 반대파가 약하면 약할수록 폭정은 더욱 심해질 걸세. 물론 골드스타인과 이단자들도 영원히 살아남을 거야. 그들은 매일매일, 매순간 패배를 맛보고 비난을 받으며 비웃음을 사며 사람들한테 침 세례를 받겠지만 그 가운데서도 언제나 살아남을 거야. 지난 7년 동안 내가 자네를 위해 꾸민 이 연극도 다시 반복되어 여러 세대를 거쳐 더욱더 교묘한 형태로 되풀이될 것이네. 우리는 이단자를 우리 멋대로 처단할 걸세. 그들은 고통으로 비명을 지르다가 온몸이 부서지고 깨진 채 모욕을 당하다가 결국에는 저절로 네 발로 기어와 참회를 할 거란 말이네. 윈스턴, 이것이 바로 우리가 준비하고 있는 세계이네. 승리에 승리, 압도적인 승리를 거듭하는 세계, 끊임없이 누르고 눌러서 권력에 맞서는 용기가 꿈틀거리며 비집고 나오지도 못하게 해 버리는 세계……. 자네는 그런 세계가 어떤 것인지 이제야 겨우 깨닫기 시작하는 것 같군. 하지만 그저 깨닫는 것 이상이 될 걸세. 자네는 그걸 받아들이고 환영하며, 자네 자신이 그 일부가 될 걸세."

윈스턴은 말을 할 수 있을 만큼 기력을 되찾았다.

"당신들은 그럴 수 없을 겁니다."

그가 힘없이 말했다.

"윈스턴, 그 말은 무슨 뜻이지?"

"방금 말한 그런 세계를 당신들은 만들 수 없단 말입니다. 꿈일 뿐입니다. 불가능한 일입니다."

"왜지?"

"공포와 증오, 잔혹함 위에 문명을 세운다는 건 불가능합니다. 그런 문명은 결코 지속될 수 없습니다."

"어째서 그런가?"

"생명력이 없기 때문입니다. 그래서 붕괴될 겁니다. 그런 문명은 자멸하고 말 겁니다."

"천만에! 자네는 증오심이 사랑보다 심신을 더 피로하게 만든다는 생각을 하고 있군. 왜 그래야 하나? 설령 자네 말이 옳다

해도 무슨 차이가 있나? 우리가 더 빨리 늙는다고 생각해 보게. 노화에 속도가 붙어 서른 살에 노망이라도 난다고 생각해 보란 말일세. 그렇다고 뭐가 달라지겠는가? 개인의 죽음은 죽음이 아니란 걸 이해하지 못하겠나? 당은 불멸의 존재란 말이네."

그의 음성은 여느 때처럼 윈스턴을 무력하게 만들었다. 무엇보다 윈스턴은 오브라이언의 말에 동의하지 않는다고 주장을 굽히지 않으면 그가 다시 조절기를 돌릴까 봐 두려웠다. 그러나 계속해서 침묵을 지킬 수도 없었다. 그는 아무런 힘도, 논리도 없이 오브라이언의 말에서 느껴지는 막연한 공포감에 기대 다시금 반박을 하기 시작했다.

"모르겠습니다. 솔직히 관심도 없고 생각하고 싶지도 않습니다. 어쨌든 당신들은 틀림없이 실패할 겁니다. 무언가가 당신들을 좌절시킬 겁니다. 삶이 당신들을 패배시킬 겁니다."

"윈스턴, 우리는 모든 면에서 삶을 통제하고 있네. 우리가 하는 일에 분노하여 반항하는 인간 본성이라 불리는 어떤 것을 상상하고 있을 테지. 그렇지만 우리는 인간 본성 자체를 창조하네. 인간이란 끊임없이 변하기 쉬운 존재지. 자네는 노동자나 노예들이 들고 일어나 우리를 전복시킬 수도 있다는 구태의연한 생각을 하고 있을 걸세. 그런 생각은 아예 집어치우게나. 그들은 짐승처럼 무력하네. 인간성이 곧 당일세. 그 나머지는 우리 밖에 있는 거야. 우리와 무관하단 말이네."

"상관없습니다. 결국 그들은 당신들을 쳐부술 겁니다. 곧 그들은 당신들이 어떤 사람들인지 알게 될 것이고 그러면 당신들을 갈기갈기 찢어 버릴 겁니다."

"그런 일이 일어나리란 증거라도 있나? 아니면 그래야만 하는 이유라도?"

"없습니다. 하지만 저는 그걸 믿습니다. 당신들이 실패하리라는 걸 알고 있습니다. 이 세상에는 당신들이 절대로 넘어설 수 없는 정신이랄까, 어떤 원칙 같은 게 있습니다."

"자네는 신을 믿나?"

"믿지 않습니다."

"그럼 우리를 패배시킬 거라는 그 원칙은 뭔가?"

"모르겠습니다. 인간의 정신이라고나 할까요."

"자네는 자네 자신을 인간이라고 생각하나?"

"네."

"이보게, 윈스턴. 자네가 인간이라면 자네는 마지막 인간일세. 자네와 같은 인간들은 이미 멸종됐네. 우리가 그 후계자들이지. 자네는 '혼자'라는 걸 이해하는가? 자네는 역사 밖에 있고 이 세상에 존재하지도 않는단 말이네."

그는 태도를 바꾸어 더 거칠게 말하기 시작했다.

"우리가 거짓말을 하고 잔인하다는 이유로 자네가 우리보다 도덕적으로 우월하다고 생각하는 건가?"

"그렇습니다. 제 자신이 더 낫다고 생각합니다."

오브라이언은 아무 말도 하지 않았다. 갑자기 다른 두 목소리가 들렸다. 잠시 후 윈스턴은 그 가운데 한 목소리가 자기 목소리란 걸 깨달았다. 그가 형제단에 가입하던 날 밤, 오브라이언과 나눈 대화를 녹음한 것이었다. 그는 거짓말과 도둑질을 하고 위조와 살인, 습관성 약품 유통과 매춘을 권장할 뿐 아니라 성병을 퍼뜨리고 어린아이 얼굴에 황산을 뿌리겠다고 스스로 약속하는 자신의 음성을 들었다. 오브라이언은 이런 시위는 할 가치도 없다는 듯이 짜증 섞인 몸짓을 했다. 그가 스위치를 끄자 소리도 그쳤다.

"침대에서 일어나."

오브라이언이 명령조로 말했다.

끈이 저절로 느슨해졌다. 윈스턴은 바닥으로 내려와 휘청거리며 일어섰다.

"자네는 마지막 인간이네. 인간 정신의 수호자야. 이제부터 자네는 자네의 모습을 있는 그대로 보게 될 걸세. 옷을 벗게."

윈스턴은 옷을 졸라맨 허리띠를 풀었다. 지퍼는 오래전에 망가졌다. 체포된 이후 옷을 벗은 적이 있는지 기억도 나지 않았다. 겉옷을 벗은 그의 몸에는 더럽고 누런 천 누더기가 걸쳐져 있었다. 윈스턴은 곧 그게 속옷이라는 것을 깨달았다. 옷을 마저 벗어 바닥에 내려놓다가 그는 방 끝에 삼면거울이 있다는 걸 알게 되었다. 그는 그쪽으로 다가가다 깜짝 놀라 갑자기 멈춰 섰다. 그러고는 자기도 모르게 비명을 질렀다.

"더 가까이!"

오브라이언이 명령했다.

"양쪽 거울 사이에 서! 옆모습도 보이게 서란 말이야!"

윈스턴은 너무 놀라서 다시금 걸음을 멈췄다. 구부정한 잿빛 해골이 그의 앞으로 다가오고 있었다. 그런 몰골이 자기 자신이라는 사실이 섬뜩할 정도로 무서웠다. 그는 거울 앞으로 바짝 다가갔다. 구부정한 자세 때문인지 얼굴이 툭 튀어나온 것처럼 보였다. 이마에서 머리 꼭대기까지 훤히 벗겨진 머리와 구부러진 코, 매를 맞아 찌그러져 보이는 광대뼈, 경계하는 사나운 눈초리, 그것은 쓸쓸한 죄수의 모습이었다. 양쪽 뺨에는 꿰맨 것 같은 상처 자국이 나 있었고 입은 쑥 들어가 있었다. 틀림없이 그의 얼굴이었다. 그러나 생각했던 것보다 얼굴은 더 심하게 변해 있었다. 얼굴에 드러난 감정과 그가 실제로 느끼는 감정이 서로 달랐다. 그의 머리는 군데군데 벗겨져 있었다. 처음에는 머리가 희게 샌 거라고 생각했지만 그것은 머리카락이 빠져 잿빛 두피가 드러났기 때문이었다. 그의 양손과 얼굴을 제외한 몸뚱이 전체가 묵은 때에 절어 잿빛으로 보였다. 때가 낀 살 여기저기에 빨간 상처 자국이 있었고, 발목 근처에는 정맥류성 궤양이 곪아 터져서 살갗이 허옇게 벗겨져 있었다.

무엇보다 끔찍한 것은 몹시 수척해진 그의 몸이었다. 갈빗대는 해골처럼 앙상했고 다리통은 오그라들어 무릎이 넓적다리보다 굵었다. 그는 오브라이언이 옆모습이 보이게 서라고 한 의도를 그제야 깨달았다. 척추가 놀랄 정도로 휘어 있었다. 게다가 바짝 마른 어깨가 앞으로 튀어나와 가슴은 움푹 팼고, 뼈만 앙상하게 남은 목은 머리의 무게를 못 이겨 구부러져 있었다. 무슨 고질병에 시달리는 예순 살 노인의 몸뚱이 같았다.

"자네는 가끔씩 핵심 당원인 내 얼굴이 늙고 피로해 보인다고 생각했지? 그런데 자네 얼굴은 어떤가?"

오브라이언이 물었다.

그는 윈스턴의 어깨를 잡고 돌려 세워 거울을 마주 보도록 했다.

"거울에 비친 자네 몰골을 좀 보게."

그가 이어 말했다.

"자네 몸을 뒤덮고 있는 더러운 때를 보란 말일세. 발가락 사이의 때와 자네 다리에 퍼져 있는 구역질 날 것 같은 상처들을 좀 보지 그러나. 자네의 몸에서 염소 냄새 같은 악취가 나는 걸 알기는 하나? 아마도 이젠 냄새가 나는 줄도 모를 테지. 바싹 마른 자네 몸뚱이를 좀 보라고. 보이지? 나는 자네의 알통을 엄지와 집게손가락만으로도 쥘 수 있네. 그리고 자네의 모가지쯤은 당근처럼 뚝 분질러 버릴 수도 있네. 자네가 체포된 후로 체중이 25킬로그램이나 줄어든 걸 알고 있나? 머리카락까지 한 움큼씩 빠지고 있네. 자, 보라고!"

그는 윈스턴의 머리를 잡고 머리카락을 한 움큼 뽑았다.

"입을 벌려 봐. 아홉, 열, 열하나, 이가 열한 개 남았군. 체포될 당시에는 몇 개였나? 남아 있는 것들마저 흔들리고 있군. 자, 보라고!"

그는 억센 엄지와 검지로 윈스턴의 남은 앞니 한 개를 꽉 쥐었다. 윈스턴은 턱에 찌릿한 통증을 느꼈다. 오브라이언은 흔들거리는 이를 비틀어 뿌리째 뽑아냈다. 그러고는 그것을 감방 저편으로 던져 버렸다.

"자네는 썩어 문드러져 가고 있단 말이네."

그가 말했다.

"그야말로 만신창이가 되어 가고 있지. 자네란 인간은 대체 뭔가? 불결한 때 덩어리 아닌가? 돌아서서 다시 거울을 보게. 자네와 마주선 몸뚱이가 보이나? 그게 마지막 인간의 모습이야. 자, 다시 옷을 입게."

윈스턴은 천천히 경직된 동작으로 옷을 입기 시작했다. 지금까지 그는 자기가 얼마나 야위고 허약해졌는지 생각해 본 적이 없었다. 한 가지 생각만 머릿속에 맴돌았다. 생각했던 것보다 훨씬 더 오랫동안 그는 이곳에 들어와 있었던 게 틀림없었다. 그는 너덜너덜한 누더기를 입다가 갑자기 망신창이가 된 자신의 육체에 연민의 정을 느꼈다. 갑자기 설움이 복받쳐 올랐다.

그는 자기도 모르게 침대 옆에 있는 조그만 의자에 풀썩 주저앉아 울음을 터뜨렸다. 그는 자신이 더러운 내의 바람으로 뼈다귀뿐인 몸뚱이를 가린 채 강렬한 불빛 아래 앉아 추하고 볼품없는, 한 줌 뼈밖에 남지 않은 더러운 몰골을 한 채 울고 있다는 것을 알고 있었다. 하지만 울음은 멈춰지지 않았다. 오브라이언이 그의 어깨에 손을 얹고 상냥하게 말했다.

"이 일은 오래가지 않을 걸세. 자네가 하려고 들기만 하면 자네는 언제든 이 일에서 풀려날 수가 있네. 모든 건 자네한테 달려 있네."

"모든 게 당신 짓입니다! 당신이 나를 이 꼴로 만들었어요!"

윈스턴이 흐느끼면서 말했다.

"윈스턴, 그렇지 않아. 자네 스스로 이렇게 만든 걸세. 자네가 당에 반대하고 나섰을 때 이미 이렇게 될 것을 각오했던 거네. 이 일은 맨 처음 자네가 한 행위 속에 모두 포함돼 있었어. 자네가 예상하지 못한 일은 조금도 일어나지 않았네."

그는 말을 잠시 멈췄다가 다시 이었다.

"우리는 자네를 때렸네. 그것도 녹초가 되도록 말이지. 자네는 자네의 꼴이 어떤지 보았네. 자네의 마음도 겉모습과 똑같은 상태겠지. 자네한테는 이제 자존심 같은 것도 남아 있지 않을 걸세. 자네는 발에 채이고 매를 맞고 모욕을 당하는 동안에 고

통에 겨워 비명을 지르며 자네 자신의 피와 토사물로 뒤범벅이
된 채 바닥을 뒹굴었네. 그리고 살려 달라고 울부짖으면서 모든
사람을 배반하고 모든 일을 낱낱이 털어놓았지. 자네가 자존심
을 지켰다고 말할 만한 게 한 가지라도 있다고 생각하나?"

윈스턴은 울음을 그쳤다. 하지만 그의 눈에서는 여전히 눈물
이 흘러나오고 있었다. 그는 오브라이언을 올려다보았다.

"저는 줄리아를 배반하지 않았습니다."

윈스턴이 말했다. 오브라이언이 생각에 잠긴 표정으로 윈스
턴을 내려다보며 말했다.

"그래, 그건 분명한 사실이지. 자네는 줄리아를 배반하지 않
았네."

그 말을 듣는 순간, 그 무엇으로도 무너뜨리지 못할 오브라
이언에 대한 존경심이 윈스턴의 가슴속으로 밀려 들어왔다. 그
는 오브라이언이 얼마나 지적인 사람인지 생각했다. 오브라이
언은 그가 말한 모든 것을 하나도 빠짐없이 이해했다. 오브라
이언 외에 그 누가 윈스턴이 줄리아를 배반하지 않았다고 곧바
로 대답할 수 있겠는가. 고문으로 짜내지 못할 것은 아무것도
없었다. 그는 그들에게 자신이 알고 있는 그녀에 대한 모든 것
을 털어놓았다.

윈스턴은 그녀의 습성이며 성격, 과거의 생활까지 모두 말했
다. 두 사람이 데이트할 때 일어났던 사소한 것까지 모두 털어

놓았다. 서로 주고받은 이야기며 암시장에서 구입한 식품, 둘이 저지른 간통 행위, 당에 맞서 꾸몄던 모호한 음모 등을 다 고백했다. 그러나 그는 여전히 줄리아를 배반하지 않았다고 생각했다. 그는 여전히 그녀를 사랑하고 있었다. 그녀에 대한 감정은 예전과 같았다. 오브라이언은 설명을 듣지 않고도 그가 무엇을 말하려는지 알고 있었다.

"언제 저를 총살할지 말씀해 주십시오."

윈스턴이 말했다.

"시간이 오래 걸릴 걸세. 자네는 힘든 사례야. 그러나 희망을 버리지는 말게. 조만간 완치될 걸세. 결국에는 자네를 총살할 테지만."

오브라이언이 말했다.

4

윈스턴의 상태는 무척 좋아졌다. 날의 개념이 적합한지는 알 수 없지만 하루하루가 다를 정도로 살이 찌고 건강해졌다.

감방 안은 전과 다름없이 하얀 불빛이 비치고 윙윙거리는 소리가 났지만 전에 수감되어 있던 어떤 감방보다도 편했다. 베개와 요가 있는 평평한 침대에다 엉덩이를 걸칠 만한 의자도 있었다. 그들은 목욕뿐만 아니라 양은 대야로 세수를 자주 할 수 있도록 해 주었다. 심지어 따뜻한 물을 주기도 했다. 새 내복과 깨끗한 겉옷도 주었다. 게다가 정맥류성 궤양으로 생긴 상처에 연고를 바르고 붕대를 감아 주기도 했으며 남은 이를 마저 뽑고 새로 틀니를 해서 넣어 주기까지 했다.

몇 주일, 아니 몇 달은 지났을 것이다. 규칙적으로 밥을 주었기 때문에 그가 조금만 관심을 기울였다면 얼마나 시간이 흘러갔는지 알 수도 있었을 것이었다. 하루에 세끼를 주는 것 같았다. 그런데 가끔씩은 낮에 밥을 먹는지, 밤에 먹는지 궁금할 때도 있었다. 음식은 놀라울 정도로 좋았다. 세 번에 한 번은 고기도 나왔다. 담배 한 갑이 나온 날도 있었다. 윈스턴에게는 성냥이 없었지만, 음식을 가져다 주면서도 말 한마디 건네지 않던 간수가 불을 붙여 주었다. 처음 한 모금을 빨았을 때 속이 메스꺼웠지만 그는 고집스레 담배를 계속 빨았다. 담배는 식후마다 반만 피웠기 때문에 한 갑으로도 꽤 오래 버틸 수 있었다.

윈스턴은 연필 토막이 달려 있는 하얀 석판도 받았다. 그러나 처음에는 그것을 전혀 사용하지 않았다. 깨어 있을 때마저도 완전히 감각이 없는 상태였기 때문이었다. 그는 식사를 끝낸 후부터 다음 식사 시간까지 꼼짝도 않고 누워 있었다. 때로는 눈도 제대로 뜨기 힘들어하며 흐릿한 몽상 속에 잠겨 있기도 했다.

그는 이제 얼굴에 강렬한 불빛을 받으면서도 잠을 잘 수 있을 만큼 감방에 익숙해져 있었다. 불빛을 받으며 몽상을 하면 더 일관성 있게 연결된다는 점 외에는 불빛이 있든 없든 별로 영향을 받지 않았다. 그는 수많은 꿈을 꾸었다. 언제나 행복한 꿈이었다. 그는 어머니와 줄리아, 오브라이언과 함께 황금의 나라나 웅대하고 찬란하며 따사로운 유적지에 앉아서 아무것도 하는 일 없이 그저 가만히 앉아 평화롭게 대화를 나누곤 했다. 주로 깨어 있을 때 했던 생각들이 꿈에 자주 나타났다. 그런데 고통의 자극이 없어서인지 지적으로 노력하는 힘마저 잃어버린 것 같았다. 지루하지도 않았다. 대화를 나누거나 재밌는 일에 정신을 팔고 싶은 마음도 일지 않았다. 그저 혼자 있는 가운데 구타를 당하거나 심문을 받지 않고 충분히 먹으며 깨끗하게 있다는 것만으로 그는 크게 만족했다.

잠자는 시간이 점점 줄어들었지만 그러면 그럴수록 침대에서 일어나고 싶지 않았다. 그는 조용히 누운 채 몸에 기운이 돌아오는 것에만 관심을 가졌다. 어떤 때는 몸을 여기저기 눌러서 근육이 붙고 피부가 팽팽해지는 것이 꿈이 아닌가 하고 확인하기도 했다. 살이 오르는 것이 눈에 보일 정도였다. 넓적다리도 무릎보다 통통해졌다. 처음에는 내키지 않았지만 그는 규칙적인 운동도 하기 시작했다. 얼마 후 걸음 수로 헤아려 보니 감방 안에서 3킬로미터 정도 걸을 수 있었고 그 덕에 구부정했던 어깨도 반듯하게 펴졌다.

그는 좀 더 힘든 운동을 시도해 보았다. 그러나 곧 아직 그만큼은 아니라는 것을 깨닫고 크게 상심하며 비참해했다. 그는 뛸 수 없을 뿐만 아니라 한 팔을 쭉 편 채 의자를 들 수도 없었다. 한 발로 서는 것도 불가능했다. 그렇게 하려고 할 때마다 여지없이 쓰러져 버렸다. 그리고 뒤꿈치를 대고 쪼그려 앉으면 넓적다리와 장딴지가 몹시 당기고 아팠다. 엎드려서 팔굽혀펴기도 해 보았으나 1센티미터도 몸을 들어 올릴 수가 없었다. 그런데 며칠이 지나는 동안 음식을 몇 차례 더 먹은 덕분인지 진전이 있었다. 팔굽혀펴기를 무려 여섯 번이나 할 수 있게 되었다. 그는 자신감이 생기는 걸 느꼈다. 얼굴도 정상으로 돌아오고 있는 것 같았다. 그는 가끔씩 손으로 벗겨진 머리를 쓰다듬었다. 그럴 때마다 거울에서 보았던 꿰맨 상처와 일그러진 얼굴이 생각나곤 했다.

그의 마음도 점점 활기를 띠기 시작했다. 그는 널빤지 침대에 앉아 벽에 등을 댄 채 석판을 무릎 위에 올려놓고 스스로 재교육에 몰두했다.

그는 항복했다. 마침내 그렇게 하기로 작정했다. 사실 그런 결정을 내리기 오래전부터 그는 항복할 마음의 준비를 하고 있었다. 애정부에 들어갈 때부터, 아니 자기와 줄리아가 무력하게 서서 텔레스크린에서 나오는 금속성 목소리의 명령을 듣고 있던 그 순간부터 당의 권력에 맞선다는 것이 경솔하고 쓸데없는 짓이라는 걸 알고 있었다. 그는 이제 사상경찰이 7년 전부터 확대경으로 딱정벌레를 관찰하듯 자기를 감시하고 있었다는 사실도 알게 되었다. 그들은 그가 행동하거나 입 밖에 낸 말들 중에 모르는 것이 하나도 없었다. 뿐만 아니라 그가 어떤 생각을 하고 있는지도 훤히 들여다보고 있었으며 심지어 그가 일기장 표지 위에 살짝 올려 두었던 희뿌연 먼지 덩어리까지 제자리에 그대로 돌려놓았다. 그들은 또 그에게 녹음을 들려주고 사진을 보여 주기도 했다. 그중에는 줄리아와 그가 함께 있는 사진도 있었다. 그렇다! 그는 더 이상 당에 맞서 싸울 수 없었다. 게다가 당이 옳았다. 그럴 수밖에 없었다. 불멸의 집단적 두뇌가 어떻게 오류를 범할 수 있겠는가? 어떤 외적 기준으로 그들의 판단을 점검할 수 있겠는가? 정신 상태가 온전하다는 것은 통계이다. 문제는 그들이 생각하는 대로 생각할 수 있는 법을 배우는 것뿐이다. 그뿐이다!

손에 쥔 연필이 두껍고 어색하게 느껴졌다. 그는 머릿속에 떠오르는 생각을 서툰 글씨로 적기 시작했다.

자유는 구속

그는 쉬지 않고 그 밑에도 썼다.

2 더하기 2는 5

그는 잠시 망설였다. 마음이 무언가로부터 뒷걸음질 치려는 것 같아서 생각을 집중할 수 없었다. 그다음에 뭔가 쓸 게 있다는 것을 알았지만 그 순간 그게 무엇인지 기억해 낼 수가 없었다. 의식적으로 하나하나 따져 본 후에야 무엇을 써야 할지 생각이 났다. 저절로 떠오른 것은 아니었다. 아무튼 그는 다음과 같이 썼다.

신은 권력

그는 모든 것을 받아들였다. 과거는 바꿀 수 있었다. 그렇지만 과거는 절대로 바뀐 적이 없었다. 오세아니아는 동아시아와 전쟁을 하고 있었다. 오세아니아는 언제나 동아시아와 전쟁을 해 왔다. 존스와 에런슨과 러더퍼드는 처벌받을 만한 죄를 저질렀다. 윈스턴은 그들의 죄를 부인할 수 있는 사진을 본 적이 없었다. 그런 것은 있지도 않았으며 자기 자신이 꾸며 낸 것이다. 그는 상반된 일을 기억하고 있다고 생각했지만 그런 것은 모두 잘못된 기억이고 자기기만의 부산물이었다. 모든 것이 얼마나 쉬운가! 항복하기만 하면 나머지는 저절로 해결된다. 이 것은 물결을 거슬러 올라가려고 발버둥을 치지만 결국 뒤로 밀려가다가 갑자기 방향을 바꿔 물결을 따라 헤엄치는 것과도 같았다. 오직 자신의 태도만 바뀌었을 뿐, 아무것도 바뀐 것은 없었다. 어떤 경우에도 예정된 일은 일어나게 마련이었다. 그는 왜 자신이 지금까지 반항해 왔는지 전혀 알 수가 없었다. 모든 것은 쉽다. 한 가지만 제외한다면!

무엇이든 진실일 수 있다. 소위 자연법이란 것은 말도 안 되는 소리다. 인력의 법칙도 마찬가지이다. 오브라이언은 자신이 "원한다면 비눗방울처럼 마루 위를 둥둥 떠다닐 수도 있다"라고 말한 바 있다. 윈스턴은 그 말의 의미를 생각해 냈다. 오브라이언이 마루 위를 둥둥 떠다닐 수 있다고 생각하고 윈스턴 자신도 그가 그럴 수 있다고 생각하면 그런 일은 일어나는 것이다. 그런데 별안간 난파선 한 귀퉁이가 물 위로 불쑥 솟아오르듯 이런 생각이 그의 머릿속에 떠올랐다. '그런 일은 실제로 일어나지 않는다. 상상일 뿐이다. 그건 한낱 환상에 지나지 않는다.'

그는 곧 그런 생각을 털어 버렸다. 분명히 잘못된 생각이었다. 그것은 이 세상 밖 어딘가에 '진짜 일'이 일어나는 '진짜 세계'가 있다는 것을 가정했기 때문에 떠오른 생각이었다. 어떻게 그런 세계가 존재할 수 있겠는가? 인간의 의식을 거치지 않고 어떻게 사물에 대한 지식을 얻을 수 있단 말인가? 모든 일은 머릿속에서 생긴다. 무슨 일이 벌어지든지 머릿속에서 일어나는 것은 모두 진짜로 일어나는 것이다.

그는 오류를 해결하는 데는 별 어려움이 없었다. 게다가 더 이상 그런 문제에 빠져들 위험도 없을 것 같았다. 하지만 그는 절대로 그 같은 생각을 해서는 안 된다는 것을 깨달았다. 위험한 생각이 들 때마다 무조건 맹점을 개발해야만 했다. 이런 과정은 자동적이고 본능적이어야 했다. 그들은 이것을 신어로 "죄중단"이라고 불렀다.

그는 죄중단 훈련을 시작했다. 자신에게 몇 가지 명제들, 예를 들어 "당은 지구가 평평하다고 말한다"와 "당은 얼음이 물보다 무겁다고 말한다"를 제시하고 이와 상반되는 논쟁을 보지도, 이해하려고 하지도 않도록 스스로를 훈련시켰다. 그러나 쉽지 않았다. 상당한 추론 능력과 임기응변 능력이 필요했다. 가령 "2 더하기 2는 5"란 문장은 윈스턴의 지적 능력으로는 해결될 수 없는 산술적 문제였다. 이것은 일종의 두뇌 훈련과 함께 어떤 순간에는 가장 교묘한 논리를 사용하고 그다음 순간에는 상당히 조잡한 논리상의 오류를 의식하지 않는 능력을 필요로 했다. 지성만큼이나 우매함을 꼭 지녀야 했는데 우매함을 얻기가 여간 어렵지 않았다.

그의 마음 한구석에는 그들이 언제쯤 자신을 총살할지에 대한 궁금증이 자리 잡고 있었다. "모든 건 자네한테 달려 있네"라고 오브라이언은 말했다. 그러나 그는 처형의 시기를 의식적으로 앞당길 수 없다는 것을 알고 있었다. 그것이 10분 후일지, 10년 후일지는 알 수 없는 일이었다. 그들은 그를 몇 년이고 독방에 감금시킬 수도 있고 노동 수용소에 보낼 수도 있을 터였다. 또 전에 종종 그랬던 것처럼 잠시 그를 석방시킬 수도 있을 것이다. 어쩌면 체포되어 심문이 끝날 때까지 겪은 연극과도 같은 이 모든 과정을 총살을 당하기 전에 다시 한번 겪어야 할지도 몰랐다. 한 가지 분명한 사실은, 죽음이 결코 예측한 순간에 닥쳐오지 않으리라는 것이었다. 사람들이 드러내 놓고 얘기하지 않아서 확실하게 들은 것은 없었지만 떠도는 말에 의하면 관례에 따라 감방과 감방 사이의 복도를 걸어가고 있을 때 예고도 없이 뒤에서 머리를 쏘아 죽인다는 것이었다.

윈스턴은 어느 날 낮에(아무래도 '어느 날 낮'이란 표현은 적절하지 않은 것 같다. 한밤중일 수도 있기 때문이다) 이상야릇하면서도 행복한 몽상에 잠긴 적이 있었다. 그는 총알이 날아오기를 기다리면서 복도를 걷고 있었다. 그는 다음 순간에 무슨 일이 일어날지 정확히 알았다. 의심도, 논란도, 고통도, 공포도 더 이상 일지 않았다. 윈스턴은 건강하고 튼튼해졌다. 그는 몸을 움직일 수 있다는 것이 즐거워서 햇빛 속을 걷는 기분으로 편안하게 걷고 있었다. 그는 더 이상 애정부의 좁고 흰 복도가 아니라 폭이 1킬로미터나 되는, 햇볕이 밝게 내리쬐는 널찍한 도로를 아편에 취한 듯이 걷고 있었다. 그곳은 '황금의 나라'였다.

그는 토끼가 풀을 뜯는 초원을 가로질러 나 있는 오솔길을 따라 걸었다. 발밑의 짧은 잔디는 푹신푹신했고 얼굴을 어루만지는 햇살은 부드러웠다. 들판 끝에 이르자 느릅나무들이 바람에 가볍게 흔들리고 있었다. 그리고 그 너머 버드나무 아래 초록빛깔 물속에는 황어 떼가 헤엄치고 있었다.

별안간 그는 극도의 공포감을 느끼고 침대에서 벌떡 일어났다. 등줄기에 땀이 흘렀다. 그는 자신이 큰 소리로 외치는 걸 들었던 것이다.

"줄리아! 줄리아! 내 사랑, 줄리아! 줄리아!"

그는 한동안 그녀를 실제로 본 것 같은 환상에 빠져 있었다. 그녀는 그와 함께 있을 뿐만 아니라, 그의 안에 있는 것 같았다. 마치 그녀가 그의 살갗을 뚫고 몸속으로 들어온 듯했다. 순간 그는 둘이서 자유롭게 지내던 때보다 훨씬 더 깊이 그녀를 사랑하고 있음을 느꼈다. 그와 동시에 그녀가 어딘가에 살아 있어 자신의 도움을 기다리고 있으리라는 생각이 들었다.

윈스턴은 다시 침대에 누운 채 마음을 진정시키려고 애썼다. 그는 대체 무슨 짓을 했단 말인가? 한순간의 나약함으로 인해 이런 노예 생활이 얼마나 더 길어질 것인가? 금방이라도 밖에서 구둣발 소리가 들려올 것만 같았다. 그들이 이 같은 감정의 폭발을 벌하지 않고 그냥 넘어갈 리가 없었다. 당장은 눈치채지 못했을 수도 있었다. 하지만 그들은 곧 그가 자기들과 맺은 약속을 어긴 사실을 알게 될 것이다. 그는 당에 복종했지만 여전히 당을 미워하고 있었다. 옛날에는 겉으로 복종하는 척하고 속으로는 이단적인 마음을 먹었다. 그러나 그는 이제 한 걸음 물러났다. 마음속에서도 항복을 해 버렸다. 그렇지만 내면 깊은 곳까지 그들에게 내어 주고 싶지는 않았다. 그는 자신이 잘못하고 있음을 알았다. 그러면서도 잘못된 길을 가기를 바랐다. 그들도 이 점을 알고 있을 것이다. 특히 오브라이언은 알고 있었을 것이다. 그리고 방금 전에 그가 내지른 어리석은 외마디로 모든 것이 드러나 버리고 말았다.

어쩌면 그는 처음부터 다시 시작해야 할 것이다. 그런데 그렇게 하려면 몇 년이 걸릴지 알 수 없었다. 그는 한 손으로 얼굴을 구석구석 만지면서 새롭게 변한 자신의 모습을 익혀 보려고 했다. 양 볼에 깊은 주름살이 생기고 광대뼈가 툭 불거져 나온 게 느껴졌다. 코가 낮아진 것 같았다. 거울에 비친 자신의 모습을 본 뒤에 의치까지 해서 넣었다. 그런데 자신의 얼굴이 어떻게 생겼는지도 모른 채 태연한 척을 가장하기란 결코 쉽지 않았다. 어떤 경우든 단순히 표정을 통제하는 것만으로는 충분하지 않았다. 만약 비밀을 간직하려고 한다면 자신에게도 그것을 숨겨야만 한다는 사실을 그는 비로소 깨달았다. 자신에게 비밀이 있다는 것은 항상 염두에 두어야 하지만 필요할 때까지는 그 비밀을 의식하지 않도록 해야 한다. 지금부터 그는 올바른 생각만 할 뿐 아니라, 올바로 느끼고 올바로 꿈꿔야 한다. 그리고 언제나 자신의 일부분이면서도 나머지 부분과는 아무런 관계가 없는 것처럼 증오심을 마음속 깊은 곳에 감춰 두어야만 한다.

그들은 언젠가 그를 총살하기로 할 것이다. 그것이 언제인지 정확히 알 수는 없지만, 총살되기 몇 초 전이면 직감적으로 예측할 수 있을 것이다. 그들은 항상 복도를 걷고 있을 때 등 뒤에서 총을 쏘았다. 그 시간은 10초면 충분했다. 10초 동안 그의 내면세계는 뒤집힐 것이다. 한마디의 말도, 움직임도 없이 얼굴의 주름살 하나 흐트러뜨리지 않고 있다가 별안간 가면이 벗겨지면서 '꽝!' 하고 그의 증오심이 폭발할 것이다. 그 증오심은 성난 불길처럼 그를 휩쓸어 버릴 것이다. 그리고 그와 거의 동시에 '탕!' 하고 총알이 날아올 것이다. 그렇게 그들은 그의 머리통을 산산이 부숴 버릴 수는 있겠지만 증오심으로 불타는 그의 마음을 되돌릴 수는 없을 것이다. 이단적인 사상은 영원히 그들의 손이 미치지 않는 곳에 있어서 벌을 받지도, 회개를 강요당하지도 않을 것이다. 결국 그들의 완벽성에 하나의 구멍이 뚫리는 것이다. 마지막까지 그들을 증오하면서 죽는 것, 이것이 바로 자유다.

윈스턴은 눈을 감았다. 그러나 그렇게 하는 것은 지적인 훈련을 받는 것보다 더 어려웠다. 그것은 자신을 퇴화시키고 불구로 만드는 문제였다. 그는 가장 더럽고 추잡한 곳에 빠져 있었다. 세상에서 가장 끔찍하고 메스꺼운 것은 무엇인가? 그는 빅브라더를 생각했다. 커다란 얼굴(포스터만 보았기 때문에 그는 항상 빅브라더 얼굴의 너비가 1미터 정도일 것이라고 생각했다)과 검은 콧수염, 사람들을 따라 이리저리 움직이는 눈동자 등이 저절로 그의 머릿속에 떠올랐다. 빅브라더에 대한 그의 진정한 감정은 무엇일까?

복도에서 무거운 구둣발 소리가 들려왔다. 이윽고 쾅! 하는 소리와 함께 철문이 열렸다. 오브라이언이 감방 안으로 들어왔다. 그 뒤에는 밀랍 인형처럼 얼굴이 하얀 장교와 검은 제복을 입은 간수들이 서 있었다.

"일어나!"

오브라이언이 명령했다.

"자, 이리로!"

윈스턴은 침대에서 일어나 그의 앞에 섰다. 오브라이언은 힘센 두 손으로 윈스턴의 양어깨를 잡고 그를 유심히 쳐다봤다.

"자네는 나를 속이려 했네. 하지만 그건 어리석은 짓이야. 자, 똑바로 서서 내 얼굴을 쳐다보게."

그는 잠시 말을 멈췄다가 더 다정한 어조로 덧붙였다.

"윈스턴, 자네는 나아지고 있네. 지적으로 자네한테 잘못된 건 거의 없어. 다만 감정적으로 진전이 없을 뿐이지. 윈스턴, 내

게 말해 보게. 거짓말은 하지 말게. 거짓말을 하면 내가 귀신같
이 알아챘다는 걸 자네도 알 테지. 자, 말해 보게. 빅브라더에
대한 자네의 진심은 뭔가?"

"그를 증오합니다."

"그를 증오한다고? 좋아. 결국 자네가 마지막으로 밟아야 할
단계가 왔군. 윈스턴, 자네는 빅브라더를 사랑해야만 하네. 그
에게 복종하는 걸로는 부족하단 말일세. 반드시 그를 사랑해야
하네."

그는 윈스턴을 놓아 주며 간수들 쪽으로 밀었다.

"101호실로!"

그가 명령했다.

5

그는 감방이 바뀔 때마다 창문 하나 없는 이 건물의 어디쯤에
자신이 감금되어 있는지 알 수 있었다. 아니, 알 것만 같았다. 이
는 아마도 기압이 조금씩 다르기 때문일 것이다. 간수들이 그를
구타하던 감방은 지상 바로 밑 지하에 있었고 오브라이언에게
심문을 당했던 방은 지붕 가까이 높은 곳에 있었다. 지금 그가
있는 곳은 지하로 수십 미터를 내려간 아주 깊은 곳 같았다.

이 방은 그동안 그가 갇혀 지냈던 대부분의 감방들보다 훨씬 더 넓었다. 그런데 그는 주위를 돌아볼 수가 없었다. 그가 알 수 있는 것은 앞에 있는 조그만 탁자 두 개가 각각 녹색 천으로 덮여 있다는 것뿐이었다. 탁자 하나는 그에게서 1~2미터 정도 떨어져 있었고 다른 하나는 그보다 약간 더 멀리 문가에 놓여 있었다. 그는 의자에 똑바로 앉은 자세로 너무 세게 묶여 있어서 조금도 움직일 수가 없었다. 고개조차 잘 돌려지지 않았다. 더욱이 그는 뭔가가 뒤에서 머리를 꽉 죄고 있었기 때문에 똑바로 앞을 바라볼 수밖에 없었다. 그렇게 혼자 얼마 동안 앉아 있자 문이 열리고 오브라이언이 들어왔다.

"언젠가 자네는 101호실에 무엇이 있냐고 나한테 물은 적이 있었지. 그때 나는 거기에 무엇이 있는지 자네가 이미 알고 있다고, 모든 사람이 다 알고 있다고 대답했었네. 101호실에 있는 건 세상에서 가장 끔찍한 것일세."

문이 다시 열리더니 한 간수가 철사로 만든, 상자 같기도 하고 바구니 같기도 한 물건을 들고 들어와서는 멀리 떨어진 탁자 위에 올려놓았다. 오브라이언이 가로막고 서 있어서 윈스턴은 그것이 무엇인지 볼 수 없었다.

"세상에서 가장 끔찍한 것은 사람마다 다 다르지."

오브라이언이 말했다.

"생매장하는 것, 화형에 처하는 것, 익사시키는 것, 말뚝을 박아 죽이는 것 등 처형하는 방법이 50가지는 될 걸세. 물론 치명적이지 않은, 아주 시시한 처형 방법도 있지.”

그가 한쪽으로 약간 비켜서자 윈스턴은 탁자 위에 놓인 물건을 제대로 볼 수 있었다. 들고 다닐 수 있게 맨 위에 손잡이가 달린 장방형의 철사로 만든 우리였다. 그 앞면에는 펜싱용 마스크처럼 생긴 것이 붙어 있었고 옆면은 볼록하게 튀어나와 있었다. 그것은 3~4미터 떨어진 곳에 있었지만 윈스턴은 그 우리가 길게 두 부분으로 분리되어 있고 각 우리마다 동물들이 들어 있다는 것을 알 수 있었다. 쥐였다.

“자네의 경우에는 세상에서 가장 끔찍한 게 쥐일 걸세.”

오브라이언이 말했다.

윈스턴은 얼핏 그 우리를 보자마자 자신도 알 수 없는 일종의 전율과 공포를 느꼈었다. 그런데 바로 그 순간 우리 앞에 부착된 마스크처럼 생긴 것이 무엇을 의미하는지 갑자기 머릿속에 떠올랐다. 오줌을 지릴 것만 같았다.

“안 돼요! 안 돼! 그럴 수는 없습니다!”

그가 갈라지는 높은 목소리로 울부짖듯 소리쳤다.

“자네의 꿈속에 자주 나타났던 공포의 순간을 기억하나?”

오브라이언이 말했다.

“자네 앞에는 시커먼 벽이 있고 짐승 우는 소리가 자네 귀에 들렸지. 벽 맞은편에 무시무시한 게 있었네. 그게 뭔지 자네는 알고 있었지만 감히 그걸 털어놓을 수는 없었지. 벽 맞은편에 뭐가 있었나? 바로 쥐들이 있지 않았나?"

"오브라이언!"

윈스턴이 목소리를 가다듬으려고 애쓰며 오브라이언에게 애원했다.

"이럴 필요는 없잖습니까? 대체 나한테 원하는 게 뭡니까?"

오브라이언은 즉시 대답하지 않았다. 그는 언제나 그렇듯, 학교 선생님 같은 태도로 윈스턴의 등 뒤에 있는 청중에게 연설이라도 하듯 먼 곳을 골똘히 바라보았다.

"고통 그 자체만으로는 충분치 않네."

그가 입을 열었다.

"인간에게 죽을 고비를 만나더라도 고통을 참고 버티어 내는 경우가 있어. 그러나 누구에게나 참을 수 없는, 생각만 해도 끔찍한 것이 있게 마련이야. 그건 용기나 비겁함과는 아무 상관도 없어. 내가 절벽에서 떨어지다가 밧줄을 잡는다면 그건 비겁한 짓이 아니네. 깊은 물속에서 나와 숨을 크게 들이마신다고 해도 비겁한 짓이랄 수 없지. 그건 단지 본능에서 나온 어쩔 수 없는 행동일 뿐이야. 쥐의 경우도 마찬가지네. 자네는 쥐를 견딜 수 없어 하지. 그것들은 자네가 아무리 저항하려 해도 어쩔 수 없는 일종의 압박감인 거야. 자네는 자네한테 필요한 행동을 할 수 있게 될 걸세."

"하지만 그게 뭡니까? 대체 그게 뭐지요? 그게 뭔지 알지도 못하는데, 어떻게 그걸 할 수 있단 말입니까?"

오브라이언은 우리를 들어 가까이에 있는 탁자로 가지고 왔다. 그는 그것을 조심스럽게 탁자 위에 내려놓았다. 윈스턴의 귓가에 피가 노래하는 것 같은 소리가 들렸다. 그는 정적만이 감도는 곳에 홀로 앉아 있는 기분이 들었다. 텅 빈 들판 한가운데나 햇빛이 쏟아지는 광활한 사막 한가운데 혼자 앉아서 아득히 먼 곳에서 들려오는 모든 소리를 듣고 있는 것만 같았다. 그러나 쥐가 든 우리는 그로부터 2미터도 채 안 되는 거리에 있었다. 굉장히 큰 쥐였다. 나이가 많아 주둥이가 뾰족한 데다 몹시 사나워 보였고 털도 잿빛이 아닌 갈색이었다.

"쥐는 설치류지만 육식도 하지."

오브라이언은 여전히 보이지 않는 청중에게 연설하듯이 말했다.

"자네도 알고 있겠군. 이 도시의 빈민가에서 일어나고 있는 일에 대해서 들은 적이 있을 거야. 어떤 지역에서는 5분도 아기를 집에 혼자 놓아두지 못한다네. 쥐들이 덤벼들어서 말이지. 놈들이 눈 깜짝할 사이에 아기를 뜯어먹고 뼈만 남겨 놓는다는군. 놈들은 똑똑해서 상대가 무력한지 아닌지 기막히게 구별해 낸다네."

우리 안에서 찍찍거리는 소리가 났다. 윈스턴에게는 그 소리가 아주 멀리서 들리는 것 같았다. 쥐들이 칸막이를 사이에 두고 금세라도 서로 달려들 듯 신경전을 벌이고 있었다. 윈스턴은 절망의 한숨을 내쉬었다. 그 한숨 소리조차 자기가 아닌 다른 사람으로부터 들려오는 것 같았다.

오브라이언이 우리를 집어 들었다. 그리고 무언가를 그 안으로 밀어 넣었다. 찰칵 하는 날카로운 소리가 들렸다. 윈스턴은 의자에서 일어나려고 미친 듯이 몸부림을 쳤다. 하지만 소용없었다. 몸 전체가, 심지어 머리까지 꼼짝할 수 없도록 묶여 있었다. 오브라이언이 우리를 더욱 가까이 가져왔다. 우리는 이제 윈스턴의 얼굴에서 1미터도 안 되는 거리에 있었다.

"첫 번째 빗장을 풀었네."

오브라이언이 말했다.

"자네는 이 우리의 구조를 알아 둬야 해. 이 마스크는 자네 얼굴에 딱 맞으니까 달리 빠져나갈 구멍이 없을 걸세. 다른 빗장을 풀면 상자의 문이 완전히 열리네. 그러면 이 안에 있는 굶주린 짐승들이 밖으로 총알처럼 튀어나올 걸세. 쥐가 공중으로 뛰어오르는 걸 본 적이 있나? 쥐들은 자네 얼굴로 뛰어올라 살점을 마구 파먹을 걸세. 어떤 놈은 눈부터 파먹겠지. 또 어떤 놈은 뺨을 뚫고 들어가서 혓바닥을 씹어 먹기도 하고 말이야."

우리가 더 가까워졌다. 문은 아직 닫혀 있었다. 윈스턴은 머리 위 허공에서 계속해서 찍찍거리는 소리가 나는 것 같았다.

그는 두려움을 떨쳐 버리려고 자기 자신과 맹렬히 싸웠다. 생각하자. 생각하자. 단 1초만이라도 생각하자. 생각하는 것만이 유일한 희망이었다. 갑자기 짐승 썩는 냄새가 코를 찔렀다. 의식을 잃을 정도로 구역질이 났다. 눈앞이 캄캄해졌다. 그 순간 그는 제정신이 아니었다. 짐승처럼 비명을 질러 댔다. 암흑 속에서 나오자마자 생각이 하나 떠올랐다. 그가 스스로를 구하는 길은 한 가지, 단 한 가지밖에 없었다. 그와 쥐 사이에 다른 사람을, 다른 사람의 몸뚱이를 가져다 놓아야 했다.

마스크가 너무 커서 다른 것은 아무것도 볼 수 없었다. 눈앞이 답답했다. 철사로 된 우리 문이 그의 얼굴에서 두 뼘 정도밖에 떨어져 있지 않았다. 쥐들은 이제부터 무슨 일이 벌어질지 훤히 알고 있는 것 같았다. 한 놈이 위아래로 펄쩍펄쩍 뛰자 시궁창 쥐의 할아버지뻘쯤 되어 보이는, 몸에 물때가 잔뜩 낀 늙은 녀석이 분홍색 앞발을 철망에 걸친 채 일어서서 코를 공중으로 쳐들고 킁킁거렸다. 녀석의 수염과 누런 이빨이 윈스턴의 눈에 똑똑히 보였다. 다시금 어두운 공포감이 그를 사로잡았다. 윈스턴은 볼 수도, 생각할 수도 없는 상태에서 한없이 무력해졌다.

"이건 제정 시대의 중국에서 흔했던 형벌이지."

오브라이언이 여전히 설교하듯 말했다.

마스크가 윈스턴의 얼굴에 바짝 다가왔다. 철사가 그의 뺨

을 스쳤다. 그때 구원, 아니 구원이 아니라 희망, 아주 작은 희
망 한 조각이 나타났다. 그러나 너무 늦었다. 너무 늦었을 것이
다. 어쨌든 그는 이 세상에서 자기 대신 형벌을 받을 수 있는 오
직 '한 사람', 자기와 쥐 사이에 밀어 넣을 수 있는 '한 몸뚱이'
가 있다는 걸 문득 깨달았다. 그는 미친 듯이 마구 외쳐 댔다.

"줄리아한테 하세요! 줄리아한테요! 제게 하지 말고 줄리아
한테 하라고요! 그 여자한테 무슨 짓을 하든 상관없어요. 얼굴
을 갈기갈기 찢어도, 살갗을 벗겨 뼈를 발라내도 말예요. 저는
안 돼요! 줄리아한테 하세요! 저 말고요!"

그는 쥐들이 없는 곳으로, 아주 깊은 곳으로, 한없이 깊은 심
연으로 빠져들고 있었다. 물론 그는 여전히 의자에 묶여 있었
지만 마룻바닥을, 건물의 벽을, 땅을, 바다를, 대기를 통과해, 우
주 속으로, 별들의 바닷속으로, 한없이 쥐들로부터 멀어져 가고
있었다. 그는 몇 광년이나 멀리 떨어져 있었으나 오브라이언은
여전히 그의 곁에 서 있었다. 그의 뺨에는 아직도 철사의 차가
운 느낌이 남아 있었다. 이윽고 그를 에워싼 어둠 속에서 다시
금 철컥 하는 금속성이 들렸다. 그는 그것이 우리 문이 열리는
것이 아니라 닫히는 소리란 걸 알았다.

6

체스트넛트리 카페 안은 거의 비어 있었다. 창으로 노란 햇살이 들어와 먼지가 앉은 탁자 위를 비추는 한적한 시간, 시계는 15시를 가리키고 있었다. 텔레스크린에서 깡통을 치는 소리와 같은 시끄러운 음악이 작게 흘러나오고 있었다.

윈스턴은 늘 앉는 구석 자리에 앉아 빈 잔을 바라보고 있었다. 가끔씩 그는 맞은편 벽에서 자기를 노려보는 커다란 얼굴을 힐끗 올려다보곤 했다. 그 밑에는 "빅브라더가 당신을 지켜보고 있다"라는 글이 적혀 있었다. 시키지도 않았는데 웨이터가 와서 그의 잔에 승리주를 따른 뒤 코르크 마개에 깃털이 꽂혀 있는 다른 병을 흔들어 그 안의 액체를 몇 방울 떨어뜨렸다. 그것은 이 카페의 특제품인 정향으로 맛을 살린 사카린이었다.

윈스턴은 텔레스크린에 귀를 기울였다. 지금은 음악만 흘러나오고 있지만 곧 평화부에서 특별 공지 사항을 발표할 가능성이 있었다. 아프리카 전선의 소식은 심상치 않았다. 그는 온종일, 이따금씩 그 문제를 걱정하고 있었다. 유라시아 군대(오세아니아는 유라시아와 전쟁 중이다. 오세아니아는 항상 유라시아와 전쟁을 해 왔다)가 무서운 속도로 남쪽을 향해 진군 중이었다. 정오 뉴스에서 어떤 지역이라고 명확히 밝히지 않았지만 이미 콩고 입구에서 전쟁이 벌어지고 있을 것만 같았다. 만약 그렇다면

브라자빌과 레오폴드빌이 위험하다. 이것이 무엇을 의미하는지 알아보려고 지도를 펼 필요까지는 없다. 이는 단지 중앙아프리카를 잃는다는 얘기일 뿐 아니라 전쟁이 일어난 후 처음으로 오세아니아의 영토 자체가 위협받고 있다는 뜻이었다.

정확히 공포는 아니었다. 이제까지 느껴 본 적 없는 격렬한 감정이 그의 가슴속에서 활활 타올랐다가 곧 사그라졌다. 그는 전쟁에 대한 생각을 집어치웠다. 요즘 들어 그는 한 번에 몇 분 이상 생각에 집중할 수가 없었다. 그는 잔을 들자마자 단숨에 들이켜 버렸다. 여느 때처럼 몸이 떨리고 속이 메슥거렸다. 술은 끔찍했다. 정향을 넣은 사카린에서 구역질이 날 정도로 역한 기름 냄새가 풍겼다. 그러나 무엇보다 역겨운 것은 밤낮으로 그에게 달라붙어 있는 진 냄새였다. 그것은 그의 배 속에서 뭐라고 표현할 수 없는 것들과 뒤섞여 있었다.

그는 그것의 정체가 뭔지 알아내려 하지 않았다. 아예 생각해 보려고도 하지 않았다. 그 냄새는 항상 얼굴 근처에서 맴돌며 코를 자극했는데 그게 뭔지 어렴풋이 알 것만 같았다. 배 속에서 진이 올라오면서 그의 자줏빛 입술 사이로 트림이 새어 나왔다. 그는 석방된 후로 점점 살이 쪘고 혈색도 옛날처럼 좋아졌다. 정말이지 훨씬 좋아 보였다. 얼굴도 통통해졌고 콧잔등과 뺨의 거친 피부와 벗겨진 대머리도 짙은 분홍빛을 띠었다. 또다시 시키지도 않았는데 웨이터가 체스보드와 체스 문제가 실린 《타임스》 최신 호를 가져다 주었다. 그리고 윈스턴의 잔이 비어 있는 것을 보고는 진이 든 병을 가져와 따랐다. 굳이 주문할 필요가 없었다. 그들은 윈스턴의 취향을 잘 알기 때문에 그렇게 하는 것이었다.

그들은 언제나 체스보드를 사용할 수 있도록 해주었을 뿐만 아니라 항상 구석에다 그의 자리를 남겨 두었다. 사람들이 많을 때도 윈스턴은 혼자서 그 자리를 차지할 수 있었다. 그와 가까이 앉아 있는 모습을 누가 보면 해가 될까 봐 접근하는 이가 없었기 때문이었다. 그는 술을 몇 잔이나 마셨는지 따질 필요도 없었다. 그들이 때때로 계산서라고 하는 더러운 종잇조각을 가져다 주었는데 그에게만 술을 싸게 파는 것 같았다. 하기는 비싸게 판다고 해도 상관없었다. 그는 꽤 돈이 많았다. 한직이기는 해도 직업도 가졌고 보수도 옛날보다 훨씬 많았다.

텔레스크린에서 음악 대신 목소리가 들려왔다. 윈스턴은 고개를 들어 귀를 기울였다. 전선에서 날아온 소식은 아니었다. 풍요부에서 발표한 짤막한 공지였다. 지난 4분기 동안에 제10차 3개년 계획의 구두끈 생산량이 할당량보다 98퍼센트나 초과 달성되었다는 내용이었다.

그는 체스 문제를 들여다보면서 말을 옮겨 놓았다. 그것은 두 개의 나이트에 관련된 까다로운 문제였다. '화이트 킹을 두 번 이동시켜 블랙 킹을 잡는다.' 윈스턴은 빅브라더의 초상화를 올려다보았다. 화이트 킹이 항상 블랙 킹을 잡는다는 것이 신기하게 여겨졌다. 언제나 예외가 없었다. 체스가 생겨난 이래로 체스 문제에서 블랙이 이긴 적은 한 번도 없었다. 그것은 선이 악에 대해 영원히 변치 않고 승리한다는 상징이 아닐까? 빅 브라더의 커다란 얼굴이 차분한 표정으로 그를 바라보고 있었다. 화이트가 항상 이긴다.

텔레스크린에서 흘러나오던 소리가 멈추더니 이내 훨씬 더 심각한, 다른 목소리가 흘러나왔다.

"3시 30분에 중대 발표가 있을 예정입니다. 3시 30분입니다! 매우 중요한 뉴스입니다. 이 뉴스를 놓치지 않도록 주의하십시오. 3시 30분입니다!"

다시 음악이 흘러나왔다.

윈스턴의 가슴이 또다시 두근거렸다. 그것은 전선에서 날아오는 특보였다. 그는 좋지 않은 소식이 올 것이라는 걸 직감했다. 아프리카에서 치명적인 패배를 당했으리란 생각에 머릿속이 복잡했다. 그는 약간 흥분했다. 마치 유라시아 군대가 한 번도 뚫린 적이 없던 전선을 뚫고 개미 떼처럼 아프리카 대륙으로 쳐들어가는 광경을 실제로 보는 것만 같았다. 왜 측면에서 포위하여 그들을 공격하지 못한 것일까? 서아프리카 연안 지형이 그의 머릿속에 또렷이 떠올랐다. 그는 흰색 나이트를 집어 체스보드 위로 움직였다. '그곳'이 적당한 지점이었다. 그는 시커멓게 남쪽으로 진격하는 대군을 상상하는 한편, 또 다른 병력이 비밀리에 집결하여 적의 후방에 불쑥 나타나 육로와 해로의 통신망을 끊는 장면을 떠올렸다. 그렇게 되길 바랐기 때문인지 적의 배후에 나타날 병력이 실제로 존재하는 듯한 기분이 들었다. 그러나 민첩하게 움직여야 했다. 만약 적들이 아프리카 전역을 장악하고 케이프타운의 비행장과 해군 기지를 점령한다면 오세아니아는 두 동강이 날 터였다. 그것은 곧 패배와 붕괴, 세계의 재분할, 당의 파괴를 의미할 것이다! 그는 숨을 깊이 들이쉬었다. 이상할 정도로 마음이 복잡했다. 아니, 정확히 말해 복잡하다기보다 여러 겹으로 차곡차곡 쌓인 감정 가운데 어떤 부분이 가장 억눌려 있으며 그의 마음속에 여러 겹으로 쌓인 감정 가운데 뭐라 정확히 말할 수 없는 어떤 감정이 소용돌이 치고 있는 것이었다.

한차례 경련이 지나갔다. 그는 흰색 나이트를 제자리에 갖다 놓았지만 한동안 체스 문제에 집중할 수가 없었다. 다시금 그의 생각이 심란해졌다. 그는 거의 무의식적으로 먼지가 쌓인 탁자 위에 손가락으로 이렇게 썼다.

2 + 2 = 5

"그들이 당신의 속마음까지 지배할 수는 없어요"라고 그녀는 말했다. 그러나 그들은 그의 속마음까지 파고들었다. "여기에서 자네한테 무슨 일이 일어났든지 간에 앞으로 영원히 계속될 걸세"라고 오브라이언은 말했다. 그 말이 옳았다. 윈스턴 스스로 돌이킬 수 없는 행동을 했다. 그리고 그동안 그의 가슴 속에서 뭔가가 죽고 불탔으며 마비되어 버렸다.

그는 그녀를 만나 대화까지 나누었다. 하지만 아무런 위험도 없었다. 그는 본능적으로 현재로서는 그들이 그의 행동에 관심을 두지 않는다는 것을 알고 있었다. 둘 중 한 사람이라도 원했다면 그는 그녀와 다시 만나기로 약속을 했을 것이다.

사실상 그들은 우연히 만났다. 3월의 어느 쌀쌀한 날, 공원에서였다. 땅은 쇳덩이처럼 딱딱하게 얼어 있었고 잔디는 모두말라 죽어 있었으며 바람에 한들거리는 크로커스꽃 몇 송이 외에는 나무에 싹도 돋아 있지 않았다. 손까지 꽁꽁 언 그는 추위때문에 눈물을 흘리며 급하게 길을 걷다가 10미터도 떨어지지 않은 곳에서 다가오는 그녀를 보았다. 그는 추하게 변한 그녀의 모습에 큰 충격을 받았다. 둘은 서로 아는 체도 하지 않고 지나쳤다. 잠시 후 별로 내키지 않았지만 그는 발길을 돌려 그녀의 뒤를 따라갔다. 그는 아무런 위험도 없으며 그 누구도 자기들에게 관심을 가지고 있지 않다는 것을 알고 있었다. 그녀는 아무 말도 하지 않았다. 처음에는 그를 따돌리려는 듯 서둘러풀밭을 가로질러 갔으나 이내 생각을 바꾸었는지 그가 바짝 따라붙어도 가만히 있었다. 이윽고 그들은 바람을 막을 수도, 몸을 감출 수도 없는, 이파리 하나 없는 휑한 덤불숲 속에 함께 있게 되었다. 몹시 추웠다. 바람에 듬성듬성 꽃이 피어 지저분하게 보이는 크로커스 가지가 흔들렸다. 그가 그녀의 허리를 안았다.

텔레스크린은 없었지만 어딘가에 틀림없이 마이크가 숨겨져 있을 터였다. 더욱이 그들은 사방이 훤히 트여 남들이 볼 수 있는 곳에 있었다. 그래도 상관없었다. 아무것도 두렵지 않았다. 그들은 하고 싶다면 얼마든지 땅바닥에 누워서 '그 짓'도 할 수 있었다. 그런데 그 생각을 하는 순간, 그의 몸이 공포로 얼어붙는 것 같았다. 그가 아무리 끌어안아도 그녀는 아무런 반응을 보이지 않았다. 더 이상 포옹을 하려고도 하지 않았다. 그는 그제야 그녀의 마음이 변했음을 눈치챘다.

그녀의 얼굴은 통통 부은 데다 이마에서 관자놀이를 가로질러 기다란 흉터까지 나 있었다. 변한 것은 그것뿐만이 아니었다. 허리도 굵어지고 놀랄 만큼 뻣뻣했다. 언젠가 그는 로켓 폭탄이 떨어져 무너진 폐허 속에서 시체를 끌어내다가 몹시 충격을 받은 적이 있었다. 그 시체가 굉장히 무겁고 뻣뻣해 살덩어리라기보다 바위 같았으며 다루기가 상당히 힘들었다. 그는 그녀에게서도 그런 느낌을 받았다. 문득 그녀의 피부도 이전과는 전혀 딴판일 거라는 생각이 들었다.

그는 그녀에게 키스를 하려고도, 말을 걸려고도 하지 않았다. 그들이 문을 지나 되돌아올 때가 되어서야 그녀는 그를 똑바로 쳐다보았다. 잠시뿐이었지만 그 눈동자에는 경멸과 혐오감이 가득 담겨 있었다. 그는 그 경멸과 혐오감이 순전히 과거의 일 때문에 생긴 것인지, 아니면 통통 부은 얼굴과 바람을 맞아 흘러내리는 눈물 때문에 그녀가 그런 감정을 품고 있는 것처럼 보이는 것인지 알 수 없었다. 어쨌든 그들은 약간의 거리를 둔 채 철제 의자 두 개에 나란히 앉았다. 그녀는 금방이라도 입을 열 것만 같았다. 그녀가 뭉툭한 구두를 몇 센티미터 움직이더니 나뭇가지 하나를 밟아 으스러뜨렸다. 전보다 발볼이 더 넓적해진 것 같았다.

"저는 당신을 배반했어요."

그녀가 단도직입적으로 말했다.

"나도 당신을 배반했어요."

그가 말했다.

그녀는 다시 혐오의 눈빛으로 그를 흘끗 쳐다보았다.

"때로는 그들이 당신을 위협했을 거예요."

그녀가 다시 입을 열었다.

"참을 수 없고 생각만으로도 끔찍한 어떤 것으로요. 그러면 당신이 '저에게 이러지 마세요. 다른 사람한테 하세요. 이러이러한 사람에게 하세요'라고 말했을 거예요. 그리고 아마도 그건 고문을 멈추게 하기 위한 속임수였을 뿐이고 진심은 아니었다고 나중에 둘러댈 수도 있을 거예요. 하지만 그건 사실이 아니에요. 그런 일이 닥치면 진심으로 그렇게 되길 바라게 돼요. 목숨을 구하려면 다른 방법이 없다고 생각하고 자신을 구할 수 있다면 정말로 그렇게 하려고 들죠. 고통이 다른 사람에게 옮겨 가길 바라는 거예요. 그래요. 그런 일이 닥치면 다른 사람이 괴로워하는 건 아랑곳하지 않고 오직 자기 자신만 생각하죠."

"오직 자기 자신만 생각하죠."

그는 그녀의 말을 그대로 따라했다.

"그리고 그 후로는 그 사람에 대한 감정이 전과 같지 않게 돼요."

"맞아요. 전과 같지 않게 돼요."

그가 말했다.

더 이상 할 이야기가 없는 것 같았다. 바람이 얇은 제복을 뚫고 몸속으로 파고들었다. 그 순간 그는 아무 말 없이 앉아 있는 것이 당혹스럽게 느껴졌다. 게다가 너무 추워서 가만히 있을 수도 없었다. 그녀는 지하철을 타야겠다며 몇 마디 하더니 가겠다고 일어섰다.

"우리는 다시 만나야 해요."

그가 말했다.

"네. 그래야겠죠."

그녀가 말했다.

그는 우물쭈물하다가 반걸음쯤 떨어져서 그녀의 뒤를 따라갔다. 그들은 더 이상 아무 말도 하지 않았다. 그녀는 드러내 놓고 그를 따돌리려고 하지는 않았지만 그가 자기와 나란히 걷지 못하도록 속도를 조절하며 걸었다. 그는 지하철역까지 그녀를 바래다 줄 작정이었다. 그런데 갑자기 추위에 떨면서 그녀를 졸졸 따라가는 것이 아무 의미도 없으며 참을 수 없는 일처럼 느껴졌다. 줄리아로부터 떨어지고 싶어서 그런 생각이 든 것은 아니었다. 그보다는 갑자기 체스트넛트리 카페로 돌아가고 싶다는 생각이 들었기 때문이었다. 그때처럼 그곳이 매력 있다고 생각한 적은 없었다. 신문과 체스보드 그리고 항상 술이 있는 그 구석 자리의 탁자가 그리웠다. 무엇보다도 그곳은 따뜻할 것 같았다.

어느새 결코 우연만은 아닌 듯 몇몇 사람들이 끼어들었다. 그 바람에 윈스턴은 그녀와 약간 사이가 벌어진 채 그녀를 따라갔다. 그는 얼마쯤 그녀를 따라잡으려고 애쓰다가 걸음을 늦추고 발길을 돌렸다. 그러고는 반대 방향으로 걸었다. 윈스턴은 50미터쯤 가다가 뒤를 돌아보았다. 사람들이 많지는 않았지만 그녀를 구별해 낼 수가 없었다. 급하게 걸어가는 십여 명 가운데 틀림없이 그녀도 끼어 있을 것이다. 그러나 더 이상 뚱뚱하고 뻣뻣해진 그녀를 뒤에서는 알아볼 수가 없었다.

"그런 일이 닥치면 진심으로 원하게 돼요"라고 그녀는 말했다. 그는 정말로 원했다. 단지 말로만 그런 것이 아니라 실제로 그렇게 되기를 바랐다. 자신의 고통이 그녀에게 옮겨 가기를 바랐던 것이다.

텔레스크린에서 나오는 음악이 바뀌었다. 째지는 듯도 하고 비웃는 듯도 한 선정적인 음악이 흘러나왔다. 그러더니(아마 실제로 그런 것이 아니라 음악이 비슷해서 착각한 것이리라) 노랫소리가 들려왔다.

울창한 밤나무 아래
나 그대를 팔고, 그대 나를 팔았네…….

별안간 눈물이 쏟아졌다. 지나가던 웨이터가 그의 잔이 빈 것을 보고 진이 든 병을 가지고 왔다.

그는 잔을 들고 냄새를 맡았다. 그 술은 마실수록 기분이 좋아지는 것이 아니라 끔찍해졌다. 그는 이제 그런 술이라도 마시지 않고는 견딜 수가 없었다. 술은 그에게 생명이고 죽음이며 부활이었다. 밤마다 그가 인사불성이 되어 곯아떨어지게 되는 것도, 다음 날 아침 다시 일어나게 되는 것도 모두 술 덕분이었다.

그는 거의 11시가 되어서야 깨어났다. 그때쯤이면 눈꺼풀이 달라붙고 입안이 바짝바짝 타며 등이 부러질 것처럼 아팠지만 침대 옆에 술병과 술잔이 없으면 침대에서 일어나지도 못했다. 그는 대낮에도 벌겋게 달아오른 얼굴로 술병을 옆에 끼고 앉아서 텔레스크린에 귀를 기울였다. 그리고 3시부터 문을 닫는 시간까지 체스트넛트리 카페에 처박혀 있었다. 이제는 그가 무엇을 하든 아무도 신경 쓰지 않았다. 어떤 호루라기 소리도 그를 깨우지 못했고 텔레스크린도 더 이상 그에게 호통을 치지도 않았다. 그는 일주일에 두 번 정도 진리부에 있는 먼지가 자욱히 앉은, 이제는 거의 잊히다시피 한 사무실에 나가서 일이라고는 할 수도 없는 일을 하는 둥 마는 둥했다.

그는 신어사전 제11판을 편찬하는 데 따르는 여러 사소한 문제를 취급하는 수없이 많은 위원회 중에서 갈라져 나온 분과 위원회의 위원으로 임명되었다. 그 위원들은 '중간 보고서'라는 것을 작성했는데, 윈스턴은 그들이 보고하는 것이 무엇인지 명확히 알 수 없었다. 그것은 구두점을 괄호 안에 찍느냐, 밖에 찍느냐 하는 문제와 관련되어 있는 것 같았다. 분과 위원회에는 그와 비슷한 전력이 있는 사람들이 네 명 더 있었다. 그들은 모이기는 했지만 실제로 할 일이 없다는 것을 솔직히 인정하고 곧바로 헤어지는 날이 많았다. 가끔은 의자에 꾹 눌러앉아서 세부적인 데까지 파고들어 결코 끝나지도 않을 긴 비망록의 초안을 작성하는 등 열성을 보일 때도 있었다. 그런데 그런 때는 이상하게도 토의 자체가 복잡하고 난해해져서 결정 사항을 놓고 다투는가 하면, 서로 엇갈린 주장을 펴다가 상부에 보고하겠다는 식의 으름장까지 놓곤 했다. 그러다 갑자기 맥이 풀리면 닭 우는 소리에 사라지는 유령들처럼 퀭한 눈으로 탁자에 둘러앉아 서로 얼굴만 멀뚱멀뚱 쳐다보았다.

텔레스크린이 잠시 멈췄다. 윈스턴은 다시 고개를 들었다. 전황 관련 특보인가? 아니었다. 그저 음악만 바뀌었을 뿐이었다. 그의 머릿속에 아프리카 지도가 펼쳐졌다. 군대의 이동 경로가 도표처럼 떠올랐다. 검은 화살표가 수직으로 남진하는 가운데 흰 화살표가 검은 화살표의 꼬리를 끊고 동쪽으로 향하기 시작했다. 그는 다시 확인하듯 아무런 동요도 없는 초상화 속 얼굴을 올려다보았다. 검은 화살표가 존재한 적도 없다는 것을 상상할 수나 있을까?

그의 관심은 다시 시들해졌다. 그는 술을 한 모금 마셨다. 그러고는 흰색 나이트를 집어서 시험 삼아 옮겨 보았다. 체크,* 그러나 그것은 결코 옳은 수가 아니었다. 왜냐하면…….

문득 한 가지 기억이 그의 머릿속에 떠올랐다. 하얀 시트를 깐 커다란 침대가 있고 촛불을 켜 놓은 방이었다. 그가 아홉 살인가 열 살 때였는데, 바닥에 주저앉아 주사위 통을 흔들면서 신이 나서 깔깔대며 웃고 있었다. 어머니도 맞은편에 앉아서

---

* 체스게임에서 상대방의 항복을 받아낼 때 하는 말이다.

웃고 있었다.

어머니가 행방불명되기 한 달 전쯤이었던 것 같다. 고통스런 배고픔도 잊은 채 어머니에 대한 애정이 되살아난 화목한 순간이었다. 비가 억수같이 쏟아지는 가운데 창가로 빗물이 흘러내리는데도 방 안의 불빛이 너무 어두워서 비가 오는 걸 알아채지도 못했던 그날을 그는 또렷하게 기억하고 있었다. 두 아이는 어둡고 비좁은 침실에 있느라 몹시 지루해했다. 윈스턴은 징징거리며 먹을 것을 달라고 졸랐다. 그러다 방 안을 마구 뛰어다니면서 무엇이든 닥치는 대로 내팽개치고 벽을 발로 걸어찼다. 이웃집에서 벽을 쾅쾅 치며 조용히 하라고 소리를 질렀다. 어린 여동생은 이따금씩 가냘프게 울어 댔다. 마침내 어머니가 입을 열었다.

"이제 그만 얌전히 좀 있어. 그러면 장난감을 사 줄 테니까. 아주 멋진 걸로. 네 마음에 쏙 들 거야."

어머니는 그렇게 말하고 비가 쏟아지는 밖으로 나갔다. 그러고는 그때까지도 문을 연 조그만 잡화점에 가서 '뱀과 사다리'라는 보드게임이 든 상자를 사 가지고 돌아왔다. 그는 아직도 그 축축한 마분지 상자 냄새가 기억났다. 그것은 그야말로 보잘것없었다. 판은 깨어져 있고 나무로 된 주사위는 조잡하게 깎은 것이어서 제대로 서지도 않았다. 윈스턴은 부루퉁하니 몹시 못마땅한 표정으로 그것을 바라보았다. 하지만 그때 어머니가 촛불을 켠 후 게임을 하려고 바닥에 앉았다. 그들은 조그만 말이 기세 좋게 사다리를 올라가다가 뱀한테 걸려서 도로 출발점으로 미끄러져 내려올 때마다 큰 소리로 웃고 떠들어 댔다. 그들은 여덟 번이나 게임을 했고 각자 네 번씩 이겼다. 그의 여동생은 너무 어려서 게임이 어떻게 돌아가는지도 알지 못한 채 베개에 기대앉아서는 다른 사람이 웃으면 덩달아 따라 웃었다. 그날 오후 내내 그들은 윈스턴이 아주 어렸을 때처럼 모두 행복해했다.

그는 머릿속에 떠오른 그 같은 옛날의 장면들을 모두 지워 버렸다. 그것은 되살리지 말아야 할 잘못된 추억이었다. 그는 때때로 그런 엉뚱한 기억 때문에 어려움을 겪곤 했다. 다행히 그 기억들이 잘못된 것임을 알고 있어서 큰 문제는 없었다. 그는 어떤 일을 일어난 걸로, 어떤 일을 일어나지 않은 걸로 해야 하는지 잘 알고 있었다. 그는 다시 체스보드로 돌아와 흰색 나이트를 집어 들었다. 그러고는 거의 동시에 그것을 도로 떨어뜨렸다. 그는 바늘에 찔린 듯 깜짝 놀란 표정을 지었다.

날카로운 트럼펫 소리가 울려 퍼졌다. 전황을 알리는 특보였다! 승리였다! 뉴스 전에 트럼펫이 울리면, 그것은 승리를 의미했다. 일종의 전율 같은 것이 전파처럼 카페 안에 퍼졌다. 웨이터들마저 깜짝 놀라서 귀를 기울였다.

트럼펫 소리가 무척 시끄럽게 울렸다. 밖에서 들리는 환호성 때문에 텔레스크린에서 나오는 뉴스 소리는 파묻혀 버렸다. 승리에 대한 소식은 마술처럼 이 거리, 저 거리로 번져 나갔다. 윈스턴은 텔레스크린의 방송을 겨우 알아듣고서야 자기가 예상한 대로 되었다는 것을 확인했다. 바다에서 나타난 거대한 함대가 비밀리에 집결하여 적의 후미를 급습했다. 흰 화살표가 검은 화살표의 꼬리를 끊은 것이었다. 승리했다는 말소리가 왁자지껄한 소음을 뚫고 한 구절씩 들렸다.

"대대적인 기동 작전…… 완벽한 합동 작전…… 완패…… 50만 명의 포로…… 완전한 사기 저하…… 아프리카 전역 장악…… 눈앞에 다가온 전쟁의 종결…… 승리…… 인류 역사상 최대 승리…… 승리, 승리, 승리!"

탁자 밑에 있는 윈스턴의 다리가 후들거렸다. 그는 자리에서 움직이지 못했지만 마음속으로는 펄쩍 뛰면서 바깥의 군중과 한패가 되어 귀가 먹먹해지도록 환호성을 지르고 있었다. 그는 다시 빅브라더의 초상화를 올려다보았다. 세계를 장악한 거인! 아시아 유목민들의 공격을 완벽하게 막아 낸 바위! 그는 어떻게 아직도 10분 전(그렇다, 겨우 10분 전이었다)에 전선에서 날아올 소식이 승리일지 패배일지 궁금해하며 마음속에 애매모호함을 품을 수 있었는지 생각했다. 아, 패배한 것은 유라시아의 군대뿐만이 아니었다. 애정부에 들어간 날 이후로 그는 많이 변했지만 그에게 결정적이고 필수적인, 치유의 변화는 한 번도 일어나지 않았다. 지금 이 순간까지도.

텔레스크린에서는 여전히 포로, 노획품, 사살자 등에 대해 떠들어 대고 있었다. 바깥의 환호성은 다소 수그러들었다. 웨이터들도 다시 분주하게 일하기 시작했다. 그중 한 웨이터가 진이 든 병을 가지고 그에게 다가왔다. 윈스턴은 잔에 술이 채워지는 것도 모른 채 행복한 몽상에 잠겨 있었다. 그는 더 이상 펄쩍펄쩍 뛰지도, 환성을 지르지도 않았다. 애정부로 돌아가 모든 것을 용서받은 뒤 그의 영혼은 흰 눈처럼 깨끗해져 있었다. 피고석에 앉아 모든 죄를 고백했고 그가 알고 있는 모든 사람들을 공범자로 만들었다. 그는 햇빛 속을 걷는 기분으로 하얀 타일이 깔린 복도를 걷고 있었다. 그때 무장한 간수가 뒤에서 나타났다. 그리고 그가 오랫동안 기다려 왔던 총알이 그의 머릿속에 들어와 박혔다.

윈스턴은 빅브라더의 거대한 얼굴을 올려다보았다. 그가 그 검은 콧수염 속에 숨겨진 미소의 의미를 알아내기까지 40년이란 세월이 걸렸다. 오, 잔인하고 부질없는 오해여! 오, 저 사랑이 가득한 품을 떠나 고집을 부리며 지내 온 유랑의 삶이여! 진 냄새가 밴 두 줄기 눈물이 그의 코 양옆으로 흘러내렸다. 하지만 괜찮았다. 모든 것이 다 잘되었다. 투쟁은 드디어 끝이 났다. 그는 자신과의 투쟁에서 승리했다. 그는 빅브라더를 사랑했다.

신어의 원리

신어는 오세아니아의 공용어로 '영사', 즉 영국사회주의의
이념적인 요구에 부응하기 위해 고안되었다. 1984년까지만 해
도 말을 하거나 글을 쓸 때 신어를 유일한 의사소통의 수단으
로 사용하는 사람은 아무도 없었다.《타임스》의 주요 기사가 신
어로 쓰이기는 했지만 이는 전문가들만이 할 수 있는 상당히
어려운 작업이었다.

그러나 2050년까지는 결국 신어가 구어, 소위 표준 영어를
대체할 것으로 보인다. 그동안에 신어의 사용 범위가 지속적으
로 확대되어 당원들은 일상 용어에도 신어의 어휘와 문법 구조
를 더 많이 사용하려는 경향을 보이고 있다. 1984년에 사용된

신어는 신어사전 제9판과 제10판에 수록된 과도적인 것으로 그 속에는 삭제해야 할 불필요한 어휘와 고어가 많이 포함되어 있다. 여기에서 다루고자 하는 것은 완벽한 최종판인 신어사전 제11판에 수록된 어휘들이다.

신어를 고안한 목적은 영사 신봉자들에게 걸맞은 세계관과 사고 습성에 대한 표현 수단을 제공하는 것뿐만 아니라 영사 이외의 다른 사상을 아예 갖지 못하도록 하는 데 있다. 적어도 사상이 언어에 의존하는 한, 일단 신어가 모든 분야에서 채택되어 구어가 잊히게 되면 이단적 사상, 즉 영사의 원칙에 위배되는 사상은 설 자리가 없어지게 된다. 신어의 어휘는 당원이 표현하고자 하는 의미를 모두 정확하게 나타내며, 아주 미묘한 표현도 할 수 있도록 만들어진 반면, 그 외의 다른 의미와 간접적인 방법으로 의미를 전달할 수 있는 가능성은 아예 배제해 버렸다. 이를 위해 부분적으로 새로운 어휘를 창조하기도 했지만 무엇보다 바람직하지 못하거나 비정통적인 의미를 지닌 단어를 폐기하여 한 어휘의 2차적 의미를 제거하는 과정을 통해서 가능해졌다.

한 가지 예를 들어 보자. 신어에는 아직도 'free(자유로운)'라는 단어가 남아 있다. 하지만 이 말은 'This dog is free from lice(이 개는 이가 없다)', 'This field is free from weeds(이 들판에는 잡초가 없다)'라는 식의 문장에만 사용될 수 있다. 'politically free(정치적으로 자유로운)'나 'intellectually free(지적으로 자유로운)'라는 이전 시대, 바로 구어의 의미로는 사용될 수 없다. 왜냐하면 정치적·지적 자유란 이제 더 이상 그 개념조차 존재하지 않기 때문이다. 개념이 없으면 단어도 존재할 필요가 없다.

　명백하게 이단의 뜻을 지닌 단어를 없애는 것과는 별개로, 어휘 폐기도 신어 고안이 한 목적이었다. 따라서 없어도 되는 어휘는 모두 사라져 버렸다. 신어는 사고의 영역을 넓히기 위해서가 아니라 '줄이기' 위해서 만들어진 만큼 어휘 선택을 최소한으로 줄이는 것도 신어의 고안 목적을 달성하는 데 간접적으로나마 도움이 되었다.

　신어는 표준 영어에 근거를 두고 있지만 오늘날 영어를 사용하는 사람들도 신어로 이루어진 문장을 거의 이해하지 못한다. 새로이 창안된 단어가 전혀 들어 있지 않은 문장이라고 해도 마찬가지다. 신어의 어휘는 A어군, B어군(복합어라고도 한다), C어군으로 나누어 뚜렷하게 설명하겠지만, 신어의 문법적 특성에 대한 설명은 A어군을 다루는 항목에 포함시키겠다. 왜냐하면 똑같은 규칙이 세 어군에 공통으로 적용되기 때문이다.

A어군

　A어군은 일상생활, 즉 먹고 마시고 일하고 옷을 입고 계단을 오르내리고 차를 타고 정원을 가꾸고 요리를 하는 등과 관련된

어휘로 구성되어 있다. 여기에는 이미 사용되고 있는 단어들인 'hit(치다)', 'run(달리다)', 'dog(개)', 'tree(나무)', 'sugar(설탕)', 'house(집)', 'field(들판)' 등이 포함되어 있는데, 이들 어휘는 오늘날의 영어와 비교해 보면 그 수가 상당히 적고, 그 뜻도 엄격하게 제한된다. 이 어군 가운데 의미가 모호하거나 다른 것과 미묘한 차이가 있는 단어는 모두 폐기해 버렸다. 이 어군의 단어들이 신어로 쓰인다면 명료한 발음으로 단 하나의 개념만을 표현하게 될 것이다. A어군의 어휘를 문학적인 목적이나 정치적·철학적 논쟁에 사용하는 것은 아예 불가능하다. 이 어휘들은 구체적인 대상이나 물리적인 행위를 포함한, 단순하고 의도적인 사고만을 표현하게 되어 있다.

신어에는 두 가지 뚜렷한 문법적 특성이 있다. 그 첫 번째 특성은 서로 다른 품사를 거의 자유롭게 바꿔 쓸 수 있다는 점이다. 신어에서는 어떤 단어이든〔원칙적으로는 if(만약)나 when(언제)과 같은 추상어까지 적용된다〕 동사, 명사, 형용사, 부사로 사용될 수 있다. 그리고 동사와 명사의 어근이 같은 경우에는 어미의 변화가 없기 때문에 이 규칙에 의해 많은 고어 형태가 사라지게 됐다.

가령 신어에는 'thought(사상)'라는 단어가 없다. 대신 'think (생각하다)'라는 단어가 있는데 이것은 동사와 명사의 역할을 병행한다. 경우에 따라서 원래 명사인 단어가 명사로도 사용되고 동사로도 사용될 수 있다. 심지어 비슷한 뜻을 지닌 명사와 동사가 어원적으로 아무런 관련이 없는데도 그중 한 단어는 폐기되었다. 예를 들면 'cut(자르다)'이라는 단어는 없지만 이것은 명사와 동사로 모두 쓰이는 명동사인 'knife(칼)'라는 말로 그 뜻을 충분히 나타낼 수 있다. 한편 형용사는 명동사에 접미사 '—ful(—로운)'을 붙여서 만들고 부사는 '—wise(—롭게)'를 붙여서 만든다. 그렇게 만들어진 신어 중 'speedful(속도로운)'은 'rapid(빠른)'를, 'speedwise(속도롭게)'는 'quickly(빨리)'를 뜻한다. 오늘날 사용되는 'good(좋은)', 'strong(튼튼한)', 'big(큰)', 'black(검은)', 'soft(부드러운)' 같은 형용사들은 그대로 남아 있지만 그 수가 매우 적다. 명동사에 '—ful(—로운)'로 끝나는 몇 개의 단어를 제외하면 오늘날까지 남아 있는 형용사는 거의 없다. 모든 부사는 접미사 '—wise(—롭게)'가 붙게 되어 있다. 예를 들어 'well(잘)'이라는 단어는 'goodwise(좋은롭게)'로 대체되었다.

어떤 단어든—이 또한 원칙적으로 신어의 모든 단어에 적용된다—접두사 'un—(안)'을 붙여서 부정의 의미로 만들 수 있고, 'plus(더욱)'를 붙여 뜻을 강조할 수 있다. 뜻을 한층 더 강조하기 위해서는 'doubleplus(더욱더)'를 붙이면 된다. 이렇게 만들어진 단어 중에 'uncold(안 추운)'는 'warm(따뜻한)'을, 'pluscold(더욱 추운)'와 'doublepluscold(더욱더 추운)'는 각각 'very cold(매우 추운)', 'superlatively cold(최고로 추운)'를 뜻한다. 또한 오늘날의 영어에서처럼 'ante—(전)', 'post—(후)', 'up—(위)', 'down—(아래)'등과 같은 전치사적 접두사를 사용하여 거의 모든 단어의 의미를 바꿀 수도 있다. 이런 방법을 사용하면 무엇보다 어휘 수를 크게 줄일 수 있다. 예를 들어 'good(좋은)'이라는 단어가 있으므로 'bad(나쁜)'라는 단어는 없어도 된다. 왜냐하면 필요한 의미인 'ungood(안 좋은)'이라는 단어가 있으며 그 뜻을 잘—실제로 더 잘—표현해 주기 때문이다. 원래부터 두 개의 단어가 반대의 뜻을 지닌 채 짝을 이룬 경우, 둘 중 하나는 없어지게 된다. 그러므로 'dark(어두운)'를 'unlight(안 밝은)'로 바꿔 쓰든지, 'light(밝은)'를 'undark(안 어두운)'로 바꿔 쓰든지 원하는 쪽을 선택할 수 있다.

신어 문법의 두 번째 특성은 그 규칙성에 있다. 다음에 언급할 몇 가지 예외를 제외하면 모든 어형 변화는 동일한 규칙을 따른다. 즉, 모든 동사의 과거형과 과거분사형이 똑같이 '—ed'로 끝나는 것이다. 예를 들어 'steal(훔치다)'의 과거형은 'stealed(훔쳤다)'이고, 'think(생각하다)'의 과거형은 'thinked(생각했다)'이다. 모든 동사의 과거형이 이런 식으로 되어 있기 때문에 'swam(수영했다)', 'gave(주었다)', 'brought(가져왔다)', 'spoke(말했다)', 'taken(가져갔다)' 등과 같은 형태의 단어들은 소멸되어 버렸다. 한편 모든 복수형은 '—s'나 '—es'를 붙여서 만든다. 그래서 'man(사람)', 'ox(황소)', 'life(인생)'의 복수형은 각각 'mans', 'oxes', 'lifes'가 된다. 형용사의 비교형도 모두 '—er', '—est'(good, gooder, goodest)를 붙여서 만든다. 그러므로 불규칙형과 'more', 'most'를 취하는 형태는 존재하지 않는다.

불규칙 활용이 여전히 허용되는 것은 대명사, 관계대명사, 지시 형용사, 조동사뿐이다. 이것들은 모두 구어 용법을 그대로 따른다. 다만 이들 중에서 'whom'은 필요하지 않기 때문에 폐기되었고, 'shall'과 'should' 역시 소멸되었으며 'will'과 'would'가 그 역할을 대신한다.

대화를 좀 더 신속하고 쉽게 하기 위해서 만들어진 단어에도 몇 가지 불규칙적인 요소가 있다. 발음하기가 어렵거나 엉뚱하게 들리기 쉬운 단어는 축출해야 할 나쁜 말로 여겼다. 그렇지만 듣기 좋은 음조가 되도록 편의상 특정 글자를 삽입하거나 고어 형태를 그대로 사용하기도 했다. 이는 주로 B어군과 관련되어 있다. 발음을 쉽게 하는 것이 왜 그렇게 중요한가에 대해서는 이 글 후반부에서 설명하겠다.

B어군

B어군은 정치적 목적을 위해서 용의주도하게 만들어진 단어들로 구성되었다. 그래서 이 단어들은 어떤 경우에 있든지 간에 정치적 의미를 내포한다. 여기에는 이 단어들을 사용하는

언중들에게 바람직한 정신적 태도를 갖게 하려는 의도가 담겨져 있다. 당연히 영사의 원칙을 충분히 이해하지 않으면, 이 단어들을 정확하게 사용할 수 없다. 이 단어들은 구어나 A어군의 말들로 번역될 경우도 있다. 하지만 그렇게 되면 대개 문장이 길어지는 데다 정확한 원문의 느낌을 잃어버리게 된다. B어군은 일종의 구술적 속기 문자로, 종종 전체의 사고 영역을 몇 개의 음절로 축약시킨다. 그런데 이때는 일반 언어보다 더 정확하고 강력하게 표현된다.

B어군은 어떤 것이든 복합어다('speakwrite(구술 기록하다)'과 같은 복합어는 물론 A어군에 속하지만, 이런 것은 단지 편의상 약어일 뿐이지 어떤 특별한 이념적 색채를 띠고 있지는 않다). 이것들은 둘 이상의 단어, 또는 단어의 부분들로 이루어져 있으며 발음하기 쉬운 형태로 결합되어 있다. 이렇게 하여 생긴 복합어는 언제나 명동사로서 일반적인 규칙에 따라 어미가 변화한다. 가령 'goodthink(선사)'라는 단어는 대체로 'orthodoxy(정통)'를 의미하는데, 만약 이를 동사로 사용하면 'to think in an orthodox manner(정통적 방법으로 생각하다)'라는 뜻을 가지게 된다. 이 단어는 다음과 같이 어미가 변한다. 즉 명동사는 'goodthink', 과거 및 과거분사는 'goodthinked', 현재분사는 'goodthinking', 형용사는 'goodthinkful', 부사는 'goodthinkwise', 동사적 명사는 'goodthinker'가 된다.

B어군은 일정한 형태의 어원적 계획에 의해 만들어진 것이 아니다. 이 단어들은 어떤 품사로 쓰이든지, 어떤 순서로 놓이든지 상관없이 원래의 의미를 훼손하지 않는 범위 안에서 발음의 편이를 위해 그 일부를 잘라 버릴 수도 있다. 예를 들어 'crimethink(thoughtcrime, 사상죄)'라는 단어에서는 'think'가 뒤에 오는 반면, 'thinkpol(Thought Police, 사상경찰)'에서는 앞에 온다. 그리고 뒷부분의 'police(경찰)'라는 단어에서는 둘째 음절이 삭제되었다. B어군에서는 음조를 살리기가 대단히 어렵기 때문에 A어군에서보다 불규칙형을 더 많이 사용한다. 예를 들어 '—trueful', '—paxful', '—loveful'이 발음하기가 약간 어색해서 'Minitrue(진부), Minipax(평부), Miniluv(애부)'의 형용사형은 각각 'Minitruthful', 'Minipeaceful', 'Minilovely'가 된 것이다. 그러나 원칙적으로 B어군의 모든 낱말은 어미변화가 가능하며 똑같은 규칙에 따라 바뀐다.

B어군 중에는 상당히 미묘한 뜻을 지니고 있어서 언어에 대해 전체적으로 통달하지 못한 사람은 이해하기 힘든 단어들도 일부 포함되어 있다.

《타임스》 사설에서 볼 수 있는 "Oldthinkers unbellyfeel Ingsoc(구사고인은 영사를 불감한다)"라는 전형적인 문장을 살펴보자. 이것을 구어로 간단히 번역하면 "혁명 이전에 사고가 형성된 사람은 영국 사회주의의 원리를 감성적으로 완전히 이해할 수 없다"라는 뜻이 된다. 하지만 이것은 적절한 번역이라고 할 수 없다. 위 문장에 들어 있는 신어의 의미를 완전히 파악하려면 먼저 'Ingsoc(영사)'이 무슨 뜻인지부터 분명하게 알아야 한다. 사실 'Ingsoc'에 단단한 기반을 둔 사람만이 오늘날에는 도저히 상상할 수도 없는, 맹목적이고 열성적인 수용을 의미하는 'bellyfeel(감하다)'이라는 단어나 사악함과 퇴폐란 개념이 혼합된 'oldthinker(구사고)'라는 단어를 이해할 수 있으며, 그 단어가 지닌 위력을 실감할 수 있다.

신어 중 어떤 단어는 'oldthink'처럼 하나의 뜻을 표현하기보다 파괴하는 기능을 가지고 있다. 하지만 그 수는 필연적으로 적을 수밖에 없으며, 그렇더라도 이들 단어는 하나의 포괄적인 용어로 그 뜻을 충분히 나타낼 수 있기 때문에 오늘날 망각되거나 삭제될 수 있는 어휘들의 의미까지 포함할 만큼 그 의미가 확대되었다. 신어사전의 편찬자들이 직면하는 가장 까다로운 문제는 새로운 어휘들을 만들어 내는 작업이 아니라, 어휘를 만든 뒤에 의미의 범위를 한정하는 것이다. 다시 말해 새로운 어휘들이 늘어나는 것에 맞추어 폐기해야 할 어휘의 범위를 결정하는 일이 가장 어려운 작업이다.

이미 'free'라는 단어의 경우에서 살펴본 것처럼 이단적인 뜻을 지닌 낱말들도 종종 편의상 남아 있기는 한다. 그렇지만 그것은 어디까지나 바람직하지 못한 뜻이 모두 제거된 상태에서다. 그동안 'honour(명예)', 'justice(정의)', 'morality(도덕)', 'internationalism(국제주의)', 'democracy(민주주의)', 'science(과학)', 'religion(종교)' 같은 수없이 많은 단어들이 사라졌다. 그리고 몇몇 포괄적인 어휘가 이 단어들을 대신하고 있다. 하지만 대신한다는 것은 곧 이 단어들이 사라졌다는 뜻이다. 예를 들어 자유와 평등의 개념과 유사한 모든 낱말들은 'crimethink(사상죄)'라는 하나의 단어에 포함되고 객관성과 합리주의의 개념과 유사한 낱말들은 'oldthink(구사고)'라는 단어에 포함된다. 의미를 보다 정확하게 규정하는 것은 위험하기 때문이다.

당원들은 잘 알지도 못하면서 자기들 이외의 민족들은 모두 '거짓 신'을 숭배한다고 믿었던 고대 히브리인들과 유사한 사고방식을 갖춰야만 한다. 히브리인들은 그런 거짓 신들이 바알, 오시리스, 몰록, 아스다롯 등으로 불린다는 사실을 알려고도 하지 않았는데, 이는 아마도 그런 거짓 신들을 모를수록 자신들의 정통성을 지키는 데 더 유리하다고 생각했기 때문일 것이다. 그들은 여호와와 여호와의 계명만을 알고 있었다. 그렇기 때문에 다른 이름이나 다른 속성을 지닌 신들은 거짓 신으로 여길 수밖에 없었다.

당원들은 히브리인들 못지않게 무엇이 올바른 행위인지 인지하고 있으며, 그 올바른 행위로부터 어떤 식으로 일탈이

가능한지를 상당히 모호하면서도 포괄적인 용어로 알고 있다. 예를 들면, 당원들의 성생활은 성적 부도덕성을 뜻하는 'sexcrime(성죄)'과 정절을 의미하는 'goodsex(선성)'라는 두 가지 신어에 의해 철저하게 규제되는데, 여기서 'sexcrime'은 모든 성적 탈선을 포함하는 것으로 간음, 간통, 동성애, 성도착뿐만 아니라 성행위 자체를 위한 정상적인 성교까지도 의미한다.

이런 행위들은 모두 당연히 처벌을 받을 만한 죄이며 원칙적으로 사형에 처할 수도 있는 범죄이기 때문에 일일이 설명할 필요가 없다. 과학 및 기술적인 용어들로 이루어진 C어군에서는 성적 탈선에 대해 저마다 전문 용어를 붙일 필요가 있을지 모르지만 일반 시민에게는 필요하지 않다. 그들은 'goodsex'가 무엇을 뜻하는지 알고 있다. 즉, 여자에게 육체적 쾌감을 느끼지 않고 오로지 아이를 갖는 목적만을 위해 행하는 성교가 'goodsex'이고 그 밖의 성교는 모두 'sexcrime'에 해당되는 것이다. 신어에서는 어떤 것이 이단적인 사상인지는 인식할 수 있되 거기에서 한층 더 나아가 이단적 사상을 추구하는 것은 불가능하게 되어 있다. 그 선을 넘어서는 낱말은 존재하지 않기 때문이다.

B어군에는 이념적으로 중립적인 낱말이 없다. 많은 단어들이 완곡어법의 형태로 되어 있다. 예를 들어 'joycamp(쾌락수용소)', 즉 강제 노동 수용소, 'Minipax(평부, 평화부)', 즉 전쟁부와

같은 단어들인데, 이것들은 이름과 정반대의 뜻을 가지고 있다. 어떤 단어들은 오세아니아 사회의 본질을 노골적이면서도 경멸적으로 나타낸다. 그중 하나가 당이 대중에게 제공하는 시시껄렁한 오락과 허위 보도를 의미하는 'prolefeed(노동자사육)'라는 단어다. 또 당에 적용하면 '선(good)'이고, 적에게 적용하면 '악(bad)'인 양면적인 단어들도 있다. 게다가 언뜻 보면 단순한 약어 같지만, 실제로는 그 의미보다는 그 구조에 의해 이념적 색채를 띠는 단어들도 상당히 많다.

조금이라도 정치적인 의미를 띠거나 그럴 소지가 있는 단어들은 대부분 B어군에 속해 있다. 그리고 조직, 인체, 학설, 지역, 제도, 공공건물의 명칭은 축약되어 있다. 다시 말해서 본래의 의미를 살리되 음절은 최소화하여 발음하기 쉬운 하나의 단어로 만드는 것이다. 대표적인 예로 윈스턴 스미스가 근무한 진리부 안의 'Records Department(기록국)'는 'Recdep(기국)'으로, 'Fiction Department(창작국)'는 'Ficdep(창국)'으로, 'Teleprograms Department(텔레스크린 프로그램국)'는 'Teledep(텔레국)'으로 불린다. 그런데 이는 단순히 시간을 절약하기 위해 축약된 것이 아니다. 심지어 20세기 초반 몇 십 년 동안에도 이런 식으로 축약된 단어와 구절은 정치적 언어의 특징 중 하나였다. 그리고 이런 종류의 약어를 사용하는 추세는 전체주의 국가나 전체주의 체제에서 가장 두드러지게 나타났다. 'Nazi(나치)', 'Gestapo(게

슈타포, 나치의 비밀경찰)', 'Comintern(코민테른, 국제 공산당)', 'Inprecor(인프레코르, 코민테른 기관지)', 'Agitprop(아지프로, 선전 선동)'와 같은 단어들을 예로 들 수 있다.

이런 단어들은 처음에는 무의식적으로 채택되어 사용되었으나 신어에서는 처음부터 의식적인 목적으로 사용되었다. 이런 식으로 명칭을 약어화하면, 그 명칭이 지녔던 연상적 의미가 거의 사라져 뜻이 한정되고 미묘하게 바뀔 것이라 생각했다. 가령 'Communist International(국제 공산당)'이란 단어는 보편적인 인류애, 붉은 깃발, 바리케이드, 카를 마르크스, 파리 코뮌 등으로 이루어진 복합적인 그림을 머릿속에 떠올린다. 반면에 'Comintern'이란 단어는 단순히 엄격하게 조직된 단체와 명백하게 정의된 강령만을 암시할 뿐이다. 이것은 의자나 책상처럼 아주 쉽게 인식되며 그 목적이 제한된 어떤 것을 나타낸다. 'Communist Internationa'은 듣는 순간 다른 연상 작용을 불러일으켜 머뭇거리게 하지만, 'Comintern'은 별다른 생각을 하지 않고도 입에서 나올 수 있는 말이다. 이와 마찬가지로 'Minitrue(진부)'라는 단어는 'Ministry of Truth(진리부)'에 비해 연상의 폭이 훨씬 좁아지기 때문에 한결 더 쉽게 통제할 수 있다. 이런 까닭으로 가능하면 언제든지 생략하려는 습성이 나타나게 되며 모든 단어를 쉽게 발음하기 위해 지나치게 신경을 쓰게 되는 것이다.

신어에서는 단어가 갖는 의미의 정확성 다음으로 발음의 편의성을 중요시한다. 유연한 발음이 필요하다는 주장 앞에서는 문법도 가차 없이 희생되고 만다. 그리고 이는 당연한 현상으로 받아들여진다. 왜냐하면 정치적 목적을 위해서는 반드시 수월하게 발음할 수 있으면서도 화자의 뇌리에 다른 연상을 불러일으키지 않을, 분명한 의미를 지닌 짧은 약어들이 필요하기 때문이다. B어군의 단어들이 거의 모두 비슷하게 조합되었다는 것도 강점으로 작용한다. 가령 'goodthink', 'Minipax', 'prolefeed', 'sexcrime', 'joycamp', 'Ingsoc', 'bellyfeed', 'thinkpol' 같은 수많은 단어들이 모두 첫 음절과 마지막 음절 사이에 강세가 붙는 두어 개의 음절로 이루어져 있는데, 이런 단어들을 사용하면 단음과 단조로운 억양으로 인해 말을 빨리 할 수 있게 된다. 신어의 목적은 바로 이것이다. 그리고 그 의도는 말, 특히 이념적으로 중립이 아닌 채로 어느 주제에 대해서든 되도록 의식에 의존하지 않고 말하도록 하려는 데 있다. 일상생활에서는 말하기 전에 생각하는 것이 반드시, 혹은 이따금씩 필요하겠지만, 정치적이나 윤리적인 판단을 내려야 하는 당원은 마치 기관총에서 총알이 쏟아져 나오듯 당의 정확한 의견을 자동적으로 말할 수 있어야 한다. 이런 식의 말에 익숙해지면 언어는 누구나 잘못 쓸 염려 없이 사용할 수 있는 표현 수단이 되고 단어는 발음이 거칠어지면서 '영사'의 정신에 일치하도록 한층 더 의식적인 추악성을 가지게 되는 것이다.

선택할 단어 수가 아주 적다는 사실도 빨리 말하는 데 도움이 된다. 일반적인 언어와 비교해 볼 때 신어의 어휘 수는 매우 적은 편인데도 불구하고 어휘 수가 늘지 않고 오히려 줄어들고 있다는 점에서 다른 모든 언어와 구별된다. 그런데 어휘 선택의 범위가 좁으면 좁을수록 사고하려는 유혹도 그만큼 적어지기 때문에 해마다 어휘 수가 감소하는 것은 당의 입장에서 볼때 이득이다.

당은 궁극적으로 뇌신경을 전혀 쓰지 않고 목구멍에서 나오는 대로 말하기를 바란다. 이러한 의도는 'to quack like a duck(오리처럼 꽥꽥거리는 것)'라는 뜻을 지닌 'duckspeak(오리말)'라는 신어에 분명하게 나타나 있다. B어군의 다른 단어처럼 'duckspeak' 역시 그 의미가 모호하고 양면적이다. 만약 꽥꽥거리며 말하는 의견이 정통적인 것이라고 한다면 이는 칭찬을 의미한다. 따라서 《타임스》가 당의 한 연사를 두고 'doubleplusgoodduckspeker(더욱더 좋은 오리말을 하는 사람)'라고 평했다면 그는 더없이 따뜻한 호평을 받은 셈이다.

C어군

C어군은 A어군과 B어군을 보조하는 것으로서, 과학적이거나 기술적인 용어들로 구성되어 있다. 이것들은 오늘날에 사용

되는 과학 용어와 비슷한데, 이는 동일한 어근에서 파생되었기 때문이다. 그러나 C어군의 용어들은 보다 더 엄격하게 정의되며 바람직하지 못한 의미는 계속해서 제거되었다.

C어군의 용어들 역시 다른 두 어군의 단어들과 똑같은 문법 규칙을 따른다. 단지 C어군의 단어들은 일상생활이나 정치에서는 잘 사용되지 않을 뿐이다. 과학자나 기술자들은 자신들에게 필요한 단어들을 모두 자신들의 전문 분야 목록에서 찾을 수 있다. 그러나 다른 분야의 목록에 나오는 단어들은 피상적으로만 알 뿐, 거의 모른다고 봐야 할 것이다. 극히 적은 수의 단어만이 모든 목록에 공통적으로 쓰이고 있는데, 과학의 전문 분야를 제외하고는 하나의 정신 습관이나 사고방식으로 과학의 기능을 표현할 어휘는 없다. 사실 'Science(과학)'라는 말도 없는데, 이것은 이미 'Ingsoc(영사)'라는 단어로 대체되었기 때문이다.

이상의 설명을 통해서 알 수 있듯이 신어에서는 매우 낮은 수준을 제외하고는 비정통적인 의견을 표현할 방법이 거의 없다. 물론 이단적인 난폭한 말이나 불경스러운 말을 쓸 수는 있다. 예를 들어 'Big Brother is ungood(빅브라더는 좋지 않다)'이라고 말할 수는 있다. 하지만 정통주의자의 귀에는 분명히 엉뚱한 소리로 들릴 이러한 말에는 논쟁에 필요한 단어가 없기 때문에 그 자체가 마땅한 논쟁 거리가 될 수 없다. 영사를 적대시하는 생각은 단지 말로 표현할 수 없는 모호한 형태로만 가능하다. 설령 그것을 겉으로 나타낼 수 있다고 해도, 이단적 어휘들을 한데 모아 한 덩어리로 만들어 정의하기 불가능한 막연한 말로 하는 것밖에는 되지 않는다. 사실 몇몇 신어를 불법적으로 구어로 번역하여 비정통적인 목적에 사용할 수는 있다. 그렇지만 일례로 'All mans are equal(모든 사람들은 평등하다)'이라는 문장을 신어로 표현할 수는 있어도 기껏해야 구어에 있는 'All men are redhaired(모든 사람들은 머리카락이 붉다)'라는 의미가 될 뿐이다. 여기에는 문법적인 오류가 없다. 그러나 이 문장은 모든 인간은 신장과 체중과 체력이 똑같다는 식의 아주 엉뚱한 내용을 나타내고 있다. 정치적 평등이라는 개념은 이제 더 이상 존재하지 않는다. 따라서 'equal(동등한)'이라는 단어의 2차적 의미도 없어지게 된 것이다.

구어가 여전히 보통의 의사소통 수단이었던 1984년에는 이론적으로 신어를 사용하면서도 그 단어의 원뜻을 기억할 위험성이 있었다. 그러나 'doublethink(이중사고)'에 깊이 빠져 있는 사람인 경우 그런 위험을 피하는 것이 어렵지 않은 데다 두 세대가 지나기 전에 그 같은 실수를 범할 가능성은 없어질 것이다. 가령 체스에 대해 듣도 보도 못한 사람이 'queen(퀸)'이나 'rook(룩)'의 2차적 의미가 무엇인지 모르듯, 신어를 유일한 언어로 알고 자라온 사람들은 'equal'이라는 단어가 한때는 'politically equal(정치적으로 평등한)'의 의미로도 쓰였고, 'free(자유로운)'라는 단어 역시 한때 'intellectually free(지적으로 자유로운)'라는 의미를 가졌었다는 사실은 전혀 알지 못할 것이다. 명칭이 없으므로 상상 자체가 불가능하기 때문에 그 한계를 벗어난 범죄와 실수가 많이 생기게 된 것이다. 시간이 흐름에 따라 신어의 특징은 더욱더 뚜렷해지고 단어 수는 점점 줄어들 것이며 의미는 훨씬 더 융통성이 없어져 잘못 사용될 기회가 점점 줄어들어 거의 없어질 것으로 예측되었다.

구어가 완전히 없어지면 과거와의 유대도 단절될 것이다. 역사는 이미 다시 쓰였지만, 과거의 문학 작품은 검열이 완전하지 않기 때문에 단편적으로 여기저기에 남아 있다. 따라서 구어에 대한 지식을 가지고 있다면 누구나 읽을 수는 있을 것이다. 그러나 그런 작품들이 우연히 살아남는다고 하더라도 미래에는 이해될 수도 없으며, 번역될 수도 없을 것이다. 만약 어떤 기술적인 과정이나 지극히 단순한 일상적 행위, 또는 정통적인—신어의 표현으로는 goodthinkful(선사로운)—경향과 관련짓지 않는다면, 구어의 문장을 신어로 번역하는 일은 아예 불가능할 것이다. 곧 1960년 이전에 쓰인 책은 어떤 책도 완벽하게 번역될 수 없다는 뜻이다. 혁명 이전의 문학은 오직 이념적 번역—즉 언어뿐만 아니라 의미까지 바꾼 번역—으로만 존속할 수 있을 것이다. 미국 독립선언문 중의 유명한 구절을 예로 들어보자.

우리는 다음의 사실을 자명한 진리로 받아들인다. 모든 인간은 평등하게 태어났으며 창조주로부터 타인에게 양도할 수 없는 권리를 부여받았으며 여기에는 생명과 자유, 행복을 추구할 권리도 포함된다. 이러한 권리를 보장하기 위해 정부가 수립되었으며 정부의 권력은 국민의 동의로부터 나온다. 어떤 정부도 이러한 목적을 상실하면 국민은 즉시 그 정부를 바꾸거나 폐지하고 새로운 정부를 세울 권리가 있다…….

이 글이 지닌 본래의 의미를 그대로 유지하면서 신어로 번역하는 것은 불가능한 일이다. 본래의 의미에 가장 가깝게 번역해 보았자 전체 문장은 'crimethink(사상죄)'라는 단 한마디 말로 축약할 수밖에 없을 것이다. 완전한 번역은 오직 이념적 번역밖에 없기 때문에 제퍼슨의 이 글은 절대 정부에 대한 찬사로 바뀌리라.

실제로 과거의 대다수 문학 작품들은 이미 이런 식으로 번역되었다. 그리고 명성을 고려해 볼 때 어떤 역사적 인물들에 대한 기억은 그대로 보존하는 것이 바람직하기 때문에 보존하기는 했지만 대신에 그들의 업적을 '영사'의 철학적 노선과 일치시켰다. 그리하여 현재 셰익스피어, 밀턴, 스위프트, 바이런, 디킨스 등과 같은 여러 작가들의 작품이 번역되고 있는 것이다. 물론 이 작업이 끝나면 각 작가들의 원작은 아직 남아 있는 과거의 모든 문학 작품들과 함께 소멸될 것이다.

이 번역은 시간이 오래 걸리는 데다 어려운 작업이기 때문에 21세기에 들어서더라도 2010년대나 2020년대 전에는 끝날 것 같지 않다. 그런데 여기에다 이와 같은 방법으로 번역되어야 할 수많은 실용 서적들—절대적으로 필요한 기술 계통의 안내서 등—까지 있다. 신어의 최종 채택을 2050년으로 늦추기로 결정한 가장 큰 이유는 번역을 위한 예비 작업에 많은 시간이 필요하기 때문이다.

디스토피아 작품의 원형, 《1984》

　인간의 자유 의지와 감정이 완전히 말살된 철저한 전체주의 사회를 그린 《1984》는 조지 오웰의 대표작이다. 이 작품은 올더스 헉슬리의 《멋진 신세계》와 더불어 디스토피아(역유토피아로도 불리는, 가장 부정적인 암흑세계를 가상으로 그려 냄으로써 현실을 날카롭게 비판하는 문학작품 및 사상) 작품의 원형으로 평가받고 있다.

　《1984》는 이후에 디스토피아를 다룬 대부분의 예술 작품에 영향을 주었다. 이 작품은 1949년에 세커 앤드 와버그 출판사에서 출간되자마자 세간의 이목을 집중시켰고 60여 년이 흐른 지금까지도 변함없이 세계 각국의 많은 독자들의 주목을 받고 있다.

개인을 지배하는 '당(Party)'이 등장하는《1984》를 공산주의 사회를 비판하는 작품으로 보는 시각도 있다. 하지만 여기에 등장하는'당'은 절대 권력을 행사해 개인의 자유를 철저히 억압하는 집단일 뿐 어떤 특정 사상이나 체제를 지칭하고 있지는 않다. 조지 오웰은 이 작품에서 인간성이 송두리째 통제되는 암울한 미래에 대한 경각심을 불러일으키고 있다.

계층 차별이 없는 세상을 꿈꾼 조지 오웰

조지 오웰은 1903년 영국 식민 통치하에 있던 인도의 벵골에서 태어났다. 아버지가 식민지 관리였기 때문에 비교적 윤택한 생활을 했지만 영국 사회의 뿌리 깊은 계층 차별에서 자유로울 수는 없었던 것으로 알려져 있다. 그는 이튼스쿨 재학 시절에 한층 심화된 계층 차별을 경험했다. 그리고 전업 작가의 길로 막 들어섰을 때는 생계를 위해 런던과 파리에서 하층 계급 생활을 했다. 이런 경험을 바탕으로 그는 산업화 사회에서 소외받는 계층에 주목하기 시작했다.

조지 오웰은《위건부두로 가는 길》과《파리와 런던의 밑바닥 생활》에서 이에 대해 문제를 제기했다. 사회주의자로서 절대 권력으로부터 민중의 해방에 관심이 많았던 조지 오웰은 스페인 내전에 뛰어들어 머리에 총상을 입기도 했는데, 이런 여러 경험을 통해 파시즘과 공산주의가 개인보다는 집단의 이익을 강조하는 전체주의와 다르지 않다는 사실을 깨닫는다. 그후 계층 차별이 없는, 개개인의 개성이 존중받는 사회를 꿈꿨던 그는 말년에 전체주의의 실체를 그린《동물농장》과《1984》를 세상에 내놓았다.

조지 오웰이 태어난 20세기 초의 영국은 큰 변화가 일던 시기였다. 18세기 중반에 이미 산업 사회로 들어선 영국에서는 19세기부터 사회 개혁에 대한 요구가 싹텄고 20세기에 들어서자 그러한 요구들은 더욱 거세졌다. 한편 1921년 영국은 전 세계 육지 면적의 약 4분의 1에 해당하는 영토를 차지하고 있을 만큼 식민 강국이었다. 학교에서는 식민 지배를 정당화하는 교육을 실시했기 때문에 영국 국민들은 식민 지배의 부당함과 부도덕성을 제대로 인식하지 못하고 있었다.

이때 영국은 두 차례의 세계대전에 휘말리게 된다. 세계대전을 겪으며 영국 내에서는 나치즘을 전체주의로 규정(파시즘이나 공산주의를 전체주의로 인식하지 못하고 있었다)하고 이를 경계하는 목소리가 높아졌다. 더불어 영국은 사회 내적으로 오랜 세월 동안 고착되어 온 계층 차별과 산업 사회 이후로 자본가와 노동자와의 갈등이 더욱 심화된 상태였다. 이 상황에서 두 차례 세계 대전을 겪으며 영국 내에서는 전체주의를 비판하는 분위기가 팽배해졌다. 하지만 그때까지도 전체주의의 실체는 제대로 파악되지 못하고 있었다.

이런 상황에서 등장한《동물농장》과《1984》는 독자들에게 큰 충격으로 다가왔다. 여러 차례 출판이 거부되던《동물농장》은 출간되자마자 독자들의 뜨거운 반응을 불러일으켰으며 특히 구소련과 이념 전쟁을 벌이던 미국에서는 반공 도서로 널리 읽혔다. 이후 일약 유명 인사가 된 조지 오웰은 아내와 사별한 후 양자를 데리고 스코틀랜드 주라 섬에 들어가《1984》집필에 매달렸다. 집필 기간 동안 지병인 결핵이 악화되어 그는 《1984》가 출간된 이듬해인 1950년에 세상을 등지고 말았다.

《1984》 깊이 읽기

《1984》를 읽지 않은 사람들도 익히 알고 있는 인물은 '빅브라더'이다. 빅브라더는 오세아니아를 지배하고 있는 권력의 핵심이다. 빅브라더는 거리 곳곳에 붙어 있는 포스터 속에서 누군가를 감시하는 모습으로, 매일 반복되는 '2분 증오시간'에 등장하는 모습으로나 볼 수 있을 뿐 실제로는 그를 본 사람이 아무도 없는, 베일에 싸인 존재이다.

포스터에는 폭이 1미터가 넘는 커다란 얼굴만 그려져 있었다. 까만 콧수염이 덥수룩한 호남형의 그 남자는 마흔 댓 살쯤 되어 보였다. … "빅브라더가 당신을 지켜보고 있다"라는 문구가 얼굴 밑에 적혀 있었다.

"빅브라더가 당신을 지켜보고 있다"라는 문장은 오세아니아가 어떤 사회인지를 단적으로 보여 준다. 당은 양방향 텔레스크린과 사상경찰, 스파이 등을 이용해 개개인의 일거수일투족을 감시한다. 심지어 당은 사람들의 얼굴에 드러난 표정에서 그들의 사상과 감정까지 읽어 낸다. 사람들은 텔레스크린 앞에서는 감정을 철저히 숨겨야 했다. 그래야 살아남을 수 있었다.

애정부에 정치범으로 체포된 윈스턴은 빅브라더가 정말로 존재하는지 오브라이언에게 묻는다. 오브라이언은 실체의 유무와 상관없이 빅브라더는 존재하며 죽지도 않는 존재라고 답한다. 빅브라더는 오세아니아를 지탱하는 이념이며 신념이고, 영원불변한 신과 같은 존재이다. 빅브라더는 어떤 특정한 개인이 아니라 당을 지배하고 있는 핵심 세력이 그들을 대신해 당전면에 내세운 인물인 것이다.

윈스턴은 진리부의 기록국 소속으로 신문이나 도서 등 각종 인쇄 매체에 기록된 내용을 조작하는 업무를 맡고 있다. 그는 언젠가는 무산 계급 노동자들이 혁명을 일으켜 인간의 개성이 존중 받는 사회가 올 것이라고 기대한다. 윈스턴의 애정과 사랑의 대상인 줄리아는 당의 눈을 피해 육체적 쾌락을 추구하는, 성관계를 맺으며 희열을 느끼는 인물이다. 줄리아는 당이 육체적 쾌락을 통제하는 이유에 대해 다음과 같이 말한다.

섹스를 하면 힘을 소모하게 되고 다음엔 행복감에 젖어서 어떤 것에도 욕을 하지 않게 돼요. 그들은 사람들이 그런 감정을 느끼는 걸 견딜 수가 없는 거예요. 그들은 사람들이 언제나 발산할 에너지로 꽉 차 있길 바라죠. 행진을 하고 함성을 지르고 깃발을 흔드는 것들은 모두 섹스가 변질된 거라고요.

줄리아는 철저한 당의 통제와 감시 아래에서 버젓이 일탈 행위를 저지르고 있다는 사실 자체에 만족해할 뿐 당의 정책에 대해서는 불만을 표출하지 않는다. 그녀는 당이 자신의 사생활에 간섭하지 않는다면 당이 무슨 일을 하든 상관하지 않으며 관심도 갖지 않는 인물이다. 이때 머릿속으로만 당에 저항하던 윈스턴은 줄리아를 만나면서 점차 그녀와 일상의 행복을 누리는 꿈을 꾸게 된다.

그는 갑자기 전에는 그녀에게 느끼지 못했던 깊은 감정에 사로잡혔다. … 딱 지금처럼, 하지만 당당하게, 그리고 아무런 두려움 없이 이런저런 이야기를 나누며 집안에 필요한 생필품이나 사면서 그녀와 거리를 거닐었으면 하고 바랐다.

윈스턴은 만날 때마다 성관계를 맺어야 한다는 강박 관념을 갖지 않아도 좋을, 그들만의 은신처가 있으면 좋겠다는 생각을 한다. 그는 채링턴 씨(사상경찰) 골동품 가게 위층에 그들만의 아지트를 마련한다. 그리고 아무런 확증도 없이, 심증만으로 오브라이언을 골드스타인(빅브라더와 함께 혁명을 주도했으나 빅브라더의 사상에 대항하여 반기를 든 인물)의 비밀 지하조직인 형제단의 일원이라고 생각한다. 윈스턴은 그가 빌려 주기로 한 신어사전 시험판을 핑계로 그의 집을 찾는다. 그리고 오브라이언 앞에서 형제단에 가입해 파괴 공작 활동을 하겠다고 맹세를 한다. 그러나 이는 무모한 행동이었으며, 윈스턴과 줄리아는 결국 사상경찰에 체포되고 만다.

당의 핵심 인사 오브라이언은 우락부락하게 생겼으면서도 몸동작 하나하나가 우아하며 이상하게 상대방의 경계심을 허물어뜨리는 능력을 가지고 있다. 윈스턴은 자신이 오브라이언과 정신적으로 교감을 나눈다고 생각한다. 윈스턴은 자신의 정신을 개조하려는 오브라이언에게 당은 자신의 의식 깊은 곳까지 지배할 수 없다고 항변해 보지만 그의 막힘없는 논리 전개 앞에 번번이 무릎을 꿇을 수밖에 없었다. 윈스턴은 오브라이언이 당이 개인을 통제하고 지배하는 이유가 무엇인지 물었을 때 선뜻 대답을 하지 못한다. 윈스턴은 오브라이언에 대해 존경심에 가까운 감정을 느끼고 그를 흠모한다.

오세아니아는 정치범이나 사상범을 사형시키기 전에 그들의 사상을 철저히 개조해 궁극적으로 빅브라더를 사랑하게 만들었다. 죽음의 위협이나 고문으로 순교자를 양산한 과거 종교재판이나 공산주의의 숙청 작업과 달리 오세아니아는 완벽하게 그들이 원하는 대로 체포된 자들의 사상을 개조하였다. 의식 깊은 곳에 줄리아를 향한 사랑을 숨겨 두었던 윈스턴도 애정부 101호실에서 자신이 가장 무서워하는 존재인 쥐와 마주한 순간 자신의 사랑을 포기해 버린다. 결국 그는 빅브라더를 사랑하게 되었다.

조지 오웰은《1984》에서 당이 개인의 사상을 통제하는 수단의 하나로 '신어'를 등장시켰다. '신어의 원리'에서는 언어가 인간의 사상적 자유를 어떻게 억압하는지 잘 보여준다.

신어를 고안한 목적은 영사 신봉자들에게 걸맞은 세계관과 사고 습성에 대한 표현 수단을 제공하는 것뿐만 아니라 영사 이외의 다른 사상을 아예 갖지 못하도록 하는 데 있다. 적어도 사상이 언어에 의존하는 한, 일단 신어가 모든 분야에서 채택되어 구어가 잊히게 되면 이단적 사상, 즉 영사의 원칙에 위배되는 사상은 설 자리가 없어지게 된다.

오세아니아에서 당은 중의적 의미를 가지고 있거나 모호한 의미를 내포하는 단어, 정치적이거나 사상적 의미를 담은 단어를 폐기하여 사람들이 영사에 위배되는 비정통적인 생각을 할 기회를 아예 박탈하고자 한다. 언어가 사상을 지배한다는 전제는 우리에게 시사하는 바가 크다.

조지 오웰이 《1984》에서 그린 것처럼 거리 곳곳에는 우리를 지켜보는 눈이 있다. 범죄 예방과 생활의 각종 편의를 위해서 설치된 CCTV나 단속 카메라는 그 의도와 달리 감시에 이용될 수 있다. 뿐만 아니라 현대사회는 개개인이 자신의 이익을 위해 타인을 감시하며 통제하는 빅브라더의 역할을 하고 있다. 또한, 첨단 통신 기술의 발달과 급속한 정보화로 개인 정보 수집이 매우 쉬워졌다. 이렇게 수집된 개인 정보가 상업적으로 이용되어 피해가 발생하기도 한다.

현대사회에서 우리를 지배하는 절대 권력은 무엇이며 맞설 수 없는 고통과 공포심은 무엇일까? 우리에게 있어서 빅브라더는 무엇이며, 오브라이언은 누구이며, 애정부 101호실은 어디일까? 《1984》를 읽으며 스스로에게 이런 질문을 던져 보며 삶을 돌아보는 시간을 가지기를 바란다.

정영수

1903년　6월 25일에 당시 영국의 식민지였던 영국령 인도의 벵골
　　　　에서 태어난다. 인도의 주재 영국 공관의 하급 공무원인
　　　　리처드 웜즐리 블레어와 메이빌 블레어 사이에서 태어났
　　　　다. 본명은 에릭 아서 블레어(Eric Arthur Blair)이다.

1914년　10월 2일 지역 신문《헨리 앤드 사우스 옥스퍼트셔 스탠
　　　　더드》에 〈깨어나라! 영국의 젊은이들이여(Awake! Yong
　　　　Men of England)〉 등 시 두 편을 발표한다.

1917년　3월 초에 이튼스쿨 장학생으로 선발되었다는 통지를 받는
　　　　다. 5월 초에는 이튼스쿨 국왕 장학생으로 입학한다.

1921년 이튼스쿨을 졸업한다.

1922년 6월에 제국주의 경찰 시험에 합격한다. 이후 5년간 버마
(미얀마)에서 경찰 생활을 했으나 영국 제국주의에 환멸
을 느끼고 사직한다.

1928년 1월 1일 경찰직 사직원이 수리된다. 봄에 파리로 건너가
노동자 계층이 모여 사는 제5구역에 있는 포 드 퍼 거리
에 있는 초라한 호텔 방 하나를 얻어 집필 작업을 한다. 무
명작가로 지내던 중, 10월 6일 〈영국 비판(La Censure en
Angleterre)〉이 《르 몽드》에 실린다. 12월 29일 《G. K. 위
클리》에 〈싸구려 신문(A Farthing Newspaper)〉을 기고하
여 저널리스트로서 첫 발을 내딛는다.

1933년 1월 9일에 조지 오웰(George Orwell)이라는 필명으로 첫
소설 《파리와 런던의 밑바닥 생활(Down and Out in Paris
and London)》이 출간되었다. 이 작품은 《선데이 익스프레
스》 '금주의 베스트셀러'로 선정된다.

1935년 1934년부터 집필을 시작한 《목사의 딸(A Clergyman's
Daughter)》이 출간된다.

1936년 4월 30일에《엽란(葉蘭)을 날려라(Keep the Aspidistra Flying)》를 출간한 뒤 문체에 대한 비판과 명예 훼손 문제로 시달린다. 5월에 아일린 머드 오쇼네시(Eileen Maud O'Shaughnessy)와 결혼해 월링턴에서 신혼을 보내다가 스페인 내전이 일어나자, 공화당을 지지하기 위해 마르크스주의 통일 노동자당 소속의 의용군으로 참전한다.

1937년 골란츠에서《위건부두로 가는 길(The Road Wigan Pier)》를 출간한다. 5월에 아라곤 전투에서 치명적인 총상을 입지만 가까스로 살아난다.

1938년 스페인 내전 참전을 바탕으로 쓴 소설《카탈로니아 찬가(Homage to Catalonia)》가 출간된다.

1939년 골란츠에서《숨 쉬러 나가다(Coming up for Air)》가 출간된다. 제2차 세계대전이 발발한 후 자원입대를 희망했으나 폐가 나빠서 입대 불가 판정을 받는다.

1940년 골란츠에서《고래 뱃속에서(Inside the Whale)》가 출간된다. 6월에 민방위대에 자원해 제5런던 대대의 하사가 된다. 이후 3년간 근무하며 7종 이상의 정기간행물과 열두 편의 수필 및 서평을 쓴다.

1945년   전체주의를 비판하는 우화《동물 농장(Animal Farm)》이
        출간되어 명성을 얻었다.

1948년   12월 주라섬에서《1984》를 탈고한다.

1949년   《1984》가 출간된다.

1950년   폐결핵으로 쇠약해져 1월 21일 런던의 한 병원에서 갑작
        스럽게 사망한다. 이후 템스 강변의 올 세인츠 교회에 안
        장된다.